HEIGER OSTERTAG

Operation Sarajevo

BERLIN 1914 Man schreibt das Jahr, das alles ändert. Hauptmann Wedigo von Wedel wird während seines Fluges Zeuge eines tödlichen Luftkampfes zweier Maschinen. Ein fremdes Flugzeug schießt den Marineflieger Kapitänleutnant Schroeter vom Himmel. Zur Aufklärung dieses Vorfalls und weiterer Sabotageakte holt Major Nicolai den jungen Offizier in die Geheimdienstabteilung des preußischen Kriegsministeriums. Der erste Verdacht fällt auf den französischen Geheimdienst. Nach intensiven Recherchen findet von Wedel heraus, dass sich viel mehr hinter dem Attentat in den Wolken verbirgt. Er stößt auf eine breit verzweigte Verschwörung, deren Spuren in den Balkan und nach Sarajevo führen.

Dr. Heiger Ostertag war zunächst Luftwaffenoffizier und studierte anschließend in München und Freiburg Germanistik, Geschichte und Nordgermanische Philologie. Seit den 90er-Jahren ist er als Autor und Historiker in Forschung und Lehre tätig. Nach Milieuromanen und Kriminalgeschichten schreibt Ostertag primär Romane mit historischem Hintergrund. Mit Potsdamer Affäre *gab er sein Debüt im Gmeiner-Verlag.*

Bisherige Veröffentlichungen im Gmeiner-Verlag:
Potsdamer Affäre (2013)

HEIGER OSTERTAG

Operation Sarajevo

Kriminalroman

GMEINER *Original*

Personen und Handlung – soweit nicht historisch – sind frei erfunden. Ähnlichkeiten mit lebenden oder toten, nicht historischen Personen sind rein zufällig und nicht beabsichtigt.

Besuchen Sie uns im Internet:
www.gmeiner-verlag.de

Im Ehnried 5, 88605 Meßkirch
Telefon 07575/2095-0
info@gmeiner-verlag.de

1. Auflage 2014

Lektorat: Sven Lang
Herstellung: Mirjam Hecht
Umschlaggestaltung: U.O.R.G. Lutz Eberle, Stuttgart
unter Verwendung eines Fotos von: © ullstein bild – Süddeutsche Zeitung Photo / Scherl
Druck: GGP Media GmbH, Pößneck
Printed in Germany
ISBN 978-3-8392-1624-8

Für meine Tochter Sarah

INHALTSVERZEICHNIS

TAGESMELDUNGEN

Berlin, 30. Mai 1914
Der Berliner Zeitung wurde die Information zugespielt, dass tatsächlich von russisch-französischer Seite an die englische Regierung die Zumutung gestellt wurde, der Flottenkonvention der beiden verbündeten Mächte beizutreten. Aus verlässlicher Quelle wird dem Blatt jedoch versichert, dass der russische Botschafter Iswolski von England eine ablehnende Antwort erhalten hat. Die englische Regierung wünsche mit Rücksicht auf die Stimmung im eigenen Lande und die guten Beziehungen zu Deutschland jeden Schritt, der als gegen eine befreundete Macht gerichtet gesehen werden könnte, zu vermeiden.

Baden-Baden, 30. Mai 1914
Der Kronprinz, Generalstabchef von Moltke, 16 Generäle, 17 Stabsoffiziere und vier Hauptleute des Großen Generalstabs sind heute von Straßburg kommend in Baden-Baden eingetroffen und werden bis Dienstag bleiben. Der Kronprinz und mehrere andere Offiziere haben im Hotel Messmer Wohnung genommen.

Berlin, 30. Mai 1914
Am Samstagnachmittag findet der mit 100.000 Mark dotierte Dreiecksflug Johannisthal – Leipzig – Dresden – Johannisthal statt. Die Elite der Zivilflieger wird zum Start

erwartet, außer Hirth und Stöffler haben 33 Flieger zugesagt, die in einem Zeitraum von 22 Minuten auf die Reise gehen sollen. Der Ausgang des Rundflugs wird nach den Wettkämpfen des letzten Jahres mit dem geplanten Flug rund um Berlin Ende August und der Herbstflugwoche Anfang Oktober mit Spannung erwartet.

FLUGTAG

Der Otto-Alberti-Doppeldecker flog in ruhigem Gleiten aus Südwesten heran und näherte sich dem Flugplatz Johannisthal. Schon waren die Zuschauertribünen in Sicht, und der Pilot wackelte mit den Flügeln, um das Publikum zu grüßen. Die Menge winkte zurück und schwenkte Tücher und Hüte. Da tauchte wie aus dem Nichts ein zweites Flugzeug auf, stürzte von oben aus einer Wolke auf die erste Maschine und setzte sich direkt hinter diese. In rasantem Tempo näherte sich das Flugzeug dem Heck des voranfliegenden Doppeldeckers. Es kam immer näher und näher, der Abstand betrug schließlich nur noch knapp 50 Meter. Plötzlich blitzte es mehrfach rot auf der oberen Tragfläche des Verfolgers und die stakkatoartige Schussfolge eines Schnellfeuergewehres war zu hören. Die Zuschauer am Boden erstarrten: Die zweite Maschine griff die erste an! Der Verfolger näherte sich feuernd mehr und mehr dem Doppeldecker. Die Distanz war mittlerweile auf 20 Meter geschrumpft. Eine Salve traf klatschend den Rumpf der Maschine. Diese brach nach links aus. Mit Mühe gelang es dem Piloten, das Flugzeug abzufangen und wieder auf Kurs zu bringen. Die Schüsse endeten abrupt, und der Führer der fremden Maschine zog diese steil nach oben und rollte gleichzeitig sein Flugzeug zur Seite. Als er die alte Flughöhe erreicht hatte, ließ er den Vogel mit vollem Querruderausschlag um die Längsachse rollen und beschoss erneut den Doppeldecker. Der Flugzeugführer der ersten Maschine, von den unerwarteten Attacken völlig überrascht, reagierte nun auf das unbegreifliche Geschehen. Er führte mit seiner Maschine eine halbe Drehung aus und zog dann den Steuerknüppel zurück, um den Angreifer abzuhängen. Es begann ein wildes Kurven, Steigen und Fallen, die Flugzeuge führten einen bizarren Tanz auf. Sie umkreisten einander, schossen nach oben und kippten plötzlich nach links oder rechts ab in die Tiefe. Immer wieder ertönten Schüsse. Dann zeigte eine Rauchfahne, die aus dem Otto-Alberti-Doppeldecker aufstieg, dass dieser gefährlich getroffen war. Der Motor stotterte und ruckelte, setzte aus und verstummte. Die Maschine verlor den Halt, drehte sich und schoss in einer trudelnden Kurve dem Boden entgegen.

Vor ihm lag ein endlos blauer Himmel, nirgends waren Wolken zu sehen. Ein wunderbarer Pfingsttag. Unten öffnete sich die weite Silhouette Berlins. Die Straßen und Häuser der Hauptstadt glichen aus dieser Höhe einem Steinbaukasten für Kinder. Auch die größeren Gebäude wirkten von oben wie buntes Spielzeug. Das galt für die vielen Kirchen wie für die neuen Bauwerke im Regierungsviertel der Hauptstadt, für den Reichstag und das Brandenburger Tor, über das der Flieger nun flog. Da und dort waren in der Tiefe Menschen zu ahnen, dunkle, hastende Punkte, winzig und klein; alles war zierlich und fern. Wedigo legte die Maschine in eine leichte Rechtskurve und verließ das Stadtzentrum in Richtung Südwesten. Bald zeigte sich unter ihm ein vielfältiges Gewirr von Seen, Wiesen und Wäldern. Dem jungen Hauptmann pochte das Herz vor Freude. Er genoss das Gefühl, 1.000 Meter hoch über allem zu schweben und frei zu sein wie ein Vogel. Der 75-PS Motor seines Albatros-Doppeldeckers schnurrte wie eine Katze. Ein herrlicher Tag: Heute war sein erster Alleinflug, seit sich vor einer Woche sein größter Traum erfüllt und er mit Ablegen der Flugprüfung den Pilotenschein des Deutschen Luftfahrerverbandes erworben hatte. Wedigo von Wedel blickte auf die Taschenuhr. Jetzt war er seit einer Stunde in der Luft. Später, um 19 Uhr, hatte er im Kasino eine Verabredung, langsam sollte er umkehren. Er entschloss sich, mit einem Schlenker über den Müggelsee, zurück zum Flugplatz Johannisthal zu fliegen, um dort zu landen. Der Gardehauptmann fasste den Steuerknüppel, drückte den Albatros langsam tiefer und lenkte die Maschine, nachdem der See erreicht war, in einer eleganten Schleife nach Nordwesten. Vor ihm zogen Schönwetterwolken auf, die er vorsichtig umflog. Schon näherte er sich dem Flugplatz. Da sah er in einem halben Kilometer Entfernung zwei Flugzeuge, die sich verfolgten. Sie flogen in engen Kreisen umeinander, zogen steil nach oben und drehten plötzlich nach rechts oder links ab. Dann hörte Wedigo mehrere, sehr laute Geräusche, offenbar Schüsse, und aus einem der Flugzeuge stieg schwärzlicher Rauch auf. Bestürzt sah er, wie der Doppeldecker zur Seite kippte und mit trudelnden Bewegungen in die Tiefe stürzte. Aus einem Impuls heraus folgte er mit seinem Albatros dem zweiten Flugzeug. Doch die andere Maschine stieg steil nach oben, tauchte in eine Wolke ein und geriet umgehend außer Sicht. Wedigo brach die Verfolgung ab und drehte um. Wenig später lag Johannisthal wieder vor ihm; Hauptmann von Wedel setzte zur Landung an.

Die abgeschossene Maschine war unweit der Landebahn nahe dem Gebäude der Firma Rumpler-Flugzeuge aufgeschlagen. Aus dem Wrack stieg beißender Qualm auf, Trümmer lagen in einem Umkreis von 50 Metern ringsherum verstreut. Der verrenkte Körper des Piloten konnte nur mit Mühe geborgen werden, zu helfen war ihm nicht mehr. Ein zufällig anwesender Militärarzt untersuchte den Toten.

»Der Mann muss unmittelbar beim Aufprall ums Leben gekommen sein«, sagte er und zuckte die Achseln. »Nichts mehr zu machen.«

Menschen drängten zur Absturzstelle, ein Fotograf schob sich durch die Menge der Schaulustigen und machte mit seiner Standkamera Bilder vom Unfallort.

»Der Angreifer war bestimmt ein Franzose«, meinte ein älterer Mann.

»Wo soll hier ein Franzose herkommen, Karl?«, fragte sein Begleiter und korrigierte ihn: »Wenn das ein Ausländer war, muss es ein Russe oder Pole gewesen sein.«

»Jedenfalls war es ein Feind«, stellte Karl abschließend fest.

Müßiges Gerede ohne Fakten, dachte Wedigo. So waren die Leute. Natürlich gab es in Johannisthal jede Menge ausländische Gäste, entweder Piloten oder Zuschauer. Wie die beiden Engländer und der Amerikaner rechts von ihm. Aber warum sollten diese einen deutschen Flieger abschießen? Er wandte sich vom Geschehen ab und ging zur Straße. Helfen konnte er ohnehin nicht. Ein Gefreiter hatte auf ihn gewartet und fuhr ihn im Automobil zurück nach Potsdam. Am Himmel zeigten sich mehrere Flugzeuge, die Kreise drehten. Auch ein Zeppelin zog majestätisch seine Runden. Offenbar wurde nach der Angreifermaschine gesucht.

Kurz vor sieben trat Hauptmann von Wedel durch die Tür des Kasinos des 1. Garde-Regimentes zu Fuß an der

Kellertorbrücke direkt am Potsdamer Stadtkanal. Er trug seine neue Uniform, das schickte sich am Pfingstmontag im Kasino. Der junge Offizier war stolz auf sein Regiment, die Potsdamer Garde gehörte zur Elite des Offizierkorps und zur Spitze der Gesellschaft. Die Offiziere stützten und trugen die Monarchie, und damit den Staat. Das war schon immer so gewesen, der Korpsgeist war seit Jahrhunderten ungebrochen. Als Angehöriger dieser geradezu ›ritterlichen‹ Elite ertrug man geduldig den militärischen Drill, fuhr gemeinsam ins Manöver, übte, kämpfte, paradierte und lebte zusammen, fest im Geist des großen Ganzen. Und man wusste gemeinsam zu feiern, auch das gehörte dazu.

Mittags hatte das traditionelle Schrippenfest stattgefunden, bei dem der Kaiser seinem Musterregiment persönlich weiße Schrippen mit anderen Köstlichkeiten kredenzt hatte. Später hatte es einen Empfang im Neuen Palais gegeben. Nun war es Abend geworden. Das hell erleuchtete Kasino füllte sich zusehends. Die älteren Hauptmänner fanden sich an den hinteren Tischen zusammen, während die jüngeren Leutnante und Oberleutnante die vorderen Plätze besetzten, wo sie sich lautstark unterhielten. Leutnant Natzmer, der Maître de Plaisier im Regiment, stand am Billard, wo er mit dem Regimentsadjutanten Oberleutnant Kuno von Sick und Leutnant von Katte eine Partie Karambolage spielte. Er hatte gerade einen sehr leichten Ball nicht gemacht und stieß unmutig sein Queue auf den Boden.

»Alle Wetter, geht mir dieser Ball hinten weg!«, rief er. »So viel Pech hatte ich schon lange nicht mehr im Spiel!«

»Desto größer ist sicher dein Glück in der Liebe«, entgegnete Katte lachend. »Denk an die kleine Blonde von neulich. So viel aber ist gewiss, du solltest heute Abend nicht mit Oberleutnant von Hanke spielen. Du bist ziemlich zerstreut und er ist ein wahrer Meister. Schone also lieber deine Börse.«

Wedigo winkte Natzmer kurz zu, nach Karambolage stand ihm heute nicht der Sinn. Er setzte sich an einen Tisch abseits des allgemeinen Treibens. Er wollte sich heute Abend mit seinen alten Freunden Heinrich von Helldorff und Karl Wilhelm Ludwig von Weiher treffen. Die Kameraden waren wie er im Herbst letzten Jahres zum Hauptmann befördert worden; sie dienten allerdings nicht mehr im 1. Garde-Regiment. Heinrich von Helldorff, hochgewachsen und schlank, war jetzt Adjutant beim Kommandeur der Brigade Generalmajor von Kleist und seit Jahresbeginn frisch gebackener Ehemann. Karl Wilhelm Ludwig, ein fröhlicher, leicht rundlicher Junggeselle, war mit seiner Beförderung zum 5. Garde-Regiment zu Fuß nach Spandau versetzt worden und hatte dort die 2. Kompanie übernommen.

Die Freunde kamen und man plauderte über den militärischen Alltag, streifte die aktuelle Tagespolitik und die Lesung des Militärhaushaltes im Reichstag. Helldorff neckte Wedigo mit den Pressekritiken zur Berliner Impressionistenausstellung, da er wusste, wie sehr dieser sich über unsachgemäße Artikel zur Kunst ärgerte, und kam schließlich auf sein Lieblingsthema, den kommenden Krieg, zu sprechen.

»Ich bin sicher, dass es noch in diesem Jahr losgeht«, sagte er. »Der Franzmann wartet nur auf einen Anlass, gegen den Rhein vorzustoßen. Aber ihm wird es gehen wie Anno 1870. Wir versohlen den Franzosen rasch die roten Hosen!«

»Ich glaube nicht an Krieg«, entgegnete Weiher kritisch. »Nicht in unserem Teil der Erde. Vielleicht drüben in Amerika. Die Besetzung von Vera Cruz durch amerikanische Truppen und die Einmischung der Amerikaner in die inneren Verhältnisse des Landes werden die Mexikaner nicht hinnehmen. Der Amerikaner ist seit dem Sieg über Spanien sehr großmäulig geworden.«

»Da drüben gibt es doch nur Krämerseelen, Trapper und Indianer«, meinte Helldorff geringschätzig. »Die haben mit ihren eigenen Problemen genug zu tun.«

Die Freunde verloren sich in Spekulationen, denen Wedigo nur mit halbem Ohr lauschte. Seine Gedanken waren noch immer bei dem seltsamen Zwischenfall während seines Flugs, dessen unmittelbarer Zeuge er geworden war. Doch er erzählte den Kameraden nichts von seinem Erlebnis. Sein Schweigen fiel auf, die Freunde spürten, dass er nicht ganz bei der Sache war.

»Du bist so nachdenklich, hast du Neuigkeiten von Fräulein von Bredow?«, fragte ihn Heinrich von Helldorff. »Schlägt ihre Kur diesmal an?«

»Baden-Baden bekommt ihr ausgezeichnet«, antwortete Wedigo kurz.

Helldorff merkte, dass Wedigo ungern über die Kur seiner Verlobten sprechen wollte, und wechselte das Thema. Er wandte sich seinem anderen Lieblingsbereich, dem Sport, zu. Am gestrigen Pfingstsonntag war er extra mit der Eisenbahn nach Magdeburg gefahren, um das Endspiel um die deutsche Fußballmeisterschaft zusammen mit 4.000 anderen sportbegeisterten Zuschauern zu verfolgen. Der SpVgg Fürth hatte den Titelverteidiger VfB Leipzig mit 3:2 nach Verlängerung besiegt; Helldorff verlor sich in enthusiastischen Darlegungen der jeweiligen Spielzüge. Wedigo und Karl Wilhelm Ludwig lauschten gottergeben. Demnächst, rief er endlich begeistert, könne man sich das Spiel sogar als Filmvorführung anschauen.

Nach einer Stunde gingen die Freunde. Wedigo blieb allein am Ecktisch vor einem Glas Bier und hing erneut seinen Gedanken nach. Ilse von Bredow war bereits die dritte Woche in Kur in Baden-Baden, und er hatte noch immer nichts von ihr gehört. Langsam machte er sich Sorgen. In Baden-Baden verkehrten die Großen der Welt, wer wusste, welcher Fürstensohn seiner Ilse den Kopf verdrehte. Voller Stolz hatte er ihr in einem Brief vom Erwerb seines Pilotenscheins berichtet – und keine Antwort erhalten. Wedigo griff zum Glas und leerte es.

Heute hatte er seinen ersten Flug als Pilot absolviert; ein tolles Ereignis, doch zum Feiern war ihm nicht zumute. Sein Denken wandte sich dem am Nachmittag Erlebten zu. Der beschossene Alberti-Doppeldecker war am Boden zerschellt und der Flugzeugführer getötet worden. Fassungslos hatten die Menschen am Flugplatz das Geschehen verfolgt. Sie waren alle Zeugen des unvorhergesehenen Luftkampfes geworden und das mitten in Zeiten des Friedens; eine Ungeheuerlichkeit, eine neue Art von Mord! Wedigo hatte die Tat mit angesehen und nicht verhindern können. Dafür war er nicht nahe genug am Geschehen gewesen. Unbewaffnet hatte er zudem keine Chance gegen den fliegerisch sehr erfahrenen Gegner gehabt. Und die Maschine des Angreifers war weitaus wendiger und schneller als sein eigenes Flugzeug gewesen. Der Flugzeugtyp kam ihm bekannt vor, doch fiel ihm die genaue Bezeichnung auf Anhieb nicht ein.

»So in sich gekehrt, Kamerad von Wedel?«, unterbrach eine bekannte Stimme seine Gedanken. Überrascht blickte Wedigo auf. Vor ihm stand Major Walter Nicolai, sein Vorgesetzter in der Zeit, als er im letzten Jahr im Kriegsministerium in der Abteilung III b gearbeitet hatte. Die Abteilung beschäftigte sich mit geheimdienstlichen Angelegenheiten und vor allem mit der Abwehr feindlicher Spionage. Nicolai war ein Mann mit klaren, sehr streng wirkenden Gesichtszügen und hoher Stirn; der dunkle Schnurrbart war akkurat geschnitten und kurz, genau wie das an den Schläfen lichter werdende Haar. Wedigo hatte im letzten Mai mit Nicolai zusammengearbeitet und gemeinsam mit ihm einen russischen Spionagering ausgehoben. Parallel dazu hatte er einen Anschlag auf hohe und höchste Persönlichkeiten unter Einsatz seines Lebens verhindert. Dafür war er zum Hauptmann befördert und mit dem Königlichen Kronenorden geehrt worden. Seine Majestät der Kaiser hatte Wedigo sogar eine persönliche Audienz gewährt. Wedigo wäre gern weiter in der Abteilung geblieben, aber im letzten September erschütterte ein Skandal das 1. Garde-Regiment zu Fuß in Potsdam. Während einer Schießübung im Lager Döberitz bemerkte ein Offizier, dass ein Soldat der 6. Kompanie des Regiments aus seinem Stiefel und dem Brotbeutel Patronen herausnahm. Eine Untersuchung deckte auf, dass nahezu alle Unteroffiziere und Mannschaften der Kompanie Patronen versteckt hatten. Man fand über tausend Patronen, die wohl verkauft werden sollten. Der Kompanieführer Hauptmann von Schlich wurde daraufhin abgelöst und kurzerhand Wedigo zum neuen Kompaniechef ernannt.

»Darf ich mich zu Ihnen setzen?«, fragte Nicolai.

»Selbstverständlich, Herr Major«, antwortete Wedigo.

Nicolai nahm am Tisch Platz und winkte der Ordonanz. »Bringen Sie uns zwei Helle«, wies er den Gefreiten an. Das Bier kam und die beiden Offiziere stießen an.

»Wohl bekomm's«, wünschte der Major. »Sie sehen aus, Kamerad, als könnten Sie einen Schluck gebrauchen. Was ist Ihnen denn über die Leber gelaufen?«

Wedigo warf Nicolai einen forschenden Blick zu. Konnte es sein, dass der Geheimdienstchef wegen des heutigen Flugvorfalls das Kasino aufgesucht hatte? Aus der Miene des Majors ließ sich wie immer nichts ablesen. Trotzdem war er überzeugt, dass Nicolai nicht zufällig aus Berlin nach Potsdam gekommen war. Kurz und knapp gab Wedigo einen Bericht seiner Erlebnisse. Er endete mit dem Abbruch der Verfolgung und seiner Rückkehr zum Flugplatz Johannisthal.

»Ein Luftkampf über den Hauptgebäuden des deutschen Flugzeugbaus«, fasste der Major zusammen. »Das lässt auf eine gezielte Aktion schließen. Haben Sie das Flugzeugmuster des Angreifers erkannt?«

»Es war ein kleineres Flugzeug. Mein Albatros hat eine Spannweite von über 14 Meter. Die Maschine hatte etwas mehr als die Hälfte davon«, antwortete Wedigo.

»War es ein Einsitzer oder ein Zweisitzer?«

»Ich glaube, es war ebenfalls ein Zweisitzer. Genauer, ein Zweisitzer mit V-Stielen zwischen den Tragflächen. Die unteren Tragflächen waren schmaler und nach hinten versetzt. Jedenfalls gab es keine Hoheitsabzeichen.«

»Womit hat der Pilot geschossen?«, fragte Nicolai weiter.

»Ich hatte den Eindruck, dass auf der oberen Tragfläche eine Art Gewehr montiert war. Ich bin mir aber nicht sicher. Jedenfalls war es eine schnelle Schussfolge.«

»War es dieses Flugzeug?« Der Major legte Wedigo ein Bild vor.

»Nein, das ist eine britische Avro 504. Ich kenne die 504 zufällig, die ist viel größer, ihre Spannweite beträgt fast elf Meter.«

»Und diese Maschine?« Ein weiteres Schwarzweißfoto kam auf den Tisch. Der Major schien sich für ihr scheinbar zufälliges Treffen gut vorbereitet zu haben.

»Der Typ könnte es gewesen sein«, meinte Wedigo und drehte die Fotografie um. Auf der Rückseite stand: ›Nieuport 10, 80 PS, Höchstgeschwindigkeit 115 km/h, Flugdauer 2 Stunden 30 Minuten‹. »Das ist ein französischer Typ«, sagte er überrascht. »Mit mehr PS als meine Albatros. Kein Wunder, dass ich den Kerl nicht einholen konnte. Aber in zweieinhalb Stunden kommt eine Nieuport nie und nimmer von Frankreich nach Berlin.«

»Das sicher nicht«, erwiderte der Major. »Auch nicht aus Russisch-Polen. Das Flugzeug muss auf deutschem Territorium gestartet sein. Andererseits ist erst am Pfingstsonntag Leutnant Wentscher mit einer Maschine in fünf Stunden und fünf Minuten von Johannisthal nach Wien geflogen.«

»Kamerad Wentschers Flugzeug war ein LVG Doppeldecker mit einem 105 PS starken Mercedes-Motor«, wandte Wedigo ein. »Das ist eine völlig andere Ausgangslage.«

»Sie sind sich aber sicher, dass es sich bei dem Angreifer um eine Nieuport 10 gehandelt hat?«, fragte der Major.

»Es war eine Nieuport, aber ob die Maschine nur 80 PS und nicht 100 oder gar 110 PS und eine ganz andere Reichweite hatte, kann ich natürlich nicht sagen.«

»Verstehe«, sagte Nicolai und strich sich nachdenklich übers Kinn. »Jedenfalls flogen keine Viertelstunde später mehrere unserer Aufklärer den Großraum Berlin ab, leider ohne Erfolg. Auch eine spätere Zeppelinerkundung führte zu keinem Ergebnis. Die Maschine ist wie vom Erdboden verschwunden. Ich fürchte, hinter dem Angriff steckt eine sehr üble Geschichte, Kamerad von Wedel. Sie wissen, wer der abgeschossene Pilot war?«

»Nein, das weiß ich nicht.«

»Kapitänleutnant Walter Schroeter von den Kaiserlichen Marinefliegern in Kiel-Holtenau. Der ganze Vorgang und vor allem Schroeters Tod sind sofort unter strenger Geheimhaltung gestellt worden, eine Order der Admiralität. Ich bin ersucht worden, das Geschehen aufzuklären. Und jetzt kommen Sie ins Spiel, Herr Hauptmann.« Nicolai hielt inne und trank einen Schluck aus seinem Glas. »Sie und Ihre fliegerischen Kenntnisse, Herr von Wedel. Ich möchte Sie zur Aufklärung hinzuziehen!«

»Herr Major«, sagte er, ohne zu zögern. »Ich bin natürlich dabei. Sie wissen, dass mich Geheimnisse reizen. Mein Regimentskommandeur müsste allerdings einverstanden sein und mich gehen lassen. Ich bin gespannt, ob es wirklich ums Fliegen geht.«

»Nun«, erwiderte Nicolai ruhig. »Ein Flugzeug wurde von einem anderen abgeschossen, das ist doch eindeutig? Mit Generalmajor von Friedeburg habe ich bereits gesprochen. Er hat Ihrer Kommandierung zugestimmt. Die Papiere an Ihr Regiment sind unterwegs. Sie können gleich morgen in Berlin anfangen. Ich erwarte Sie um 11 Uhr in meinem Büro in der Wilhelmstraße. Jetzt entschuldigen Sie mich, ich muss noch eine weitere Persönlichkeit für meinen Stab akquirieren.« Der Major erhob sich und verließ mit forschen Schritten das Kasino.

Am nächsten Morgen weckte Wedigos Bursche Werner seinen Hauptmann pünktlich um sieben. Wedigo erhob sich, wusch sich und ließ sich anschließend von Werner rasieren. Noch im Hemd trank er seinen Kaffee und aß dazu eine Schrippe. Nun schlüpfte er in seine blaue Uniform und überprüfte den Sitz vor dem großen Spiegel in der Diele. Er betrachtete sich kritisch. Aus dem Glas blickte ihm ein hochgewachsener Mann von nunmehr 24 Jahren entgegen. Das Gesicht scharf geschnitten, die Augen graublau. Die dunkelblonden Haare trug Wedigo militärisch kurz und in der Mitte gescheitelt. Der Schnurrbart war der Mode entsprechend sauber gestutzt, doch auf das obligate Einglas hatte er dankend verzichtet. Der junge Hauptmann strich sich mit der Bürste übers Haar, griff dann zum Wandkalender und riss das tägliche Blatt ab. Heute war Dienstag, der 2. Juni 1914. Er schloss den obersten Knopf seiner Uniformjacke, schnallte den Degen um und begab sich von seiner Wohnung in der Siefertstraße hinüber zu der nahe gelegenen Kaserne des 1. Garde-Regiments zu Fuß Potsdam in der Priesterstraße. Die Sonne schien schon kräftig, der Tag versprach, wieder sehr warm zu werden. In der Kaserne ordnete er im Schreibbüro seiner Kompanie noch das eine oder andere und übergab Leutnant von Alvensleben vorerst die Führung. Dann meldete er sich bei seinem Kommandeur nach Berlin ab. Von Friedeburg wünschte ihm viel Erfolg und entließ ihn. Um 9 Uhr fuhr der Hauptmann vom Potsdamer Bahnhof aus mit der Wannseebahn nach Berlin. Während der Fahrt blätterte er in der *Berliner Morgenpost*. Rasch überflog er die Meldungen:

Die Beschlagnahme eines deutschen Schiffes in Mexiko durch amerikanische Besatzungstruppen schlug hohe Wellen. In Frankreich hatte Ministerpräsident Gaston Doumergue seinen Rücktritt für den 4. Juni angekündigt. An der Börse von St. Petersburg war es zu einem Kurssturz der Bank- und Erdölaktien gekommen. Der Kommentator vermutete hinter dem Ereignis das Werk amerikanischer und französischer Spekulanten. Unter Vermischtes gab es eine Meldung über den Raubmord von Mitte Mai in der Berliner Weberstraße 15a an der Almosenempfängerin Julianne Mahler, der noch immer nicht aufgeklärt war. Im Kulturteil wurde berichtet, dass die Künstlerin Mata Hari vom Herbst an ein halbes Jahr lang im Metropoltheater auftreten würde. Am Ende stand ein Bericht über die Ankunft des neuen Deutschen Meisters in Fürth. Es hätten sich, schrieb die Zeitung, ›solch ungeheure Menschenmassen« angesammelt, dass der Straßenbahnbetrieb »eingestellt werden musste‹. Ein Autokorso – angeführt von einer Kapelle – sei stundenlang durch die Stadt gezogen. Über den gestrigen Luftkampf gab es keine Zeile, offenbar war das Kriegsministerium bereits aktiv gewesen und hatte jede Meldung unterbunden.

Berlin war erreicht, der Hauptmann verließ den Zug und suchte sich eine Droschke. Während der Kutscher durch das vormittägliche Verkehrsgetümmel lenkte, betrachtete Wedigo das Treiben auf der Straße. Pferdedroschken fuhren neben Automobilen, dann zeigte sich ein Straßenhändler, der seinen schweren Karren schob. Auf dem Trottoir sah er Dienstmädchen sich unterhalten und biedere Handwerker, Ladenschwengel, die rauchten, und seriöse Herren von der Bank, daneben Backfische mit kessen Hütchen und Matronen auf Einkaufsbummel. Die Straßen spiegelten die Bildervielfalt der Großstadt Berlin wider. Sie bogen gerade in die Wilhelmstraße ein, als er eine Gestalt bemerkte, die ihm bekannt vorkam. Es war eine sehr modisch gekleidet

Dame, die mit einem kleinen weißen Hund an der Leine auf dem Trottoir spazierte. Sie fuhren an der Dame vorbei und Wedigo konnte einen Blick auf ihr Gesicht werfen. Es war zu seinem Erstaunen eine alte Bekannte, die Gräfin Maria Melissa Walewska. »Melissa«, rief er unwillkürlich und wollte die Kutsche schon anhalten lassen, um auszusteigen, unterließ es jedoch. Die Gräfin hatte in einem militärischen Spionagefall, mit dem er sich im letzten Jahr beschäftigt hatte, eine höchst eigene Rolle gespielt. Im Rahmen der Ereignisse hatten sich ihre Wege mehrfach gekreuzt, und der attraktiven Frau war es gelungen, ihn und seine Gefühle kräftig zu verwirren.

Der Wagen hielt vor dem Ministerium. Wedigo sprang hinaus und sah suchend die Straße hinab. Doch die Gräfin war bereits außer Blick geraten; vielleicht hatte er sich auch geirrt. Er bezahlte den Droschkenkutscher und trat durch das mit Soldatenfiguren geschmückt Einfahrtstor der Wilhelmstraße 86-87. Vor ihm lag eines der Gebäude des Kriegsministeriums. Er wandte sich zur Abteilung III b, in der Major Nicolai residierte. Punkt elf klopfte er an dessen Tür und trat ein.

»Hauptmann von Wedel, Herr Major, melde mich wie befohlen!«

»Mein lieber von Wedel, nicht so formal, wir sind unter uns, also lassen Sie das Exerzierreglement ab sofort einfach zur Seite«, antwortete Nicolai und wies auf einen Stuhl: »Setzen Sie sich! Oberfeldwebel Schneidmann wird gleich mit unserem dritten Mann kommen, dann können wir mit unserer Besprechung anfangen.«

Die Räumlichkeiten des Major Nicolai bestanden im Wesentlichen aus zwei Zimmern sowie einem Aktenarchiv und einer Waffenkammer. Gegenüber dem letzten Jahr hatte sich nichts verändert. Nach wie vor roch es nach Waffenöl, Akten und Nicolais Fotolaborchemikalien. In der Mitte des größeren Zimmers stand ein breiter Schreibtisch, auf dem sich ein Fernsprechapparat befand. An den Wänden hingen Karten: Ein Stadtplan vom Großraum Berlin, eine militärische Reichskarte mit allen Garnisonen, 50.000er Blätter der k.u.k. Monarchie, von Russisch-Polen und dem westlichen Frankreich sowie eine riesige Afrikakarte, in der die deutschen Kolonien hervorgehoben waren. Auf den an der Seite stehenden, halbhohen Schränken lagen allerlei technische Geräte und Werkzeuge, darunter optische Instrumente und Filmkameras.

Gerade als es sich Wedigo bequem gemacht hatte, erschien der Oberfeldwebel und direkt mit ihm ein schlanker Offizier im blauen Rock der neuen Fliegertruppe, das Abzeichen mit dem fliegenden Eindecker auf der Brust.

»Ich darf die Herren bekannt machen«, sagte der Major. »Hauptmann Wilberg aus der Inspektion der Fliegertruppen, Hauptmann von Wedel, 1. Garderegiment zu Fuß.«

Die beiden Offiziere gaben sich die Hand und Wilberg setzte sich ebenfalls.

»Meine Herren, ich komme gleich zur Sache«, begann Nicolai. »Ich habe Sie für die Abteilung III b angefordert, da wir seit dem Frühjahr eine neue Serie feindlicher Spionage gegen unsere Festungen, gegen die Marine und vor allem im Hinblick auf unsere in der Aufstellung befindliche Fliegertruppe feststellen mussten. Hauptmann Wilberg ist direkt vom Fach und Herr von Wedel war bereits im letzten Jahr in der Abteilung überaus erfolgreich tätig. Unglücklicherweise waren Sie Zeuge des tödlichen Angriffs auf Kapitänleutnant Schroeter. Dieser mörderische Anschlag, meine Herren, ist zwar einmalig, stellt aber vermutlich nur die Spitze eines Eisbergs dar. In den letzten drei Jahren haben wir bei etlichen sogenannten Flugunfällen eine große Anzahl junger Piloten verloren. Am 29. September 1911 erlitt Korvettenkapitän Paul Engelhard einen tödlichen Absturz. Am 15. November 1911 stürzte der Ingenieur Alfred Pietschker bei der Erprobung seines neuen Eindeckers zu Tode. Nur um zwei Kameraden zu nennen. Die Zahl der Abstürze nahm 1912 noch zu. Weitere Flieger kamen 1913 ums Leben, alles hervorragende und erfahrene Piloten. Auch in diesem Jahr hat es bereits mehrere tödliche Unfälle gegeben. Natürlich ist die Fliegerei mit hohen Risiken verbunden, aber eine derartige Häufung von Unfällen ist einfach zu unwahrscheinlich. Deswegen hat mich Ihr Chef«, der Major nickte Wilberg zu, »Oberst von Eberhardt, dienstlich ersucht, dem Geschehen nachzugehen. Der offene Angriff gestern war sozusagen der Gipfel des Ganzen. Jetzt werden und müssen wir endlich Gegenmaßnahmen ergreifen.«

»Gibt es noch keinen Anhaltspunkt dafür, woher die angreifende Maschine gekommen ist?«, fragte Wedigo.

»Die Nieuport ist wie aus dem Nichts aufgetaucht und dann wiederum im Nichts verschwunden«, erwiderte Nicolai. »Es wurde sofort eine Rotte vom Flugplatz Döberitz aus in die Luft geschickt, doch das fremde Flugzeug war nicht aufzufinden. Schon im letzten August konnte der Franzose Lefort unbemerkt bis Danzig gelangen. Allerdings geschah dies im Rahmen des Pommery Pokal Wettfluges und ohne dass Sabotage im Spiel war. Das beweist, wie schwer sich die Suche nach der Herkunft des Angreifers für uns gestaltet. Die Reichweite der Maschinen wird von Jahr zu Jahr größer.«

»Wir können also unseren Luftraum nicht schützen«,

rief Hauptmann Wilberg. »Dem Gegner gelingt es ohne Probleme, mitten im Reich einen militärischen Anschlag zu initiieren und ungeschoren zu verschwinden.«

»Das ist leider richtig«, bestätigte Nicolai. »Aber unser Auftrag richtet sich primär auf die Klärung der Unfallserie und damit auf eine Vereitelung weiterer Sabotageakte.«

»Warum sollte ein feindlicher Agent derart offen auftreten?«, fragte Wedigo. »Eine Manipulation an einem Flugzeug wäre einfacher und weniger auffällig gewesen.«

»Das sehe ich genauso«, meinte Hauptmann Wilberg. »Die Möglichkeiten, auf dem Flugplatz den Motor oder die Steuerungsseile zu beschädigen, sind weitaus größer. Die Sabotageserie, wenn es sich denn um Sabotage handelt – ich habe da meine Zweifel –, die Serie also kann nur vom Boden aus bewerkstelligt worden sein. Und es muss sich jeweils um einen Fachmann gehandelt haben, der sich mit Flugzeugmotoren auskannte.«

»Wir werden alle nur denkbaren Optionen prüfen und in jeder Hinsicht mehrgleisig operieren«, sagte der Major. »Sie werden daher, meine Herren, unserem Flugplatz in Döberitz einen Besuch abstatten und dort nachforschen. Sie sind vom Fach und wissen, wo Sie ansetzen müssen. Heute früh habe ich zudem Nachrichten erhalten, die auf die Reichslande als operative Basis französischer Agenten hinweisen. Seit dieser unglücklichen Zabern-Affäre gärt es im Elsass und in Lothringen. Neben örtlichen Protesten und den Petitionen an den Reichstag zieht vor allem das Deuxième Bureau aus dem Konflikt Nutzen. Elsässer werden angeworben und zur Spionage sowie zur Sabotage eingesetzt. Sie werden sich daher nach Straßburg und Metz begeben, wo Kompanien unseres 4. Flieger-Bataillons stationiert sind. Gerade in Metz gibt es Anzeichen für verstärkte Aktivitäten des Deuxième Bureau. Ihr Ansprechpartner in Straßburg ist Hauptmann Starke vom XV. Armeekorps, in Metz wenden Sie sich an Hauptmann Lübcke im Stab des XVI. Armeekorps. Gehen Sie bitte vorsichtig vor. Eine erneute Blamage wie vor 14 Tagen in Köln, als wir den französischen Geschäftsmann Clement-Bayard nach 36 Stunden mangels Beweisen laufen lassen mussten, muss vermieden werden. Kaum war der Kerl entlassen, wurde durch Zeugen bestätigt, dass er wochenlang Luftschiffe ausspioniert und Bauskizzen angefertigt hatte. Zu spät, der Franzose war längst über alle Berge.«

»Wir sollen also vor Ort recherchieren«, stellte Hauptmann Wilberg ruhig fest. »Ich gehe davon aus, dass uns die örtlichen Polizeikräfte dabei unterstützen.«

»Das ist korrekt«, bestätigte der Major.

»Wie viel Zeit haben wir und wann sollen wir aufbrechen?«, fragte Wedigo.

»Die Tatsache, dass im Zentrum des Reiches ein derartiger Angriff erfolgte, hat die Herren im Generalstab sehr erregt«, erwiderte Nicolai. »Generaloberst von Moltke fordert im Hinblick auf die Aufklärung des Luftangriffs absolute Priorität. Auch Kriegsminister von Falkenhayn erwartet rasche Ergebnisse. Wir stehen also unter großem Zeitdruck. Zudem darf es zu keinen weiteren Todesfällen mehr kommen, und wir müssen verhindern, dass der Gegner nochmals derart unverfroren Einblick in die Entwicklung unserer neuesten Rüstung nehmen kann.«

»Dann wäre es doch am besten, wenn wir uns die Arbeit aufteilten«, schlug Wedigo vor. »Einer von uns fährt nach Döberitz, während der andere die Reichslande aufsucht.«

»Ich würde Döberitz vorziehen«, meinte Wilberg. »Ich kenne den Platz gut und natürlich auch die dortigen Fliegerkameraden.«

»Das fügt sich mit meinen Plänen«, sagte der Major lächelnd. »Sie sind in Döberitz und Johannisthal bereits als Inspizient aus dem Kriegsministerium angemeldet. Offiziell reisen Sie im Auftrag von Generalmajor Messing. Und Sie«, wandte er sich an Wedigo, »werden für einen Besuch bei Ihrer Verlobten in Baden-Baden beurlaubt. Ich habe für Sie für morgen ein Zimmer im Maison Messmer reservieren lassen. Über Baden-Baden reisen Sie nach Straßburg. Dort bekommen Sie weitere Instruktionen.«

»Da möchte ich fast tauschen«, sagte Hauptmann Wilberg, »aber ich fürchte, meine Frau wäre mit dem Besuch bei Kamerad von Wedels Verlobten nicht einverstanden«, fügte er hinzu. »Wann breche ich auf?«

»Umgehend«, erwiderte Nicolai knapp. »Im Hinblick auf die Suche nach dem feindlichen Flugzeug ist keine Zeit zu verlieren. Oberfeldwebel Schneidmann wird Ihnen die notwendigen Unterlagen und Papiere geben.«

Wilberg und Schneidmann erhoben sich, Wedigo wollte sich anschließen, doch der Major wies ihn an, zu warten. »Einen Augenblick, Herr von Wedel, ich muss noch etwas mit Ihnen besprechen. Kamerad Wilberg, ich erwarte bis Freitag Ihren ersten Bericht!«

Der Pilot und der Oberfeldwebel verließen das Zimmer. Nicolai wartete, bis sich die Tür geschlossen hatte. Nun holte er aus seinem Schubfach eine blaue Akte hervor. Er lehnte sich zurück und blätterte einige Zeit in der Kladde. Wedigo schaute schweigend zu. Wie er Nicolai kannte, war er sicher, dass der Major noch etwas in petto hatte und lediglich den richtigen Zeitpunkt abwarten wollte.

Der junge Hauptmann wappnete sich mit Geduld und wartete. Zwei, drei Minuten vergingen, dann warf Nicolai die Akte mit Schwung auf den Tisch.

»Ich hatte heute früh Besuch«, begann er langsam.

»Von der Gräfin Walewska«, fiel ihm Wedigo ins Wort. Er wusste nicht, welcher Teufel ihn ritt, doch das Bild der Dame in Weiß, die er heute Morgen gesehen hatte, trat ihm derart vor die Augen, dass er nicht anders konnte, als den Namen der Gräfin zu nennen.

»Wenn Sie schon alles wissen, Herr Hauptmann«, entgegnete der Major scharf, »dann brauche ich nicht weiterzusprechen. Ansonsten hören Sie einfach zu!«

»Pardon, Herr Major!«

»Schon gut«, meinte Nicolai, jetzt wieder gelassener, »mir ist durchaus bekannt, welch starke Gefühle die schöne Gräfin bei Männern im Allgemeinen und bei Ihnen im Speziellen hervorzurufen vermag. Aber darum geht es nicht. Maria Walewska war bei mir im Büro, um Bericht zu erstatten.«

»Gräfin Maria Walewska arbeitet für Sie?«, fragte Wedigo erstaunt.

»Wussten Sie das nicht?«, entgegnete der Major ruhig. »Ich dachte, man hätte Ihnen zugetragen, dass nach den Ereignissen im Mai im letzten Jahr, zu deren Aufklärung Maria Walewska beitrug, sie sich in den Schutz unserer Abteilung begeben hat. Ich weiß, dass ihre Rolle im damaligen Spionagespiel durchaus zwiespältig gesehen werden kann. Aber ich bin das Risiko eingegangen und habe ihr gewisse Aufgaben anvertraut, die sie zur vollen Zufriedenheit gelöst hat.«

»Das heißt, Herr Major, Sie setzen die Gräfin in gleicher Weise ein, wie das vorher Oberst Martschenko von der russischen Raswedka getan hat«, stellte Wedigo nüchtern fest.

»Das ist nicht ganz richtig«, sagte Major Nicolai. »Oberst Martschenko beauftragte die Gräfin, in Berlin jungen Gardeoffizieren den Kopf zu verdrehen. Mit solchen Aktivitäten beschäftigt sich unsere Abteilung nicht, aber wir wissen natürlich von den Möglichkeiten, die sich einer schönen und intelligenten Frau bieten. Die Gräfin lebt und verkehrt in hohen und höchsten Gesellschaftskreisen. Sie ist einmal in Wien, dann in London und wieder in Paris, Berlin oder Prag – nur nicht mehr in St. Petersburg und Warschau, was sie sehr bedauert. Sie besucht die großen gesellschaftlichen Veranstaltungen, die glanzvollen Bälle und Feste und erfährt so vieles, von dem unsere Abteilung sonst nie Kenntnis erlangen würde. Ihr Lebenswandel und Stil sind teuer. Wir investieren einiges in ihre Kleidung und Hüte, in Schmuck, Dienerschaft und Reisen. Die Gräfin ist attraktiver und anziehender als je zuvor, und das zahlt sich auf der Ebene der Informationsbeschaffung deutlich aus. Glauben Sie mir, die Dame ist jede Mark wert, die wir sie ausgeben lassen.«

Der Ton Nicolais hatte fast etwas Schwärmerisches angenommen. So ganz immun schien er gegenüber Melissas Reizen nicht zu sein, dachte Wedigo und spürte einen Stich von Eifersucht.

»Jedenfalls war die Gräfin heute früh hier«, fuhr der Major jetzt nüchterner fort, »und hat mir berichtet, dass Georges Ladoux, ein französischer Nachrichtenoffizier, einen gewissen Joseph Crozier aus Lyon, Fachmann für Flugzeugbau, angeworben und unter anderem Namen nach Straßburg geschickt habe. Ferner soll Ladoux Mademoiselle Marthe Betenfeld, eine bekannte französische Fliegerin, für einen Sonderauftrag verpflichtet haben. Mehr konnte oder wollte mir Maria Walewska zunächst nicht erzählen. Als ich jedoch fallen ließ, dass ich plane, Sie ins Elsass zu entsenden, willigte sie ein, Ihnen genauere Informationen über die ihr bekannten Hintergründe und die Verbindung der genannten Personen zum französischen Nachrichtenwesen zu geben. Die Gräfin schlug vor, sich mit Ihnen im Weinhaus Rheingold zu treffen und sich dort bei einem gemeinsamen Gespräch über alles auszutauschen.«

»Verstehe ich Sie richtig«, sagte Wedigo leicht verärgert, »Sie haben die Gräfin über das Geschehen in Kenntnis gesetzt und meine Person sozusagen als Köder benutzt?«

»Beruhigen Sie sich, Herr Hauptmann«, entgegnete Nicolai gelassen. »Natürlich habe ich die Gräfin nur über das Notwendigste informiert. Und, unter uns, es gibt schwierigere Aufgaben, als mit einer schönen Frau zu Mittag zu speisen. Maria Walewska erwartet Sie jedenfalls um halb zwei im Rheingold im Mahagonisaal. Das heißt, Sie können den heutigen Abendzug nach Baden-Baden nehmen. Oberfeldwebel Schneidmann hat sich um alles gekümmert. Er wird Ihnen die Zugverbindungen nennen und die nötigen Unterlagen überreichen. Nutzen Sie das Treffen, die Gräfin weiß sicher mehr, als sie bislang verraten hat. Gehen Sie zum Essen, wie Sie sind, Herr Hauptmann. Die Gräfin erwartet Sie in Uniform. Und lassen Sie sich von Schneidmann einen Browning geben. Es könnte sein, dass Sie in Situationen geraten, in denen eine Waffe hilfreich wäre.«

Wedigo erhob sich, grüßte und verließ das Büro des Majors. Er suchte den Oberfeldwebel auf und gab Schneidmann die Hand. Der groß gewachsene, kräftige Mann, der wie der Kaiser einen gewichsten Bart mit hochgezwirbelten Spitzen trug, freute sich, dass Wedigo wieder zur Abteilung gehörte. Nach einem Plausch über alte Zeiten und den letztjährigen Einsatz überreichte Schneidmann im Auftrag Nicolais eine Mappe mit einem Bündel von Papieren und gab dazu mündliche Informationen. Wedigos Zug fuhr um 16:49 Uhr und erreichte Baden-Baden um 6:15 Uhr morgens. Für den Hauptmann war ein Schlafwagenabteil reserviert. In Baden-Baden würde eine Droschke Wedigo am Bahnhof abholen und ihn ins Hotel bringen. Von der Kurstadt reiste er am nächsten Tag nach Straßburg und bezog dort in der Margaretenkaserne des 8. Württembergischen Infanterie-Regiments Nr. 126 Quartier. Dort sollte er sich offiziell beim Regimentskommandeur Oberst von Schimpf melden, der aber über seine Mission nicht weiter eingeweiht war. Für die eigentlichen Informationen stand der ihm bereits genannte Nachrichtenoffizier Starke zur Verfügung, der Wedigo bei seinen Recherchen unterstützen würde. Wedigo dankte Schneidmann für die Auskünfte und beauftragte den Oberfeldwebel, seinen Burschen Werner anzurufen und ihn anzuweisen, zwei Koffer mit Wäsche, Hemden und einer Ersatzuniform sowie mehreren Anzügen zu packen und mit ihnen zum Bahnhof zu kommen. Wedigo nahm die Unterlagen in Empfang und ließ sich einen Browning mit Munition aushändigen. Dann verabschiedete er sich von Schneidmann.

Während er zum Ausgang schritt, beschäftigten sich seine Gedanken mit der neuen Mission. In Baden-Baden erwartete ihn ein renommiertes Kurhotel und Ilse von Bredow; in Straßburg dagegen eine wenig komfortable Kaserne. Früher wäre er im Palais seines Großonkels Karl Leo Julius Fürst von Wedel, dem langjährigen Reichsstatthalter im Elsass, untergekommen. Doch der Onkel hatte Anfang des Jahres das Amt wegen der Vorkommnisse in Zabern niedergelegt und befand sich zurzeit in Wien. Schade, dachte Wedigo, dann wandte er sich der bevorstehenden Begegnung zu.

Ein Mittagessen mit Gräfin Melissa – er merkte, dass er sich freute, sie wiederzusehen. Zum anderen sah er dem Treffen mit zwiespältigen Erwartungen entgegen. Das Geschehen im Frühjahr letzten Jahres trat ihm wieder vor Augen. Er hatte sich zu der polnischen Gräfin hingezogen gefühlt und den Eindruck gehabt, dass seine Zuneigung durchaus erwidert wurde. Doch alles war ganz anders gekommen. Die Ereignisse im Umfeld der Gräfin waren ihm immer undurchsichtiger erschienen, und er hatte ihr schließlich nicht mehr vertrauen können. Als dann Ilse von Bredow in sein Leben getreten war, hatte seine Affäre mit Melissa, wenn sie denn je eine gewesen war, ein Ende gefunden. Obwohl, er wollte nicht ungerecht sein. Er hatte mit ihr sehr schöne und sehr aufregende Tage erlebt. Ja, er verdankte ihr vielleicht auch sein Leben. Jedenfalls sah der junge Hauptmann der Begegnung mit gemischten Gefühlen entgegen. Während er in Gedanken durch die Gänge des Ministeriums lief, kam ihm ein Offizierskamerad aus dem Regiment entgegen, Oberleutnant Hans-Georg von Jagow, der seit Herbst zum Generalstab abkommandiert war. Die Offiziere begrüßten sich, Jagow entschuldigte sich sogleich, nur wenig Zeit zu haben, er müsse weiter.

»Wir haben in unserer Abteilung noch einiges für den Besuch Seiner Majestät des Kaisers und Großadmiral von Tirpitz bei Erzherzog Franz Ferdinand vorzubereiten«, erklärte er. »Die hohen und höchsten Herrschaften treffen sich Mitte des Monats im Schloss Konopischt, wo Seine Majestät bereits im letzten Oktober mit dem Außenminister Graf Berchtold konferiert hat. Eventuell will Seine Majestät die Reise wie zu Anfang des Jahres auf die Mittelmeerländer ausdehnen. Am Ende soll Sarajevo besucht werden, um dort zusammen mit dem Thronfolger dem Abschluss der Manöver des k.u.k. XV. und XVI. Korps in Bosnien beizuwohnen. Da ist einiges vorzubereiten, die Provinz Bosnien-Herzegowina ist ein gefährliches Pflaster.«

Jagow wusste noch mehr zu berichten, verabschiedete sich jedoch bald und eilte weiter. Als Wedigo das Ministerium verließ, zog er seine Taschenuhr hervor, es war kurz vor eins. Er hatte sich länger im Ministerium aufgehalten, als er gedacht hatte. Doch es blieb genügend Zeit, um in aller Ruhe das Stück zur Bellevuestraße und zum Rheingold zu laufen.

Das Rheingold hatte im Februar vor sieben Jahren seine Pforten geöffnet und lockte als Konzerthaus und luxuriöses Großrestaurant gleichermaßen den Adel und das gehobene Bürgertum. Die Fassade an der Bellevuestraße zeigte Reliefs des Bildhauers Franz Metzner und wirkte auf Wedigo ungeheuer monumental. Im Innern boten 14 in den unterschiedlichsten Stilen ausgestattete Säle jede nur denkbare Annehmlichkeit. Wedigo wandte sich allerdings zur Potsdamer Straße, denn zum Mahagonisaal, in dem er mit der Gräfin verabredet war, konnte man nur über den dortigen Eingang gelangen. Er betrat das Haus durch eine Drehtür und gelangte direkt ins Vestibül. Dieses erstreckte sich über drei Etagen. Ein Mosaikboden schmückte den Fußboden, während die Wände und die Treppe mit Nussholz verkleidet worden waren. Wedigo gab die Offiziersmütze und seinen Degen ab, die Tasche behielt er, und durchquerte den sogenannten Galeriesaal. Er lief an Wänden aus dunkelbraunem Palisanderholz mit perlmutternen Intarsien und Hölzern in den unterschiedlichsten Farben vorbei. Ein Kellner trat auf Wedigo zu, begrüßte ihn und fragte, ob der Herr Hauptmann reserviert habe. Wedigo nannte seinen Namen und wurde darauf in den nächsten Raum, den Mahagonisaal, geführt. Der Namen erklärte sich aus der bordeauxroten Täfelung aus Mahagoni, die Wand und Decke zierte. Ein lebensgroßes Holzrelief schmückte die hintere Wand des Saales. Direkt unter dem Relief saß an einem Tisch Gräfin Maria Walewska und winkte Wedigo zu. Das helle, leichte Kleid, das sie trug, war von modischem Schnitt, und als sie sich erhob, um ihn zu begrüßen, umspielte es im lockeren Wurf ihre schlanke Gestalt. Das blonde Haar trug sie hochgesteckt und ihre grünblauen Augen schienen zu leuchten. Mein Gott, sie war wirklich schön, dachte Wedigo und hielt unwillkürlich im Schritt inne.

»Wedigo«, rief die Gräfin. »So kommen Sie doch. Wie ich mich freue, Sie zu sehen!«

Er trat zu ihr und küsste galant die ihm gereichte Hand. »Melissa«, sagte er mit ehrlicher Begeisterung. Sie sehen reizend aus, ganz bezaubernd!«

»Wedigo, Sie sind und bleiben ein Charmeur«, erwiderte Gräfin Walewska lächelnd. »Aber lassen Sie uns Platz nehmen.«

Beide setzten sich.

»Ihnen gefällt also mein neues Kleid? Das freut mich, es ist ein absolutes Unikat. Ich habe es in einer kleinen, nahezu unbekannten Pariser Boutique von einer Mademoiselle Chanel schneidern lassen. Der Laden liegt in der Rue Cambon gleich gegenüber der Rückseite des Ritz. Eine gute Bekannte von mir, Edith Louise Rosenbaum, eine Modejournalistin, – sie schreibt für Women's Wear Daily – hat mir die Adresse empfohlen. Die Dame wird sicher Erfolg haben. Aber ich plaudere und plaudere und habe Ihnen noch gar nicht zur Ihrer Beförderung zum Hauptmann gratuliert. Ich weiß, das ist schon länger her, doch wir haben uns seit gut einem Jahr nicht gesehen – was ich sehr bedauere.«

Der Ober kam und unterbrach den Monolog der Gräfin. Melissa fragte nach der Tagesspezialität, und beide entschieden sich für Entenbrust mit Salzkartoffeln, Rotweinschalotten, glasierten Champignons und Sauce rouennaise. Als Vorspeise nahmen sie eine Hummercremesuppe, den Abschluss des Essens bildete ein Eissoufflé mit Erdbeeren. Dazu bestellte Wedigo einen Rheinwein des Jahrgangs 1908.

»Wie geht es eigentlich Ihrer reizenden Freundin Ilse von Bredow?«, wechselte Melissa das Thema, als der Kellner gegangen war. »Ich hörte, sie sei in Kur?«

Wedigos Stirn umwölkte sich. Ilse und Ilses Kur waren Themen, die er mit der Gräfin kaum erörtern wollte. »Es geht ihr gut«, antwortet er daher knapp. Zum Glück kam der Sommelier, brachte den Wein und schenkte ein, sodass Wedigo einer weiteren Antwort entbunden wurde. Er hob sein Glas und stieß mit der Gräfin an.

»Auf unser Treffen!«

»Auf den Erfolg Ihres Auftrags und auf unsere Zusammenarbeit«, erwiderte Maria Walewska. »Was wollen Sie nun von mir wissen?«, fügte sie in geschäftsmäßigem Ton hinzu. Der junge Hauptmann wiederholte in knappen Worten, was ihm Nicolai erzählt hatte. Die Hummercremesuppe wurde serviert, und Wedigo hielt kurz inne.

»Ich habe etliche Fragen«, fuhr er dann fort. »Was wissen Sie über Georges Ladoux? Ist Mademoiselle Betenfeld schon zum Einsatz gekommen? Welchen Namen hat dieser Joseph Crozier angenommen und vor allem, wie komme ich an den Mann ran?«

»Das ist eine ganze Reihe von Fragen«, meinte die Gräfin lachend. »Typisch unsere Garde, immer stürmisch voran!« Sie nahm einen Löffel von der Suppe und kostete. »Wirklich delikat, vielleicht eine Idee zu viel Cognac. Doch kosten Sie selbst, was meinen Sie, Wedigo?«

Melissa wollte ihn offenbar etwas zappeln lassen. Wedigo ging auf ihr Spiel ein, lächelte freundlich und probierte ebenfalls. Die Suppe war sehr sämig und schmeckte ausgezeichnet. Das Urteil des Hauptmanns führte dazu, dass Melissa zustimmend nickte und den Gesprächsfaden neu aufnahm und weiterspann.

»Mein Informant glaubt, Mademoiselle l'Alouette, wie Mademoiselle Betenfelds Spitzname unter französischen Fliegern lautet, sei nur zu Tarnzwecken angeworben worden, um einen anderen Einsatz zu decken. Der wahre Pilot, um den es geht, soll von einem geheimen Flugplatz in Russisch-Polen aus operieren. In diesem Zusammenhang fiel der Name Pjotr Nikolajewitsch Nesterow.«

»Das ist doch der russische Offizier, der im letzten August einen Looping flog«, rief Wedigo überrascht. »Das wäre freilich ein Pilot, mit dem kaum jemand mithalten könnte.«

»Das mag sein«, erwiderte die Gräfin. »Aber nicht er, sondern ein französischer Flieger soll zum Einsatz kommen oder bereits gekommen sein. Welcher Zusammenhang zu Nesterow besteht, ist mir nicht bekannt. Das wäre vor Ort in Straßburg oder Metz zu klären. Dorthin hat sich Joseph Crozier begeben, der in Wahrheit der Leutnant Pierre Desgranges vom 2. Büro des Französischen Generalstabes Sektion I ist. Dort befindet sich der geheime Nachrichtendienst und die Gegenspionage.«

Das Hauptgericht unterbrach den Informationsfluss der Gräfin. Wedigo als auch Melissa widmeten sich eine Zeit lang der knusprigen Entenbrust. Schließlich tupfte sich der Offizier den Mund mit der Serviette, nahm einen Schluck Wein und blickte Maria Walewska fragend an. »Woher haben Sie all diese Namen und wer ist Ihr Informant? Ich weiß, dass man seine Quellen nicht nennt, aber ich brauche einen Kontakt oder Ansatz, um an die französischen Hintermänner und Agenten heranzukommen.«

»Haben Sie Geduld, Wedigo. Ich werde Ihnen meinen Kontaktmann persönlich vorstellen, wenn wir in Straßburg sind«, erwiderte die Gräfin.

»›Wenn wir in Straßburg sind?‹«, wiederholte Wedigo überrascht. »Fahren Sie auch ins Elsass? Davon hat Major Nicolai nichts erwähnt.«

Eine Bedienstete räumte lautlos das Geschirr ab.

»Wäre das so schlimm, Wedigo?«, fragte Maria Walewska und ergriff seine Hand. »Wie gerne würde ich wieder an deiner Seite sein und gemeinsam mit dir Abenteuer bestehen«, sagte sie, spontan zum Du gewechselt. Dabei blickte sie ihn derart seelenvoll an, dass dem Hauptmann eine leichte Röte ins Gesicht stieg. Am liebsten hätte er gerufen: ›Ja, ich möchte mit dir beisammen sein und mit dir Abenteuer erleben.‹ Aber er riss sich zusammen und zog seine Hand vorsichtig zurück. Nein, heute Abend fuhr er nach Baden-Baden und würde morgen Ilse von Bredow treffen. In dieser Welt war kein Platz für die Gräfin und in der Welt der Spionage erst recht nicht. Der Feind spaßte nicht, das hatte der gestrige Angriff gezeigt. Ein Leutnant

Desgranges war sicher ein sehr ernst zu nehmender Gegner, der sich nicht scheuen würde, auch gegen Frauen mit aller Härte vorzugehen.

»Es handelt sich nicht um einen Ball oder eine amüsante Redoute, Melissa«, sagte er mit belegter Stimme und ging unwillkürlich wieder zum vertrauten Du über. »Du hast im letzten Jahr selbst erlebt, dass es bei diesen Angelegenheiten äußerst gewaltvoll zugeht. Ich fürchte um deine Sicherheit. Und im Übrigen, das weißt du, ist mein Herz gebunden.«

Bei diesen Worten zog eine Falte über ihre sonst so glatte Stirn, doch fing sich die Gräfin sofort wieder und entgegnete leichthin. »Ach, ihr Männer, wo ihr nicht überall Gefahren und Fallstricke vermutet. Ein bisschen Leichtigkeit täte dir ganz gut, du teutonischer Bär. Im Übrigen bin ich seit Jahren in dieser *Branche* tätig und kann die Gefahren einschätzen. Aber lassen wir das Thema. Meinen Kontaktmann werde ich dir jedenfalls erst in Straßburg präsentieren – da bringt der Garçon unser Eis. Ich liebe Erdbeeren, sie erinnern mich an eine amüsante Begebenheit, die ich einmal in Kopenhagen erlebte.«

Damit stürzte sie sich in eine höchst komische Geschichte über Erdbeeren, Hans Christian Andersen und Seejungfrauen, was die Stimmung entspannte und Wedigo herzhaft lachen ließ. Nach einem Mokka, es war bereits viertel vor vier, erhoben sich beide. Wedigo holte die Offiziersmütze und seinen Degen von der Garderobe. Er musste auf einen Amerikaner warten, der irgendetwas verloren hatte und danach suchte. Als der Mann endlich abzog, schnallte Wedigo den Degen um und setzte die Mütze auf. Er bot der Gräfin galant den Arm und geleitete sie hinaus. Der Duft ihres Parfüms stieg ihm in die Nase und weckte zusätzlich Erinnerungen. Er konnte nicht umhin, sich einzugestehen, dass er ihre Gegenwart und das Gespräch mit ihr sehr genossen hatte. Draußen dankte ihm Melissa, stieg in eine Kraftdroschke und fuhr mit dieser davon. Träumerisch sah der junge Hauptmann dem Automobil nach. Ihm war, als spüre er noch ihren Arm in dem seinen und ihre verwirrende, berückende Nähe. Er seufzte und winkte selbst einer Droschke, die ihn zum Bahnhof Friedrichstraße bringen sollte.

20 Minuten vor Abfahrt seines Zuges betrat er den Bahnhof. Er kaufte sich rasch ein Buch und begab sich dann zum Bahnsteig. Werner wartete bereits mit den Koffern und brachte diese zum reservierten Abteil Nr. 32 im Wagen 2 der Ersten Klasse. Wedigo hätte den Mann, der sich sehr anstellig zeigte, gern mit auf seine Reise nach Baden-Baden und Straßburg genommen. Doch die Art der Aufgabe verbot dies. Nachdem Werner die Koffer verstaut hatte, schickte Wedigo ihn zurück nach Potsdam und stellte ihn für eine Woche frei.

Der Zug setzte sich nach dem Pfiff eines Bahnbeamten in Bewegung. Der Hauptmann hatte ein Abteil für sich. Er blickte eine Weile hinaus auf das vorübergleitende Häusermeer der Stadt. Dann holte er die Mappe hervor und blätterte in den Papieren, die ihm der Feldwebel mitgegeben hatte, konnte aber mit ihnen wenig anfangen. Was er las, schien ziemlich willkürlich zusammengestellt zu sein. Vielleicht handelte es sich um einen Code? Er legte die Unterlagen zurück in die Mappe, steckte diese in den Koffer und verschloss alles sorgfältig. Dann zog Wedigo das Buch hervor, das er noch in der Buchhandlung am Bahnhof erworben hatte. Es war Franz Adam Beyerleins Roman ›Jena oder Sedan?‹, der vor einigen Jahren erschienen war und jetzt in der dritte Auflage vorlag. Das Buch sollte angeblich ein sehr kritisches Bild des preußischen Militärs und des Offizierkorps zeichnen. Wedigo war gespannt, was ihn erwartete. Er lehnte sich zurück und begann aufmerksam zu lesen: ›Franz Vogt war auf dem Heimwege. Die Wäschestücke und die Stiefel, die er in der Stadt eingekauft hatte, trug er in einem verschnürten Paket …‹

Draußen ratterten eintönig die Räder und immer neue Dörfer, Städte und Landschaften glitten vorbei.

Punkt 20 Uhr rief ein Kellner per Gong zum Abendbrot in den Speisewagen. Wedigo las noch einen Abschnitt, legte dann sein Buch weg und erhob sich. Er nahm die Mappe mit den Papieren mit, sicher war sicher, und begab sich in den Waggon, der gleich neben dem Wagen 2 angehängt war. In der Zwischenzeit würden die dienstbaren Geister der Reichsbahn das Abteil für die Nacht richten. Im Restaurant setzte er sich ans Fenster und studierte die ausgelegte Karte. Aufgrund des opulenten Mittagmahls nahm Wedigo nur einige Scheiben des kalten Bratens und ein Bier zu sich. Nachdem er sein frugales Mahl beendet hatte, bestellte Wedigo ein zweites Bier und sah sich im Wagen um. An diesem Abend waren offenbar nur wenige Reisende unterwegs, zumindest wenige, die in der Zugrestauration speisten. In nächster Nähe sah er eine Familie sitzen. Der Vater, ein stattlicher Herr in den Vierzigern mit Halbglatze, las konzentriert in einer Berliner Abendzeitung. Seine Frau, deutlich jünger und sehr schlank, mit einem müden, leicht verblüht wirkenden Gesicht, stocherte gelangweilt in ihrem Menü. Endlich schob sie den Teller zur Seite und musterte ohne großes Interesse die übrigen Gäste. Ebenfalls am Tisch saß ein etwas dickliches Mädchen von vielleicht zehn Jahren, das, im Gegensatz zu seiner Mutter, mit großem Appetit eine Puddingspeise verschlang. Auf der anderen Seite, zwei Tische entfernt von Wedigo, befand sich ein muskulöser Mann Ende 30, Anfang 40, der leicht extravaganten Kleidung nach ein Amerikaner, der seiner bebrillten Gattin ziemlich laut aus einem Brief vorlas. Sie lauschte ergriffen seinem Vortrag – und es lauschte auch, wer sonst in der Nähe der beiden war.

»Mike is all right. He has overcome his flu«, verkündete er, »Sarah is expecting again, good Heavens!«

»How nice!«, meinte die Gattin.

Irgendwoher kam ihm der Amerikaner bekannt vor. War er nicht auch im Rheingold gewesen? Und möglicherweise auch auf dem Flugplatz Johannisthal? Die Stimme klang ähnlich, obwohl der Mann eben Englisch gesprochen hatte. Ganz sicher war Wedigo jedoch nicht. Weiter hinten unterhielten sich zwei Geschäftsleute mit lebhaften Gesten über die Getreidepreise auf dem Balkan und die Folgen der letzten Kriege. Am Tisch daneben war ein einzelner Herr im dunklen Anzug, der, über ein Blatt gebeugt, Zahlenkolonnen addierte. Direkt an der Tür, an einem Fensterplatz, hatte ein Paar Platz genommen, dem Äußeren nach ebenfalls Besucher aus dem Ausland, das sich verliebte Blicke zuwarf. Der Mann war schlank und dunkelhaarig; Wedigo tippte wegen des eigenartigen Schnurrbarts und der etwas bräunlichen Haut auf einen Italiener oder Spanier. Die dazugehörige Dame schien dagegen eine Holländerin oder Belgierin zu sein, wenigstens den Satzbrocken nach, die Wedigo beim Vorübergehen aufgeschnappt hatte. Er blickte auf seine Taschenuhr. Sie zeigte viertel nach neun, sein Bett musste längst bereitet sein. Am besten, er legte sich hin. Er könnte vor dem

Einschlafen noch ein wenig in seinem Buch blättern. Morgen musste er früh aufstehen. Der Schaffner hatte Order, ihn um halb sechs zu wecken, damit er sich in Ruhe anziehen und rasieren konnte. Gerade wollte der Offizier sich erheben, um in sein Abteil zurückzukehren, da kam zu seiner Überraschung die Gräfin Maria Walewska in den Wagen. Sie hatte sich umgezogen und trug, statt des hellen Gewands vom Mittag, nun ein modisch geschnittenes Reisekleid. Die Gräfin sah sich forschend um. Als sie Wedigo entdeckte, trat ein Lächeln in ihr Gesicht und sie kam an seinen Tisch.

»Guten Abend, Herr von Wedel«, begrüßte sie ihn. »Das ist aber eine nette Überraschung, Sie hier zu treffen. Sind Sie auf Dienstreise?«

Wedigo verstand, dass Melissas Worte etwaigen Zuhörern galten. Ihre Sicherheitsmaßnahmen erschienen ihm allerdings übertrieben. Er ließ sich seine Skepsis nicht anmerken; ihm war es viel wichtiger, zu erfahren, warum sich die Gräfin ebenfalls im Zug befand.

»Die Überraschung ist ganz meinerseits«, erwiderte er wahrheitsgemäß. »Bitte, setzen Sie sich doch zu mir, gnädige Frau«, fuhr er mit verbindlichem Lächeln fort und wies auf den zweiten Stuhl am Tisch. Die Gräfin ließ sich in einer eleganten Bewegung nieder. Wedigo winkte dem Kellner und bestellte auf Melissas Wunsch eine Zitronenlimonade. Dann nahm er den Gesprächsfaden wieder auf.

»Ich reise wegen einer Privatangelegenheit nach Baden-Baden«, gab er, auf ihr Spiel eingehend, zur Antwort. »Was ist das Ziel Ihrer Reise?«

»Ich bin gleichfalls nach Baden-Baden unterwegs«, erklärte die Gräfin. »Mein Hausarzt hat mir eine Brunnenkur verschrieben.«

Während sie das sagte, ließ sie wie zufällig ein Stück gefaltetes Papier auf den Tisch fallen und schob es in Wedigos Richtung. Dieser nahm das Blatt unauffällig an sich. Die Limonade kam und die Gräfin tat einen Schluck. Sie plauderte weiter über ihre Kurerlebnisse in Marienbad, Bad Ischl, Wiesbaden und Kitzbühel. Nach etwa einer Viertelstunde erhob sie sich und wünschte Wedigo eine gute Nacht. Er wartete, bis sie gegangen war, ließ sich die Rechnung bringen und zahlte. Dabei las er den Zettel, während er die einzelnen Posten kontrollierte:

Gefahr! Im Zug befindet sich ein französischer Agent, Rodolphe Lemoine. Kommen Sie umgehend. Sie finden mich im Abteil 34.

Wedigos erste Reaktion auf die kryptische Botschaft war ungläubige Skepsis. Er kannte die Gräfin und ihren Hang zu Mystifikationen. Warum sollte im Zug ein französischer Agent auftauchen und woher sollte dieser ihn oder die Gräfin kennen und bedrohen? Die Geschichte schien typisch für Melissa und ihre Einfälle und erklärte doch nicht im Geringsten ihre Anwesenheit im Zug. Völlig undenkbar, dass ihm Major Nicolai die Gräfin als Leibgarde mitgegeben hatte, dachte er und musste aufgrund der Absurdität einer derartigen Vorstellung schmunzeln. Nein, das Ganze sah mehr danach aus, als ob Maria Walewska die Absicht hatte, ihn in ihr Abteil zu lotsen. Aber was wollte sie ihm dort mitteilen, was sie ihm nicht hier hätte sagen können? Wedigo blickte durch das Zugfenster des Speisewagens nach draußen in die aufziehende Nacht. Plötzlich überkam ihn das kribbelnde Gefühl, das er immer hatte, wenn er beobachtet wurde. Vorsichtig versuchte er in der Spiegelung der Scheibe den Betrachter ausfindig zu machen, doch es gelang ihm nicht. Also erhob er sich und ging, sich umschauend, im gemächlichen Schritt zur Tür. Die Restauration hatte sich geleert. Außer dem Ehepaar mit dem Mädchen, das jetzt an einer Limonade nippte, waren nur noch die Amerikaner und die mutmaßliche Belgierin da. Eine dieser Personen musste ihn beobachtet haben – eventuelle auch ganz zufällig und aus harmlosen Gründen. Oder die Gräfin hatte mit ihrer Warnung recht. Wedigo verließ den Speisewagen und kehrte über die zugige Außenplattform in den Wagen 2 zu seinem Abteil zurück. In dem Augenblick, als er die Tür öffnen wollte, ging ein starker Ruck durch den Waggon. Bremsen quietschten. Wedigo stolperte und konnte sich gerade noch abstützen. Im Gang herrschte Durcheinander. Frauen schrien, einige Reisende hatten den Halt verloren, waren zu Boden gestürzt und hatten dabei andere mitgerissen. Ein letzter Ruck, dann hielt der Zug auf freier Strecke. Wedigo öffnete ein Gangfenster und schaute in die Nacht hinaus, um vielleicht Kenntnis zu erlangen, warum der Halt stattfand. Draußen blitzten Lichter auf, der Zugführer und mehrere Bahnbedienstete liefen mit Blendlaternen durch die Dunkelheit. Sie schienen etwas zu suchen, doch war dem Hauptmann nicht klar, wonach.

»Jemand hat die Notbremse gezogen«, erklärte schließlich einer der Beamten. »Es muss in diesem Waggon gewesen sein.«

Die Männer kehrten in den Zug zurück und der Oberschaffner begann, zusammen mit dem stellvertretenden Kondukteur, an die einzelnen Abteiltüren zu klopfen, um innen die Notbremshebel zu kontrollieren. Sie arbeiteten sich den Gang hoch und blieben vor einem Abteil stehen.

Die beiden Männer blickten sich Hilfe suchend um, bis der Schaffner eilig zu Wedigo kam, den er als Offizier erkannte.

»Herr Hauptmann, entschuldigen Sie die Störung«, sagte er und salutierte. »Aber vielleicht könnten Herr Hauptmann sich die Sache anschauen. Ich fürchte, da stimmt etwas nicht.«

Wedigo nickte knapp und folgte dem Bahnbeamten. Der Mann hielt vor Abteiltür Nr. 34, das Abteil, dessen Nummer die Gräfin ihm auf dem Zettel angegeben hatte. Die Tür des Abteils stand halb offen. Beschädigungen zeigten, dass jemand das Schloss aufgebrochen und sich gewaltsam Zugang verschafft hatte. Besorgt öffnete Wedigo die Tür und blieb wie angewurzelt stehen. Das Abteil war hell erleuchtet und bereits für die Nacht vorbereitet worden. Jetzt herrschte ein wahres Chaos. Der Eindringling schien etwas gesucht zu haben. Er hatte die Matratze umgewendet, das Bettzeug heruntergerissen und auf den Boden geworfen. Ein Koffer lag ebenfalls dort. Er war grob aufgebrochen und der Inhalt, zarte, mit Spitzen besetzte Damenwäsche, war kreuz und quer im Abteil verstreut worden. Dazwischen lagen Blusen und Röcke sowie einige zerrissene Papiere. Den Sicherungsbügel der Notbremse hatte der Unbekannte ebenfalls abgerissen und achtlos fallen lassen. Das Fenster stand offen, dahinter gähnte schwarz die Nacht. Von der Gräfin war weit und breit nichts zu sehen.

Melissa war Opfer einer Entführung geworden, schoss es Wedigo durch den Kopf und er fühlte, wie sein Herz schneller schlug.

»Suchen Sie unverzüglich nach der Dame, die dieses Abteil gebucht hat«, wies er den Bahnbeamten in scharfem Ton an. Er beschrieb knapp das Äußere der Gräfin und ihre Kleidung und befahl dem Zugpersonal, sie im Zug und außerhalb zu suchen. Wedigo ließ sich selbst eine Blendlaterne geben und stieg auf der anderen Seite des Waggons aus, um im Licht der Lampe die Erde unter dem offenen Zugfenster zu untersuchen. Er drängte sich sogar in das neben dem Gleiskörper gelegene Buschwerk, fand jedoch keine Spuren oder sonst einen Hinweis auf Maria Walewska und ihren Verbleib. Schließlich kehrte Wedigo in den Zug zurück.

»Wir können nicht länger hier stehen bleiben, Herr Hauptmann«, sprach ihn jetzt der Zugführer an, »ich muss weiterfahren, sonst kommt der Fahrplan völlig durcheinander, und wir gefährden womöglich andere Züge.«

»Ich verstehe«, antwortete Wedigo langsam und eine Kälte stieg in ihm auf. »Fahren Sie weiter, wir können hier in der Nacht ohnehin nichts tun. Informieren Sie aber am nächsten Halt den Bahnhofsvorstand, damit er einen Suchtrupp losschickt. Und schauen Sie im Zug nochmals gründlich überall nach!« Er wandte sich ab und öffnete die Tür zum eigenen Abteil. Die Pressgaslampe im Raum war nahezu heruntergedreht, es herrschte daher ein ungewisses Halbdunkel. Wedigo trat ein, zog die Tür hinter sich zu und drehte das Gaslicht hoch.

Seinem überraschten Blick zeigte sich ein ähnliches Bild wie im Abteil der Gräfin. Jemand hatte alles durchwühlt und den Inhalt seines Koffers zu Boden geworfen. Zum Glück hatte Wedigo seine Papiere in den Speisewagen mitgenommen.

Er wandte sich zum Bett und erstarrte. Dort lag, gefesselt und mit einem groben Tuch als Knebel im Mund, die Gräfin Maria Walewska! Sie war halb ohnmächtig und in einem erbärmlichen Zustand. Ihre Kleidung war beschmutzt und zum Teil zerrissen. Die Frisur hatte sich aufgelöst, das Haar hing in Strähnen herab und auf ihrer Stirn zeigte sich eine blutige Platzwunde. Wedigo löste eilig den Knebel und zerschnitt mit seinem Degen die Fesseln. Die Gräfin holte tief Luft und sackte nach vorn; er konnte sie gerade noch auffangen.

»Wedigo«, flüsterte sie und schaute ihn mit ihren grünblauen Augen erleichtert an. »Wedigo«, wiederholte sie. Dann fiel sie endgültig in Ohnmacht.

Ein Arzt, es war der Herr im dunklen Anzug, den Wedigo im Speisewagen gesehen hatte, wurde auf Anweisung Wedigos vom Kondukteur geholt. Mithilfe eines Riechsalzpräparats brachte der Doktor die Gräfin bald wieder zu Bewusstsein. Er verband die Platzwunde, die sich zum Glück als oberflächlich zeigte, maß Blutdruck und Puls und hinterließ ihr eine Baldrianarznei für die Nacht. Maria Walewska fühlte sich sehr elend und bat Wedigo, sie nicht weiter nach dem Geschehen zu befragen. Sie könne nicht sagen, wer sie überfallen habe. Ihr Kopf schmerze und ihr sei schlecht. Er solle Minna, ihr Dienstmädchen, das in einem Abteil der III. Klasse untergebracht sei, aufwecken lassen. Wedigo schickte einen Bahnbediensteten zu ihr, um das Mädchen zu holen. Voller Angst um ihre Herrin eilte Minna sogleich zum Abteil der Gräfin. Diese wurde mithilfe Wedigos in ihr Bett gebracht und alles Weitere der Fürsorge Minnas überlassen, die sich unverzüglich ans Aufräumen machte. Auch im Abteil des Offiziers waren die Folgen des Einbruchs bald beseitigt. Wedigo untersuchte sorgfältig die Tür, doch fand er keine Spur einer gewaltsamen Öffnung. Der Eindringling hatte sich offenbar durch einen Schlüssel Zugang verschafft. Wedigo trat in den Gang, zückte sein Zigarettenetui, holte eine Juno hervor und steckte sie sich an. Er nahm einen tiefen Zug.

Es war jetzt kurz vor elf, der Zug würde demnächst, mit gehöriger Verspätung, den Hauptbahnhof Leipzig erreichen. Wenn der Einbrecher nicht bereits den Halt auf freier Strecke genutzt hatte, würde er spätestens in Leipzig verschwinden. Der Kerl musste beobachtet haben, wie die Gräfin Wedigo den Zettel gereicht hatte, und war zur Tat geschritten. Aber warum hatte er Melissa angegriffen und nicht ihn? Sie hatte einen Namen genannt, Rodolphe Lemoine. Ob Lemoine der Einbrecher gewesen war? Doch was hatte der Mann gesucht? Was hätte er selbst gesucht?, überlegte Wedigo. Wahrscheinlich Hinweise auf eventuelle Kontakte. Seine Papiere hatte Lemoine nicht gefunden, es kam darauf an, ob er im Abteil der Gräfin fündig geworden war. Melissa musste ihm Auskunft geben, ob Unterlagen entwendet worden waren. Wedigo drückte die Zigarette aus, wandte sich zum Abteil 34 und klopfte an. Nichts passierte. Er klopfte erneut, erst auf sein drittes Pochen hin öffnete Minna, die bei der Gräfin wachte.

»Frau Gräfin schläft schon …«

Wedigo schob Minna zur Seite und trat auf Melissas Bett zu. Die Gräfin, von der blonden Fülle ihres Haares umflossen, lag zart und schön vor ihm. Ihr Mund war leicht geöffnet, ihr Atem ging regelmäßig und sie hatte die Augen geschlossen. Melissa schien zu ruhen, eine schlafende, lockende Schöne. Er merkte, wie ihm das Herz zu klopfen begann; Wedigo riss sich zusammen. Er beugte sich vor und berührte ihre Wange. Sie öffnete schließlich die Augen und hob schlaftrunken den Kopf.

»Wedigo, was ist? Was willst du?«, fragte sie.

»Ich muss dich dringend etwas fragen.«

»Hat das nicht Zeit bis morgen? Mein Kopf schmerzt, und ich bin so müde!«

»Dieser Lemoine muss gesehen haben, dass du mir den Zettel gegeben hast«, fuhr er hastig fort, »und ist deshalb bei dir und mir eingebrochen. Hat er etwas Wichtiges gefunden?«

»Nein, bei mir fand er nichts«, antwortete Melissa, »ich notiere nie etwas, ich merke mir die wichtigen Dinge so.«

Der junge Offizier atmete erleichtert auf, dann war noch nichts verloren. Er entschuldigte sich für die Störung und wollte gerade gehen, da ließ ihn ein »Warte!« von Melissa innehalten.

»Wedigo, du hast ein wichtiges Faktum genannt«, sagte sie und richtete sich völlig auf. »Um etwas beobachtet zu haben, muss Lemoine während unseres Gesprächs im Speisewagen anwesend gewesen sein. Das heißt, er befand sich unter den übrigen Gästen.«

»Hast du ihn nicht erkannt?«

»Ich kenne ihn nicht persönlich«, sagte die Gräfin. »Ich hatte allerdings sichere Informationen, dass er sich im Zug befindet. Ich werde dir den Hintergrund später erläutern«, erklärte sie mit einem Seitenblick auf Minna.

»Wer war alles im Waggon, als du kamst?«, fragte Wedigo.

»Das saß eine Familie, der Mann um die 40, die Frau jünger und überschlank, dazu ein Mädchen«, zählte Maria Walewska auf, die jetzt wieder munter schien.

»Die waren noch da, als du gegangen bist«, warf Wedigo ein. »Auf der einen Seite saßen zwei Geschäftsleute, die sich über die Getreidepreise unterhielten, dann der Arzt sowie ein sich unmöglich aufführendes amerikanisches Ehepaar.«

»Ich kann mich noch an ein weiteres Paar erinnern«, fuhr die Gräfin fort. »Der Mann war dunkelhaarig und ziemlich schlank, sein Schnurrbart war eigenartig. Ich hielt ihn für einen Italiener, Südfranzosen oder Spanier.«

»Die Frau neben ihm war Belgierin oder Holländerin«, sagte Wedigo. »Sie und die Amerikaner waren noch da, als ich ging. Der Mann aber nicht.«

»Ein Südfranzose oder Spanier und eine Belgierin oder Holländerin«, meinte die Gräfin mehr für sich. »Wie konnte ich das übersehen?«, fügte sie laut hinzu. »Ich glaube, ich weiß, wer das Paar ist, auch wenn ich beiden nie begegnet bin. Das muss Georges Ladoux sein, wie er sich aktuell nennt. Aber ob er wirklich so heißt, weiß ich nicht. Die Frau ist Belgierin, eine Mademoiselle Schwartz, eine Dame, die für den belgischen Nachrichtendienst tätig ist. Du musst Ladoux finden, er arbeitet eng mit Lemoine zusammen, die beiden könnten uns zum eigentlichen Auftraggeber, zur Spinne im Netz, führen.«

»Und wenn Ladoux zurückkommt? Ich kann dich nicht allein lassen.«

»Ich bin nicht allein, Minna ist bei mir. Sie wird hinter dir zuriegeln«, entgegnete die Gräfin. »Und jetzt entschuldige mich, das Ganze hat mich sehr angestrengt, ich brauche Ruhe.« Sie ließ sich in die Kissen zurücksinken und schloss die Augen.

Wedigo schärfte Minna nochmals ein, niemanden hineinzulassen, und verließ das Abteil. Kaum war er draußen und die Tür von Minna verschlossen worden, merkte er, dass der Zug langsamer wurde und schließlich bremste; der Leipziger Bahnhof war erreicht. Wedigo eilte zur Außentür und auf die Plattform. Der Zug stand in der großen Leipziger Bahnhofshalle. Sein Wagen befand sich ziemlich am Ende des Gleises, also tief im Inneren des Gebäudes. Nahezu jeder, der in Leipzig ausstieg, würde bei ihm vorbeikommen. Wedigo sah sich um. Zu dieser späten Stunde waren kaum Menschen auf dem Bahnsteig zu sehen. Lediglich einige Bedienstete der Reichspost warteten mit ihren Gepäckkarren auf Sendungen und Pakete. Während er zu den Arbeitern hinschaute, meinte er, hinter einem der Wagen eine undeutliche Bewegung zu sehen. Eine Gestalt sprang hinunter auf das Nebengleis und verschwand sofort in der Dunkelheit. Wedigo wollte hinterher, doch in Uniform konnte er schlecht über die Gleise springen. Im gleichen Augenblick kam der Oberschaffner in Begleitung eines überaus korpulenten Polizeiwachmeisters auf ihn zu.

Das war wirklich schnell gegangen, dachte Wedigo, aber der Polizeibeamte würde wohl kaum den Flüchtenden fangen können. Der biedere Mann salutierte: »Herr Hauptmann, Wachtmeister Neumer meldet sich zur Stelle. Es wurde ein Überfall im Zug angezeigt?«

»Rühren!«, kommandierte Wedigo. »Gut, dass Sie kommen, Neumer. Ich glaube, der Mann, der für den Überfall verantwortlich ist, hat sich gerade über die Gleise abgesetzt.« Er zeigte in die Richtung, in der die Schattengestalt verschwunden war.

Der Polizist starrte einen Augenblick in die Dunkelheit und zwirbelte dann seinen mächtigen Schnurrbart. »Ich werde Verstärkung anfordern«, entschied er endlich, zog eine Trillerpfeife hervor und gab Signal. »So, die Kollegen werden gleich kommen«, meinte er zufrieden. »Können Herr Hauptmann den Täter beschreiben?«

Wedigo, der große Zweifel hatte, dass der Wachmeister mit seinen Fahndungsmethoden Erfolg haben würde, gab eine Beschreibung des Mannes wieder, den die Gräfin als Georges Ladoux identifiziert hatte.

»Aha«, meinte Neumer gewichtig, »der Mann ist Franzose, also ein Ausländer. Den Kerl werden wir bald gefasst haben, Herr Hauptmann. In unserem schönen Leipzig fallen solch verdächtige Individuen sofort auf. Herr Hauptmann können beruhigt weiterfahren.« Er nahm ein Notizbuch hervor und notierte Wedigos Aussagen mit umständlicher Sorgfalt.

Als der Wachtmeister fertig war, kehrte Wedigo in den Waggon zurück. Kurze Zeit später nahm der Zug die Fahrt wieder auf und entfernte sich von Leipzig. Müdigkeit befiel den Hauptmann, sodass er sich endlich zur Ruhe begab.

Um halb sechs weckte ihn das Klopfen des Schaffners. Wedigo stand auf, wusch und rasierte sich. Die Rasur ging ihm nicht so leicht von der Hand, rasierte ihn doch sonst immer sein Bursche. Prompt schnitt er sich, zum Glück hatte ihm Werner einen Alaunstein eingepackt, sodass er die Blutung rasch stillen konnte. Wedigo verzichtete heute auf seine Uniform, wollte er in Baden-Baden sozusagen vorerst inkognito auftreten. Er überlegte, ob er seinen neuen grauen Anzug anziehen sollte. Den Zweireiher, ein überaus elegantes Stück, hatte er bei Bachmann & Wolffheim in Kreuzberg schneidern lassen und einen halben Monatssold dafür hingeblättert. Doch er entschied sich für einen anderen, etwas älteren, aber ebenso eleganten taubenblauen Reiseanzug. Für eine Ankunft als Kurgast erschien ihm dieser passender zu sein. Dann begab er sich zum Abteil Melissas, um sich nach ihrem Befinden zu erkundigen. Zu seiner Überraschung fand er das

Abteil leer vor. Vom Schaffner erfuhr Wedigo, die Gräfin und ihr Mädchen hätten den Zug in Begleitung eines Herrn bereits im Bahnhof Karlsruhe verlassen. Wer war dieser *Herr?*, fragte sich Wedigo. Melissa hätte ihn informieren können, dass sie nicht in Baden-Baden, sondern eher aussteigen würde, dachte er leicht verärgert – auch, dass sie in Begleitung war. Er war gespannt, wann die Gräfin das nächste Mal überraschend auftauchen und ob sie ihm erzählen würde, mit wem und warum sie Karlsruhe besucht hatte. Aber eigentlich, musste er sich eingestehen, ging ihn das Ganze nichts an.

Der Zug hatte in Baden-Baden gehalten, Wedigo stieg aus und winkte einem Dienstmann, damit dieser sich um das Gepäck kümmerte. Er durchquerte die hohe Bahnhofshalle und trat auf den Vorplatz. Dort sah er sich nach der Droschke um, die ihn ins Maison Messmer bringen sollte. Seine Suche musste aufgefallen sein, denn ein livrierter Diener trat an ihn heran und fragte, ob er Herr von Wedel sei. Wedigo nickte und der Mann bat, ihm zu folgen. Er führte ihn zu einer Kraftdroschke. Wedigo entlohnte den Gepäckmann und stieg in das Fahrzeug. Der Wagen brachte ihn rasch ins Hotel, das unmittelbar am Kurpark und nahe dem Theater lag.

SPUREN ÜBER SPUREN

Das Maison Messmer, in dem früher die verstorbene Kaiserin Augusta von Preußen abzusteigen pflegte, besaß 200 Zimmer, die mit allem denkbaren Komfort wie Bäder, elektrisches Licht und einer Dampfheizung ausgestattet waren. Erst vor Kurzem hatte hier der Kronprinz mit einigen Herren des Großen Generalstabs übernachtet. Wedigo bezog ein Zimmer im ersten Stock mit einem schönen Blick auf das Theater und den Kurpark. Er frühstückte im hoteleigenen Restaurant und blätterte in der Tageszeitung, merkwürdigerweise lag am Tisch die Freiburger Zeitung aus. In der allgemeinen Umschau wurde Position zur Haltung des Kaisers gegenüber der katholischen Kirche bezogen. Eine Spalte setzte sich mit der Regierungskrise in Frankreich auseinander, weitere Artikel widmeten sich den Vorgängen in Albanien und Mexiko. Auf Seite 2 wurde vom Flug Leutnant Wentschers am Pfingstsonntag nach Wien berichtet. Nur machte die Zeitung aus dem LVG einen ›L.B.G. Doppeldecker‹ und kürzte die PS-Zahl des Motors von 105 auf 100, wie Wedigo belustigt feststellte. Die nächsten Seiten waren mit Lokalnachrichten, Wohnungs- und Verkaufsanzeigen gefüllt. Er legte das Provinzblatt zur Seite, viel stand nicht drin, und schaute auf seine Taschenuhr. 10 Uhr, es war Zeit für einen kleinen Gang durch den Kurpark hin zu der Trinkhalle. Er gedachte, Ilse von Bredow dort zu treffen, und hoffte, sie mit seinem plötzlichen Erscheinen angenehm zu überraschen. Wedigo nahm Hut und Stock und begab sich auf den beliebten Kurbummel.

Die Trinkhalle und der Kurbereich wurden bereits von ersten Gästen, meist ältere Herren, ehemalige Obristen und Generale, pensionierte Beamte und Rittergutsbesitzer aus dem Osten, frequentiert. Sie wurden von ihren Gemahlinnen, würdigen Matronen und mitunter auch von weitaus lebendigeren Töchtern im Backfischalter begleitet. Diese fanden sich in kichernden Gruppen zusammen und hielten angestrengt nach jüngeren Herren im Heiratsalter Aussicht. Wedigo vermisste die Damen der großen Welt, die wahren Schönen der Saison. Immerhin hatten hier Eleonora Duse und Sarah Bernhardt Gastspiele gegeben und Enrico Caruso hatte vor nicht allzu langer Zeit im Kurhaus gesungen. Aber wahrscheinlich hielten die von Wedigo bevorzugten Damen um diese frühe Stunde ihren morgendlichen Schönheitsschlaf. Er durchschritt den blühenden Kurpark, zog da und dort den Hut und hielt eifrig Ausschau nach Ilse von Bredow. Wedigo erreichte das Flüsschen Oos, da sah er Ilse den Weg am Ufer entlangspazieren. Sie trug ein hellblaues Sommerkleid und einen passenden Sonnenschirm und war in Begleitung zweier jüngerer Herren in Zivil, mit denen sie eifrig Konversation pflegte. Eben blieben sie stehen. Wedigo ging langsam auf die Gruppe zu. Ilse, im Gespräch vertieft und durch den einen Herrn etwas verdeckt, bemerkte ihn zunächst nicht. Erst als Wedigo knappe zehn Meter von ihr entfernt war, erkannte sie ihn. Ilse drückte ihren Schirm dem einen Herrn in die Hand und schob den anderen etwas zur Seite. Dann schritt sie auf Wedigo zu und reichte ihm mit kühlem Blick und einem knappen »Guten Tag« die Hand. Mit einer derartig distanzierten Begrüßung hatte er nicht gerechnet und schaute sie leicht irritiert an.

»Störe ich dich, oder ist die Überraschung zu groß?«, fragte er Ilse.

»Nun, mein lieber Wedigo«, entgegnete Ilse von Bredow nach kurzer Pause. »Ich muss zugeben, dass mich unser Treffen ziemlich überrascht. Hat dich der Brief nicht erreicht oder warum bist du nach Baden-Baden gekommen?«

Inzwischen waren Ilses Begleiter zu ihnen getreten. »Oberleutnant Rudolf Freiherr von Buol-Berenberg aus Karlsruhe und Hauptmann Freiherr von Preuschen von und zu Liebenstein aus Mannheim«, stellte sie vor. »Rudolf«, wandte sie sich an den jüngeren der beiden Herren, »das ist Hauptmann Wedigo von Wedel aus Potsdam. Er ist offenbar gleich, nachdem er meinen Brief erhalten hat, nach Baden-Baden gereist. Wahrscheinlich hat er einige Fragen. Ich lasse euch am besten jetzt allein und ihr könnt alles in Ruhe besprechen.« Damit entfernte sie sich.

Wedigo verstand nicht, was Ilse mit dem Brief meinte. Er schaute fragend auf den ihm vorgestellten Oberleutnant, der ihn mit finsterer Miene anstarrte.

»Warum erscheinen Sie hier so überraschend?«, blaffte der badische Kamerad ihn unvermittelt an. »Eine briefliche Antwort hätte genügt.«

»Wie belieben?«, erwiderte Wedigo verblüfft.

»Geben Sie sich doch nicht so unwissend«, entgegnete der Freiherr ungehalten. »Ilse hat Ihnen mitgeteilt, dass sie die Verlobung lösen möchte, und Sie gebeten, ihrer Bitte ohne großes Aufsehen zuzustimmen, und jetzt tauchen Sie hier auf.«

»Mein Herr«, gab Wedigo, trotz des Ärgers, der in ihm aufstieg, ruhig zurück. »Ich weiß nicht, wovon Sie reden. Ihr Ton gefällt mir jedenfalls ganz und gar nicht. Entschuldigen Sie mich!« Er ließ den überraschten Freiherrn stehen und trat rasch auf einen Herren um die 50 zu, vom Aussehen ein aktiver oder ehemaliger Offizier, der gerade die Oosbrücke überquerte. Wedigo verbeugte sich knapp und präsentierte dem Herrn seine Karte. »Wedigo von Wedel, mein Herr, ich erbitte Ihre Unterstützung in einer Ehrenangelegenheit. Kann ich auf Sie zählen?«

Sein Gegenüber blickte überrascht auf die Karte, las halblaut Wedigos Titel und den Namen des Regiments. Dann nickte er, holte seine Brieftasche hervor und überreichte seinerseits Wedigo eine Visitenkarte. »Major der Reserve Freiherr von Lupin«, stellte er sich vor. »Herr Kamerad, womit kann ich dienen?«

»Wenn Herr Major mich begleiten würden«, antwortete Wedigo.

Gemeinsam mit von Lupin kehrte er zu den wartenden Herren zurück.

»Herr Oberleutnant«, wandte er sich an Ilses neuen Verehrer. »Ihr Ton, wie gesagt, missfällt mir und Ihr Verhalten Fräulein von Bredow gegenüber betrifft empfindlich meine Rechte. Meine Ehre ist berührt, ich bestehe auf Genugtuung. Ich ersuche Sie daher, meinem Begleiter, Major Freiherr von Lupin, durch einen Sekundanten Zeit, Ort und Waffe nennen zu lassen. Ich residiere im Maison Messmer und muss morgen früh aus dienstlichen Gründen nach Straßburg reisen. Ich erwarte, dass Sie diese Tatsachen berücksichtigen.«

Freiherr von Buol-Berenberg errötete bei Wedigos Worten. Er nickte kurz, wandte sich seinem Gefährten zu, mit dem er ein paar Worte wechselte. Darauf trat dieser auf den Major zu und bat ihn, ein wenig zur Seite zu kommen. Wedigo drehte sich demonstrativ ab und blickte stumm auf das Kurtreiben.

In der letzten halben Stunde hatte sich der Park gefüllt und eine Woge von Farbe war nun zu sehen, weibliche Couture in allen Formen, Farbtönen und Mustern. Ein schönes Bild der Ruhe und des Friedens – und dann dieses Erlebnis. Ärgerlich schüttelte er den Kopf. Er hatte wahrhaftig anderes zu tun, als seine Zeit mit einem Duell zu vertun. Auch wenn das Duell offiziell verboten war, in Fragen der Ehre gab es kein Pardon. Und seine Ehre war durch das unverschämte Auftreten dieses Nebenbuhlers empfindlich tangiert worden. Der Korpsgeist kannte in diesen Dingen kein Zurück. Und Ilse? Er fühlte weder Bedauern noch Zorn; im Augenblick war sie ihm völlig gleichgültig.

Der Major kehrte zu ihm zurück.

»Der Sekundant Ihres Gegners, Hauptmann Freiherr von Preuschen, Herr Kamerad, schlägt ein Rencontre heute Abend um zehn in der Gönneranlage vor. Angesichts der schlechten Lichtverhältnisse wäre ein Laternenduell angebracht. Die Waffenwahl, Pistole oder Degen, überlässt der Kontrahent Ihnen.«

»Teilen Sie bitte mit, dass ich den Degen wähle und mir die Uhrzeit passend erscheint. Alles Übrige ganz nach Belieben des Freiherrn.«

»Gut«, sagte der Major, der, seinem zufriedenen Gesichtsausdruck nach, an dem Abenteuer allmählich Gefallen fand. »Ich werde dies weitergeben und mir erlauben, die entsprechenden Waffen besorgen zu lassen. Freiherr von Preuschen kümmert sich um den Doktor. Ich schlage vor, wir treffen uns um drei viertel zehn vor Ihrem Hotel. Ich komme in der Kutsche, Sie steigen zu und wir fahren über die Lichtentaler Allee bis zur Josephinenbrücke. Dort erwartet uns Ihr Kontrahent mit seinem Sekundanten.«

Wedigo willigte ein und empfahl sich. Bis zum Abend war viel Zeit, die er für einen Stadtgang nutzen wollte, da er Baden-Baden nicht kannte. Er hoffte auch, auf andere Gedanken zu kommen und sich vor allem nicht mit Ilse von Bredow zu beschäftigen.

Er überquerte die Oos und kam zunächst in den älteren Teil der Stadt. Neben den Fachwerkbauten gab es auch viele moderne Häuser. Überall wurde rege gebaut und renoviert; vor allem in der Langen Straße waren in den Gründerjahren Neubauten entstanden. Zahlreiche Hotels und Restaurants zeugten vom steigenden Gästezustrom der Kurstadt. Er gelangte zur Küferstraße und kam dort an der alten Badeherberge vorbei. Das Haus war ein überaus malerisches Gebäude, das als Armenbad diente. Von dort stieg er hoch zum Schloss und besichtigte anschließend die römischen Badeanlagen. Es wurde Mittag, und Wedigo aß im Restaurant Laterne Maultaschen mit Speck-Zwiebelschmelze, wozu er einen trockenen badischen Riesling trank. Nach einem Kaffee und einer guten Zigarre brach er wieder auf und flanierte weiter durch die Straßen der Stadt. Die Schaufenster der Läden waren mit exklusiven Waren gefüllt, elegante Damen plauderten angeregt miteinander, gut gekleidete Herren schauten ihnen interessiert hinterher; überall herrschte geschäftiges Treiben. Schließlich bestieg Wedigo die neue elektrische Straßenbahn und fuhr mit dieser für zehn Pfennig vom Augustaplatz nach Lichtental zum Kloster. Von dort wanderte er gemächlich an der Oos entlang ins Stadtzentrum zurück. Während er an diesem sonnigen Mittag durch die Parklandschaft lief, kreisten seine Gedanken um das heute Erlebte. Er dachte an Ilse, nun – Wedigo hatte schon länger gespürt, dass es zwischen ihnen nicht mehr stimmte. Er hatte sich vorgenommen, nach der Kur mit Ilse über alles zu reden. Dafür war es jedoch zu spät. Sie hatte die Verlobung gelöst, und das auf eine ziemlich unkonventionelle Art. Ihm ihre Entscheidung brieflich und dann, aufgrund der Umstände, in Gegenwart seines Nachfolgers mitzuteilen, brachte das Fass zum Überlaufen. Er hatte nur mit einer Forderung reagieren können, alles andere wäre nicht angemessen gewesen. Gut, er hatte also ein Duell zu bestreiten, und er war nicht mehr verlobt. Seine Gedanken wanderten weiter; er beschäftigte sich mit der Frage, warum der Leiter der Abteilung III b, Major Nicolai, ihn erst nach Baden-Baden und nicht gleich direkt nach Straßburg geschickt hatte. Ganz bestimmt nicht, um ihm reinen Wein über Ilse von Bredow einzuschenken. Er kannte den Major aus ihrer letztjährigen Zusammenarbeit gut genug, um andere Absichten zu vermuten. Sicher war auch das Maison Messmer mit Bedacht gewählt worden.

Die Uhr zeigte halb fünf, und Wedigo kehrte ins Hotel zurück, um sich frisch zu machen und für den Tee umzuziehen. Kurz vor fünf betrat er den Teesalon des Hotels. Dieser, ganz im Stile eines englischen Tearooms eingerichtet, war gut mit Gästen gefüllt. Neben den am Morgen bereits wahrgenommenen älteren Ehepaaren und ihren Töchtern sah er jetzt auch die eine oder andere Dame von Welt, die, in dezenter Eleganz gekleidet und an kleinen Tischen sitzend, miteinander plaudernd ihren Tee einnahmen. In einer Nische saß das Ehepaar aus dem Zug; der Mann war, wie am Abend zuvor, in seine Zeitung vertieft. Die überschlanke Frau dagegen befand sich im angeregten Gespräch mit der Amerikanerin von gestern. Deren Ehemann wie auch das dicke Kind des ersten Ehepaars fehlten. Während Wedigo sich umschaute und von mancher Dame mit einer gewissen Neugier durch das Lorgnon betrachtet wurde, trat ein Herr auf ihn zu. Dieser, Mitte 40, glatt rasiert, mit an den Schläfen bereits ergrautem, kurz geschnittenem Haar und einem energischen Gesicht, aus dem eine ausgeprägte Nase hervorsprang, machte auf Wedigo einen ausgesprochen militärischen Eindruck, was seine Worte bestätigten.

»Herr von Wedel«, sagte er mit einer Verbeugung, »Sie erlauben, dass ich mich vorstelle, Graf Carl Reinhold von Essen. Ich bin ein Cousin des Admirals in der Baltischen Flotte Nikolai Ottowitsch von Essen. Wenn Sie mich an meinen Tisch begleiteten, ich würde gerne mit Ihnen ein wenig plaudern.«

»Sie entschuldigen, mein Herr, aber woher kennen Sie mich und meinen Namen?«, fragte Wedigo und blickte den Grafen forschend an.

»Die Gräfin Walewska hat Sie angekündigt«, gab der Fremde mit leichtem Lächeln zur Antwort. »Sie meinte, Sie seien in der Lage, mir in einer bestimmten Angelegenheit weiterzuhelfen.«

»Sind Sie Russe, Herr Graf?«

»Nein, ich bin, im Gegensatz zu meinem Vetter, schwedischer Staatsbürger. Würden Sie mich begleiten?«

Wedigo war nicht ganz sicher, ob ihm ›schwedischer Staatsbürger‹ als Empfehlung genügte, folgte jedoch dem Grafen zu dessen Tisch. Dieser befand sich abseits in einer Fensternische, sodass er vom Salon aus kaum einsehbar war. Am Tisch saßen vor dampfenden Teetassen zwei weitere Herren, die sich bei Wedigos Ankunft erhoben und sich als Michail Andrejewitsch Berens und Alexander Wassiljewitsch Koltschak vorstellten. Wedigo hielt die Russen ebenfalls für Offiziere. Beide waren von schlanker, fast hagerer Gestalt, wettergegerbt sowie voller Energie und wirkten in ihrer entschlossenen Art auf ihn durchaus sympathisch. Doch Wirkung hin oder her, er konnte sich auf den Zweck der Begegnung keinen Reim machen. Der Schwede, der sein Zögern bemerkte, bat ihn höflich, an ihrem Tisch Platz zu nehmen, und winkte der Bedienung. Wedigo und der Graf setzten sich.

Melissa hatte ihn also angekündigt, dachte Wedigo. Im Sinne seines Auftrages konnte es nur förderlich sein, wenn er sich anhörte, was die drei Herren ihm mitzuteilen hatten. Er bestellte bei der Kellnerin eine Portion Cornish cream tea und lehnte sich zurück. Von Essen machte einige Bemerkungen über das Wetter und wie angenehm der Aufenthalt in Baden-Baden doch sei. Dem stimmte Michail Andrejewitsch zu. »Immerhin hat Iwan Turgenjew sieben Jahre in Baden-Baden gewohnt und in der Kurstadt meinen Lieblingsroman geschrieben.«

Die Bedienung brachte für Wedigo den Tee und das Gebäck. Als sie gegangen war, nahm Alexander Wassiljewitsch Koltschak das Wort. »Sie fragen sich bestimmt nach dem Grund unserer Kontaktaufnahme, Herr von Wedel«, sagte er im ruhigen Plauderton. »Wir sind, wie Sie sicher bemerkt haben, Offiziere Seiner Majestät des Zaren. Genauer gehören Michail Andrejewitsch und ich zur baltischen Flotte, in der wir als Kapitäne unter Admiral Nikolai Ottowitsch von Essen unseren Dienst versehen. Ich will vorausschicken, dass es nicht unsere Absicht ist, Sie für irgendeine geheimdienstliche Tätigkeit anzuwerben. Wir gehören weder der Raswedka noch der Ochrana an. Und wir gehen davon aus, dass Sie, genau wie wir, nie für eine fremde Macht das eigene Land ausspionieren und verraten würden. Aber es hat sich eine äußerst brisante Lage ergeben, in der wir Ihre Hilfe benötigen.« Er schwieg und schien auf einen Beitrag von Michail Andrejewitsch zu warten.

Wedigo trank währenddessen seinen Tee und biss in das Scone. Es brauchte offenbar länger, bis die beiden Russen zum Thema kommen würden.

»Nun«, schaltete sich Michail Andrejewitsch ein, »wir wissen um Ihre Rolle im letzten Mai, als Sie das Attentat der baltischen Anarchistin Odilie von der Reck auf Zar Nikolaus II. verhinderten. Leider war das nicht das erste Attentat auf Seine Majestät. Bereits als Zwölfjähriger wurde er Zeuge, wie sein Großvater, Zar Alexander II., durch eine Bombe getötet wurde. Zehn Jahre später wurde der Zarewitsch selbst bei einem Besuch in Japan durch einen Säbelhieb gefährlich verletzt. Der letzte Anschlag war vor fünf Jahren in Stockholm …«

Alexander Wassiljewitsch Koltschak, der mit wachsender Ungeduld zuhörte, unterbrach plötzlich die Aufzählungen. »Es geht um eine ganz konkrete Situation. Sie wissen, dass Russland auf dem Balkan eigene Interessen verfolgt, die zu denen Österreich-Ungarns diametral sind. Unter anderem ist unser Verhältnis nach der Bosnischen Annexionskrise sehr abgekühlt und das Hauptaugenmerk unserer Außenpolitik in der Region zielt heute auf eine Stärkung Serbiens und unserer Position allgemein, insbesondere nach den Balkankriegen der letzten zwei Jahre. In knapp zwei Wochen wird daher Seine Majestät Zar Nikolaus II. in Begleitung von Außenminister Sergei Dmitrijewitsch Sasonow der rumänischen Hafenstadt Konstanza einen offiziellen Besuch abstatten. Im Anschluss soll ein Treffen mit König Carol I. in Bukarest folgen. In der Umgebung Seiner Majestät fürchtet man erneute Attentatsversuche seitens irregeleiteter russischer Sozialisten oder slawischer Nationallisten, denen der außenpolitische Kurs Seiner Majestät auf dem Balkan zu moderat erscheint. Dazu kommt die Sorge vor einer Adelsverschwörung unter der Leitung des Cousins Seiner Majestät, Großfürst Nikolai Nikolajewitsch Romanow.« Er hielt inne und nahm einen Schluck aus seiner Tasse.

Wedigo nutzte die Pause, um selbst zu Wort zu kommen. »Sie entschuldigen, mein Herr, aber ich verliere langsam den Überblick. Um Ihren Zaren herum scheint es von Verschwörern nur so zu wimmeln. Ich bin mit den innerrussischen Verhältnissen kaum vertraut und dazu durch einen Auftrag eingebunden. Sie werden wohl auch nicht glauben, dass ich die russische Politik gegenüber unserem Bündnispartner Österreich-Ungarn unterstütze. Ich wüsste also nicht, wie ich Ihnen helfen könnte, zumal mir nicht deutlich ist, welche Funktionen und Aufgaben Sie in der ganzen Geschichte haben.«

»Der Besuch des Zaren in Konstanza ist kein Geheimnis und durch die Presse längst öffentlich geworden«, erwiderte der Graf. »Daher können wir offen mit Ihnen darüber sprechen. Konkret geht es um Folgendes: Wir sind im Besonderen für die Sicherheit Seiner Majestät verantwortlich. Da Konstanza ein Hafen ist, wurden Offiziere der Marine mit der Aufgabe betraut. Das mag als Information vorerst genügen. Doch nun zu Ihnen, Herr von Wedel; wir bieten Ihnen ein Geschäft an. Wie wir aus gewissen Quellen erfahren haben, gab es vor einigen Tagen über dem Flugplatz Johannisthal einen Luftzwischenfall. Wir besitzen unsererseits bestimmte, möglicherweise hilfreiche Informationen über das Geschehen, die wir Ihnen im Austausch für bestimmte Unterstützungstätigkeiten Ihrerseits weiterleiten würden.«

»Das heißt konkret?«, fragte Wedigo misstrauisch.

»Es geht uns um Informationen zu einer von der Schweiz, Bayern oder Österreich aus operierenden Terrorgruppe«, antwortete Michail Andrejewitsch. »Wir sind überzeugt, dass man in Berlin oder in Wien Kenntnis von der Gruppe hat. Wir möchten Namen und vermutete Aufenthaltsorte der Gruppenmitglieder erfahren, um die von ihnen ausgehende Gefahr im Vorfeld des Zarenbesuches ausschalten zu können. Besonders suchen wir den Kopf der Bande. Es soll sich um einen Exilrussen, einen Juristen, der sich Iordan K. Iordanov nennt, handeln. Angeblich lebt er in München.«

»Ich denke nicht, dass ich Ihnen da weiterhelfen kann«, sagte Wedigo. »Mit Bayern haben wir in Berlin nichts zu tun. Aber habe ich Sie richtig verstanden; Sie wissen, wer für den feigen Angriff in Johannisthal verantwortlich ist?«

»Lassen Sie mich das so formulieren«, entgegnete Michail Andrejewitsch. »Wir könnten Ihnen einen Hinweis geben, wo Ihre Suche am effektivsten wäre. Die Information bekämen Sie mit Ihrer Zusage, uns zu helfen. Wir würden uns auf Ihr Wort verlassen. Denken Sie in aller Ruhe über das Angebot nach. Wir treffen uns morgen früh beim Frühstück in Ihrem Hotel.« Mit diesen Worten erhoben sich die Herren, verabschiedeten sich mit einer knappen Verbeugung und verließen den Teesalon.

Wedigo blickte ihnen einen Augenblick nach und winkte dann der Bedienung, um zu zahlen. Zu Wedigos Erstaunen meinte das Fräulein, dass die Herren bereits alles beglichen hätten. Wedigo stand auf und begab sich in sein Zimmer. Dort setzte er ein Schreiben für Major Nicolai auf, in dem er seinem Vorgesetzten von den Geschehnissen während der Zugfahrt und über das Gespräch mit den russischen Offizieren Bericht erstattete. Das Ganze nahm eine gute Stunde seiner Zeit in Anspruch, und als er gerade mit den Seiten zu einem Abschluss gekommen war, klopfte es an der Tür. Es war ein Hotelboy, der ihm ein blaues Kuvert mit Grafenkrone überreichte. Wedigo nahm das Kuvert entgegen und legte es zur Seite. Er befahl dem Boy, kurz zu warten, steckte seinen Brief in einen Umschlag, versiegelte und adressierte ihn an die ihm von Nicolai für ihren postalischen Verkehr zugewiesene Tarnanschrift. Er gab dem Jungen einen 50er und beauftragte ihn, den Brief als Eilsendung zum Nachtschalter der Bahnhofspost zu bringen; den Rest könne er behalten, er müsse ihm aber den Einlieferungsschein übergeben. Der Boy bedankte sich und eilte davon.

Nachdem sich die Tür geschlossen hatte, öffnete Wedigo den blauen Umschlag. Der Brief kam, erwartungsgemäß, von der Gräfin. Wedigo las ihn sorgfältig durch. Er wusste, dass Melissas Schreiben vieldeutig sein konnte und genaue Aufmerksamkeit angebracht war. Doch der Brief schien auf den ersten Blick harmlos zu sein. Er erklärte lediglich, dass die Gräfin bei ihrer Ankunft am Mittag zwei alten Bekannten aus ihrer Petersburger Zeit begegnet war und diese im Gespräch allgemein von Sicherheitsproblemen gesprochen hätten.

… Da dachte ich, Wedigo, dass Ihr Spezialist für derartige Fälle seid, und habe die Herren an Euch verwiesen. Aber genug zu diesem Thema. Heute Abend wurde in Brenners Parkhotel ein Tanzvergnügen angekündigt. Es wäre schön, wenn Ihr mich dort träfet. Eure Uniform passt sicher glänzend zu meiner neuen Abendtoilette. Ich erwarte Euch ab zehn und verbleibe mit Sehnsucht!

Eure Gräfin Maria Melissa Walewska

Wedigo schüttelte den Kopf. Die Erklärung für das ›russische‹ Gespräch war besser als nichts, überzeugte ihn allerdings nicht. Warum sollten die beiden russischen Offiziere und der schwedische Graf ausgerechnet Melissa von ihren ›Sicherheitsproblemen‹ erzählt haben? Die Herren waren ihm nicht wie Männer erschienen, die einer schönen Frau sofort alles berichten, nur weil sie deren Reizen nicht widerstehen konnten. Da steckte etwas anderes dahinter; was, galt es noch herauszufinden. Und warum Melissa ihn in dem Brief plötzlich wieder siezte, mochten die Götter verstehen, er jedenfalls nicht. Wedigo blickte auf die Uhr, inzwischen war es neun. Wenn er zum Tanz gehen wollte, müsste er sich jetzt umziehen. Aber im Hinblick auf seine zweite *Verabredung* war dies wenig sinnvoll. Er konnte sich nicht in Uniform duellieren, ohne Gefahr zu laufen, umgehend festgenommen und höchstwahrscheinlich zu einer Festungshaft verurteilt zu werden. Ein Duell auszuführen, war schlicht verboten und somit auch rechtlich ein Risiko. In den letzten Jahren hatte es wegen Duellen etliche Skandale in seiner Kaserne gegeben. In der Öffentlichkeit und in der Presse waren zahlreiche kritische Stimmen laut geworden, die sich vehement gegen das Duell aussprachen. Allerdings gab es für einen Offizier in Ehrensachen keine andere Lösung, trotz der sogenannten Ehrengerichte. Erst Ende März hatte ein weitläufig mit Wedigo verwandter Reserveoffizier, der Jurastudent Siegmund Ritter von Karpinsky, sich wegen einer ähnlichen Geschichte auf Pistole duelliert und war dabei getötet worden. Er hatte mit seinem Verhalten der Ehre genüge getan, was auch die örtliche Presse anerkannte, obwohl sie das Duell wegen des Ausgangs stark kritisierte. Der Trauerzug von Karpinskys war jedenfalls von über 2.000 Personen begleitet worden.

So viele würden es bei ihm nicht werden, dachte Wedigo, aber eigentlich war ihm das gleichgültig, zumal er nicht die Absicht hatte, das Duell auf der Bahre zu beenden. Auf jeden Fall würde er der Ehre genügen, das war seine Pflicht als preußischer Offizier.

Er behielt den grauen Anzug an und begab sich hinunter zur Hotelbar, um einen Cognac zu trinken. Die Bar war kaum besucht. Außer ihm und dem Barmann befanden sich lediglich drei Personen im Raum. Diese unterhielten sich lautstark auf Französisch über die aktuelle politische Lage. Zwei der Männer schienen Lothringer zu sein, der dritte Herr kam aus Bromberg und war offenbar Deutschpole. Allen dreien schien die europäische Lage wenig verheißungsvoll und schlecht fürs Geschäft zu sein, wie vor allem der Bromberger erklärte. Der ältere Lothringer, ein würdiger Herr mit langem, grauem Bart, Besitzer einer Spirituosenfabrik, stimmte ihm zu und hielt ebenfalls mit Kritik über die französische, deutsche und englische Regierung nicht zurück. Vor allem der Militäretat verärgerte ihn.

»Unser Militär tritt mitunter gehörig zu forsch auf, denken Sie an Zabern. Überhaupt kostet dieser ganze Rüstungsklimbim den Steuerzahler nur Geld und nochmals Geld«, rief er. »Ein Panzerkreuzer folgte dem anderen, ein Regiment dem nächsten. Und wird die Welt darum besser? Nein, meine Herren«, beantwortete er selbst seine Frage, »kein bisschen. Unsere Welt ist dem Untergang geweiht, wir werden untergehen wie die Titanic, im Blutbad eines großen Krieges ersaufen mit Mann und Maus!«

Wedigo trank seinen Cognac aus und ging. Für Weltuntergangsszenarien war er nicht in Stimmung und Kritik am Militärwesen schätzte er schon gar nicht. Er trat aus dem Hotel. Draußen empfing ihn der Duft einer warmen Juninacht. Die Kurstadt befand sich im festlichen Glanz und überall war reges Treiben. Musik erklang und die Stimmen fröhlicher Menschen. Wedigo zündete sich eine Zigarette an und lief ein paar Schritte. Er kam zu einer Oosbrücke, blieb stehen und beugte sich über das Geländer. Unten floss in ruhigen Strömen Wasser, in dem sich die Lichter Baden-Badens spiegelten.

»Guten Abend, Wedigo«, sprach plötzlich hinter ihm eine bekannte Stimme. »So nachdenklich? Oder eher verträumt?«

Er drehte sich um, vor ihm stand Gräfin Melissa im leichten Abendkleid mit einer Stola über den nackten Schultern, damit sie sich nicht verkühlte. In der Stirn lag eine Locke, die geschickt die Wunde von gestern verdeckte.

»Du bist nicht in Uniform, hat dich mein Brief nicht erreicht?«, fragte sie leicht enttäuscht. »Wir wollten doch zum Tanz!«

»Guten Abend, Melissa«, antwortete Wedigo und spürte, wie ihm ihr reizvoller Anblick das Blut erwärmte. »Ich kann jetzt nicht, komme aber später vielleicht nach. Nicht wegen des Tanzes, sondern weil wir einiges zu besprechen haben.«

»Sie ziehen es also vor, Herr von Wedel«, wechselte sie wieder die Anrede, »Euch wegen dieses kleinen Fräuleins zu duellieren, statt mit mir einen Ballabend zu besuchen? Das nenne ich wahrhaftig einen Korb!« Die Gräfin wandte sich ab und ging ohne ein Wort davon.

Wedigo sah ihr verblüfft nach. Teufel auch, dachte er, woher wusste Melissa schon wieder von seinem Duell? Ärgerlich über den Auftritt und ihre provokante Art kehrte er zum Maison Messmer zurück, wo sein Sekundant Freiherr von Lupin bereits mit einer Kutsche auf ihn wartete.

»Da sind Sie ja endlich«, begrüßte er ihn ungeduldig. »Wir müssen uns sputen, um rechtzeitig an Ort und Stelle zu sein. Fahren Sie los, Kutscher!«

Sie fuhren im raschen Trab die Lichtentaler Allee hinab bis zur Josephinenbrücke, wo die Kutsche hielt und Wedigo und der Freiherr ausstiegen. Der Kutscher wurde entlohnt, wendete und kehrte in die Stadt zurück. Kaum war er abgefahren, trat ihnen von der Parkseite der Sekundant Freiherr von Buol-Berenbergs, Hauptmann Freiherr von Preuschen, entgegen und bat die Herren, ihm zu folgen. Sie passierten die links und rechts auf Steinsockeln liegenden Hirsche und betraten die Parkanlage. Der Hauptmann deutete auf die weiter hinten befindliche Brunnenanlage. »Dort oben, auf der Rückseite des Josephinenbrunnens, sind wir ungestört. Zur Brücke hin verdeckt die Brunnenanlage die Sicht, zur Straße schützt uns eine Hecke vor neugierigen Blicken. Wenn die Herren mir folgen.«

Sie liefen über den bekiesten Weg zum angegebenen Platz. Dort warteten bereits Wedigos Kontrahent und ein dunkel gekleideter Herr, der sich als Oberstabsarzt Dr. Boeckler vom 9. Badischen Infanterie-Regiment Nr. 170 vorstellte. Wedigo und sein Sekundant grüßten mit einem Kopfnicken. Die Kämpfer legten ihre Oberbekleidung bis aufs Hemd ab. Freiherr von Lupin präsentierte von Buol-Berenberg den mitgebrachten Kasten mit vier Degen. Ohne lange zu überlegen, wählte dieser eine Waffe. Wedigo ergriff die daneben. Die beiden Offiziere stellten sich im Abstand von fünf Schritten auf. Links und rechts wurde je eine Sturmlaterne postiert, die den Platz in ein ungewisses Licht tauchten. Die Sekundanten ergriffen die beiden übrigen Degen und nahmen ihre Positionen seitlich der Kombattanten ein.

Alles war still, nur das Plätschern des Brunnens war zu hören. Von Lupin nickte Freiherr von Preuschen zu; der gab mit halblauter Stimme das Kommando: »Eins, zwei, drei und los!« Sofort drangen die Männer aufeinander ein. Mit schnellen Stößen und kurz angesetzten Paraden und Finten versuchten sie jeweils, ihren Gegner im Angriff zurückzutreiben und so den Zweikampf rasch für sich zu entscheiden. Der Freiherr war offenbar ein hervorragender Fechter, denn er parierte Wedigos Hiebe mit mühelosen Bewegungen, aus denen er sogleich zum Gegenangriff überging. Wedigo wehrte seinerseits ab, zog seine Klinge in die Vertikale und ließ einen fallenden Stoß folgen. Sein Gegner sprang zurück, und der Hieb ging ins Leere. Nun gelang es von Buol-Berenberg, einen Vorteil zu erringen und Wedigo bis zum Brunnenrand zu drängen, wo er ihn mit einem Hagel von Kreuzschlägen eindeckte. Doch eine falsche Bewegung ließ den Freiherrn auf dem rutschigen Boden straucheln, was Wedigo nutzte, um unter dessen Angriff durchzutauchen und in die Mitte des Kampfplatzes zurückzuspringen. Dort wirbelte er herum und bedrängte nun seinerseits den Freiherrn heftig. Er fing einen Streich, den dieser gegen ihn führte, elegant auf und führte einen kurzen, harten Schlag gegen das vordere Drittel des Degens seines Gegners, wodurch es ihm gelang, die Klinge nach rechts abzulenken. Dadurch bot ihm Buol-Berenberg unfreiwillig eine Blöße, die Wedigo nutzte, um einen Treffer an der Schulter zu landen, der den Badener taumeln ließ.

»Halt!«, tönte der Ruf der Sekundanten. Sie trennten die Gegner und begutachteten mit dem Doktor die Verwundung des Freiherrn.

»Freiherr von Buol-Berenberg, Sie sind getroffen«, stellte der Major gemäß den Regeln fest. »Damit wäre die Satisfaktion erteilt.«

»Ich kämpfe weiter!«, knurrte der Freiherr und stellte sich wieder in Position. Wedigo schüttelte über den Eigensinn seines Gegners den Kopf, nahm aber ebenfalls Aufstellung. Wieder gab einer der Sekundanten das Kommando: »Eins, zwei, drei, los!«

Da ertönte plötzlich ein lautes, gebieterisches »Halt!«, das gleich wiederholt wurde. »Halt! Halt! Um Gottes willen, hört auf mit diesem mörderischen Unsinn!«

Aus einem Heckendurchgang liefen von der Seite zwei hell gekleidete Gestalten zum Kampfplatz. Es handelte sich um Ilse von Bredow und Gräfin Walewska, die mit geschürzten Röcken in für Damen unziemlichen Tempo auf die Männer zueilten. Ihnen folgte eine weitere Person; das geheime Duell war öffentlich geworden. Wedigo und sein Gegner senkten die Degen und starrten auf die beiden Frauen und ihren Begleiter, den schwedischen Grafen von Essen, Wedigos Teebekanntschaft.

»Was soll das, meine Damen?«, wandte sich von Lupin an die Angekommenen. »Sie können doch nicht einfach ein Duell stören!«

Ilse von Bredow achtete nicht auf seine Worte, sondern stürzte auf den Freiherrn zu. »Rudolf«, rief sie und berührte voller Angst seine Schulter. »Du bist verletzt, du blutest. Du musst aufhören!«

Der Freiherr wollte sich brüsk abwenden, schwankte plötzlich und sank zu Boden. Der Oberstabsarzt und der

Sekundant sprangen hinzu und bemühten sich um den Ohnmächtigen.

»Selbst, wenn Ihr Held weiterkämpfen wollte«, bemerkte die Gräfin kühl zu von Lupin. »Jetzt heißt es, die Waffen nieder. Ich denke, Herr von Wedel«, wandte sie sich dann an Wedigo, »die Angelegenheit ist hiermit erledigt. Im Übrigen sollten Sie nicht nur ab-, sondern auch gleich aufbrechen. Sie werden in Berlin gebraucht.«

»In Berlin?«, erwiderte Wedigo verblüfft.

»Lesen Sie selbst!« Und damit überreichte die Gräfin ihm einen geöffneten Umschlag. Im Licht einer Sturmlaterne las Wedigo die wenigen Zeilen. Es handelte sich um ein Telegramm Major Nicolais an die Gräfin und lautete: *Aktion abbrechen – Stopp – Sofortige Rückkehr nach Berlin – Stopp – Neue Entwicklung*

»Ich verstehe überhaupt nichts mehr«, sagte Wedigo. »Was sollte die Unterbrechung? Warum hast du Graf von Essen hierher mitgebracht?«

»Das erkläre ich dir im Zug«, raunte ihm Melissa zu. Inoffiziell schien sie beim Du geblieben zu sein.

Zunächst aber musste der verletzte Freiherr abtransportiert werden. Die beiden Sekundanten brachten ihn zur Kutsche des Militärarztes, die ihn auf der anderen Parkseite erwartete. Dr. Boeckler und der Hauptmann fuhren mit, Ilse von Bredow folgte in ihrem Gespann. In der Droschke der Gräfin kehrten die Übrigen zum Maison Messmer zurück. Dort verabschiedete sich der Major, der auf der Fahrt recht einsilbig gewesen war. Er murmelte etwas von noch nie da gewesener Regelwidrigkeit, verbeugte sich knapp und stapfte, mit dem Degenfutteral unterm Arm, höchst verärgert davon.

»Major Nicolai hat dafür gesorgt, dass ein Militärnachtzug in Baden-Baden hält, mit dem wir nach Berlin kommen«, erklärte die Gräfin Wedigo. Der Hauptmann nickte nur und begab sich auf sein Zimmer. Er klingelte dem Boy und wies ihn an, seine Koffer zu packen. Der Junge überreichte ihm zuerst den Einreichungsbeleg für den Eilbrief. Wedigo steckte die Quittung in die Brieftasche. Eigentlich war sein Bericht jetzt nutzlos, er würde vor diesem in Berlin sein. Wenn er nur wüsste, was passiert war und warum der bisherige Plan umgeworfen worden war. Offenbar hielt es Nicolai nicht für nötig, ihn über die Hintergründe zu informieren. Stattdessen schien die Gräfin zur Vertrauten des Majors avanciert zu sein, dachte er verärgert. Welche Rolle der neu ins Spiel gebrachte Graf von Essen hatte, wusste er auch nicht. Wedigo hatte Zweifel, dass ihm die Gräfin in dieser Hinsicht hinreichend Auskunft erteilen würde.

Eine Stunde später hatten alle drei Reisenden ein Abteil des Nachtzuges bezogen. Die Uhr zeigte Mitternacht. Wedigo fühlte sich sehr ermüdet; der Tag war lang gewesen, und er war gerade dabei, sich niederzulegen, als an die Tür geklopft wurde. Das konnte nur Melissa sein. Er seufzte und öffnete, vor ihm stand, erwartungsgemäß, Gräfin Maria Walewska. Sie hatte ihr Abendkleid gegen eine angemessenere Toilette getauscht und ihr Haar zu einem dicken Zopf geflochten.

»Wedigo, entschuldige, dass ich dich noch störe, aber ich muss mit dir reden.«

»Hat das nicht Zeit bis zu unserer Ankunft in Berlin?«, fragte er, mühsam ein Gähnen unterdrückend.

»Nein, denn ich werde gemäß den Anweisungen schon in Leipzig aussteigen und sollte dir vorher noch einige Dinge mitteilen.«

Wedigo reagierte auf diese Neuigkeit nicht, ihm war jetzt nur wichtig, zu erfahren, was das ganze Hin und Her sollte, und nicht in weitere Mystifikationen einzutauchen.

»Also gut, komm herein und setz dich!«

»Der Besuch Baden-Badens diente, wie du dir bereits gedacht hast, einzig der Kontaktaufnahme mit von Essen und seinen russischen Begleitern«, begann die Gräfin ihre Erklärung. »Aufgrund meiner früheren Verbindungen wurde ich von Nicolai beauftragt, den Erstkontakt herzustellen. Die nächsten Schritte sollen von dir durchgeführt werden, weil du dich im letzten Jahr als Zarenretter profiliert hast.«

»Das ist mir durchaus klar, aber warum wurde ich über die Pläne nicht vorab informiert? Ich finde es befremdlich, erst durch dich auf den aktuellen Sachstand gebracht zu werden«, erwiderte Wedigo kühl.

»Das Problem war, dass sich zum einen der Kontakt erst während unserer Reise aufgetan hat. Du erinnerst dich an den unmöglichen Amerikaner im Zug? Er war und ist der erste Mittelsmann der Russen. Er muss mich von früheren Gelegenheiten her gekannt haben, denn er ließ mir durch seine Frau den Wunsch der Russen, mit dir Kontakt aufzunehmen, überbringen. Ich bin daraufhin mit dem eigentlichen Vermittler, Graf von Essen, in Karlsruhe ausgestiegen, um zu klären, warum es zu einem Kontakt kommen sollte.«

»Und warum wird die Aktion, wegen der ich ins Elsass unterwegs bin, die Suche nach dem Piloten der Angreifermaschine, so schlagartig beendet?«, unterbrach Wedigo sie.

»Das weiß ich nicht«, gab die Gräfin zu. »Ich glaube, es gibt neue Informationen zum Fall, doch das ist reine Spekulation.«

»Schön, dass du nicht alles weißt«, sagte Wedigo. »Aber kannst du mir vielleicht sagen, warum Graf von Essen uns begleitet?«

»Er bekam mit, dass du nach Berlin zurückkehrst und somit euer vereinbartes Gespräch nicht stattfinden würde. So fragte er mich, ob er uns begleiten könne, er müsse ohnehin nach Berlin.«

»Und das hast du einfach so, ohne mit mir Rücksprache zu halten, entschieden?«, fragte Wedigo. »Ich nehme an, Major Nicolai ist ebenfalls nicht informiert worden?«

»Wie hätte ich ihn denn nachts erreichen können?«, wandte die Gräfin ein. »Ich musste schnell handeln.«

Beide schwiegen einige Augenblicke.

»Das war alles, was du mir mitteilen wolltest?«, fragte Wedigo schließlich. »Oder gibt es noch etwas, das ich wissen sollte, bevor du plötzlich wieder unerwartet verschwindest?«

»Nein, nur dass Herr von Essen mit deiner Zusage rechnet. Er fährt unter anderem deshalb nach Berlin, um dort gewisse Arrangements in die Wege zu leiten, die mit den Informationen, die er von dir zu erhalten hofft, zusammenhängen.«

»Welche Informationen?«, rief Wedigo. Ihm platzte bald der Kragen, er hatte endgültig genug von Melissas Heimlichkeiten und ihrer Art, ihr Wissen in Puzzleform zu offerieren.

»Das weiß ich doch nicht«, empörte sich die Gräfin. »Du hast doch mit den drei Herren verhandelt, nicht ich.«

Wedigo gab es auf, Melissa war einfach nicht beizukommen. »Ich danke dir«, sagte er mit aller, ihm nur möglichen Ruhe. »Ich danke dir für deine klaren Informationen. Ich wünsche dir für deine weiteren Aufträge viel Erfolg. Für heute lass uns Schluss machen. Ein paar Stunden Schlaf wäre einfach angenehm.«

Die Gräfin erhob sich schweigend und ging zur Tür. Dort blieb sie stehen und drehte sich wieder zu Wedigo um, als sei ihr noch etwas eingefallen, das sie sagen müsse. Wedigo aber trat rasch zu ihr, öffnete die Tür, fasste sie leicht an der Schulter und schob sie hinaus. »Gute Nacht, Melissa!«, sagte er und schloss die Tür. Er riegelte zu und warf sich, so wie er war, auf die bereits aufgeklappte Schlafliege. Eine Minute später hatte ihn das eintönige Rattern der Räder in den Schlaf gesungen.

Morgens um sechs wurde Wedigo durch Rufe und ein lautes Klopfen an der Tür geweckt.

»Aufwachen, Herr Hauptmann, in einer halben Stunde gibt es im Salonwagen Frühstück«, meldete eine Ordonanz.

Wedigo erhob sich, wusch sich in der zu seinem Abteil gehörenden Waschkabine und rasierte sich in der Enge so gut es ging. Dann zog er seine Uniform an und fuhr sich wie jeden Morgen mit der Bürste über sein akkurat geschnittenes Haar. Endlich verließ er das Abteil und ließ sich von einem Gefreiten, der den Gangdienst versah, den Weg zum Speisewagen zeigen. Dort traf er einige, ihm nicht bekannte Offiziere, die sich ebenfalls auf dem Weg in die Hauptstadt befanden. Er grüßte und hielt nach einem freien Tisch Ausschau. Weiter hinten saß Graf von Essen; dieser winkte und bat Wedigo, sich zu ihm zu setzen. Wedigo hätte sein Frühstück lieber allein zu sich genommen. Es war aber notwendig, sich mit dem Grafen zu besprechen, weshalb er sich mit einem Gruß zu ihm an den Tisch setzte. Die Ordonanz brachte den Herren frischen Kaffee, ofenwarme Brötchen, Butter und Marmelade sowie Wurst, Käse und Eier.

Wedigo trank eine Tasse Kaffee, dann schob er seinen Teller zur Seite. »Ich will gleich zur Sache kommen, Graf«, begann er. »Mir ist nicht klar, was Sie und Ihre Freunde von mir erwarten und was Sie als Gegenleistung im Eigentlichen zu bieten haben. Vielleicht nutzen Sie die Zeit, bis wir Berlin erreichen, und erläutern mir Ihre Vorstellungen.«

Von Essen nahm einen Schluck Kaffee und lehnte sich dann scheinbar entspannt zurück. »Es ist im Grunde genommen sehr einfach, Herr von Wedel. Ich ziehe sozusagen eine Option auf die Zukunft. Von dem ausgehend, was die Herren von der Marine Ihnen gestern erläuterten, nehmen wir als sicher an, dass Sie bald auf das von uns Gewünschte stoßen werden. Wir glauben, dass die Verschwörer von Berlin aus gelenkt werden und somit zwischen dem Angriff unmittelbar über dem Flugfeld Johannisthal und dem vermuteten Attentat enge Zusammenhänge bestehen. Über die mir zugänglichen Kanäle habe ich in Ihrem Ministerium angefragt. Den Sachbearbeiter, den ich erreichte, ein gewisser Herr Schneidmann, teilte mir mit, Sie seien für Sicherheitsfragen zuständig. Dies wurde mir von unserem Geheimdienst bestätigt, der mich knapp über Ihre Rolle im Mai letzten Jahres informierte. Ein Mittelsmann verwies mich an Gräfin Walewska, die den Kontakt zu Ihnen herstellte. Ich gehe davon aus, dass Sie unser Problem in Ihrem internen Kreis besprechen werden und dann alles Übrige folgt.«

Wedigo nickte. Der Schwede schien sich gut informiert zu haben, aber beileibe nicht alles zu wissen. Typisch auch das Verhalten Major Nicolais. Er hatte die Geschichte über Schneidmann einfach an ihn delegiert und war, wie so oft, im Hintergrund geblieben. »Sie sprechen von einer Option für die Zukunft«, sagte er zu seinem Gegenüber. »Für die Gegenwart wäre es wichtig, wenn Sie zumindest einen kleinen Part Ihrer versprochenen Information mitteilten.«

»Gut«, erwiderte der Graf, »damit kann ich dienen. Das russische Fliegerass Pjotr Nikolajewitsch Nesterow war über Pfingsten auf einem Erkundungsflug im Uralgebiet. Also hat weder er noch sonst ein Pilot des Zaren den deutschen Luftraum verletzt; ganz im Gegensatz übrigens zu Ihren Fliegern, weswegen die russische Heeresverwaltung seit gestern Ausländern das Überfliegen der russischen Westgrenze in ihrer gesamten Ausdehnung verboten hat.«

Der Graf unterbrach sich und winkte der Ordonanz, um noch ein Kännchen Kaffee zu ordern.

»Das Fräulein aus Frankreich«, fuhr er fort, »Mademoiselle Betenfeld, hat sich im Frühjahr mit einem gewissen Henri Richer nach Manoir de Beaumont in der Gemeinde Joué-en-Charnie westlich von Le Mans zurückgezogen, wo das Paar eine Art von Flitterwochen verbringt. Beide, sowohl die Französin als auch der Russe, kommen also aus meiner Sicht als Piloten nicht infrage. Vielleicht lenken Sie Ihren Blick von Russland und Frankreich weg zur Donaumonarchie. Auch die Österreicher haben gute Piloten, spontan fällt mir der Name Nittner ein. Doch das muss Ihnen fürs Erste als Probe genügen.«

Wedigo stimmte widerstrebend zu. Mehr würde der Schwede nicht preisgeben, ob und was seine Informationen taugten, müsste sich allerdings erst zeigen, und der Hinweis auf Österreich war eine gänzlich neue Spur – am besten, er informierte Nicolai. Der Major würde am ehesten beurteilen können, welchen Wert von Essens Aussagen besaßen. Die Information über die Schließung der Westgrenze für Flugzeuge war jedenfalls interessant. Bezeichnenderweise hatte der Graf die Namen Georges Ladoux und Lemoine nicht erwähnt. Entweder waren ihm die Herren unbekannt oder sie standen nicht näher mit dem Fall in Verbindung. Letzteres schien Wedigo nach dem Geschehen auf der Hinfahrt wenig wahrscheinlich zu sein.

Wedigo wechselte das Thema und fragte, ob von Essen noch wegen anderer Geschäfte nach Berlin reise und wo er wohnen werde.

»Oh, ich habe natürlich auch geschäftlich in Berlin zu tun. Die Malmbanan, die Bahnstrecke Luleå–Kiruna, soll bis zum nächsten Jahr voll elektrifiziert werden. Zur Zwischenfinanzierung akquiriere ich für die Luossavaara-Kiirunavaara Aktiebolag frisches Geld, damit der Streckenausbau im Sinne der Betreiberfirma rasch vollzogen werden kann. Mein Berliner Ansprechpartner ist der Bankier Leopold Koppel. Ihm gehört auch die Deutsche Gasglühlicht AG, das könnte ein doppeltes Geschäft werden. Koppel hat mich freundlicherweise eingeladen, während meines Aufenthalts in seiner Villa in der Rauchstraße im Tiergartenviertel zu wohnen.«

Der Graf wohnte bei Leopold Koppel, nobel, nobel. Rahel, die Tochter Koppels, hatte Wedigo im Frühjahr beim Tennisspiel kennengelernt. Ein netter Käfer, bestens vom Papa bewacht und von Mitgiftjägern geradezu umschwärmt.

Das Frühstück war zu Ende, die Herren verabschiedeten sich. Sie vereinbarten, sich am Samstagnachmittag um 16 Uhr im Café Kranzler an der Ecke Unter den Linden/Friedrichstraße zu treffen.

Eine halbe Stunde später war Berlin erreicht. Wedigo stieg aus, ein Gepäckträger holte die Koffer aus dem Abteil und folgte. Der Hauptmann sah sich suchend um. Drüben eilte von Essen mit einem Diener davon, weiter hinten versammelten Feldwebel die Soldaten und ließen sie in Reihe antreten. Jüngere Offiziere standen rauchend daneben und warteten gelangweilt auf die Meldung ihrer Untergebenen. Wo war Melissa? Dann fiel ihm ein, dass sie davon gesprochen hatte, sie werde schon in Leipzig aussteigen. Was sie wohl in Leipzig wollte? Er zuckte die Achseln und schaute nach einem Träger für die Koffer. Da sah er Oberfeldwebel Schneidmann mit einem Gefreiten im Gefolge auf ihn zukommen.

Schneidmann salutierte und meldete: »Herr Hauptmann, ich soll Sie gleich ins Ministerium bringen. Gefreiter Schulze übernimmt das Gepäck, wenn Sie mir bitte folgen würden.«

Vor dem Bahnhof wartete ein Kraftwagen, sie stiegen ein und fuhren in die Wilhelmstraße. Zehn Minuten später hielten sie vor dem Kriegsministerium. Der Hauptmann und der Oberfeldwebel stiegen aus, während der Gefreite die Koffer in ein Hotel brachte, in dem Wedigo die nächsten Tage residieren sollte.

Wedigo trat in Major Nicolais Büro. Dieser begrüßte ihn und bat ihn, Platz zu nehmen. Hauptmann Wilberg war ebenfalls schon da.

»Es hat sich etwas Neues ergeben, Herr von Wedel, weswegen ich Sie zurückbeordert habe. Die Angreifermaschine, die Nieuport, ist gefunden worden. Hauptmann Wilberg, bitte berichten Sie!«

»In Döberitz steht alles im Zeichen der Vorbereitung für den Ostmarkenflug vom 20. bis zum 25. dieses Monats. Dabei wurde in einem nahe dem Flugfeld gelegenen Waldstück das Wrack einer Nieuport 10 entdeckt. Von der eingesetzten Waffe und dem Piloten fehlte jede Spur. Allerdings gibt es Hinweise, dass sich der Flugzeugführer bei der Bruchlandung seiner Maschine erheblich verletzt hat. Die Kabine war voller Blut. Er muss einen Helfer gehabt haben, der ihn abtransportierte.«

»Und der ihn versteckt hat«, warf Nicolai ein. »Gab es weitere Spuren?«

»Nein, sonst fand sich nichts. Ich habe das Wrack des Flugzeugs von Technikern untersuchen lassen. Offenbar führte ein Motorschaden zum Absturz beziehungsweise zur Bruchlandung.«

»Danke, Herr Hauptmann«, sagte der Major. »Sie sehen, Herr von Wedel, eine Suche in den Reichslanden hat sich mit diesem Fund erübrigt.«

»Wir suchen also jetzt nach einem verletzten Piloten und einem zweiten Mann«, stellte Wedigo fest.

»Die Suche drängt«, ergänzte Wilberg, »da bald dieses Flugrennen stattfindet, welches jede Menge Fluchtmöglichkeiten bietet. Das Thema ist aus meiner Sicht zusätzlich brisant, da bei dem Wettflug die verbotenen Flugzonen über den Festungen Breslau, Posen, Glogau, Thorn, Danzig und Königsberg freigegeben werden. Es erscheint mir durchaus möglich, dass ausländische Piloten die Teilnahme zu Spionagezwecken wie zur Fluchthilfe nutzen werden.«

»Was schlagen Sie als Gegenmaßnahme vor, Herr Hauptmann?«, fragte Nicolai.

»Ich werde selbst am Flug teilnehmen, um das Verhalten der Teilnehmer genau beobachten zu können und vorher in Döberitz nach dem Piloten zu forschen.«

»Das ist eine gute Idee, eventuell könnte Herr von Wedel ebenfalls mitfliegen. Sie haben auch Informationen in Sache Sabotage mitgebracht, berichten Sie!«

»Wir hatten im März in Döberitz *Besuch* von den Herren Willy Fenske, Bruno Schulz und einem gewissen Waclaw Konicki. Alle drei wurden Anfang Mai wegen Spionage in Thorn verhaftet.«

»Ich weiß von der Verhaftung«, sagte der Major, »Hauptmann Gempp vom I. Armeekorps in Königsberg hat mir die Tatsache bereits berichtet. Aber dass die drei Verräter in Döberitz waren, ist neu. Fahren Sie fort!«

»Nun, jedenfalls hatte einer der Verhafteten Kontakt zu einem gewissen Henri Coandă gesucht. Coandă ist gebürtiger Rumäne. Er hat an der Militärhochschule in Bukarest und an der Technischen Hochschule in Berlin-Charlottenburg studiert und gilt als hoch qualifizierter Fachmann im Bereich des Flugzeugbaus. Er war im gleichen Zeitraum in Döberitz zu Besuch und ist inzwischen nach Rumänien zurückgekehrt.«

»Das ist alles schön und gut, aber wir können den Mann nicht mehr befragen und ein Besuch erklärt nicht die langjährige Absturzserie.«

»Sie entschuldigen, Herr Major«, entgegnete Wilberg. »Ich war nur ein Tag dort, mehr ließ sich in der kurzen Zeit nicht herausbekommen.«

»Das ist richtig«, gab Nicolai zurück, »meine Worte sollten auch nicht Ihre Arbeit kritisieren, und immerhin wurde das Wrack entdeckt. Wann setzen Sie Ihre Nachforschungen fort?«

»Ich will heute nach Johannisthal, ich habe einen Termin um zwölf und will vorher noch jemanden treffen. Es gibt möglicherweise eine interessante Spur, die zum Gesuchten führen könnte.« Der Hauptmann zog seine Taschenuhr. »Es ist schon nach zehn. Ich müsste eigentlich los, Herr Major.«

»Dann fahren Sie, Herr Hauptmann! Über das, was Herr von Wedel und ich zu besprechen haben, informiere ich Sie später. Und Sie geben uns Bescheid, was es mit dieser sogenannten Spur auf sich hat.«

»Jawohl, Herr Major!«

Hauptmann Wilberg erhob sich und verabschiedete sich eilig. Als er gegangen war, wandte sich Nicolai Wedigo von Wedel zu. »Sie sehen, wir sind hier ein gutes Stück weitergekommen.«

»Ich dagegen weniger«, erwiderte Wedigo. Er ärgerte sich, nach Baden-Baden und nicht nach Döberitz gefahren zu sein.

Der Major hob beschwichtigend die Hand. »Ich weiß, Sie sind über die näheren Umstände und den Ablauf Ihrer Baden-Badener Mission nicht begeistert, vielleicht sogar verärgert. Doch glauben Sie mir, Ihr Einsatz in Baden-Baden erfolgte nicht ohne Grund. Seit Langem ist die Kurstadt für Russen sozusagen ein westlicher Stützpunkt, die russische Gemeinde Baden-Badens zählt an die 1.000 Köpfe. Und nicht erst seit dem Fall der Sprachlehrerin Zinaida de Smoljanioff wissen wir, dass etliche Russen der Stadt im Sold des zaristischen Geheimdienstes stehen. Es gibt eindeutige Hinweise, dass der russische Militärattaché in Berlin, Oberst Basarow, am Ausbau eines speziellen Spionagenetzes arbeitet, das in Baden-Baden die zweite Zentrale haben soll. Ich konnte aber noch keine Kontaktperson ausfindig machen, geschweige denn dem russischen Bären einen Doppelagenten ins Fell setzen. Daher bediente ich mich unserer alten Bekannten, der Gräfin Walewska. Ich sagte Ihnen vorgestern, dass die Dame die horrenden Summen wert ist, die sie fast täglich verschleudert. Sie warf den Köder aus und ist selbst ein idealer Köder …«

»Und der zweite Köder war mal wieder ich«, warf Wedigo bitter ein. »Sie wissen, dass mir der Besuch Baden-Badens den Verlust meiner Verlobten eingebracht hat?«

»Langsam, Herr von Wedel, eins nach dem anderen. Zunächst einmal operierten wir auf verschiedenen Ebenen. Die Gräfin wurde so weit informiert, dass sie bestens für eine russische Kontaktaufnahme präpariert schien. Sie erwähnte Pjotr Nikolajewitsch Nesterow, das war der Name, den ich ihr genannt, obwohl ich natürlich wusste, dass der Mann unmöglich der Attentäter sein konnte.«

»Das hat mir Graf von Essen auch erzählt.«

»Richtig, der Graf sagt in diesem Fall die Wahrheit, was er, unter uns, nicht immer tut. Nun, die Gräfin wusste Bescheid und wusste doch nicht alles, aber genug, um die Aufmerksamkeit der Gegenseite auf sich zu lenken.«

»Misstrauen Sie Maria Walewska?«, fragte Wedigo.

»Sie ist eine absolute Schönheit und ich bewundere ihre Art, aus allem für sich das Beste zu machen. Aber vertrauen, nein, Herr von Wedel, ich vertraue der Gräfin nicht.«

»Deswegen haben Sie mich auch nur halb informiert …«

»Mein Lieber, Sie sind eine grundehrliche Haut, die Gräfin hätte rasch gemerkt, wenn Sie mehr gewusst hätten, als sie zu wissen glaubte. Im Übrigen, wäre der Baden-Badener Kontakt nicht erfolgt, hätte ich Sie, ohne den Flugzeugfund, weiter ins Elsass reisen lassen, um dort den Spuren nachzugehen.«

»Was ist mit dem nächtlichen Überfall im Zug? Sie wissen davon?«

»Der Überfall hat mit unseren Angelegenheiten nur am Rande zu tun«, erwiderte der Major. »Wobei ich denke, dass die Gräfin mit ihrer Vermutung, der französische

Agent Rodolphe Lemoine stecke dahinter, nicht unbedingt recht hat, obwohl der Mann sicher etwas weiß. Leider ist er entkommen, sodass ihn die Polizei nicht befragen konnte. Der Kerl ist uns jedenfalls bekannt. Er heißt eigentlich Rudolf Stallmann und stammt aus Berlin; ein übler Bursche und ein Verräter. Wir werden ihn noch zu fassen kriegen. Ich halte aber den Überfall eher für eine dramatische Inszenierung des Herrn Ladoux, um Sie auf eine falsche Spur zu locken beziehungsweise abzulenken. Während Sie nach der Gräfin suchten, war man längst dabei, Ihre Koffer und Schriften zu durchwühlen. Dann wurde Maria Walewska gefesselt und geknebelt und in Ihr Abteil gebracht, um über die Gefühlsebene Ihre Aufmerksamkeit weiter abzulenken. Primär ging es aber um Einblicknahme in Ihre Papiere, Herr von Wedel, beziehungsweise um deren Entwendung. Ich ahnte, dass der Gegner dergleichen versuchen würde und hatte daher Schneidmann angewiesen, Ihnen anstatt echter Unterlagen irgendwelche Belanglosigkeiten mitzugeben. Die eigentlichen Papiere sollten Sie in Straßburg erhalten.«

»Verstehe«, sagte Wedigo, der sich an seinen Versuch im Zug erinnerte, aus dem Inhalt der Papiere schlau zu werden. »Ich überlege, wer von den Personen im Zug auf die Gräfin und mich angesetzt worden ist.«

»Es könnte jemand vom Personal gewesen sein. Niemand achtet auf einen Bahnbediensteten und er hat quasi überall Zugang«, meinte Nicolai.

Wedigo schüttelte den Kopf. »Ich verdächtige eher diesen Amerikaner, den ich bereits im Rheingold traf und den ich auch im Speisewagen sowie später in Baden-Baden, möglicherweise auch in Johannisthal, gesehen habe.«

»Eine ungewöhnliche Häufung von Zufällen«, antwortete der Major, »der Mann könnte zu den Russen gehören, obwohl wir mit den Amerikanern in guter Verbindung stehen. Bleiben Sie auf jeden Fall wachsam und geben mir Bescheid, wenn der Mann wieder auftaucht. Die Baden-Baden-Mission hat jedenfalls dazu geführt, dass dieser angebliche Schwede angebissen und den Kontakt mit Ihnen aufgenommen hat. Ein gutes Resultat Ihrer Reise. Sagen Sie, was hat der sogenannte Graf erzählt? Dass er und die ihn begleitenden Offiziere für die Sicherheit des Zaren verantwortlich seien? Das ist eine Tarngeschichte, es geht um etwas ganz anderes.«

»Graf von Essen ist, wie soll ich sagen, nicht *echt*?«, fragte Wedigo überrascht. »Aber die beiden Seeoffiziere wirkten überzeugend.«

»Die Herren Michail Andrejewitsch Berens und Alexander Wassiljewitsch Koltschak sind Kapitäne in der russischen Ostseeflotte und in der Tat mit Sicherheitsaufgaben im Hinblick auf den Besuch des Zaren in Odessa betraut. Aber sie boten Herrn von Essen nur die Plattform, um mit Ihnen ins Gespräch zu kommen, und sollten sozusagen das Vertrauen herstellen.«

»Graf von Essen erzählte mir aber, er besuche Berlin auch aus wirtschaftlichen Gründen und sei Gast des Bankiers Leopold Koppels«, wandte Wedigo ein. »Das klang für mich sehr überzeugend.«

»Auch das ist richtig«, gab Nicolai mit einem Lächeln zu. »Doch es geht bei seinem Besuch nicht um die Finanzierung des Ausbaus der schwedischen Erzbahn, wie er bestimmt behauptet hat, sondern, davon gehe ich aus, der angebliche von Essen will versuchen, über Koppel mit anderen führenden Wirtschaftsleuten in Kontakt zu kommen – sein Ziel ist es, Einblick in unseren Rüstungsbereich zu nehmen, um an die Produktionszahlen unserer Waffenschmiede zu kommen. Es könnte sich auch um Industriespionage handeln, ein Gebiet, das wir bislang sträflich vernachlässigt haben. Doch dank des gerade vom Reichstag verabschiedeten neuen Verratsgesetzes können und werden wir in diesem Bereich entschiedener vorgehen.«

»Wenn Sie das alles wissen«, fragte Wedigo nach kurzer Überlegung, »warum lassen Sie es zu, dass der Mann nach Berlin kommt und hier aktiv werden kann? Woher sind Sie eigentlich so sicher, dass es sich bei dem Herren nicht um Graf Carl Reinhold von Essen handelt? Und welche Aufgabe habe ich wirklich in Ihrem komplizierten Spiel?«

»Der echte Graf von Essen, ein Nachfahre des Generalgouverneurs von Schwedisch-Pommern, Hans Henrik von Essen, und Kammerherr des schwedischen Kronprinzen Gustav Adolf, ist mit diesem auf einer Ausgrabungstour in Mesopotamien, um Ihre zweite Frage zuerst zu beantworten. Zur ersten …«

In diesem Augenblick klopfte es an der Tür, und Oberfeldwebel Schneidmann trat ein.

»Entschuldigen Sie, Herr Major, dass ich unterbreche, aber eben kam die Nachricht, dass man auf Hauptmann Wilberg geschossen hat. Der Hauptmann wurde schwer verwundet in die Charité eingeliefert.«

Der Major schwieg einen Augenblick, dann schüttelte er den Kopf. »Ich war unvorsichtig«, murmelte er. »Ich nehme an, der Schütze konnte entkommen?«, fragte er Schneidmann.

»Jawohl, Herr Major, wobei die Polizei gerade erst mit den Zeugenvernehmungen beginnt. Wer genau geschossen hat, stand bis eben nicht fest.«

»Wo ereignete sich der Anschlag?«

»Hauptmann Wilberg lief gerade die Wilhelmstraße hinab und näherte sich der Hausnummer 62, dem Reichskolonialamt. Direkt vor dem Gebäude fielen die Schüsse. Die Polizei hat uns telefonisch informiert.«

»Stellen Sie eine Verbindung mit dem Präsidium am Alexanderplatz her. Ich will wissen, wer für den Fall zuständig ist. Der Mann soll sich umgehend bei mir melden. Und rufen Sie in der Charité an, wie es Hauptmann Wilberg geht!«

»Jawohl, Herr Major!«

Der Oberfeldwebel salutierte und verließ den Raum.

Kaum war Schneidmann gegangen, fiel die vorgebliche Ruhe von Nicolai ab. Er sprang auf und begann, im Raum auf und ab zu laufen. Dabei murmelte Nicolai vor sich hin. Wedigo hütete sich, den Major mit Fragen zu unterbrechen. Schließlich setzte sich der Major und wandte sich an den jungen Offizier. »Ich habe die Gefahr unterschätzt«, sagte er, »oder Wilberg ist neben dem Wrack auf etwas Zweites gestoßen, dessen Tragweite weder er noch wir bisher erkannt haben oder erkennen. Sie müssen wissen, Wedigo, dass ich in enger Zusammenarbeit mit der Abteilung VII, der Politischen Polizei, seit Herbst letzten Jahres den zunehmenden Spionageaktivitäten der Russen, Engländer und Franzosen nachgehe. Es ist natürlich nicht leicht, mit der Polizei zusammenzuarbeiten. Die Spionage ist ein Handwerk, das für Beamte bei aktiver Teilnahme zu Konflikten mit Gesetzen und Dienstvorschriften führt. Daher wurde speziell die für Spionageabwehr zuständige Staatspolizei-Centralstelle unter Polizeirat Koch eingeschaltet. Koch hat seine Leute überall im Einsatz, in Paris, London, Mailand, Zürich, Kopenhagen, Genf und anderswo. Glauben Sie mir, es braut sich etwas zusammen. Unsere Leute im Ausland sind gefährdeter denn je, Kriminalrat Koch hatte bei seinen Verbindungsleuten einige Verluste zu beklagen. Daher hielt und halte ich es für eine gute Idee, die potenziellen oder realen Agenten zu uns zu locken, um ihnen hier auf unserem eigenen Territorium entschiedener entgegentreten zu können. Aber nur mit dem richtigen Lockmittel, mit Speck oder Käse fängt man Mäuse.«

»Gräfin Walewska spielt demnach ihre alte und gleichzeitig eine neue Rolle?«, fragte Wedigo.

»Sie haben es exakt erfasst. Sie, Herr von Wedel, stellten sozusagen die zweite Linie dar, genauer, Sie und Hauptmann Wilberg. Der Gegner sollte ruhig das Spiel der Gräfin durchschauen und glauben, unsere wahre Absicht sei, Sie und Wilberg sozusagen im Schutz der Gräfin verdeckt operieren zu lassen.«

»Das heißt, Wilberg und ich verkörperten jeder eine Art von *männlicher Gräfin«*, stellte Wedigo stirnrunzelnd fest.

»Das ist korrekt, und im Hinblick auf diesen Herrn von Essen scheint mein Plan aufgegangen zu sein«, erwiderte der Major. »Doch der Angriff auf Wilberg zeigt, dass der Gegner das Spiel zum Teil durchschaut hat.« Das Läuten des Telefons unterbrach seine Darlegungen. Er nahm die Hörmuschel ab und meldete sich: »Nicolai ... Gut, stellen Sie Kriminalkommissar Lehmann durch ... Hier spricht Major Nicolai, Herr Kommissar, können Sie mich im Ministerium aufsuchen? ... Richtig, es geht um den Anschlag auf Hauptmann Wilberg ... Dann treffen wir uns am Tatort ... In 15 Minuten ... Gut, das passt. Auf Wiederhören!«

Der Major hängte die Muschel ein und erhob sich. »Kommen, Sie, Herr von Wedel, wir wollen uns den Tatort ansehen und dort Kommissar Lehmann treffen. Wir haben etwas mehr als eine Viertelstunde Zeit. Die sollten wir nutzen, um uns von dem Geschehen einen eigenen Eindruck zu verschaffen.« Der Major öffnete die Tür zum Nebenzimmer. »Schneidmann, Sie und Gefreiter Schulze folgen uns, vergessen Sie die Untersuchungstasche nicht!«

Wedigo und Nicolai verließen das Büro, gefolgt vom Oberfeldwebel und dem Gefreiten. Nach wenigen Minuten erreichte die Gruppe die Wilhelmstraße 62 mit dem Reichskolonialamt, in dem auch das Kommando der Schutztruppen untergebracht war. Vor dem dreistöckigen Gebäude mit den beiden mächtigen Erkerbalkonen standen ein Polizist und ein Gefreiter und bewachten den Tatort, offenbar eine Anordnung des untersuchenden Kommissars. Der Soldat und der Wachtmeister salutierten, als die zwei Offiziere und ihr Gefolge zu ihnen traten. Der Wachtmeister meldete, Kommissar Lehmann habe vor zehn Minuten die Tataufnahme beendet und sei im Haus Nr. 62 zu finden. Offenbar hatte er von dort aus mit Nicolai telefoniert.

Auf dem Boden verriet ein Kreidekreuz, wo Wilberg gelegen hatte.

»Sagen Sie, Wachtmeister«, wandte sich Nicolai an den Polizisten, »wo genau wurde Hauptmann Wilberg getroffen?«

Der Angesprochene, ein biederer, stattlicher Mann mit großem Schnauzer und rundem Gesicht, legte die Hand an den Helm und salutierte. »Genau dort, Herr Major, wo Sie stehen, wurde das Opfer von einer Kugel getroffen.«

»Das ist klar«, erwiderte Nicolai geduldig, »traf das Projektil Hauptmann Wilberg von vorn oder von hinten?«

»Man hat Ihren Kameraden in den Rücken geschossen, die Kugel drang rechts unterhalb des Schulterblattes ein«, kam die Antwort vom Eingangstor des Hauses. Von dort näherte sich ihnen ein untersetzter Mann mit schmalem Gesicht und einer fliehenden Stirn. Er machte auf Wedigo, obwohl er permanent lächelte, einen höchst unangenehmen Eindruck.

»Kommissar Lehmann von der C. St.«, stellte er sich, noch immer lächelnd, vor. »Es war der zweite Schuss, der traf. Der erste schlug in die gegenüberliegende Hausfassade ein. Ich gehe demnach davon aus, dass der Täter aus einem der Häuser auf dieser Seite geschossen hat. Es handelt sich um das Kaliber 7,62, ein Rundkopfgeschoss.«

»Das könnte ein Mosin-Nagant gewesen sein, ein russisches Repetiergewehr«, sagte Nicolai und schaute forschend die Häuserzeile entlang. »Das sind alles Ministerien«, meinte er nachdenklich. »Schneidmann«, wandte er sich an den Oberfeldwebel. »Führen Sie von der anderen Straßenseite eine Messung der möglichen Schussbahn durch.«

Der Oberfeldwebel gab dem Gefreiten einen Wink und dieser öffnete die mitgeführte Tasche. Er entnahm ihr einen Markierungskeil und eine Rolle mit dünnem Faden, die er Schneidmann reichte. Dieser bat den Kommissar, ihm zu zeigen, wo das erste Projektil eingeschlagen war, und beide überquerten zusammen mit dem Gefreiten die Straße. Die Stelle wurde markiert und der Faden mit dem Keil verbunden. Der Wachtmeister stoppte den Verkehr und Schneidmann zog eine Linie quer über die Straße bis zu der Stelle, an der der zweite Schuss Wilberg getroffen hatte.

Der Feldwebel prüfte den Winkel, dann meldete er Nicolai das Ergebnis.

»Der Täter kann nur aus dem Fenster dort oben geschossen haben, Herr Major«, sagte er und zeigte mit der Hand auf ein rechts außen gelegenes Fenster im ersten Stockwerk des Reichskolonialamts. »Alles andere ist bei dem Winkel und der Körpergröße Hauptmann Wilbergs unmöglich.«

Wedigo, der aufmerksam der Messung beigewohnt hatte, folgte mit den Augen unwillkürlich Schneidmanns Geste. Da sah er am besagten Fenster eine Gestalt, die mit etwas Dunklem in ihre Richtung zielte.

»Deckung!«, brüllte er und stieß Nicolai zur Seite. Im gleichen Augenblick krachten mehrere Schüsse. Querschläger jaulten ihnen um die Ohren, Steinsplitter spritzten vom Trottoir hoch, dann streifte etwas seinen Oberarm. Neben Wedigo schrie der Gefreite auf und stürzte getroffen zu Boden.

»Wachtmeister, kümmern Sie sich um den Mann! Wir anderen ins Haus, den Kerl kriegen wir!«, rief Nicolai und wandte sich zur Haustür. Wedigo hatte den Befehl nicht abgewartet und war losgelaufen. Er stieß die schwere Eingangstür auf und eilte in das Hausinnere. Ein Pförtner wollte ihn aufhalten, Wedigo schob den Mann zur Seite und rannte die steinernen Stufen des Treppenhauses hoch zum ersten Stock. Über ihm klapperten mit Eisen beschlagene Stiefel in die Höhe. Ohne zu zögern, folgte der Hauptmann dem Lärm; das konnte nur der Schütze sein, der hoffte, in der obersten Etage irgendwie entkommen zu können. Der zweite Stock war erreicht, jetzt kam der dritte – die Treppe endete und vor ihm lag ein dunkler, muffig riechender Flur. Das Lärmen hatte aufgehört und war einer seltsam drohenden Stille gewichen. Nur von unten klangen Stimmen und das laute Gepolter hastender Schritte. Instinktiv wandte sich Wedigo nach dem Gang rechts. Auf beiden Seiten zeigten sich verschiedene Türen, alle jedoch geschlossen. Am Ende des Ganges stand links eine Tür einen Spalt weit offen. Wedigo riss sie auf, zog den Säbel und drang in das Zimmer.

Es handelte sich bei diesem um eine gewöhnliche, karg möblierte Amtsstube. Den diversen Afrikakarten nach war hier das Kommando der Schutztruppe zu Hause. Niemand schien im Raum zu sein, nur auf der rechten Seite stand ein Fenster weit offen. Wedigo sprang rasch hin und blickte hinaus. Unten war die Straße, links der Abschluss des Erkers und rechts sah er, wie sich ein Mensch über die Balustrade des Nachbarhauses zog und durch ein Fensters verschwand. Er drehte sich um und eilte wieder hinaus. Draußen auf dem Gang traf er auf den Oberfeldwebel. »Zurück, der Kerl ist ins Nebenhaus geklettert!«

Beide Männer rannten zur Treppe, wo sie auf den schwer atmenden Major und auf den ebenso keuchenden Kommissar Lehmann stießen. Wedigo lief die Treppe hinunter, während Schneidmann dem Major schnell die Lage erklärte. Beide eilten darauf aus dem Kolonialamt hinaus und nach rechts zum Nachbarhaus. Auf ihr Läuten öffnete ein Hausmeister. Wedigo und Schneidmann drängten ohne lange Erklärung an ihm vorbei und rannten die Treppen hoch in den obersten Stock. Hier lagen die Dachmansarden. Außer ein paar alten Möbeln und Kisten enthielten sie nichts von Belang. Weder hier noch in den Räumen der obersten Etage, auch nicht in den Büros und Wohnungen der übrigen Stockwerke, konnten die Männer eine Spur des Attentäters entdecken. Offenbar war es dem fremden Schützen gelungen, rechtzeitig abzutauchen und zu verschwinden. Sie waren zu spät gekommen!

Eine Stunde später saßen Wedigo und Schneidmann mit Nicolai in dessen Arbeitszimmer. Der Gefreite, der durch einen Querschläger am Arm verwundet wurde, war ins Sanitätsrevier gebracht worden. Wedigo war ebenfalls getroffen worden, doch zum Glück hatte das Projektil lediglich den Stoff seiner Uniformjacke zerfetzt. Er lieh sich aus der Kleiderkammer eine neue und damit war die Sache abgetan.

Wie hatte es sein können, dass sich der Attentäter noch im Amt befunden hatte? Der Major hatte sich unmittelbar nach dem Geschehen den Kriminalkommissar zur Brust genommen, warum dieser den Schützen bei seiner Befragung des Personals im Kolonialamt nicht entdeckt habe. Lehmann zuckte mit den Achseln und sagte nur, dass er das nicht wisse. Er sei jedenfalls in dem Raum gewesen, von dem aus geschossen worden sei. Dort habe sich aber niemand befunden, der Mann müsse sich irgendwo anders versteckt haben. Mehr könne er nicht sagen, und es sei jetzt höchste Zeit, ins Präsidium zurückzukehren, um die Fahndung anlaufen zu lassen.

Zum Glück besaßen sie eine Täterbeschreibung. Ein Beamter des Amtes hatte den bewussten Mann gegen 10 Uhr morgens gesehen und ihn angesprochen und gefragt, wen er suche. Der Fremde habe ihn angefaucht, er sei mit Staatssekretär Solf verabredet, erzählte der Bote.

»Ich sagte ihm, der Herr Staatssekretär sei noch nicht im Hause und würde erst am Mittag kommen, worauf der Besucher meinte, das mache nichts und er würde warten. Der Mann war Mitte bis Ende 30, von mittlerer Größe. Er hatte ein längliches Gesicht, dunkle Augen, einen braunen Schnurrbart und braunes Haar. Ja, mir fiel besonders die große Adlernase auf. Er war gut gekleidet, sprach aber mit einem eigenartigen Akzent.«

Auf weiteres Befragen konnte der Beamte sich daran erinnern, dass der Unbekannte eine Art größerer Aktenrolle dabeigehabt hatte.

»Das war wahrscheinlich das Gewehrfutteral«, meinte Nicolai, als sie das Geschehen im Büro besprachen. »Der Mann hat sich in das leere Büro begeben, dort in aller Ruhe seine Waffe zusammengebaut und auf Wilberg gewartet.«

»Dann müsste er gewusst haben, dass Hauptmann Wilberg am Gebäude vorbeigehen würde«, sagte Wedigo. »Das hieße, der Täter wusste auch von unserem Treffen.«

»Oder der Kerl ist Hauptmann Wilberg gefolgt«, warf der Oberfeldwebel ein.

»Das wäre möglich«, meinte Nicolai, »erklärt aber nicht, wieso er sich dann im Kolonialamt postiert hat.«

»Sagte Wilberg nicht, er wolle, bevor er nach Johannisthal fahre, noch jemanden treffen?«, fragte Wedigo.

»Das stimmt«, entgegnete Nicolai. »Dieses Treffen könnte erklären, warum er zu Fuß in Richtung Unter den Linden unterwegs war und nicht gleich mit dem Kraftwagen nach Johannisthal gefahren ist.«

»Entweder handelte es sich dabei um ein echtes Treffen«, spann der Hauptmann den Faden weiter, »oder das Ganze war von Anfang an als Falle ausgelegt. Der Mann mit dem braunen Schnurrbart wusste jedenfalls genau, dass Kamerad Wilberg am Kolonialamt vorbeikommen würde. Dass er um 10 Uhr morgens dort eindrang, belegt seine Kenntnis über den Zeitpunkt des Treffens.«

Nicolai nickte anerkennend. »Ein durchaus stringente Beweisführung, Herr von Wedel. Ich möchte noch eine weitere Vermutung hinzustellen. Hauptmann Wilberg sprach davon, dass es in Johannisthal möglicherweise eine Spur gäbe und er dort einen Termin habe. Es könnte sein, dass der Anschlag primär dieses Treffen verhindern sollte. Wir müssen ihn fragen, wen er auf dem Flugplatz sprechen wollte, und Sie, Herr von Wedel, werden an seiner Stelle nach Johannisthal fahren, um der Sache nachzugehen. Ich kümmere mich inzwischen um diesen angeblichen Graf von Essen. Der Mann soll nicht umsonst nach Berlin gekommen sein, wir werden dem Herrn zu helfen wissen. Herr Oberfeldwebel, Sie begleiten den Herrn Hauptmann. Ehe ich es vergesse. Ich habe Sie fürs Erste im Hotel Bristol untergebracht. Ich erwarte Sie dort heute am späteren Abend an der Bar. Und jetzt fahren wir zu Wilberg in die Charité.«

Eine Viertelstunde später waren die Männer in der Klinik. Doch der Besuch bei dem Verwundeten half ihnen nicht weiter. Wilberg war gerade operiert worden und bis auf Weiteres nicht ansprechbar. Sein Zustand wurde als stabil beschrieben, was Nicolai ein wenig beruhigte. Er ließ sich in der Wilhelmstraße absetzen, und Wedigo sowie Schneidmann fuhren weiter nach Johannisthal. Der junge Hauptmann versuchte während der Fahrt seine Gedanken zu ordnen, in den letzten Tagen war für seinen Geschmack zu viel passiert. Vor drei Tagen, genauer am Pfingstmontag, hatte er den Abschuss der Maschine von Kaleu Schroeter durch den Piloten der Nieuport direkt miterlebt. Am selben Abend war er von Major Nicolai aufgesucht worden, der ihn am nächsten Tag zurück in seine Abteilung holte und am Abend nach Baden-Baden schickte. Neben einem durchsuchten Zugabteil und einem Duell lernte er den falschen Grafen von Essen kennen und kehrte endlich, als der Major die Aktion in Baden-Baden überraschend abbrach, in derselben Nacht nach Berlin zurück. Dort hatte ihm der heutige Tag bereits ein Attentat serviert – langsam erwachte in Wedigo das Gefühl, er sei mal wieder in das Zentrum eines höchst abenteuerlichen Romans geraten. Ein Lichtblick in dem ganzen Wirbel war, dass der Major ihn im Hotel Bristol untergebracht hatte. Das Bristol war wie das Adlon, in dem er im letzten Jahr gewohnt hatte, ein Haus ersten Ranges. Das spiegelte sich im Interieur und im Service deutlich wider, sodass er den besonderen Komfort mit Freuden genießen würde. Mit diesen Gedanken fielen Wedigo die Augen zu, und er dämmerte vor sich hin.

Um zwei Uhr erreichte der Wagen den Flugplatz. Auf dem Platz herrschte großer Flugbetrieb. Die Albatros Flugwerke erprobten die neue Modelreihe Albatros F-2, zweisitzige Bomber und Aufklärer, die der Chefkonstrukteur Ernst Heinkel entworfen und entwickelt hatte. Auch einige Albatros MZ 2 waren in der Luft, Maschinen, die ihre Tauglichkeit in den letztjährigen Balkankriegen bewiesen hatten. Zudem war der Dreiecksflugwettbewerb noch im vollen Gange, an dem, ungeachtet des Zwischenfalls vom Montag, seit dem 30. Mai an die 40 Flugzeuge teilnahmen. Überall rannten Mechaniker umher, Maschinen wurden gewartet oder zum Start geschoben. Trotz des Wochentages drängten sich die Zuschauer auf den Tribünen. Der Oberfeldwebel bekam den Auftrag, sich bei den Mechanikern umzuhören. Wedigo selbst wollte bei den Piloten seine Befragung nach dem Gesprächspartner Wilbergs beginnen. Ein Ruf ließ ihn nach oben schauen. Am Himmel zeigte sich von Osten her kommend ein einmotoriger Mitteldecker, der aus dem Flug plötzlich nach links abkippte, sich um die eigene Achse drehte, steil nach oben schoss und dann einen Looping vollführte. Nun raste die Maschine fast senkrecht auf die Erde zu; jedermann erwartete den schrecklichen Aufprall. Erst im letzten Augenblick, in knapp zehn Metern Höhe, riss der Pilot das Flugzeug steil nach oben und kurvte, mit den Flügeln wackelnd, wieder in die Höhe. Nur ein absolut erfahrener und tollkühner Flieger oder ein bodenloser Narr konnte so fliegen, dachte Wedigo voller Bewunderung und etwas Neid schwang mit. Er musste mit dem Piloten sprechen. Wenn einer ihm helfen konnte, zu klären, wer die Nieuport am Montag geflogen hatte, dann war es von der Erfahrung und dem Können her dieser Mann. Als Täter kam er nicht infrage, denn er war unverletzt. Doch er konnte unter Umständen etwas beobachtet haben.

Nach einigen weiteren Kunststücken landete schließlich der Pilot. Das Flugzeug rollte aus und bewegte sich hin zum Benzinlager. Dort stieg der Flieger aus seiner Maschine, zog seine Fliegerhaube vom Kopf und nahm die Brille ab. Zum Vorschein kam ein junger Mann im Alter Wedigos. Ohne zu zögern, trat er mit einem jungenhaften Lächeln auf Wedigo zu.

»Hauptmann Wilberg, nehme ich an? Mein Name ist Anthony Fokker«, stellte er sich vor, »wir haben miteinander telefoniert. Sie sind etwas verspätet, aber auf den Straßen Berlins ist oft mehr Verkehr als in der Luft.«

»Herr Fokker, ich bedauere, Kamerad Wilberg hatte einen Unfall«, erwiderte Wedigo. »Mein Name ist von Wedel. Ich komme im Auftrag derselben Abteilung wie Wilberg und würde mich ebenfalls gerne mit Ihnen unterhalten.«

»Oh, ich bedauere den Unfall. Hoffentlich ist es nichts Ernstes? Was ist denn passiert?«

»Es geht Hauptmann Wilberg den Umständen entsprechend gut«, antwortete Wedigo ausweichend. »Wo könnten wir uns ungestört unterhalten?«

»Am besten, wir gehen in das Flieger-Heim drüben in der Friedrichstraße, Ecke Roonstraße«, schlug der Pilot vor.

Wenig später saßen die Männer im Restaurant des Brandmeisters der Johannisthaler Freiwilligen Feuerwehr Franz Tolinski. Das Lokal war ein einziges Museum der noch jungen Luftfahrt. Die Wände und die Decke bedeckten die verschiedensten Teile bruchgelandeter Aeroplane, einige Leinwandstücke, Motorenteile, zersplitterte Bambusstangen und krumme Räder. Auf der Theke befand sich in einem Glas eine Hundeschnauze in Spiritus, der Überrest eines armen Vierbeiners, der in ein startendes Flugzeug geraten war. Eine eigenwillige Restauration. Der Wirt, kräftig von Gestalt, glatzköpfig, mit Oberlippenbart, kam mit hochgekrempelten Hemdsärmeln zu ihnen und begrüßte Fokker.

»Herr Fokker, es ist eine Ehre, dass Sie mein Lokal und nicht das Fliegercafé besuchen. Was darf ich den Herren bringen?«

Fokker bestellte, mit Blick auf Wedigo, der zustimmend nickte, zwei Bier. »Bei Tolinski verkehren vorwiegend die Flugzeugmechaniker, die Piloten treffen sich im Bürgergarten oder im besagten Fliegercafé«, erklärte Fokker. »Dort begegnen Sie auch Melli Beese, der ersten Fliegerin Deutschlands.«

Das Wirt kam mit dem Bier und unterbrach ihn. Die Männer prosteten einander zu und nahmen, als Tolinski gegangen war, das Gespräch wieder auf.

»Ich erzähle Ihnen das«, fuhr Fokker fort, »weil mich Hauptmann Wilberg nach den besten Piloten auf dem Platz gefragt hat, die am Montag in der Luft waren beziehungsweise die wissen könnten, wer Pilot der Nieuport gewesen sein könnte. Ich war es nicht, ich war auf dem Dreiecksflug, abgesehen davon habe ich keinen Grund, jemand, den ich gar nicht kenne, in einer Art Luftkampf abzuschießen. Wenn es allerdings um fliegerische Leistungen geht: Ein hervorragender Flieger ist der Russe Pjotr Nikolajewitsch Nesterow …«

»Der über Pfingsten einen Erkundungsflug im Ural durchgeführt hat«, ergänzte Wedigo. »Auch die Französin Mademoiselle Betenfeld kommt nicht infrage.«

»Sie sind gut informiert«, sagte Fokker anerkennend.

»Welche Rolle spielt die von Ihnen erwähnte Melli Beese in Ihren Betrachtungen?«, fragte Wedigo.

»Nun, ich bin nach dem Telefonat mit Hauptmann Wilberg alle mir bekannten Flieger durchgegangen, doch keiner kam infrage. Da fiel mir ein, wir haben ja auch Pilotinnen. Amelie Hedwig Boutard-Beese, das ist der offizielle Name von Melli Beese, ist eine hervorragende Fliegerin. Sie betreibt seit zwei Jahren eine eigene Flugschule und hat im letztem Januar ihren ehemaligen Teilhaber Charles Boutard geheiratet.«

»Das macht Frau Boutard-Beese verdächtig?«, fragte Wedigo skeptisch.

»Sie hat die französische Staatsbürgerschaft angenommen«, sagte Fokker ruhig, »was uns alle überrascht hat. Sie wissen vielleicht nicht, dass ich gebürtiger Holländer bin. Aber ich lebe in Deutschland und fühle mich wie ein Deutscher. Frau Beeses Handlung ist mir unverständlich. Ich habe dazu genauer nachgeforscht. Am Pfingstmontag war Melli Beese in der Luft, nur wohin sie geflogen ist und mit welchem Vogel sie unterwegs war, konnte mir keiner beantworten. Das war es, was ich Hauptmann Wilberg mitzuteilen hatte. Ansonsten gab es jede Menge Gäste aus Italien, den USA und England. Wenn Sie mich jetzt entschuldigen, ich habe noch einen Start. Ein Leutnant Göring vom 4. Badischen Infanterie-Regiment Nr. 112 interessiert sich für die Fliegerei und hat mich gebeten, ihn auf einen Flug mitzunehmen.« Fokker erhob sich und verabschiedete sich. Er ging zur Theke, zahlte und verließ das Lokal. Wedigo blieb einen Moment nachdenklich sitzen. Er war nicht sicher, ob ihm die Auskünfte Fokkers wirklich weiterhalfen. Gerade wollte er gehen, da betraten zwei Herren das Lokal, die der Wirt mit ausgesprochener Höflichkeit begrüßte. Beide nahmen am Nebentisch Platz. Der eine war ein schlanker Mann mittlerer Größe mit dunklem Haar und akkuratem Schnurrbart. Der zweite Herr war stattlicher. Er besaß eine hohe Stirn und einen kräftigen Schädel. Wedigo kam der zweite bekannt vor; er überlegte einen Augenblick, dann fiel ihm der Name ein. Es war Edmund Rumpler, der Konstrukteur und Besitzer der gleichnamigen Flugzeugwerke am Platz. Den anderen Herrn sprach er mit »Helmuth« an. Wedigo erhob sich, da fiel im Gespräch der beiden der Name des abgeschossenen Fliegers Walter Schroeter. Spontan wandte er sich den beiden zu.

»Gestatten, Hauptmann von Wedel. Sie entschuldigen, meine Herren, dass ich mich in Ihre Unterhaltung mische. Aber soeben nannten Sie den Namen Schroeter…« Wedigo erklärte, weshalb er vor Ort sei, und bat darum, ihn bei seinen Untersuchungen zu unterstützen, wenn sie Näheres über den Kapitänleutnant wüssten. Rumpler und sein Gegenüber stellten sich ebenfalls vor und luden

Wedigo ein, sich zu ihnen zu setzen. Helmuth Hirth, so hieß Rumplers Begleiter, war Flieger und zugleich Ingenieur und technischer Direktor in dessen Fabrik. Beide bedauerten den Tod Schroeters und äußerten ihr Unverständnis über den Abschuss.

»Ich kann mir einfach nicht vorstellen, wer so etwas getan hat«, sagte Rumpler. »Hier am Platz besteht eine große Gemeinschaft, die bezieht auch Gastflieger aus Österreich, England, Russland und Frankreich mit ein.«

»Walter hatte mitunter eigenartige Typen um sich und verkehrte manchmal in seltsamen Kreisen«, meinte Hirth nachdenklich. »Es gibt da ein Lokal in Berlin, ein Pendant sozusagen zum hiesigen Flieger-Heim, in dem sich Kraftfahrer treffen. Wie es heißt, weiß ich nicht. Es befindet sich auf dem Kurfürstendamm, an der Ecke zur Joachimsthaler Straße. Ich habe Walter einmal dorthin begleitet, ein sehr gemischtes Publikum. Vielleicht hilft das Ihnen weiter. Mehr kann ich Ihnen über Walters Privatleben nicht erzählen.«

Wedigo bedankte sich für die Auskunft, entschuldigte sich nochmals für die Störung und verließ das Lokal.

Wieder ein neuer Aspekt; nachdenklich ging er zu seinem Wagen. Der Oberfeldwebel war noch unterwegs, und Wedigo beschloss, über das Gelände zu schlendern und sich umzuschauen. Am Himmel kurvten weitere Flugzeuge, die kleinere oder größere Kunststücke zeigten. Etwas erhöht, auf der Kaiserlichen Aero Club Tribüne, befanden sich die höheren Herrschaften, darunter einige elegante Damen. Eine dieser Zuschauerinnen winkte Wedigo mit ihrem Sonnenschirm zu. Es war Gräfin Maria Walewska, die, ganz in sommerliches Weiß gekleidet, zusammen mit einigen Herren und weiteren Damen, darunter eine auffallende Frau in Fliegermontur, der Veranstaltung folgte. Der Hauptmann begab sich zu ihrem Kreis und verbeugte sich vor Melissa.

»Verehrte Gräfin«, begrüßte er sie im leicht ironischen Tonfall. »Wieso habe ich nicht gleich nach Ihnen Ausschau gehalten? Ich hätte mir denken können, dass Sie bei einem solchen Spektakulum in der Nähe sind. Obwohl, eigentlich vermutete ich Sie in Leipzig.«

»Hauptmann von Wedel«, erwiderte sie mit hellem Lachen. »Sie sind wie immer erfrischend offen und amüsant. Herr von Wedel und ich«, wandte sich die Gräfin an die Umstehenden, »sind alte Bekannte und gute Vertraute. Ich darf kurz vorstellen: Mr. John Loughead, der Vetter des bekannten amerikanischen Fliegers Allan Haines Loughead, Mr. William Edward Boeing, amerikanischer Ingenieur, und der jungen Herr links von mir ist René Fonck, ein vielversprechender Pilot. Graf von Essen ist Ihnen bekannt und die Dame neben mir ist Madame Boutard-Beese, die erste deutsche Fliegerin.«

Wedigo verbeugte sich erneut. Er kannte nicht nur den angeblichen Grafen, mit dem er am Samstag verabredet war. Er kannte auch John Loughead. Loughead war der muskulöse Amerikaner aus dem Zug! Zwei Amerikaner, ein falscher Schwede und ein Franzose, dazu die von Anthony Fokker verdächtigte Melli Beese; Melissa überraschte ihn immer wieder, wie war sie nur an diese Leute gekommen? Madame Boutard-Beese, eine schlanke, dunkelhaarige Frau mit einem Pagenschnitt, streckte ihm zur Begrüßung selbstbewusst die Hand entgegen, wobei sie ihn aufmerksam betrachtete.

»Kann es sein, dass Sie ebenfalls fliegen, Herr Hauptmann?«, fragte sie dann. »Ich meine, Sie hier schon öfter gesehen zu haben.«

»Das kann gut sein, Frau Boutard-Beese«, antwortete er und berührte vorsichtig ihre Rechte. »Ich habe vor Kurzem den Pilotenschein erworben. Vielleicht trafen wir uns sogar einmal in der Luft. Aber jetzt erlauben Sie mir, mich zu entschuldigen«, fügte er hinzu, denn die Gräfin gab ihm einen unauffälligen Wink, sie allein zu lassen. »Ich muss gleich zurück nach Berlin. Ich wünsche Ihnen allen einen schönen Tag. Meine Damen!« Er verbeugte sich, verließ die Gruppe und wandte sich dem Kraftwagen zu.

Dort wurde er bereits von Oberfeldwebel Schneidmann erwartet.

»Waren Sie erfolgreich, Herr Oberfeldwebel?«, begrüßte Wedigo ihn.

»Jawohl, Herr Hauptmann, ich habe das eine oder andere erfahren. Mir wurde erzählt, im Frühjahr hätten sich auf dem Platz mehrfach zwei französische Ingenieure namens Nicolas und Sabathier aufgehalten, die sich derart auffällig für technische Details interessierten, dass sie die Betriebshalle der Firma Rumpler nicht mehr betreten durften. Einer der Mechaniker will diesen Sabathier vor 14 Tagen mit einem gewissen Bayard zusammen sogar an Bord des Luftschiffes Sachsen gesehen haben, wo sie an einem Rundflug über Berlin und Potsdam teilnahmen.«

»Das wird Major Nicolai sehr interessieren, gut gemacht, Herr Oberfeldwebel«, lobte Wedigo. »Mein Gespräch mit dem Holländer war nur bedingt erfolgreich.« Er berichtete, was ihm Fokker erzählt hatte, und von dem Treffen mit den Amerikanern und Frau Boutard-Beese. Die Begegnung mit Rumpler und Hirth ließ Wedigo vorerst unerwähnt.

»Zwei US-Amerikaner, ein Schwede und ein Franzose«, meinte der Oberfeldwebel nachdenklich. »Das wird den Herrn Major ebenfalls interessieren. Aber dass Melli Beese verdächtigt wird, verstehe ich nicht«, stellte er fest. »Die Mechaniker jedenfalls loben Beese in den höchsten Tönen. Sie lebt einzig für die Fliegerei; Melli Beese und Anthony Fokker sollen die besten Piloten am Platz sein. Und sie ist unverletzt, also kann sie nicht die Nieuport geflogen haben.«

Wedigo stimmte zu. »Ich weiß auch nicht, warum Herr Fokker die Dame verdächtigt«, sagte er. »Die Heirat eines Franzosen macht Frau Boutard-Beese nicht per se zur Täterin. Sie hat ihre Flugschule in Johannisthal und geht ganz in ihrer Arbeit auf. Ein derartiger Angriff ergibt keinen Sinn. Auf mich wirkt sie jedenfalls nicht wie eine Frau, die einen Mörder unterstützt.«

Sie wurden in ihrem Austausch unterbrochen. Anthony Fokker, von dem sie gerade gesprochen hatten, und ein anderer Mann traten auf sie zu.

»Entschuldigen Sie, Herr Hauptmann. Als mein Mitflieger, Leutnant Göring, von Ihren Recherchen hörte, bestand er darauf, Ihnen unverzüglich eine Beobachtung mitzuteilen, die er in den Reichslanden gemacht hat.«

»Leutnant Hermann Göring vom Infanterieregiment Prinz Wilhelm in Mülhausen«, stellte sich der junge, sehr schlanke Offizier mit schneidigem Hackenschlag vor. »Wenn Sie gestatten, Herr Hauptmann, möchte ich eine Beobachtung mitteilen.«

»Nur zu, Herr Kamerad«, erwiderte Wedigo, den das überkorrekte Auftreten des jungen Leutnants amüsierte, »erzählen Sie!«

»Jawohl, Herr Hauptmann. Ich habe einen Kameraden aus der Hauptkadettenanstalt, Leutnant Meyer, der der 2. Kompanie des Flieger-Bataillons in Metz angehört.

Dort hat sich ein gewisser Sliwinski aus Posen herumgetrieben, der als Einjähriger in Metz Reserveübungen abgeleistet hat und mehrfach mit seinen russischen Kontakten prahlte. Angeblich habe ihn ein ranghoher Offizier zu Pfingsten nach Sankt Petersburg eingeladen. Ich denke, Sie sollten Bescheid wissen.«

»Danke, Herr Leutnant«, erwiderte Wedigo, »ich werde der Sache nachgehen, noch eine guten Flug beziehungsweise Hals- und Beinbruch!«

Göring grüßte zackig und trat ab.

BERLINER NÄCHTE

Wedigo stieg in den Wagen. Schneidmann folgte, und sie fuhren zurück nach Berlin. Es war gegen 18 Uhr, als sich Wedigo am Hotel Bristol absetzen ließ.

Die beiden Zimmer, die er bezog, waren überaus geräumig und mit einem gewissen Luxus ausgestattet. Werner hatte bereits seine Koffer ausgepackt und den Inhalt eingeräumt. Auf einem Tisch fand Wedigo den ominösen Brief, den ihm Ilse von Bredow geschrieben hatte. Er öffnete ihn, überflog den Inhalt und zerriss das Schreiben. Das Thema war für ihn erledigt. Währenddessen hatte Werner ein duftendes Tannennadelbad für ihn eingelassen. Bald lag Wedigo im heißen Wasser und rekapitulierte, was er heute alles gehört und erfahren hatte. Eine Vielzahl von Namen war geradezu auf ihn eingeprasselt; in dem Fall gab es jede Menge Verdächtige und Mutmaßungen aller Art, wobei er bislang auf wenig konkretes Material gestoßen war. Er würde nachher eine Übersichtsliste erstellen, sonst wuchs ihm das Ganze schnell über den Kopf.

Nach dem Bad und der Rasur durch Werner setzte sich Wedigo an den im Vorzimmer befindlichen Schreibsekretär und begann, die Namen aufzuschreiben, die ihm im Fall begegnet waren.

Der Fall und seine Vorgeschichte. Eine große Anzahl von deutschen Piloten stürzt bei Flügen in den Jahren 1911-1914 ab. Major Nicolai geht von Fremdeinwirkung

(Sabotage) aus. Am 1. Juni 1914 wird Kapitänleutnant Walter Schroeter (Kaiserliche Marineflieger Holtenau) von einer Maschine Typ Nieuport abgeschossen. Das Wrack wird später gefunden. Der Pilot ist verschwunden, muss sich aber beim Absturz schwere Verwundungen zugezogen haben. Während der Ermittlung erfolgt am 4. Juni ein präzise geplanter Anschlag auf Hauptmann Wilberg und wenig später einer auf Major Nicolai, Oberfeldwebel Schneidmann und Hauptmann von Wedel. Verdächtige Personen beziehungsweise potenzielle Täter und andere Persönlichkeiten sowie weitere Fakten:

- Der französische Pilot Leon Lefort, kam unbemerkt bis Danzig
- Der französische Geschäftsmann Clement-Bayard. Spion, fertigte Zeichnungen an in Köln
- Georges Ladoux, ein französischer Nachrichtenoffizier
- Joseph Crozier aus Lyon, Agent
- Marthe Betenfeld, bekannte französische Fliegerin bekam Sonderauftrag. Kommt angeblich für den Anschlag nicht infrage
- Französischer Agent Rodolphe Lemoine/Stallmann, Überfall im Zug
- Agentenpaar (im Zug) Georges Ladoux und Belgierin, eine Mademoiselle Schwartz, für den belgischen Nachrichtendienst tätig
- Graf Carl Reinhold von Essen, angeblich Cousin des Admirals Nikolai Ottowitsch von Essen, suchte Kontakt zu von Wedel
- Russische Offiziere Michail Andrejewitsch Berens und Alexander Wassiljewitsch Koltschak

- *Die Spione Willy Fenske, Bruno Schulz und Waclaw Konicki (verhaftet, hatten Kontakt mit Henri Coand□, Rumäne, Fachmann für Flugzeugbau*
- *Anthony Fokker, hervorragender Flieger, Holländer (unverletzt, kann nicht mit der Nieuport geflogen sein)*
- *Amelie Hedwig Boutard-Beese (Melli Beese) hervorragende Fliegerin, nahm französische Staatsbürgerschaft an (unverletzt, kann nicht mit der Nieuport geflogen sein)*
- *John Loughead, angeblich Vetter von Allan Haines Loughead. Mehrfach in Johannisthal, im Hotel Rheingold, im Zug nach Baden-Baden und vor Ort*
- *Mr. William Edward Boeing, amerikanischer Ingenieur*
- *René Fonck, Franzose, Pilot*
- *Die französischen Ingenieure Camille Nicolas und Lucien Sabathier, spionierten im Frühjahr in Johannisthal. Sabathier und ein gewisser Bayard waren an Bord d. Sachsen*
- *Kasimir Sliwinski aus Posen, Einjähriger in Metz, russische Kontakte, zu Pfingsten in Sankt Petersburg*
- *Hinweis Hellmuth Hirths auf Lokal in Berlin, in dem Schroeter verkehrte*
- *Nittner, Österreicher, Graf von Essen erwähnt ihn, Hintergrund unklar*

Fertig, Wedigo überflog, was er geschrieben hatte. Eine sehr lange Liste, diese abzuarbeiten und alle angeführten Personen zu überprüfen, würde einige Zeit dauern.

Im Eigentlichen zeigte die Aufstellung nur, wie verworren das Ganze war. Er hatte den Eindruck, als mischten sich verschiedene Fälle. Die erste Aufgabe war jetzt zu klären, was wozu gehörte, und die Fakten zu sortieren beziehungsweise zu trennen. Es sah so für ihn aus, als lägen drei Fälle vor. Einmal gab es den Bereich der Sabotage und Spionage. Dann das Geschehen um von Essen und seine Begleiter. Zuletzt die Mordanschläge auf Kaleu Schroeter und Hauptmann Wilberg.

Oder täuschte er sich?

Wedigo studierte nochmals das Geschriebene; jetzt schienen ihm seine Annahmen überhaupt nicht mehr plausibel. Allein kam er nicht weiter, er musste mit dem Major über die Liste sprechen. Die Uhr zeigte halb acht. Wedigo erhob sich, um zum Essen zu gehen. Im Anschluss wollte ihn Nicolai an der Bar treffen. Hoffentlich kam dann etwas Klarheit in die Angelegenheit. Er steckte die Liste ein und begab sich nach unten in das Terrassenrestaurant, um an diesem warmen Abend draußen unter den grünen Bäumen und weißen Schirmen des Innenhofs zu speisen. Ein Ober brachte ihm die Karte. Wedigo studierte das Angebot. Zunächst die Vorspeisen: Törtchen vom Lachs auf Gurken und Apfelsalat, Kaninchensülze, Waldpilze mit gefüllter Taube oder Impérial Auslese Kaviar sowie diverse Suppen. Zur Hauptspeise Fisch, Forellenfilet oder Heilbuttfilet. Oder ein Fleischgericht: geröstetes Ferkel, Entenbrust und Kalbsfilet sowie Rinderfiletspitzen. Er entschied sich für das letzte Angebot, einen gebratenen Lammrücken im Kräutermantel mit Rosmarinkartoffeln und einer Blumenkohlterrine. Zum Dessert nahm Wedigo die Crème Caramel mit Apfelragout. Dazu ließ er sich eine Flasche Rheinwein bringen, eine trockene Boppader

Riesling Spätlese. Der Lammrücken war köstlich und zerging geradezu auf der Zunge. Die Spätlese ergänzte den Geschmack um einen zusätzlichen Hauch von Würze. Wedigo speiste in aller Ruhe und mit gutem Appetit. Nach dem Dessert bestellte er einen Mokka, lehnte sich zurück und sah sich um. Verschiedene Gäste saßen wie er auf der Terrasse und genossen die Wärme des Junitages. Herren in Anzügen und Uniformen, die Damen voller élégance und chic. Eine jüngere Dame, vom Alter her eher ein Fräulein, erinnerte ihn von ihrer Art an Ilse von Bredow – auch wenn das Fräulein brünett war. Doch ihre Augen blitzten ebenso hell und der Mund bewegte sich unaufhörlich, denn das Fräulein hatte viel zu erzählen. Bislang war es ihm gelungen, die Auflösung seiner Verlobung rein sachlich zu betrachten, doch jetzt … Die Erinnerung an Ilse war ein schmerzhafter Stich, der ihm wie ein Blitz durch die Brust fuhr. Der letzte Sommer und die winterliche Ballsaison mit Ilse waren wunderbar und geradezu traumhaft gewesen, doch dann hatten sie sich, er wusste nicht wie, innerlich voneinander entfernt. Das Militär hatte ihn sehr eingespannt, er war häufig auf Manöver gewesen und hatte dadurch kaum mehr Gelegenheit gefunden, Ilse zu einer Tanzveranstaltung auszuführen oder in das Theater zu begleiten. Auch weil er seine knappe Freizeit überwiegend der Fliegerei gewidmet hatte. Seine Freude an Flugzeugen und öligen Motoren konnte Ilse ihrerseits nicht teilen. Sie hielt nichts von »technischen Spielereien«, wie sie sagte. Im Frühjahr war sie schließlich erkrankt und hatte sich mehreren Kuren in der Schweiz und in Österreich, zuletzt in Baden-Baden, unterzogen. Geschrieben hatten sie sich kaum. Wedigo wurde bald deutlich, dass ihre Verbindung sich gelockert hatte. Aber dass ihre Beziehung derart abrupt enden würde, hatte er nicht erwartet. Wedigo verstand nicht, warum Ilse so gehandelt hatte. Das Duell bedauerte er allerdings nicht im Mindesten. Es befriedigte sein Rachegefühl, seinem Rivalen eine Verletzung zugefügt zu haben. Damit war die Sache für ihn entschieden. Ilse wandte sich seinem Kontrahenten zu und Gräfin Melissa sich ihm. Eine wahre Changement des Coalitions. Vielleicht war dieser Wechsel gar nicht so übel. Die Gräfin war eine herrliche, aufregende Frau, geistvoll, attraktiv und gebildet. Aber sie war auch kapriziös und überaus geheimnisvoll und anstrengend, mitunter sogar zwiespältig in ihrem Auftreten. Und vertrauen? Konnte man ihr restlos vertrauen? Dennoch, viele Männer hätten ihn um diese Beziehung beneidet, nur er wusste noch immer nicht, was er wirklich wollte.

Der Mokka war getrunken, das Mahl zu Ende. Wedigo schloss seine weiblichen Studien ab, zeichnete die Rechnung gegen und begab sich an die Bar des Hotels. Major Nicolai war bereits eingetroffen und bestellte gerade den üblichen Cognac. Wedigo schloss sich an. In der Bar dominierten dunkle Brauntöne. Ergänzend zum Tresen gab es eine separat angelegte Lounge mit schweren Ledersesseln und im Kolonialstil gestalteten Tischen. Die Männer nahmen in den Sesseln Platz. Nicolai berichtete, dass es Hauptmann Wilberg unverändert gehe. Der Schütze sei bislang nicht festgesetzt worden, über seine Identität bestehe nach wie vor Unklarheit. Dann kam er auf Johannisthal zu sprechen. »Hat Ihr Ausflug neue Erkenntnisse gebracht? Die Angelegenheit drängt, von höchster Stelle wird rasche Aufklärung gefordert. Von Falkenhayn hat mich heute Mittag zu sich zitiert und sich sehr verwundert gezeigt, dass der oder die Täter noch frei herumlaufen.«

Wedigo zog die Liste hervor und reichte sie dem Major, wobei er ihm seine Theorie der unterschiedlichen Fälle erläuterte. Nicolai studierte die Zusammenstellung und überlegte einige Augenblicke. Er nahm einen Schluck aus seinem Glas, dann nickte er zustimmend.

»Sie könnten recht haben, Herr Hauptmann, statt mit einem Fall haben wir es womöglich mit drei verschiedenen zu tun«, sagte er. »Ich denke auch, dass die Angelegenheit des sogenannten Herrn von Essen mit unseren anderen Fällen wenig gemein hat. Es könnte sein, dass sich unterschiedliche Spionageaktivitäten kreuzen. Ziel des Gegners ist es, sich Einblick in den Stand unserer Rüstungsbemühungen zu verschaffen. Offiziell beschwört man den Frieden. Es ist keine zwei Wochen her, dass der russische Außenminister Sergei Sasonow erklärte, es bestehe kein Anlass zu engeren militärischen Absprachen innerhalb der Triple Entente, alles deute auf eine längere Friedensperiode hin. In Wahrheit jedoch versuchen Russland und Frankreich uns verstärkt auszuspionieren und über die Ostgrenze Agenten und Spione einzuschleusen. Der von Ihnen angeführte Sliwinski aus Posen ist zum Beispiel ein solcher Agent. Die C. St. beobachtet den Mann schon länger und hofft, derart an seine russischen Hintermänner heranzukommen.«

»Verstehe ich Sie richtig, Herr Major?«, fragte Wedigo. »Sie gehen ebenfalls davon aus, dass Kapitänleutnant Schroeters Tod einen völlig eigenen Hintergrund hat?«

Nicolai nahm die Liste zur Hand und hielt sie hoch wie eine Signalfahne. »Ich bin überzeugt, dass keiner der von Ihnen angeführten Namen, ob Flieger oder nicht, für den Abschuss verantwortlich ist. Dahinter verbirgt sich etwas ganz anderes – das haben Sie aus meiner Sicht richtig erkannt. Ich kann Ihnen nicht sagen, wer oder was dahinter steckt. Doch es sieht so aus, als müssten wir unsere Untersuchung völlig anders ansetzen. Das ist auch der Hauptgrund, weshalb ich Sie zurück nach Berlin beordert habe.« Der Major winkte dem Barmann und hob zwei Finger, dann warf er die Liste auf den Tisch. Der Mixer brachte zwei neue Cognacs und nahm die leeren Gläser mit. Nicolai wartete, bis der Mann gegangen war, und wandte sich wieder an Wedigo. »Was schlagen Sie vor, Herr Hauptmann, wo wir ansetzen? Zeigen Sie, was Sie im letzten Jahr gelernt haben.«

»Wir sollten zunächst im näheren Umfeld des Opfers ermitteln«, erwiderte Wedigo. »Auch wenn es unwahrscheinlich ist, dass jemand, der private Motive hatte, Schroeter auf diese Weise getötet hat.«

»Warum nicht? Schroeter könnte zum Beispiel einem Mitflieger die Braut ausgespannt oder ihn bei der Erbtante ausgestochen haben?«

»In diesen Fällen wäre die Ehre berührt gewesen, ein Fall für das Ehrengericht«, hielt der Hauptmann entgegen.

»Oder man greift zu Pistole oder Degen und erledigt die Angelegenheit direkt«, meinte der Major trocken und warf dem jungen Offizier einen forschenden Blick zu.

»Das wäre denkbar«, gab Wedigo zurück. »Aber wegen einer Erbtante duelliert man sich nicht.«

»Nun«, sagte Nicolai, »vorerst sind alles Spekulationen. Ich übernehme ab sofort den Fall ›von Essen‹. Sie werden dagegen das dienstliche und private Leben des Kaleu klären. Gehen Sie zunächst dem Hinweis des Herrn Hirth nach. Wie kamen Sie an den Mann?«

Wedigo berichtete von der Begegnung mit Hirth und Rumpler.

»Schroeter bewegte sich in gemischten Gesellschaften; das klingt doch vielversprechend«, meinte Nicolai. »Besuchen Sie das Lokal, verschaffen Sie sich ein Bild von Schroeters Leben. Schneidmann wird Ihnen dabei zur Hand gehen. Jetzt entschuldigen Sie mich. Meine Frau möchte mit mir noch die Urlaubsplanung besprechen, Anfang Juli wollen wir an die Ostsee. Bis dahin muss alles geklärt sein. Die Cognacs gehen auf mich. Einen Rat noch. Wenn Sie das Hotel verlassen, ob dienstlich oder privat, nehmen Sie den Browning mit. Wer immer unser Gegner ist, er geht über Leichen!« Nicolai verabschiedete sich; die Liste nahm er mit.

Wedigo blickte ihm nach. Dass der Major verheiratet war, überraschte ihn; er hätte ihn für einen absoluten Junggesellen gehalten. Wie hatte er bloß schon wieder von Wedigos Duell erfahren? Die Anspielungen waren deutlich gewesen. Und dann noch die Warnung am Schluss, ein dramatischer Abgang. Der Hauptmann leerte sein Glas. Jedenfalls hatte der Major im Hinblick auf den Fall seine Meinung geteilt und eine neue Untersuchung angeordnet. Wedigo war gespannt, ob es gelingen würde, andere weiterführende Fakten zu entdecken. Er warf einen Blick auf seine Taschenuhr, kurz nach zehn. Eine gute Zeit für einen Bummel durch das nächtliche Berlin. Wedigo holte Stock und Hut, steckte den Browning ein und trat hinaus in die warme Juninacht.

Vor ihm lag die Prachtpromenade der Stadt Unter den Linden. Zu dieser Abendstunde wimmelte die breite Allee von Spaziergängern und Flaneuren. Elegante Damen und Herren der besseren Gesellschaft, Stutzer mit Monokel, Zylinder und leichtem Stöckchen, Gardeoffiziere in Uniform und Casinohelden, Landräte, behäbige Rentiers, Studenten auf Bummel und Engländer und Amerikaner, meist mit dem Baedeker versehen, spazierten die Straße auf und ab. Die Einkaufszeit war vorüber und die angesiedelten Luxusläden, die Juweliere, Herrenausstatter, Maßschneidereien, die fotografischen Ateliers, Parfümerien, Buchhandlungen und Autohallen waren geschlossen. Nun war es Zeit, eines der zahlreichen Lokale, Tingeltangels wie das Varieté Gebirgshallen, Weinrestaurants, Theater, Kabaretts oder die Oper zu besuchen.

Mal sehen, dachte Wedigo, vielleicht ging er ins Kabarett oder er sah, wenn noch ein Lichtspielhaus geöffnet war, den neuesten Film mit Alice Hechy, ›Das rote Pulver‹, an. Gemächlich spazierte er in dem bunten Strom dahin, als ein lautes Hupen ihn aufschreckte. Neben ihm hielt ein grüner, offener Kraftwagen der Marke Wanderer, auch Puppchen genannt. Am Steuer saß, in Automobilistenkluft gekleidet, Gräfin Maria Walewska. Sie winkte ihm, er solle mitfahren. Wedigo ging zur Wagentür, zögerte jedoch, einzusteigen. Diese Art von Einladung war typisch für Melissa, aber bevor er ihr folgte, wollte er wissen, was sie vorhatte.

»Guten Abend, Wedigo«, begrüßte sie ihn, »fast hätte ich dich nicht erkannt. Steig ein, wir machen eine Spritztour durch das nächtliche Berlin.«

»Ohne festes Ziel?«, forschte er nach.

»Ja und nein, wir folgen einer Spur«, teilte sie ihm mit.

Wedigo stieg seufzend ein, mehr würde er, wie er Melissa kannte, nicht erfahren. Der Wanderer, der mit laufendem Motor gewartet hatte, fuhr knatternd los. Geschickt lenkte die Gräfin das Fahrzeug an Pferdedroschken, anderen Automobilien und Fußgängergruppen vorbei zur Charlottenburger Chaussee, passierte die Siegessäule und fuhr dann weiter in Richtung Kurfürstendamm. Unterwegs plauderte Melissa über den gestrigen Auftritt der russischen Tänzerin Anna Pawlowna Pawlowa, den sie leider verpasst habe. »Am gleichen Tag wurde Wagners ›Parsifal‹ in deutscher Sprache im Pariser Théâtre des Champs Elysées aufgeführt, das ist doch ein fast schicksalhaftes Zusammentreffen. Wenn die Völker sich kulturell mehr austauschten«, fügte die Gräfin hinzu, »könnte unsere Gegenwart wahrhaftig friedlicher sein.«

»Spionage, Anschläge und Sabotage sind nicht gerade Friedensingredienzien«, erwiderte Wedigo. »Aber die Pawlowa hätte ich mir schon gern angesehen. Besonders ihre Choreografie des Sterbenden Schwans.«

Nach einer knappen halben Stunde hielten sie schließlich an der Ecke zur Joachimsthaler Straße vor einem ältlichen Haus, an dessen Fassade ein Schild ›Spezialausschank für Berliner Lagerbier‹ verkündete. Melissa stellte den Motor ab und wandte sich an Wedigo. »Wir sind am Ziel«, sagte sie ohne weitere Erklärung.

»Du willst in diese Bierkneipe?«, fragte Wedigo überrascht. Das schien das Lokal zu sein, von dem Hirth gesprochen hatte. Woher hatte Melissa die Information?

»Nicht ich, wir wollen dort hinein«, erwiderte sie. »Aber in deinem Anzug fällst du drinnen zu sehr auf. Auf der Rückbank liegt ein zweiter Kraftfahrermantel. Zieh den Mantel über, dann wird keiner Fragen stellen.« Schon war sie aus dem Wagen gesprungen und öffnete die Tür des Lokals. Dem Hauptmann blieb keine Zeit, sie zurückzuhalten. Er warf rasch seine Jacke ab und zog den ledernen Automobilistenmantel über. Dann folgte er der Gräfin. Von innen schlugen ihm ein dichter Dunst aus Tabakqualm, abgestandenem und verspritztem Bier sowie der Geruch nach Heu, Benzin und Motorenöl entgegen.

Die Gaststube selbst war ein großer, hoher Saal. An jeder Seite des Raumes standen Tische sowie die dazugehörigen Bänke. Im Hintergrund führte eine Tür zur Küche, durch die andere gelangte man auf den Flur hinaus und zum Keller. Die Wände waren grau verputzt, da und dort hingen Bilder von Automobilen. An den Tischen drängten sich Droschkenkutscher mit blauen Pelerinenmänteln und, separat, Chauffeure in abgenutzten Ledermänteln. Melissa saß bereits in einer Ecke und winkte ihm zu. Er setzte sich zu ihr. Sie hatte recht gehabt, im Anzug wäre er aufgefallen. So schenkte ihnen kaum einer Beachtung, zumal die Gräfin ihr Haar unter einer Kraftfahrerhaube verborgen hatte. Es herrschte ein ziemlicher Lärm. Jemand sang laut, es wurde an einigen Tischen gespielt, Betrunkene stritten miteinander. Mehrere Weiber tranken Schnaps und schminkten sich gegenseitig. Wedigo warf einen Blick auf das wilde Treiben. Wie war Schroeter nur in diese Szenerie geraten? Melissa gehörte schon gar nicht hierher.

»Ruhe«, tönte die Stimme des Wirtes und er schlug mit einem Zapfhammer auf den Tressen. Für einen Augenblick wurde es still. Nun begann der feiste Mann, seinen Gästen eine Standpauke zu halten. »Wenn ihr eene blasse Ahnung von Sittlichkeit hätt, tat ick eich wat von unser Parade vor Seiner Majestät erzählen. Doch ihr denkt bloß ans Fressen un Saufen, wollt mir anpumpen un einen Dreck an de Stuhlbeene schmieren.«

Die Gäste lachten und scherten sich wenig um seine Reden. Bald war es so laut wie zuvor. Man trank für 25 Pfennige sein Bier, Lagerbier oder noch lieber eine große Märzweiße. Die große Weiße wurde aus einer Steinkruke in dicke Glasstumpen ausgeschenkt. Der geübte Trinker fügte zwischen jedem Glas Bier einen Kümmel ein. Eine schlampig gekleidete Frau mit wirren grauen Haaren näherte sich ihrem Tisch und knallte ungefragt zwei Krüge Bier auf die Platte.

»Macht fufzig Pfennig«, brummte sie, kassierte und schlurfte davon.

»Du fragst dich, was wir hier wollen und wie ich zu dieser Adresse gekommen bin«, stellte die Gräfin in leisem Ton fest. »Anthony Fokker hat mir heute Mittag erzählt, dass er vor zwei oder drei Wochen mit seinen Mechanikern auf einer Altberliner Kneipentour gewesen und in diesem Lokal auf Kapitänleutnant Schroeter gestoßen sei. Er meinte, es habe ausgesehen, als sei Schroeter hier ziemlich bekannt gewesen.«

»Warum hat er mir davon nichts berichtet?«, fragte Wedigo.

»Es ist ihm erst später eingefallen«, gab Melissa zurück.

»Na, schmeckt den Herren das Bier nicht?«, unterbrach jemand ihr Gespräch.

Ein übergroß gewachsener Mann, ein wahrer Riese mit kolossalen Körpermaßen, schwarzem, verfilztem Haar, dicht verwachsenen Augenbrauen und einem schmutzig grauen Vollbart war zu ihnen getreten. Mit finsteren Blicken starrte er die Gräfin an.

»Bist wohl zu fein, um einem einfachen Arbeiter zu antworten?«, stieß er mit bösem Lachen hervor. »Bürschchen wie du mit ihren *feinen* Gesichtern haben hier nichts zu suchen.« Er griff mit seiner derben Faust nach Melissas Automobilistenkappe und machte Anstalten, ihr diese vom Kopf zu reißen. Wedigo war klar, dass er gegen den Riesen keine Chance hatte. Als Offizier konnte er sich auch nicht öffentlich prügeln. Er fasste in die Manteltasche. Verdammt, der Browning steckte im Jackett und das lag draußen im Wagen.

Melissa wich lässig der Hand des Kerls aus. Sie sprang auf und brachte in einer geschickten Drehung den Tisch zwischen sich und den Betrunkenen. Dann griff sie selbst zur Kappe und zog diese vom Kopf. Ihr blondes Haar öffnete sich und fiel wie ein goldener Regen auf ihre Schultern. Der Riese starrte sie verblüfft an. Im Lokal wurde es schlagartig still.

»Da brat mir einer nen Storch«, rief der Wirt. »Ein Frauenzimmer – und wat für'n schniekes Weib.«

»Mach deine Augen auf, Willy«, tönte eine Stimme vom Eingang, »es handelt sich um eine Dame, nicht um eines eurer Weiber.«

Alle Blicke wandten sich zum Eingang. Dort standen Wedigos alter Bekannter Kriminalkommissar Ernst Gennat und weitere Polizisten in Uniform.

»Razzia, meine Herren«, fügte er hinzu. Der Riese drehte sich um und sprang mit einer fast katzenartigen Behändigkeit, die man dem groben Menschen nicht zugetraut hätte, zur Küchentür. Er riss diese auf und wollte verschwinden, als ihn ein Schlag mit einem Gummiknüppel stoppte. Wütend drehte er sich um und packte den Polizisten, der den Schlag ausgeführt hatte. Sofort sprangen zwei andere dem Mann zu Hilfe. Es brauchte erst ein gutes Dutzend weiterer Hiebe, bis der Kerl in die Knie ging und festgenommen werden konnte. Während das Publikum das Geschehen mit Anfeuerungsrufen und Pfiffen kommentierte, trat Gennat zum Tisch von Wedigo und Melissa.

»Herr von Wedel, nehmen Sie die Gräfin mit und verschwinden Sie. Das ist eine Razzia, Sie können nicht bleiben. Offiziell weiß ich von nichts. Vielleicht kommen Sie in den nächsten Tagen auf den Alex vorbei und berichten mir, um was es diesmal bei Ihrem Einsatz geht!«

Wedigo griff Melissa am Arm und zog sie an Gennat vorbei aus dem Lokal. Er half ihr in den Wagen, warf den Motor an und sprang ebenfalls hinein. Diesmal übernahm er das Steuer. Während der Fahrt schwiegen beide. Wedigo achtete auf den Verkehr und kümmerte sich nicht weiter um seine Begleiterin. Schließlich hielt er vor dem Bristol, stellte den Motor ab und wandte sich nun der Gräfin zu. »Was sollte dieser haarsträubende Unsinn heute Abend? Ist dir klar, in welche Situation du dich und auch mich gebracht hast? Weißt du, was alles hätte passieren können, wenn Kommissar Gennat nicht erschienen wäre? Du hättest mich vorher über unser Ziel informieren sollen. Wir hätten unser Vorgehen absprechen müssen. Was soll diese blödsinnige Geheimniskrämerei?«

»Ich weiß nur das, was ich dir bereits gesagt habe«, erwiderte die Gräfin mit leiser Stimme. »Anthony Fokker erzählte, dass Kapitänleutnant Schroeter in diesem Ausschank verkehrt habe. Ich dachte, es sei eine ähnliche Lokalität wie das Flieger-Heim in Johannisthal. Ich konnte nicht ahnen, dass solche Subjekte wie dieser Riese dort zu finden sind. Wollen wir nicht in die Hotelbar gehen?«, fügte sie hinzu. »Da können wir besser sprechen, und mir wird kalt.« Ihre Stimme bebte. Der Kavalier in Wedigo wäre ihrer Bitte nachgekommen, es war in der Tat frisch geworden. Heute Abend aber war er wütend auf Melissa und ihr mysteriöses Treiben. So antwortete er, er habe von ihren Geschichten genug.

»Ganz gleich, was Major Nicolai sagt oder sagen wird. Wenn du mit mir zusammenarbeiten willst, gehört ein vertrauensvoller Informationsaustausch dazu. Wenn es noch mehr gibt, was du weißt und was mit dem Fall zusammenhängt, erwarte ich, dass du mich umgehend informierst! Überlege dir, was du mir zu sagen hast und was du willst. Ich gebe dir bis morgen Mittag Zeit. Wir treffen uns um 16 Uhr im Café Kranzler, und dann werde ich wissen, wie ernst du es meinst.« Wedigo legte den Mantel ab und griff nach dem Jackett, Hut und Stock. Schwungvoll sprang er aus dem Wanderer und wandte sich dem Hotel zu. Ohne ein weiteres Wort fuhr die Gräfin davon.

Am nächsten Morgen weckte ihn sein Bursche Punkt 7 Uhr. Nach dem Frühstück begab er sich in die Wilhelmstraße zu Major Nicolai. Er berichtete über sein Erlebnis mit der Gräfin und ihre Rettung durch Kommissar Gennat.

»Maria Walewska ist mitunter geradezu tollkühn«, meinte Nicolai, »das Ganze hätte ins Augen gehen können. Gut, dass Sie von Ihrer Waffe nicht Gebrauch machen konnten, wer weiß, was dann passiert wäre. Bleiben Sie an der Sache dran und nehmen statt unserer Gräfin heute Abend lieber Schneidmann und einen handfesten Gefreiten mit. Jetzt ist banale Auswertungsarbeit angesagt. Ich habe mir die Personalakten aller verunglückten Piloten kommen lassen und dazu alle Unterlagen, die es über Johannisthal gibt. Vielleicht finden wir in ihnen bisher übersehene Anhaltspunkte. Hauptmann Wilberg geht es übrigens besser. Also, an die Arbeit!«

Bis zum Mittag waren Wedigo und der Major mit den Akten beschäftigt. Der Hauptmann hatte wieder sein altes Büro bezogen, saß an seinem Schreibtisch und las. Vor ihm lagen die Akten über den Flugplatz Johannisthal, die er Seite für Seite durcharbeitete. Eine Akte enthielt eine penibel geführte Geschichte der letzten drei Jahre des Platzes und der dortigen Veranstaltungen. Wedigo blätterte durch die Darstellung, wobei er da und dort genauer las und Notizen anfertigte. Die Geschichte begann mit einem Bericht vom sogenannten Kathreiner Flug im Juni 1911, der von München nach Berlin führte. Sieger wurde der ihm mittlerweile bekannte Hellmuth Hirth. Wedigo las weiter:

›Bei den folgenden Herbstwochen belegte Melli Beese mit ihrer Rumpler Taube den 5. Platz … Im Frühjahr 1912 gelang es Karl Grulich mit drei Passagieren einen Flug von einer Stunde und 35 Minuten durchzuführen … Im Juni 1912 wurde in Johannisthal der erste internationale Flug Berlin–Breslau–Wien abgehalten, den Hellmuth Hirth gemeinsam mit dem Husarenleutnant Schöller gewann … Im Oktober 1913 führte der Franzose Adolphe Pégoud auf einem Blériot Eindecker erstmals einen Kunstflug vor … Zu einer weiteren Glanzleistung trug Felix Laitsch bei, als er in 9,5 Stunden Königsberg erreichte und einen neuen Weltrekord aufstellte … Am 17. Oktober 1913 geriet das neue Marineluftschiff L 2 nach dem Aufstieg auf eine Höhe von 300 Metern in Brand und explodierte, insgesamt gab es 28 Todesopfer…‹

Es hatte also schon öfter Unfälle und sogar einen französischen Besuch in Johannisthal gegeben. Wedigo betrachtete seine Notizen. Namen über Namen. Er ging zum Büro des Majors, um das Ergebnis zu präsentieren. Nicolai meinte, er solle der Sache selbstständig nachgehen. Aus seinen Akten sei bislang nichts zu gewinnen gewesen.

»Sie werden sicher zu neuen Erkenntnissen gelangen. Ich muss mich jetzt um dringendere Angelegenheiten kümmern. Es geht vor allem um Sicherheitsfragen. Seine Majestät reist nächste Woche zu einem sechstägigen Besuch beim österreichischen Thronfolger Erzherzog Franz Ferdinand auf das böhmische Landgut Konopie und da gibt es einiges zu klären.«

»Das heißt, Herr Major, Sie werden keine Zeit für Herrn von Essen finden?«

»Ehrlich gesagt, interessieren mich der angebliche Graf und seine Schwindelgeschichten im Augenblick wenig. Der Kerl lügt, wenn er den Mund aufmacht. Zum Beispiel können wir den letzten Namen Ihrer Liste streichen. Es gab in Österreich nur einen Flieger dieses Namens, Eduard Nittner, und der ist im Februar 1913 abgestürzt. Ihr Informant Graf von Essen hat ersichtlich keine Ahnung oder er wollte uns irreführen. Auch die Frage des Schwedenstahls steht nicht am oberen Ende der aktuellen Prioritätenliste. Ich bin Ihnen dankbar, wenn Sie den Herrn bei Ihrer morgigen Verabredung im Kranzler hinhalten könnten. Der Mann erzählt gern, lassen Sie ihn erzählen und berichten mir dann.« Nicolai überlegte. »Eigentlich könnte sich die Gräfin um ihren Standesgenossen bemühen. Sollten Sie ihr begegnen, geben Sie den Auftrag an sie weiter. So und jetzt gehen wir essen.«

Genauer gesagt fuhren sie zum Essen in die Jebensstraße zum neuen, vor fünf Jahren in Anwesenheit des Kaisers eingeweihten Kasino des Offizierscorps der Landwehr-Inspektion Berlin. Das Kasino befand sich gegenüber dem Bahnhof Zoologischer Garten.

Eine Ordonanz brachte die Karten. Nicolai bestellte ein Roastbeef mit Gemüse und Kartoffeln, Wedigo entschied sich für einen Schweinebraten. Dazu tranken die Herren Bier. Während des Essens plauderten sie über allgemeine Dinge, unter anderem über die heute stattfindende Tagung der Deutschen Kolonialgesellschaft und deren afrikanische Eisenbahnbaupläne.

»Wissen Sie, Herr Hauptmann«, sagte der Major, als sie sich später ins Rauchzimmer begaben, um noch einen Mokka zu nehmen und eine Zigarre zu rauchen, »manchmal frage ich mich, ob die Herren vom Generalstab wirklich mit unseren Informationen umzugehen verstehen. Zum Beispiel warne ich schon seit zwei Jahren, dass unsere denkbaren Aufmarschpläne für den Westen dem Franzmann eventuell bekannt sein könnten. Aber ich habe nicht den Eindruck, dass dieser Hinweis in irgendeiner Weise berücksichtigt wird.«

Wedigo, der gehörte hatte, es gäbe für einen kommenden Krieg mit Frankreich eine todsicheren Siegesplan, war über Nicolais Kritik überrascht und fragte deshalb, ob es auch Pläne für einen Krieg gegen Russland gäbe.

»Nein, soweit ich weiß, nicht. Obwohl man sagt, dass Oberst Ludendorff, Sie haben ihn, glaube ich, im letzten Jahr kennengelernt, eine Auffanglinie für die erwartete russische Offensive in Ostpreußen plant. Aber lassen wir das Thema, wir werden sehen, was passiert, wenn es einmal so weit ist.«

Nicolai tat einen Zug. »Ich habe übrigens Schneidmann angewiesen«, sprach er weiter, während er genüsslich den Rauch ausstieß, »Ihnen am Abend zur Verfügung zu stehen, falls Sie vorhaben, weiter den Spuren des Kapitänleutnant Schroeter zu folgen. Heute Morgen ist er nach Johannisthal gefahren, um sich nochmals bei den Mechanikern umzuhören. Schneidmann wird bestimmt den ein oder anderen Hinweis entdecken.«

Schneidmann war wirklich ein zuverlässiger Mann und konnte mit Leuten reden und in Kreisen verkehren, die dem Hauptmann aus gesellschaftlichen Gründen kaum zugänglich waren.

Es war kurz nach halb vier, als die Offiziere ins Ministerium zurückkehrten. Nicolai wollte noch einige Akten durchschauen und zog sich in sein Zimmer zurück. Wedigo betrat sein eigenes Büro. Auf dem Schreibtisch fand er eine Nachricht von der Gräfin vor. Er öffnete das zartblaue Briefchen. Melissa teilte ihm in knappen Worten mit, wie sehr sie das gestrige Missverständnis bedauere, aber auch sein Verhalten als sehr unfreundlich erlebt habe. Es wäre angebracht, sich bei Gelegenheit über ihre Arbeitsbeziehung auszusprechen. Nur heute könne sie leider nicht und müsse daher ihre Verabredung im Kranzler absagen. Das Brieflein endete mit einem kühlen ›freundlichen Gruß‹.

Was meinte sie eigentlich mit ›Arbeitsbeziehung‹, überlegte Wedigo. Lag in dieser Terminologie der Schwerpunkt auf dem Begriff ›Arbeit‹ oder auf ›Beziehung‹? Jedenfalls musste er nicht durch die Stadt hasten, um rechtzeitig zum Treffen zu kommen. So konnte er sich in Ruhe mit den Vorbereitungen für den Abend beschäftigen.

Wedigo suchte den Oberfeldwebel auf. Dieser war gerade aus Johannisthal zurückgekommen. Er berichtete dem Hauptmann von seinen dortigen Recherchen. Nach den Gerüchten, die bei den Mechanikern zirkulierten, war Kapitänleutnant Schroeter ein fröhlicher und lebenslustiger Mensch gewesen. Er musste einen großen Freundeskreis außerhalb der Marine und der Fliegerei besessen haben und war mehrfach mit verschiedenen ›Bräuten‹ gesichtet worden. »Schroeter war dem Jeu nicht abgeneigt und hat offenbar auf großem Fuß gelebt«, erklärte Schneidmann. »Mehr wussten die von mir befragten Männer nicht zu erzählen. Sie meinten nur, dass Schroeter beliebt war und sich in unterschiedlichen Gesellschaftskreisen bewegt hat.«

Bei seinen letzten Worten war Major Nicolai ins Zimmer getreten. »Was Sie sagen, Schneidmann, passt zu dem Schreiben, das ich gerade in Schroeters Personalakte entdeckt habe. Es handelt sich um die Bitte um eine Heiratsdispens zum Zwecke der Heirat mit einer Ursula von Witzendorff, der Tochter Oberst von Witzendorff-Rehdigers, Gutsherr auf Striese.«

»Das ist alter schlesischer Adel«, rief Wedigo erstaunt aus. »Ein solcher Kontakt kontrastiert gewaltig mit dem Auftreten Schroeters in Droschkenkutscherkreisen. War Schroeter denn mit der genannten Dame verheiratet?«

»Nein, das Gesuch, es stammt aus dem letzten Jahr, wurde abgelehnt, da das Brautpaar die erforderliche Mitgift von 100.000 Goldmark nicht nachweisen konnte und offenbar auch der Oberst seine Einwilligung zur Heirat, die Braut war 17, zurückzog.«

»Das klingt nach einem kleinen Skandal«, meinte Wedigo, »und so, als habe Schroeters Tod einen gänzlich anderen Hintergrund, als wir anfangs annahmen. Meine Reise nach Baden-Baden scheint ziemlich unnötig gewesen zu sein.«

»Warten Sie, Herr Hauptmann, es kommt noch besser«, meinte Nicolai lächelnd und setzte sich. »Ihre kleine Reise war, ganz abgesehen von Herrn von Essen, eventuell gar nicht so falsch. Schroeter besuchte vor einigen Jahren Paris und hat dort einen gewissen Carl Hau und dessen Frau Lina sowie deren Schwester Olga Molitor kennengelernt.«

»Molitor? Da gab es diesen Mordfall«, rief Schneidmann. »Hat nicht Carl Hau in Baden-Baden seine Schwiegermutter auf offener Straße erschossen?«

»Ich erinnere mich«, sagte Wedigo. »Das war eine komplizierte Geschichte. Wir haben damals in der Kadettenanstalt den Fall ausführlich diskutiert. Aber, um Himmels willen, was hatte Kamerad Schroeter mit diesem Kriminellen Hau zu tun?«

»Er ist ihm in Paris im Oktober 1906 im Hotel Regina begegnet und soll dort von Olga Molitor nach Baden-Baden eingeladen worden sein. Angeblich hatten die beiden ein geheimes Verhältnis – zumindest, wenn man dem Akteneintrag trauen kann, den ich gelesen habe«, erklärte der Major. »Die Marineleitung hat dafür gesorgt, dass in dem Prozess, in dem Olga Molitor die Hauptaugenzeugin war, Schroeters Name nirgends auftauchte. Zumal der Kamerad mit der Angelegenheit sicher nichts zu tun hatte.«

»Vielleicht hat Oberst von Witzendorff-Rehdiger von der Sache erfahren. Ihm gefiel die Verbindung Schroeters mit dem Fall nicht und er hat daher die Verlobung seiner Tochter mit Schroeter gelöst?«, warf Wedigo ein.

»Das wissen wir nicht. Ich glaube nicht, dass diese Dispensangelegenheit oder der Mord in Baden-Baden eine Rolle spielen. Ich wollte lediglich verdeutlichen, wie kreuz und quer die Fäden in diesem Fall laufen. Aus meiner Sicht ist es am besten, jeder einzelnen Spur sorgfältig nachzugehen und sie auf ihre Wichtigkeit hin zu überprüfen.«

»Das heißt, wir kümmern uns jetzt primär um Schroeters Privatleben und nicht mehr um den Spionage- und Sabotagebereich? Wäre das nicht eher eine Aufgabe für die Polizei? Kriminalkommissar Gennat ist bestimmt nicht begeistert, wenn ich in seinem Revier wildere«, hakte Wedigo nach.

»Ich bin mir nicht sicher«, entgegnete Nicolai ruhig, »ob sich hinter dem Ganzen nicht doch das Tun einer feindlichen Macht verbirgt. Denken Sie an den gestrigen Anschlag. Immerhin haben wir am Tatort russische Patronenhülsen entdeckt. Kommissar Lehmann von der C. St. arbeitet, wie Sie wissen, an der Aufklärung. Ob eine Verbindung zur Ermordung Schroeters besteht, werden wir sehen. Vielleicht handelt es sich bei dem Ganzen auch um eine Art von privatem Duell.«

»Bei dem nur ein Beteiligter bewaffnet war?«, fragte Wedigo. »Dessen Maschine später ebenfalls abstürzte und der mithilfe eines weiteren Unbekannten entkommen ist«, fügte er skeptisch hinzu.

Nicolai zuckte mit den Achseln. »Es ist ein komplizierter Fall. Doch ich bin überzeugt, wir lösen ihn.«

Der Major erhob sich. »Herr Hauptmann, Herr Oberfeldwebel, viel Erfolg heute Abend.« Nicolai verließ den Raum. Wedigo und der Oberfeldwebel räumten ihre Unterlagen beiseite und beendeten ebenfalls ihren Dienst.

Um neun trafen sich die Männer vor dem Ministerium, um zu ihrer abendlichen Erkundungstour aufzubrechen. Natürlich ging man in Zivil. Der Hauptmann hatte einen einfachen, etwas abgetragenen karierten Knickerbockeranzug gewählt, Schneidmann hingegen kleidete sich noch einfacher, er trug sein bekanntes Räuberzivil. Über einer grauen Cordhose hatte er eine ebenso graue Jacke gezogen, die überaus viele Taschen aufwies. Auf dem Kopf saß eine dunkle Kappe, wie sie in den Chauffeurkreisen üblich war. Wedigo musterte Schneidmann und nickte zustimmend.

»So fallen wir bestimmt nicht auf. Ich habe für alle Fälle den Browning eingesteckt, und Sie?«

Schneidmann wies breit grinsend einen mit Leder überzogenen Schlagstock vor, den er zurück in die Innentasche der Jacke gleiten ließ. Die beiden stiegen in einen bereitgestellten Militärwagen der Marke Opel, Modell 25/55, ein 6,2 Liter Tourer, ein Fahrzeug, das sonst nur höhere Offiziere im Generalsrang fuhren. Es schien, der Oberfeldwebel verfügte über gute Beziehungen zum Fuhrpark.

»Exklusiv für Sie, Herr Hauptmann!«, meldete er. Wedigo betrachtete das schnelle Fahrzeug; heute fuhr er selbst! Der wiederhergestellte Gefreite Schulze, der hätte chauffieren sollen, hatte lediglich den Motor anzuwerfen und stieg dann hinten ein. Er sollte während ihrer Exkursion im Fahrzeug auf ihre Rückkehr warten. Sie erreichten nach 20 Minuten den Ausschank auf dem Kurfürstendamm. Wedigo bremste und lenkte den Wagen an die Seite. Da sah er den Amerikaner John Loughead aus dem Lokal kommen und in einen wartenden DeDion Bouton EK Phaeton steigen. Zum Teufel, schon wieder kreuzten sich ihre Wege. Dass der Kerl das Bierhaus aufsuchte, in dem Schroeter verkehrt hatte, konnte kein Zufall sein. Und warum trug der Mann einen Gesellschaftsanzug? Das war nicht die passende Kleidung für ein solches Lokal. Der Wagen des Amerikaners fuhr los; Wedigo wendete und folgte dem DeDion Bouton. Während er dem Auto nachfuhr, informierte er den überraschten Oberfeldwebel über Loughead.

»Es ist schon das fünfte oder sechste Mal, dass mir dieser Amerikaner begegnet. Und immer ist etwas geschehen, das mit unserem Fall in Verbindung steht. Vielleicht lässt sich heute klären, was sich hinter diesen Zufällen verbirgt.«

Die beiden Automobile fuhren durch den Juniabend, Wedigo hielt Abstand, blieb aber gleichzeitig nahe genug am Vordermann, um diesen nicht zu verlieren. Langsam sank die Dämmerung herab. Mithilfe eines eingebauten Kippschalters ließ Wedigo das Licht der Zeiss-Scheinwerfer aufleuchten. Auch der DeDion Bouton schaltete sein

Licht ein, wozu Loughead allerdings anhalten musste. Schließlich erreichten die beiden Fahrzeuge den Grunewald. Der Amerikaner bog in die Brahmsstraße ein und stoppte vor dem schmiedeeisernen Tor einer hochherrschaftlichen Villa. Das Tor wurde geöffnet und der DeDion Bouton passierte die Einfahrt. Geistesgegenwärtig lenkte Wedigo seinen Opel hinterher. Der Amerikaner hielt vor der breiten Auffahrt. Ein Lakai lief zum Wagen und öffnete die Tür. Loughead stieg aus, der Lakai begrüßte ihn mit einer Verbeugung und geleitete ihn zum Eingangsportal der Villa. Der Eingang war durch eine künstlerische Portalanlage abgeschlossen. Aus allen Fenstern strahlte es hell, auch der zum Haus gehörende Park war ringsherum mit Lampions und Fackeln erleuchtet. Immer neue Fahrzeuge erschienen; Damen in eleganten Abendkleidern und Herren in Frack und in ordensgeschmückten Uniformen stiegen aus. Sie schienen bei einem Empfang gelandet zu sein, das erklärte den Anzug Lougheads. Wedigo fuhr zur Seite, dorthin, wo andere Fahrzeuge standen. Man schenkte seinem Manöver weiter keine Beachtung. Offenbar wurde er für einen Chauffeur gehalten, der den Wagen seines Herrn parkte.

»Das ist das reinste Schloss«, staunte Schneidmann. »Wissen Sie, Herr Hauptmann, wem das Anwesen gehört?«

»Ich werde es in Erfahrung bringen. Allerdings wird mir in dieser *noblen* Kleidung der Zutritt über den Gästeeingang natürlich verwehrt sein. Wenn Sie mir Ihre Kappe geben, gehe ich als Chauffeur durch und kann den Personaleingang nutzen.«

»Soll ich Sie begleiten, Herr Hauptmann?«

»Das würde womöglich auffallen. Nein, Sie bleiben mit Schulze hier, bilden die Reserve und decken den Rückzug.«

Die Kappe Schneidmanns tief ins Gesicht gezogen, begab sich Wedigo zur Rückseite der Villa, wo er den Wirtschaftstrakt vermutete. Dort stand eine Tür offen, die in einen Nebenraum führte, in dem die Chauffeure und Bediensteten der Gäste verpflegt wurden. Wedigo setzte sich an einen der Tische. Ungefragt brachte ihm ein adrett gekleidetes Mädchen in weißer Schürze einen Teller mit Kartoffelsalat und Buletten sowie einen Krug Bier. Wedigo bedankte sich mit einem Kompliment, was das Mädchen erröten ließ. Er zählte an die 30 Personen, die ausgelassen an den Tischen saßen, tranken und aßen.

Nachdem alle versorgt waren, kehrte das Mädchen, welches an Wedigos freundlichem Verhalten Gefallen gefunden hatte, an seinen Tisch zurück und setzte sich zu ihm. Es war mit seinen dunklen Haaren, der feinen Nase, den braunen Rehaugen und den roten Lippen auf seine Art ein hübsches, wenn auch etwas naives Ding. Nach ein paar allgemeinen Bemerkungen begann Wedigo, sich vorsichtig nach dem Haus und dem Gastgeber zu erkunden. Es bedurfte keiner großen Mühe, Leni, so hieß das Mädchen, zum Sprechen zu bringen. Bald erfuhr Wedigo alles, was sie wusste. Die Villa gehörte dem Münchner Anwalt und bekannten Kunstsammler Walter von Pannwitz. Anfang des Jahres war sie fertig gestellt worden und hatte, wie Leni flüsternd bemerkte, »Millionen von Goldmark« gekostet. »In den herrschaftlichen Räumen soll alles so kostbar eingerichtet sein, dass Seine Majestät der Kaiser höchstpersönlich schon mehrfach die Familie aufgesucht hat«, fügte sie mit vor Ehrfurcht bebender Stimme hinzu. »Der schönste Raum ist aber der Ballsaal, in dem heute das Fest stattfindet.«

Ehe Leni mehr verraten konnte, rief sie die über alles wachende Wirtschafterin zu sich. »Ich muss los, der alte

Drachen ist sonst sauer. Am Sonntag bin ich am Mittag im Volkspark«, raunte Leni ihm zu. »Wenn du Zeit hast, sei um eins am Märchenbrunnen.« Sie sprang auf und eilte davon.

Eine Einladung zu einem Rendezvous mit einem Dienstmädchen, das war doch einmal etwas Neues, dachte Wedigo belustigt. Schade, dass Schneidmann nicht an seiner Stelle war, der hätte sich gefreut. Wirklich, ein niedlicher Käfer. Beinahe tat es ihm leid, die Kleine zu enttäuschen. Er sah sich um, niemand achtete auf ihn. Wedigo stand auf und schlüpfte durch eine Hintertür ins Gebäudeinnere. Ein mit Gaslampen erhellter Flur öffnete sich, von dem mehrere Türen und zwei Treppen weiter ins Haus führten. Wedigo blieb stehen und überlegte, was er tun sollte. Sein Ziel war, zu erfahren, warum Loughead das Haus besuchte. Vielleicht war der Amerikaner tatsächlich nur ein harmloser Ballgast. Um Klarheit zu bekommen, musste er weiter ins Haus eindringen. Er entschied, eine der Treppen nach oben zu nehmen. Ein Wagnis, aber wie er die Konstruktion solcher Gebäude kannte, führten solche Treppen mitunter zu Emporen, von denen aus ein Blick in den von Leni erwähnten Ballsaal möglich sein konnte. Anschließend würde er weiter sehen. Damit, was er sagen oder tun würde, falls man ihn anhielt, beschäftigte er sich nicht. Irgendetwas würde ihm schon einfallen. Rasch stieg er nach oben und einen Flur entlang, an dessen Wänden Jagdbilder hingen, links und rechts gingen zahlreiche Türen ab. Als eine sich öffnete, traten eine Dame im dunklen Abendkleid und ein Herr in der Uniform eines Obersts heraus. Wedigo presste sich gegen die Wand. Er hatte Glück, das Paar entdeckte ihn nicht und verschwand hinter einer anderen Tür. Wedigo folgte weiter dem Gang und vernahm aus einem der Zimmer Musik. Vorsichtig drückte er die Klinke nieder, öffnete die Tür einen Spalt breit und spähte in den dahinter liegenden Raum. Es handelte sich um die Empore, wo sich mehrere Herren an Tischen miteinander unterhielten. Eine unauffällige Beobachtung war nicht möglich, sodass er die Tür schloss. Kaum war dies geschehen, hörte Wedigo Stimmen. Jemand kam die Treppe hinauf. Er eilte zum Ende des Flurs und bog um eine Ecke. Dort mündete eine mit Ornamenten und Stuck verkleidete Wendeltreppe, die Wedigo nach oben stieg. Er gelangte in einen gelben Salon, in dem Bedienstete eine lange Tafel deckten. Ehe sie auf sein unerwartetes Erscheinen reagieren konnten, war er an ihnen vorbei und aus dem Raum, überquerte einen weiteren Flur und wagte, die nächste Tür zu öffnen. Vor ihm lag ein leerer Raum. Dieser öffnete sich mit der einen Wandseite zu einer weiten Empore. Er hatte das Gegenstück zur ersten entdeckt. Wedigo schlüpfte hinein und zog die Tür hinter sich zu. Ein Teil des Raumes war mit Gegenständen vollgestellt. Es handelte sich um Bühnendekoration, die für bestimmte Festivitäten vorgesehen war. Er trat vorsichtig an das Geländer und spähte aus dem Schatten nach unten. Von dort klangen Walzerharmonien herauf; vor seinen Augen zeigte sich der hell erleuchtete Ballsaal. Der Saal war gewaltig. Eine Marmortreppe schwang sich an der Seite nach oben. Vergoldete Bronzetüren führten in einen Wintergarten. An der Holzdecke hingen große Leuchter, deren Kristall das Licht vielfach brach. Die hohen Fenster waren verhangen. Den samtenen Brokat der Gardinen durchzogen dunkle Farbtöne, die mit den hellen Stoffen der Damenwelt kontrastierten. Die Einrichtung erinnerte ihn an die Galerie im Schlosse zu Versailles. Wedigo beugte sich weiter vor. Im Saal drängten sich die Menschen geradezu, so viele Gäste hatten sich an diesem Abend versammelt. Er ließ seinen Blick über die Menge gleiten. Wenn er sich nicht irrte, stand da drüben der Preußische Innenminister von Loebell. Neben ihm befand sich der Berliner Polizeichef von Jagow. In einer anderen Gruppe entdeckte er den Bankier Leopold Koppel und an seiner Seite in einem blauen Abendkleid dessen Tochter Rahel. Neben ihr stand ihre Freundin Lea Goldstein. Ansonsten sah er etliche höhere Offiziere, die er bisher nur aus der Ferne kannte.

Ein Knarren der Tür ließ ihn sich eilig Schutz in den Kulissen suchen. Kaum hatte er sich verborgen, betraten zwei Personen den Raum.

»Nun, Herr Graf«, sagte eine Stimme auf Englisch, »ist es Ihnen gelungen, Ihren Ansprechpartner zu kontaktieren?« Wedigo horchte auf, der Sprecher war John Loughead, der Mann, dem er so oft begegnet und dem er gefolgt war. Und der zweite …

»Der Kontakt wurde hergestellt«, erwiderte der andere Mann, es war der angebliche Graf von Essen. »Ich werde am Sonntag auf der Jagd mehr erfahren.«

»Denken Sie daran, wir müssen mit der Planung endlich zu einem Ergebnis kommen. Die Herren von der US Steel werden langsam ungeduldig; zu recht, zeitlich wird es sonst zu eng. Es gibt bis zum August nur noch wenige Termine, an denen unsere Aktion stattfinden könnte. Konopischt am 11. des Monats wäre vom Hintergrund ideal. Alternativ böte sich am 14., also nahezu zeitgleich, Konstanza an.«

»Was halten Sie davon, wenn wir uns auf Christiania konzentrierten?«, fragte von Essen. »Das wäre am 16. Juni.«

»Nein, Christiania ist nicht eindeutig genug. Vor allem darf meine Regierung in keiner Weise mit dem Geschehen in Verbindung gebracht werden. Seit Havanna ist die Presse bei uns im höchsten Grade misstrauisch geworden.«

»Wir sollten uns jedenfalls bald einig werden«, meinte der Schwede. »Mein Mittelsmann befürchtet, dass er die Gruppe nicht mehr lange hinhalten könne. Es sind junge Idealisten, heißblütig und unbeherrscht.«

»Ich dachte, Malobabic würde ausgebildete Spezialisten einsetzen?«, fragte der Amerikaner.

»Malobabic hat seine Wahl bereits getroffen, sie steht fest. Ich denke, wir sollten uns nicht einmischen. Auf den Mann ist Verlass, er ist in dem Metier ein absoluter Routinier – und immerhin wurde Pasic in alles eingeweiht.«

»Nun, ich kenne ihn nicht und muss mich auf Ihr Urteil verlassen. Kommen wir zum zweiten Teil des Geschäfts …«

»Lassen Sie uns ein andermal darüber reden, unsere Abwesenheit könnte im Saal sonst auffallen. Ich schlage vor, wir treffen uns nächste Woche wieder, ich gebe Ihnen Nachricht, wann und wo. Gehen Sie voraus, man sollte uns am besten nicht zusammen sehen.«

Wedigo hörte Schritte, die Tür wurde geöffnet und wieder geschlossen. Das geheime Treffen war zu Ende.

Wedigo hatte für heute genug erfahren. Er wartete einen Augenblick und verließ ebenfalls das Zimmer. Vorsichtig schlich er sich zurück. Der Inhalt des belauschten Gespräches hatte sich ihm nicht vollends erschlossen. Es ging um Geschäfte. Der Name US Steel war gefallen und der angebliche Graf hatte mit Schwedenstahl zu tun. Was aber sollten die Orts- und Datumsangaben? Welche Aktionen sollten demnächst stattfinden? Was immer das Ganze bedeuten mochte, Major Nicolai würde sicher wissen, wie er mit den Fakten, Daten und Namen umzugehen hatte. Einen Zusammenhang mit dem Tod des Marinefliegers konnte Wedigo jedoch nicht erkennen. Wieder durchquerte er den gelben Salon und erreichte die Wendeltreppen. Nach einer Biegung lag der Flur mit den Jagdbildern vor ihm. Da ging eine der Türen auf und zwei Lakaien traten hervor.

»He, was machst du hier oben, Kerl? Willst du etwas ausbaldowern?«, rief einer von ihnen und trat auf Wedigo zu. Der Hauptmann stieß den Mann zur Seite, erreichte die Treppe und rannte hinab. Unten blieb er stehen, um sich zu orientieren. Vier Türen boten sich an, er wählte die zweite von links – und landete in der Küche. Überall dampfte es, an mehreren Herden standen weiß gekleidete Köche und rührten in Tiegeln und Töpfen. Wedigo wollte umkehren, da wurde die Tür hinter ihm aufgerissen und die Verfolger stürmten herein; er musste weiter. Er lief an Küchenmamseln vorbei, wich einem Koch aus und schwang sich durch ein offenes Fenster nach draußen. Zu seinem Glück landete er auf einer Rasenfläche. Wedigo sprang auf, wandte sich nach rechts und rannte um die nächste Hausecke. Weiter vorn plätscherte ein Schalenbrunnen. Er eilte in Richtung des Autoabstellplatzes. Erneut hatte Wedigo Glück und fand auf Anhieb den Opel. Vor dem Fahrzeug stand der Oberfeldwebel und neben ihm eine Dame im weißen Abendkleid und einem mit einem Schleier versehenen Hut. Außer Atem erreichte Wedigo den Wagen, da drehte sich die Dame um und zog ihren Schleier zur Seite. Im Schein der Gartenfackeln erkannte er die Gräfin.

»Guten Abend, Herr von Wedel«, begrüßte sie ihn. »Ich wusste nicht, dass Sie auch im Hause Pannwitz verkehren und heute zum Ball geladen sind. Wenn ich allerdings die Situation betrachte«, sie wies zum Wirtschaftstrakt, wo mehrere Männer mit Lampen das Gelände abzusuchen begannen, »und Ihr Äußeres einbeziehe, denke ich, ich sollte Sie nicht länger aufhalten. Wir sehen uns.« Die Gräfin wandte sich ab und schritt auf die Villa zu.

Wedigo stieg rasch in den Wagen. »Kommen Sie, Schneidmann, wir sollten besser verschwinden. Sie können mir unterwegs erzählen, was die Gräfin von Ihnen wollte. Schulze, werfen Sie den Motor an!«

Wenige Minuten später hatten sie die Villa verlassen und befanden sich auf dem Rückweg.

»Was wollte die Gräfin, Schneidmann?«, fragte Wedigo. »Die Dame schien Sie ins Kreuzverhör zu nehmen.«

»Die gnädige Frau Gräfin, Herr Hauptmann«, antwortete der Oberfeldwebel, »war gerade mit ihrem Wagen vorgefahren. Trotz der Entfernung muss sie mich erkannt haben und kam sofort auf mich zu. Die Frau Gräfin wollte unbedingt wissen, wo Sie sind. Als ich sagte, dass ich es nicht weiß, wurde sie ärgerlich. Und dann standen Sie schon bei uns. Hatten Sie Erfolg, Herr Hauptmann?«

»Ich habe ein höchst interessantes Gespräch mitverfolgen können«, erwiderte der junge Offizier, »aber davon später. Mein Abgang aus der Villa war allerdings spektakulär und im höchsten Grade auffällig.« Wedigo sah die Küchenszene lebhaft vor sich. »Man hätte meinen können, Charles Decroix würde einen Film drehen«, fügte er als Erklärung hinzu. »Ihre Kappe habe ich verloren. Ich besorge Ihnen eine neue.«

Nach einer Viertelstunde erreichten sie das Bristol.

»Wir sehen uns morgen früh bei Major Nicolai, gute Nacht, Schneidmann.«

Wedigo begab sich auf sein Zimmer, legte das Räuberzivil ab und zog einen Anzug an. Es war mittlerweile elf Uhr geworden, durchaus eine Zeit, um nochmals auf Bummel zu gehen, zumal er kein bisschen müde war und sich auch einfach ablenken wollte. Erneut verließ er das Hotel. Nach wie vor waren die Straßen mit Nachtschwärmern gefüllt. Ein Strudel von Licht, Knoten von Droschken und Automobilen, Menschen über Menschen. Da und dort traf er Bekannte, die er grüßte oder von denen er begrüßt wurde. Schließlich stieß er auf Regimentskameraden, die unter der Führung des unermüdlichen Leutnants von Natzmer auf Amüsiertour gingen. Wedigo schloss sich der kleinen Gruppe an. Sie landeten im Haus Potsdam, unmittelbar östlich des Potsdamer Bahnhofs. In den Gasträumen des Hauses gab es eine Vielzahl unterschiedlicher Restaurationen. Neben den landesüblichen Speisen und Getränken wurden musikalische und künstlerische Veranstaltungen und Varietéprogramme angeboten.

»Gehen wir in die Rheinterrasse«, schlug Natzmer vor. »Dort lassen sie es donnern und krachen, ein kolossal aufregendes Schauspiel.«

Die jungen Offiziere, bis auf Wedigo, stimmten zu und betraten die Rheinterrasse. Sie nahmen vor einer nachgebauten Kulisse der Rheinlandschaft Platz. Die Bühne zeigte St. Goar mit einem Blick auf Burg Rheinfels und den Loreleyfelsen. Die Herren bestellten Rüdesheimer. Die feschen Kellnerinnen, eher bayrisch als rheinisch geschnürt, wurden mit allerlei lockeren Scherzen bedacht. Man trank, qualmte Zigarren, amüsierte sich und wartete auf die von Natzmer angekündigte »sensationelle Wettervorstellung«. Auch ohne Gewitter gab es einiges zu sehen und zu hören. Im Rheintal fuhren dampfende Modelleisenbahnen, Schiffe bewegten sich auf dem Wasser und vom Loreleyfelsen ertönte dunkler Gesang. Schließlich erlosch die Saalbeleuchtung und mit Donner und Blitz ging auf der Bühne ein starker Wolkenbruch nieder. Während es dort krachte und wetterleuchtete und alles gebannt nach vorn starrte, berührte eine Hand Wedigos Arm. Eine Stimme flüsterte seinen Namen. Er drehte sich überrascht um und sah direkt hinter seinem Stuhl eine ausgesprochen hübsche junge Frau stehen. Sie legte einen Finger auf die Lippen und bat ihn, ihr zu folgen. Was sollte das?, fragte sich Wedigo. Was mochte sie von ihm wollen? Sie war gut gekleidet und wirkte nicht, als übe sie ein gewisses Gewerbe aus. Aber ganz sicher war er nicht, vielleicht war sie doch eine professionelle Verführerin. Nochmals winkte sie ihm fast ein wenig ungeduldig zu. Eindeutig, ein Abenteuer lockte, Wedigo entschied, der geheimnisvollen Schönen zu folgen. Die Kameraden blickten zur Bühne, wo es weiterhin krachte und grell blitzte. Er erhob sich, ging ihr nach und verließ den Saal. Draußen im Flur war es heller, und er konnte nun besser sehen, wem er folgte. Seine Circe war schlank und von mittelgroßer Gestalt. Ihr langes, dunkles Haar trug sie modisch hochgesteckt. Gekleidet war sie in ein eng anliegendes dunkelgrünes Seidenkleid, um die Taille trug sie einen schmalen, silbernen Gürtel. Ein zarter Duft ging von ihr aus, den Wedigo nicht einordnen konnte. Am Ende des Korridors öffnete die junge Frau eine Tür und schlüpfte in den dahinter liegenden Raum. Ohne zu zögern, ging Wedigo ihr nach. Die Tür schloss sich hinter ihm. Im Raum war es vollständig finster. Wedigo blieb stehen und versuchte sich zu orientieren. Er hörte die leichten Schritte des Mädchens und wollte ihm folgen, stieß jedoch schmerzhaft gegen ein Hindernis. Wieder blieb er stehen. Irgendwo wurde eine weitere Tür geöffnet und wieder geschlossen. Dann war es still. Die Sache gefiel ihm immer weniger. Wedigo drehte sich um und griff nach der Klinke der Tür, durch die er eingetreten war. Doch er fand sie im Dunkeln nicht. Jetzt hörte er ein tappendes, schleifendes Geräusch, das näher und näher kam. Eine Lampe leuchtete auf, ihr Schein blendende ihn. Unwillkürlich hob er die Hand, um die Augen vor dem grellen Strahl zu schützen. Da presste ihm jemand von hinten ein Tuch aufs Gesicht. Er roch etwas Scharfes, Unangenehmes – Chloroform. Verzweifelt griff Wedigo nach dem Stoff, doch ihm schwanden die Sinne, und er stürzte besinnungslos zu Boden.

Er erwachte, weil ihm jemand kaltes Wasser ins Gesicht spritzte und anschließend eine scharfe Essenz unter die Nase hielt. Er öffnete langsam die Augen und stellte fest, dass er sich in einem schmalen Raum befand und auf einem Ledersofa lag. Ein Herr im dunklen Anzug und einer randlosen Brille beugte sich über ihn. »Na also, der Patient ist erwacht«, sagte er zufrieden, steckte das eingesetzte Riechfläschchen ein und stellte sich mit »Sauerbruch« vor. »Es sieht so aus, mein Herr«, fuhr er fort, »als wären Sie betäubt worden. Sie stürzten zu Boden und zogen sich infolge des Aufpralls eine Verletzung zu. Leutnant von Natzmer hat Sie zum Glück gleich gefunden; ist also nichts weiter passiert, und die kleine Beule scheint mir nicht von Belang. Empfehle etwas Bettruhe, dann geht es bald wieder. Gute Besserung, Herr von Wedel.« Der Herr drehte sich um und ging.

Eine »kleine Beule« hatte der Arzt gesagt. Wedigo stöhnte. Von wegen, sein Kopf schmerzte, als bestünde er aus einer einzigen Riesenbeule.

»Mensch, Wedigo, was machst du für Sachen?«, erklang jetzt die knarrende Stimme Natzmers, der der Wasserspritzer gewesen war. »Wenn ich dir nicht nachgegangen wäre … Du fällst auch auf jede Schürze herein, weiß Ilse eigentlich von deinen amourösen Eskapaden?«

»Spar dir deine Ratschläge«, gab Wedigo leicht gereizt zurück. »Erzähle lieber, was eigentlich passiert ist.«

»Nichts lieber als das«, erwiderte Natzmer grinsend. »Wir saßen alle vor dem wunderschönen Regenpanorama. Plötzlich merkte ich, dass du dich auf Französisch verabschieden wolltest, drehte mich um und sah den Grund: ein hübsches, schnurrendes Zimmerkätzchen! Das Geblitze vorn nahm kein Ende, es regnete und regnete; kurz und gut, ich langweilte mich und folgte dir durch die Gänge. Ich sah, wie dich das schöne Kind in eine Kammer lockte, was mich ebenfalls langweilte, und wollte schon umkehren. Da bemerkte ich eine weitere Person, einen übel aussehenden Burschen. Er folgte dir unmittelbar. Der Fisch stinkt, dachte ich und öffnete rasch die Tür. Du lagst ohnmächtig auf dem Boden. Der Kerl kniete neben dir, um deine Taschen zu durchsuchen, und ein zweiter richtete eine helle Lampe auf dich. Ich zog meinen Säbel und schlug mit der flachen Klinge auf die Schurken ein, die sofort flüchteten. Ein vorbeikommender Hausknecht half mir, dich in dieses Zimmer zu bringen. Ich schickte ihn um einen Arzt, der eilends kam. Es war der alte Conkneipant meines Onkels Theodor bei der Turnerschaft Borussia Jena, der dort auch als Paukarzt auf Mensurtagen tätig gewesen war.«

»Ein Paukarzt, oh je«, meinte Wedigo und setzte sich vorsichtig auf.

»Beruhige dich, er hat dich ja nicht weiter verarztet. Aber sage mir«, wechselte der Kamerad das Thema, »warum ist dein *Kätzchen* so plötzlich verschwunden und hat dich diesen Schlachterburschen ausgeliefert?«

»Ich weiß nicht, wer die junge Frau war«, erwiderte Wedigo, »obwohl ich fast glaube, sie schon einmal gesehen zu haben. Jedenfalls war sie kein Kammer- oder Zimmermädchen. Sie kannte meinen Namen und ich dachte, sie bräuchte Hilfe.«

»Und selbstlos wie du bist, folgtest du ihr sofort«, sagte der Leutnant und grinste erneut.

»Ach, zum Kuckuck«, gab Wedigo zurück. »Lassen wir das Thema fallen. Ich habe einen langen Tag hinter mir und dabei viel erlebt. Der Kopf schmerzt und ich bin verflixt müde. Ich werde ins Hotel zurückkehren und dort bleiben, was ich gleich hätte tun sollen. Jedenfalls vielen Dank für deine Hilfe, alter Freund. Entschuldige mich bitte bei den Kameraden!« Er stand auf, reichte dem Leutnant die Hand und wandte sich zur Tür. Kurz schwankte Wedigo, fing sich aber sofort und ging aus dem Zimmer. Er stieg langsam die Treppe nach unten und verließ das Haus Potsdam. Eine Droschke brachte ihn zurück zum Hotel. Während der Fahrt überprüfte er seinen Taschen, die Brieftasche und auch seine anderen Wertgegenstände besaß er noch, anscheinend war ihm nichts gestohlen worden.

Eine seltsame Geschichte, dachte Wedigo.

An der Rezeption reichte ihm der Nachtportier den Zimmerschlüssel sowie eine Nachricht. Wedigo las: ›Bin in der Hotelbar. Kommen Sie sofort! N.‹

Jetzt erwartete ihn auch noch der Major, einen ungünstigeren Zeitpunkt gab es kaum. Wie lange er wohl bereits an der Bar saß? Die Uhr ging auf eins zu, die Hotelbar musste eigentlich schon geschlossen sein. Resigniert wandte er sich zur Bar, die im Halbdunkel lag und leer und verlassen wirkte.

An einem Tisch, auf dem eine brennende Lampe, eine Cognacflasche und zwei Gläser standen, saß der Major und rauchte eine Zigarre. »Herr von Wedel«, begrüßte er ihn mit strenger Stimme. »Da sind Sie ja endlich. Ich weiß, Sie rechneten damit, mich erst morgen früh zu sehen. Aber nach Ihren Eskapaden im Hause Pannwitz musste ich hören, ob Ihr kleiner *Einbruch* von Erfolg gekrönt war. Setzen Sie sich, Herr Hauptmann, nehmen Sie einen Cognac. Ich gehe davon aus, dass Sie wissen, wen Sie heimgesucht haben. Walter von Pannwitz ist ein hervorragender Rechtsanwalt, den der Kaiser bereits mehrfach beauftragt hat, ihn, unter anderem gegen den Dichter Wedekind, zu vertreten. Seine Frau Catalina ist eine Millionenerbin und man munkelt, Seine Majestät sei ihr sehr verbunden. In der Villa geben sich hohe und höchste Spitzen des Militärs, der Wirtschaft und der Finanzwelt sozusagen die Klinke in die Hand. Ich hoffe also für Sie, Sie hatten gute Gründe für Ihre spektakuläre Aktion. Berichten Sie, Herr Hauptmann und lassen Sie sich Zeit! Ich will alles wissen.«

Etwas nervös griff der junge Offizier zum Glas und leerte es in einem Zug. Mein Gott, woher wusste der Major von seinem Tun und in welch einen Schlamassel er geraten war? Ob die Gräfin Nicolai informiert hatte? Unter dem forschenden Blick seines Vorgesetzten berichtete er von seinen Erlebnissen in der Villa und im Haus Potsdam. Als er endete, stand Nicolai auf und schritt einige Male im Raum auf und ab; eine Angewohnheit, die er stets zeigte, wenn ihm eine Information wichtig erschien und er sich die notwendigen beziehungsweise möglichen Konsequenzen durch den Kopf gehen ließ. Schließlich setzte er sich wieder, nahm einen Schluck aus seinem Glas und wandte sich Wedigo zu.

»Ich muss Ihnen gestehen, Herr von Wedel, dass mir die ganze Angelegenheit immer mysteriöser vorkommt. Gerade dachte ich, Klarheit in die verschlungenen Fäden der Geschichte gebracht zu haben, da kommen völlig neue Aspekte in das Spiel. Zunächst vermutete ich, dass beim Tod des Kaleus feindliche Agenten ihre Hände im Spiel gehabt hätten. Nach den uns vorliegenden Informationen können wir dies jedoch ausschließen. Der spektakuläre Luftkampf zweier Flugzeuge schien dann eher persönlicher Natur zu sein beziehungsweise seinen Hintergrund in Schroeters Privatleben zu haben. Trotz Ihrer neuen Informationen möchte ich übrigens diesen Bereich nicht völlig ausschließen. Aber nun zu Ihren Erlebnissen. Ich denke, wir sollten, unabhängig von der Angelegenheit Schroeter, das Gespräch zwischen Mr. Loughead und dem sogenannten Grafen von Essen genau analysieren. Es könnte sich zum einen wirklich nur um ein Wirtschaftsprojekt handeln. Schwedenstahl und US Steel versuchen, neue Märkte zu erschließen und Preisabsprachen zu vereinbaren. Ich verstehe leider zu wenig von wirtschaftlichen Zusammenhängen, wir müssten einen Fachmann konsultieren, der uns einen möglichen Hintergrund erläutert. Es könnte aber auch etwas gänzlich anderes bedeuten. Die im Gespräch gefallenen Namen Pasic und Malobabic lasse ich morgen überprüfen. Dem Grafen ist nicht zu trauen.«

»Sie wollten doch, dass Graf von Essen nach Berlin kommt. Wenn es bei seinem Besuch nicht um Wirtschaftsfragen geht, worum denn?«, fragte Wedigo.

»Ich habe einige Erkundigungen eingezogen und neue Informationen erhalten. Ehrlich gesagt, muss ich meine Meinung, die ich kürzlich über den Grafen äußerte, revidieren. Der Mann hat sich verstellt. In Wahrheit ist er ein

Profi und äußerst gefährlich; ich halte ihn für einen englisch-russischen Agenten, der im Auftrag der Raswedka beziehungsweise für das Secret Service Bureau arbeitet. Angeblich versucht er in Berlin, Geldquellen für einen Eisenbahnausbau zu erschließen. Jedenfalls erzählt er das. Ich bin überzeugt, er ist wegen einer geheimen Operation in Berlin, und ich will herausfinden, was der Mann vorhat.«

»Und was ist mit dem Tauschgeschäft, das Essen mir angeboten hat?«

»Das ist wieder eine geschickte Form der Vorwärtsverteidigung und Verschleierung«, sagte Nicolai. »Der Graf erzählte uns das, was wir ohnehin schon wussten oder bald selbst herausfinden würden. Dazwischen setzt er die eine oder andere Lüge. Wir werden dem Amerikaner und Essen genauer auf den Zahn fühlen. Ich habe erfahren, dass die Herren morgen auf der Jagd mit Herrn von Pannwitz sind, wo sie Gelegenheit finden, sich mit allen möglichen Leuten ungestört zu treffen.«

»Da kommen wir an die beiden wohl nicht ran«, meinte Wedigo.

»Nicht gleich die Flinte ins Korn werfen. Mein guter Freund von Rintelen hat dafür gesorgt, dass wir ebenfalls auf die Jagd des Herrn von Pannwitz eingeladen sind. Sie beginnt am Jagdhaus Hubertusstock, das Haus liegt am Werbellinsee in der Schorfheide.«

»Jagdhaus Hubertusstock?«, fragte Wedigo erstaunt. »Das gehört doch Seiner Majestät?«

»Majestät schätzt bekanntlich die Familie von Pannwitz«, antwortete Nicolai. »Wir werden am Treiben teilnehmen. Machen Sie sich keine Sorge wegen Ihrer nächtlichen Aktion, man hat Sie zum Glück nicht erkannt. Unsere Jagd wird jedenfalls nicht dem Schwarzwild und den Keilern gelten. Gräfin Walewska ist übrigens auch vor Ort, wie sie allerdings an eine Einladung gekommen ist, weiß ich nicht. Fragen Sie die Dame am besten selbst. Wir treffen uns morgen um 12.30 Uhr am Stettiner Bahnhof. Von dort fahren wir gemeinsam zum Joachimsthaler Kaiserbahnhof. Die Jagdausrüstung bekommen wir auf dem Anwesen. Wegen des Angriffs auf Sie schicke ich morgen Schneidmann in Zivil ins Haus Potsdam. Für heute lassen Sie uns Schluss machen. Es ist spät und wir haben morgen einiges zu erledigen.«

AUF DER JAGD NACH EDLEM WILD

Am nächsten Morgen stand Wedigo erst um neun auf. Nach einem erfrischenden Bad frühstückte er ausgiebig und blätterte beim Kaffeetrinken in der Morgenzeitung. Die Aufmacher waren die Diskussion der Duma über die deutsch-russischen Handelsbeziehungen und die französische Ministerkrise. Unter Mitteilung stand, der General der Infanterie vom Oidtmann sei verstorben. Heute Mittag wurde das Haus des Vereins Deutscher Ingenieure in der Sommerstraße eingeweiht. Auf den Sportseiten wurde der Erfolg des Prinzen Friedrich Karl von Preußen vermeldet. Der Prinz hatte beim zweitägigen Offizierswettbewerb zur Vorbereitung auf die Olympischen Spiele im Degenfechten gesiegt. In Dresden, las Wedigo weiter, während er in seine Schrippe biss, war die Leiche eines jungen Mannes gefunden worden, der einen 25 Pfund schweren Sandstein auf seinen Rücken gebunden hatte.

»Guten Morgen, Herr von Wedel«, begrüßte ihn jemand. »Ich wusste nicht, dass Sie auch im Bristol residieren. Wedigo sah von seiner Zeitung auf und erblickte den Grafen von Essen.

»Guten Morgen, Graf, nehmen Sie doch Platz«, lud er ihn zu sich an den Tisch. Wedigo fiel ein, dass sie um vier im Kranzler verabredet waren. Daraus würde nichts werden, denn der Graf nahm wie er an der Jagd teil und würde bald aufbrechen müssen. Von Essen winkte dem Ober, bestellte Kaffee, Eier mit Speck und ein Graubrot sowie ›Filmjölk‹ mit Preiselbeeren. Der Ober zog leicht eine Braue hoch und bat um eine Erklärung.

»Ich vergaß, wir sind nicht in Uppsala oder Stockholm«, sagte von Essen lachend. »Wobei ich dachte, das Bristol verfüge über einen umfassenden Service. Haben Sie wenigsten ›Havregrynsgröt‹, Haferflockenbrei?«, fragte er den Kellner. Dieser verbeugte sich und versicherte, sogleich das Gewünschte zu bringen.

»Vergessen Sie die Preiselbeeren nicht!«

Er gab sich wirklich alle Mühe, als Schwede durchzugehen, dachte Wedigo. Aber vielleicht war von Essen wirklich schwedischer Staatsbürger, nur eben kein Graf.

»Wir sind heute Mittag im Kranzler verabredet«, wandte er sich an ihn.

»Ich weiß, ich weiß«, erwiderte der angebliche Graf. »Um 16 Uhr im Kranzler. Ich bin bedauerlicherweise verhindert.« Er wurde durch den Kellner unterbrochen, der das bestellte Frühstück servierte. »Wie gesagt, ich bin verhindert, doch wir könnten uns, wenn Sie Zeit haben, jetzt austauschen.«

Wedigo zog seine Uhr hervor. Es war viertel nach elf. »Ich hätte eine halbe Stunde Zeit, wenn das genügt.«

»Ich denke schon, das kommt auf Ihre Fragen und Ihr Anliegen an«, meinte der Graf. »Ich glaube, Sie erzählten von einem eigenartigen Luftzwischenfall. Gab es nicht einen unerklärlichen Absturz?«

»So würde ich das Geschehen nicht bezeichnen«, erwiderte Wedigo. »Ein Pilot wurde über dem Flugplatz Johannisthal von einem unbekannten Flieger abgeschossen.«

»Ja«, sagte Essen, »ich erinnere mich, wie kann ich Ihnen helfen?«

Wedigo nahm einen Schluck Kaffee. Der Mann wusste genau, was passiert war. Von Essen hatte ihn selbst auf das Geschehen hin angesprochen und war auf dem Flugplatz gewesen, auf dem das Ereignis Tagesthema gewesen war. Warum tat der Graf nun so, als ob er von allem kaum etwas wüsste? Welches Spiel trieb er? Wedigo beschloss, offensiv vorzugehen. »Wo kann ich die russischen Marineoffiziere finden, die mich in Baden-Baden ansprachen? Sie baten mich, soweit ich es verstanden haben, um Hilfe bei Sicherheitsfragen.«

»Kapitän Berens und Kapitän Koltschak sind nach St. Petersburg zurückgekehrt«, antwortete der Graf. »Der gesuchte Terrorist befindet sich längst nicht mehr in München. Er war inzwischen in London, Paris, Wien und Brüssel. Es ist ein gewisser Wladimir Iljitsch Uljanow, jetzt lebt er mit seiner Ehefrau Nadeschda Krupskaja in Krakau. Aber der Mann ist in Wahrheit kein Terrorist, sondern nur ein linker Weltverbesserer. Ein harmloser Theoretiker, von ihm geht keinerlei Gefahr aus. Sie brauchen sich also nicht mehr zu bemühen. Wien lässt den Mann beobachten und will ihn demnächst in die Schweiz abschieben. Die Angelegenheit hat sich erledigt.«

»Und Ihre Angelegenheit?«

»Ich verstehe nicht?«

»Sie erzählten, Sie seien wegen einer Finanzierung nach Berlin gekommen. Waren Sie nicht im Hause Leopold Koppels eingeladen? Warum wohnen Sie im Bristol? Welche Verbindung haben Sie zu Mr. Loughead? Der von Ihnen erwähnte österreichische Flieger ist seit mehr als einem Jahr tot, war Ihnen das bekannt?«

»Bedaure, da war meine Information wohl falsch«, erwiderte der Graf. Er trommelte mit seinen Fingern auf dem Tisch, zog seine Uhr hervor und warf einen Blick auf das Ziffernblatt.

»Ich sehe, es ist gleich drei viertel zwölf. Herr von Wedel, verzeihen Sie, aber ich muss aufbrechen. Wir sprechen ein andermal weiter.« Seine halbe Stunde war offenbar schnell vergangen. Von Essen erhob sich und wandte sich zur Tür.

Ein rascher Abgang, dachte Wedigo. Offenbar hatte er mit seinen Fragen ins Schwarze getroffen. Bei dem Bankier war Essen jedenfalls nicht untergebracht. Was stimmte eigentlich von dem, was der Mann ihm erzählt hatte? Bei ihrem ersten gemeinsamen Frühstück in der Bahn hatte alles ganz anders geklungen. »Über die mir zugänglichen Kanäle habe ich in Ihrem Ministerium angefragt«, hatte Essen erzählt und behauptet, Schneidmann habe ihm mitgeteilt, er sei für Sicherheitsfragen zuständig. Wenn er es sich richtig überlegte, war auch dies völlig unwahrscheinlich. Nie im Leben würde der Oberfeldwebel einem Außenstehenden Auskünfte erteilen. Warum hatte er nicht nachgefragt und die Angaben von Essens persönlich überprüft? Dass Gräfin Walewska mitgemischt hatte, mochte stimmen, aber sonst … Nein, dieser angebliche Graf war ein Hochstapler und Lügner, und seine Legende schien aus Luftmaschen gestrickt. Wedigo erhob sich. 12 Uhr. Er musste nach seinem Gepäck schauen und eine Droschke kommen lassen. In einer halben Stunde war er mit dem Major am Stettiner Bahnhof verabredet. Als er am Portier vorüberging, sah er durch die Glasscheibe der Eingangstür den Grafen und einen anderen Mann, der auf diesen heftig gestikulierend einredete. Offenbar gab es noch andere, denen die Münchhausengeschichten von Essens nicht gefielen.

Die Fahrt nach Joachimsthal dauerte inklusive des Umsteigens in Eberswalde knappe zwei Stunden. Während der

Fahrt berichtete Wedigo dem Major von seinem Frühstücksgespräch.

»Dieser Kerl lügt, wenn er den Mund aufmacht«, knurrte der Major. »Er hat nie im Ministerium angerufen und wenn, hätte er keine Auskunft bekommen. Doch solange er in Berlin ist, können wir besser kontrollieren, was er macht. Schneidmann war übrigens im Haus Potsdam und hat sich dort umgeschaut und umgehört. Natürlich waren von Ihrem nächtlichen Abenteuer keine Spuren mehr zu finden. Das von Ihnen erwähnte Fräulein ist angeblich unbekannt.«

»Das Fräulein hat mich an jemanden erinnert«, sagte Wedigo nachdenklich. »Ich glaube, das Mädchen hatte Ähnlichkeit mit Melli Beese, aber sie war es nicht.«

»Zerbrechen Sie sich darüber nicht den Kopf, es wird lediglich ein Versuch gewesen sein, Sie ein wenig zu rupfen. So etwas passiert in Berlin. Wilberg wird übrigens am Montag wieder zum Dienst antreten. In der Charité ist er nicht länger zu halten. Kommissar Lehmann sagte, er verfolge im Zusammenhang mit dem Anschlag eine heiße Spur. Ich bin gespannt, was er uns offeriert. Er hat übrigens einige der Namen Ihrer Aufstellung überprüft. Alles Fehlanzeigen, die Erwähnten können nicht vor Ort gewesen sein. Das heißt, der Franzose Fonck, der Amerikaner Boeing, Frau Boutard-Beese, Anthony Fokker und Georges Ladoux sowie die Belgierin Mademoiselle Schwartz können von der Liste der Verdächtigen gestrichen werden. Und dieser Lemoine ist tot, seine Leiche wurden vor drei Tagen in der Seine entdeckt. Selbst wenn er mit der Angelegenheit zu tun hatte, er kann uns keine Auskunft mehr geben. Damit bleibt so gut wie niemand mehr übrig. Einer der beiden Namen, die Sie gestern im Gespräch hörten, ist dagegen höchst interessant. Mit Pasic könnte Nikola Pašić gemeint sein, der amtierende serbische Premierminister. Damit kommt der Balkan ins Spiel, ein wahres Pulverfass. Wer Malobabic allerdings ist, konnte noch nicht geklärt werden. Ich gehe der Sache weiterhin nach. Wollen wir sehen, was uns der heutige Tag bringt.«

Nicolai zog eine Zeitung hervor, lehnte sich zurück und begann zu lesen. Wedigo blickte aus dem Zugfenster. Sie fuhren durch eine dichte Waldlandschaft, die von Wiesen unterbrochen wurde. Nach dem Umstieg in Eberswalde passierte der Zug den neuen Oder-Havel-Kanal, den der Kaiser demnächst einweihen würde. Weiter ging es an Seen vorbei, bis nach einer lang gezogenen Kurve das Ziel ihrer Reise, der Kaiserbahnhof, erreicht war.

Eine Kutsche holte die beiden Reisenden und ihr Gepäck ab und brachte sie zum Jagdhaus am Hubertusstock. Dort begrüßte sie der Gastgeber Walter von Pannwitz persönlich. Er war von mittelgroßer Gestalt und für seine bald 60 Jahre bemerkenswert schlank. Ein spärlicher Haarkranz umgab die hohe Stirn, die große Nase und das ausgeprägte Kinn zeigten Willenskraft.

»Herr Major, Herr Hauptmann, ich freue mich, Sie hier begrüßen zu dürfen. Herr von Rintelen hat mir versichert, dass Ihre Anwesenheit aus bestimmten Gründen notwendig und im Interesse des Reiches ist. Ich unterstütze Ihr Tun in jeder Hinsicht. Darüber hinaus ist es mir eine Freude, Sie, Herr Major, und Sie, Herr von Wedel, kennenzulernen. Seine Majestät hat mir im Vertrauen berichtet, was Sie im letzten Jahr für Kaiser und Vaterland geleistet haben. Ich hoffe, Sie erwartet hier nicht Ähnliches, und ich ersuche Sie, mich, wenn möglich, auf dem Laufenden zu halten. Ich darf Sie zuerst mit Herrn von Gülpen bekannt machen, der heute und morgen die Jagdaufsicht führt und Ihnen die übrigen Jagdteilnehmer vorstellen wird. Jetzt bitte ich Sie, mich zu entschuldigen.«

Der Gastgeber wandte sich mit einer Verbeugung ab und Herr von Gülpen, ein sportlich wirkender Mann unbestimmten Alters, trat zu ihnen. Er führte sie kurz durch die Räumlichkeiten und zeigte den Offizieren ihr Quartier. Das Jagdhaus war im Auftrag des Königs Friedrich Wilhelm IV. im bayerischen Landhausstil erbaut worden. Der schlichte Bau besaß zwei Geschosse. Im Parterre befanden sich vier Zimmer und ein Speiseraum mit Kamin. Im ersten Stock gab es weitere vier Schlafräume, eine kleine Küche und eine einfache Toilette. Neben dem Gastgeber und seinem Aufseher sowie zwei Jagdgehilfen waren außer Nicolai und Wedigo acht weitere Gäste geladen, von denen vier in Joachimsthal untergebracht waren. Es handelte sich primär um Herren der Wirtschaft und der Hochfinanz. Von Gülpen stellte ihnen den Vorsitzenden der Siemens & Halske AG, Arnold von Siemens, den Generaldirektor und Vorstandsvorsitzenden der Bayer & Co. Farbenfabriken Friedrich Carl Duisberg, den Bankier Paul Wallich sowie den Aufsichtsrat der AEG, Walther Rathenau, vor. Ludwig Katzenellenbogen, der Generaldirektor der Ostwerke-Schultheiß-Patzenhofer-Brauerei in Berlin, und Herr Krupp von Bohlen und Halbach sowie weitere Gäste, zu denen auch Graf von Essen und der Amerikaner gehörten, würden später zur Gruppe stoßen.

»Mich überrascht, Herrn Rathenau hier zu sehen«, meinte der Major leise zu Wedigo. »Rathenau gehört eher zur Opposition gegen das Kaiserhaus, vor allem sein langjähriger Freund Maximilian Harden ist nach dem Prozess Eulenberg eine Persona non grata. Aber offenbar bietet

Pannwitz den Herren die Möglichkeit, ungestört Wirtschaftsfragen zu erörtern, sodass alle anderen Belange unter den Tisch fallen.«

Die Herren begrüßten die beiden Offiziere freundlich, unter Jägern herrschte auf der Jagd eine geradezu standeslose Kameraderie. Wedigo kannte zudem den jungen Wallich persönlich. Dieser wohnte ebenfalls in Potsdam in der Familienvilla Schöningen. Er war ein begeisterter Tennisspieler und Segler sowie Reserveoffizier beim Posener Jägerregiment zu Pferde. Beide Männer hatten sich bei verschiedenen Gelegenheiten getroffen und angefreundet. Wedigo war froh, dass neben den älteren Herrschaften, Gastgeber von Pannwitz war 58, Herr von Siemens sogar 61, ein Jüngerer vor Ort war und unterhielt sich bald mit Paul Wallich über den neuesten Potsdamer Gesellschaftstratsch. Gegen acht wurde ein leichtes Abendessen serviert. Neben Kartoffelsalat und Würstchen gab es Schwarzbrot und deftigen Aufschnitt. Wildschweinbraten, Kaninchen und Rehrücken müssten erst erjagt werden, verkündete von Pannwitz.

»Hauptsache, wir müssen die Getränke nicht auch erbeuten«, stimmte Rathenau zu.

»Tja, die Rohstofffrage«, meinte von Siemens, »aber lassen wir für heute die Politik aus dem Spiel.«

Trotz des warmen Abends brannte im Kamin ein Feuer. Man unterhielt sich über das Waidwerk und mied Themen wie Politik und Finanzen. Die Herren sprachen den Getränken nachhaltig zu und die Stimmung lockerte sich entsprechend. Gegen zehn Uhr erhob man sich und alle gingen zu Bett, denn vor Dämmerungsbeginn um halb 3 Uhr morgens würde geweckt werden. Spätestens um 3 Uhr sollte die Gruppe sowie die übrigen Gäste und eine Schar von örtlichen Treibern aufbrechen.

»Ich verstehe nicht, was Sie sich von unserer Teilnahme versprechen«, sagte Wedigo leise zu Nicolai, als sie zu ihren Kammern nach oben stiegen. »Ich kann mir nicht vorstellen, dass einer der Herren mit von Essen oder John Loughead in geschäftlicher oder sonstiger Verbindung steht.«

»Warten Sie es ab, Herr von Wedel, wer noch alles eintrifft«, gab der Major zurück.

Um kurz nach drei hatte sich die komplette Jagdgruppe vor dem Haus eingefunden. Es war dunkel, auf Licht wurde verzichtet, um das Wild nicht aufzuschrecken. Wedigo stand neben Paul Wallich. Rechts von ihm befand sich ein Treiber, die Übrigen nahm er nur als dunkle Masse wahr. Ihn störte diese Anonymität, er hätte gerne gewusst, wo der Graf und der Amerikaner waren und ob Maria Walewska tatsächlich als einzige Frau an diesem Männergewerbe teilnahm. Aber aus irgendeinem Grund hatte es eine Verspätung gegeben, sodass von Pannwitz auf eine Vorstellung verzichtete und zum Aufbruch drängte, um das Wild noch vor der Dämmerung zu stellen. Ein leises Kommando, das flüsternd weitergeben wurde, und die Gruppe brach auf.

Sie drangen in einer Linie in den Wald ein. Paul Wallich ging Wedigo voran. Er trug einen leichten Rucksack, einen jagdgrünen Hut, von der linken Schulter hing das Jagdgewehr. Wedigo und der Treiber waren ähnlich ausgerüstet. Ihr Weg führte mitten durch kniehohes Gras, Himbeeren und allerlei Buschwerk. Der federnde Waldboden war zum Teil aufgeweicht, Zweige hingen herab, die den Nacken der Männer mit Regenwasser versahen. Mal ging es durch ein Dickicht, dann durch Gestrüpp von Brennnesseln und Brombeerranken. Alles war durch den Frühtau nass. Die Kniebundhosen färbten sich dunkel, bald stieg

Wedigo die Feuchtigkeit bis zu den Oberschenkeln. Sie liefen einen rutschigen Schotterabhang hinab; jeder Tritt machte Mühe. Es raschelte, Wedigo hielt inne und nahm das Gewehr von der Schulter. Er lauschte angestrengt – nichts. Er schaute sich um. Um ihn die schwarzen Stämme der Bäume und jede Menge Büsche. Weiter vorn lag eine Lichtung, über der der Frühnebel aufstieg. Er war allein! Außer ihm war weit und breit kein Mensch zu sehen, er hatte seine Nebenleute irgendwo verloren. Wohin jetzt? Jenseits der Lichtung schien das Dunkel grauer und heller zu werden. Der Tag kündigte sich langsam an, dort musste Osten liegen. Wedigo entschied, in diese Richtung weiterzugehen. Ganz fern hörte er einen Knall und dann noch einen. Die anderen waren bereits auf Wild gestoßen. Er lief weiter. Die Bäume traten zurück, vor ihm lag eine Wiese. Schon beim ersten Schritt sackte er ein. Er wich nach rechts aus, einige Meter hatte er Glück, bis ein Wasserlauf seinen Weg kreuzte. Wedigo watete vorsichtig hindurch und bemerkte erst in der Mitte des Baches, wie das Wasser bis an seine Knie stieg. Auf der anderen Seite wurde der Boden wieder fester. Er setzte sich auf einen Holzstumpf und legte das Gewehr ab. Da, ein Geräusch wie das von brechenden Zweigen. Er duckte sich unwillkürlich. Der Laut war vom Waldrand gekommen. Wedigo spähte in die Richtung. Direkt ihm gegenüber stand im Dunst am Rande der Wiese eine hohe Gestalt. Ein schlanker, rötlicher Rehbock, auf dem Gras äsend. Wedigo nahm die Waffe zur Hand und führte sie vorsichtig in Richtung der Beute. Er legte an und zielte. Der Bock hob den Kopf, äugte zu ihm hinüber und verschwand plötzlich mit einem gewaltigen Satz. Aber es war nicht Wedigo, der den Bock verscheucht hatte. Hinter sich, aus dem jenseitigen

Waldstück, aus dem er gerade gekommen war, hörte er es knacken. Er drehte sich um. Da fuhr ein Feuerstrahl an ihm vorbei, ein Schuss, und gleich darauf fiel ein weiterer. Direkt hinter ihm schlugen die Geschosse mit hässlichem Klatschen in den Boden. Der Wald warf den Knall zurück. Ohne nachzudenken, ließ sich Wedigo mitsamt seiner Waffe ins Gras fallen und presste den Körper eng auf den Boden. Noch zweimal knallte es, diesmal aber kamen die Schüsse von der anderen Seite. Ein menschlicher Schrei. Aus dem Wald rechts, aus dem die letzten Schüsse gekommen waren, hörte Wedigo wieder brechende Äste und davonhastende Schritte, dann war alles still.

Er wartete eine ungefähr eine Minute, bis er sich langsam aufrichtete.

»Mein Gott, Wedigo, bist du verletzt?«

Eine Gestalt im Jagdgewand eilte aus dem vor ihm liegenden Waldstück auf ihn zu. Es war die Gräfin. In ihrem grünen Loden erkannte er sie erst, als sie mit geschulterter Waffe vor ihm stand.

»Was ist passiert? Hast du geschossen?«, fragte sie atemlos.

»Nein«, sagte Wedigo ruhig, »aber es wurde auf mich geschossen. Warst du das?«

»Ich habe keinen Schuss abgegeben und niemanden gesehen, der Schütze muss dort drüben gestanden haben.« Die Gräfin zeigte zum Waldrand. »Ist dir wirklich nichts passiert?«, fragte sie mit bebender Stimme.

»Wie kommst darauf, dass ich verletzt wäre?«

»Jemand hat geschrien. Wenn ich es recht bedenke, kam der Schrei von der anderen Seite.«

»Lass uns nachsehen, ob dort etwas passiert ist.« Wedigo nahm die Büchse in Anschlag und eilte geduckt zum links oben gelegenen Waldstück. Die Gräfin folgte in vorsichtigem Abstand. Am Waldrand drängten sie sich durch das Buschwerk. Nach nur wenigen Schritten öffnete sich der Wald zu einer kleinen Lichtung. Sie schien auf den ersten Blick menschenleer. Dann sahen sie ihn: Inmitten des von hellen Birken und Lärchen umstandenen Rund lag im Dämmerlicht des Morgens ein regloser Körper. Nach allen Seiten sichernd trat Wedigo näher, aber niemand sonst war zu sehen. Er wandte sich der Gestalt zu. Sie trug ebenfalls Jägerloden und lag auf dem Bauch, neben ihr befand sich ein Gewehr. Auf der Schulter der Gestalt glänzte ein dunkler, feuchter Fleck, der immer größer wurde. Es war Blut, dem Liegenden war in den Rücken geschossen worden. Es schien noch Leben in dem Menschen zu sein, die Finger seiner linken Hand bewegten sich wie im Krampf. Wedigo kniete neben ihm nieder und versuchte, den Verwundeten vorsichtig auf die Seite zu drehen, um ihm das Atmen zu erleichtern.

»Wir müssen etwas auf die Wunde pressen, sonst verblutet er uns!« Jetzt sah er das Gesicht. Es war der Graf von Essen! Der Schwerverletzte bewegte die Lippen, als wolle er etwas sagen. Wedigo beugte sich vor, um ihn zu verstehen. Die Stimme war sehr leise und undeutlich, kaum, dass er einzelne Silben ausmachen konnte: »Nsssbbmus …« Dann quoll ein Schwall roten Blutes über die Lippen, der Mann bäumte sich auf und verstummte. Graf von Essen war tot.

Stimmen wurden laut, von rechts erschienen Leute mit Lampen und Laternen. »Was ist passiert?«, hörte er die scharfe Kommandostimme des Majors. Wedigo berichtete, was geschehen war.

Zehn Minuten später hatte Nicolai das gesamte Waldstück mithilfe der Treiber absperren lassen. Ein Hornsignal rief die anderen Jagdteilnehmer zusammen. Es dauerte etwa eine Stunde, bis alle vor Ort waren. Inzwischen war es heller Tag geworden. Die Männer versammelten sich stumm um den Leichnam.

»Jagdunfälle habe ich schon einige erlebt«, sagte der Gastgeber Herr von Pannwitz leise zu Nicolai. »Aber nie kam jemand dabei zu Tode. Entsetzlich! Wie konnte das passieren? Jeder weiß doch, dass man in einer Linie bleiben soll, damit es nicht zu solchen tragischen Irrtümern kommt!«

»Wir müssen feststellen, wer geschossen hat«, übernahm Nicolai das Kommando. »Wenn Sie erlauben, Herr von Pannwitz, dann werde ich gemeinsam mit Hauptmann von Wedel die Waffen überprüfen. Beginnen wir mit unseren eigenen Waffen.«

Der Major öffnete den Verschluss von Wedigos Gewehr und zeigte die Waffe Herrn von Pannwitz. »Sie sehen, der Lauf ist sauber und im Magazin befinden sich alle Patronen. Jetzt untersuchen wir meine Waffe …«

Das Resultat war das gleiche und auch die meisten Jagdgewehre der übrigen Teilnehmer waren sauber, bis auf die Waffen Krupp von Bohlen und Halbachs, Paul Wallichs sowie eines Herrn von Schöningen. Alle drei Männer gaben an, auf Wildschweine geschossen zu haben, was die Treiber bestätigten, zumal Wallich erfolgreich gewesen war und einen prächtigen Keiler erlegt hatte. Während von Pannwitz, Nicolai und der Jagdaufseher die Waffen prüften, untersuchte Wedigo noch einmal mit aller Gründlichkeit den Boden rings um den Leichnam. Nur einen Schritt vom Toten entfernt, entdeckte er im Gras ein Projektil. Mit seinem Messer löste er es aus der Erde und hob es vorsichtig hoch. Das Morgenlicht fiel auf das blanke Metall und ließ es kurz aufleuchten.

»Alle Wetter«, sagte Nicolai, der zu ihm getreten war. »Es handelt sich erneut um ein Rundkopfgeschoss, Kaliber 7,62. Wieder ein Mosin-Nagant, das russische Repetiergewehr, mit dem auf Wilberg geschossen wurde. Wahrscheinlich haben wir es mit demselben Schützen zu tun.«

»Wir sollten auch drüben im Wiesenbereich nach Projektilen suchen«, sagte Wedigo und zeigte in die Richtung, wo er sich vor nicht ganz zwei Stunden niedergeworfen hatte. »Ich gehe davon aus, dass der Mörder des Grafen derjenige war, der auf mich geschossen hat, aber man kann nie wissen.«

Der Major stimmte zu und überließ die weitere Prüfung der Gewehre Pannwitz. Beide begaben sich zur Wiese. Nach intensiver Suche fanden sich zwei weitere Projektile, die der Major einer normalen Jagdwaffe zuordnete.

»Kein Mosin-Nagant. Es gab offenbar einen zweiten Schützen«, stellte er fest. »Dieser war nur auf Sie angesetzt. Die Schüsse sind ebenfalls aus dem Wald abgefeuert worden sein. Schauen wir nach, ob wir auch die Hülsen finden.«

Doch im betreffenden Waldstück konnten sie trotz gründlicher Suche keine Hülsen oder sonst Auffälliges entdecken. Die Männer kehrten zur Leiche zurück. Der Schwede war inzwischen zugedeckt worden. Für die Gäste hatte man von der Jagdhütte Bänke geholt und es war ein Feuer angezündet worden. Mägde schenkten Kaffee aus. Die Männer saßen leicht fröstelnd da und warteten darauf, dass sie aufbrechen durften. Herr von Pannwitz trat ungeduldig auf den Major zu.

»Brauchen Sie meine Gäste noch oder können die Herren zurück nach Berlin fahren?«

»Es kann noch etwas dauern, Herr von Pannwitz«, erwiderte Nicolai ruhig. »Immerhin wurde einer der Teilnehmer erschossen. Wir gehen also von Mord aus. Bevor alle abreisen, habe ich die eine oder andere Frage zu klären.« Er wandte sich an Herrn von Gülpen. »Sagen Sie, Herr von Gülpen, sind Ihnen alle Treiber bekannt?«

»Ich denke schon«, meinte der Angesprochene.

»War heute ein Neuer unter Ihren Leuten?«

Von Gülpen überlegte. »Ich glaube, der Vetter vom Schmied hat jemanden mitgebracht. Fragen Sie ihn am besten selbst.«

Der Mann, eine biederer Schlossergesell, wurde geholt. Er bestätigte, dass er sich gestern Mittag im Gasthaus Zum grünen Baum mit einem Mann unterhalten und diesem von der Treibjagd erzählt hatte. Der Mann habe gern mitgewollt und sei als Ersatz für Maiers Uwe mitgekommen. Er habe sich nichts dabei gedacht. Die Beschreibung des Fremden passte zum Schützen im Reichskolonialamt: »Mitte bis Ende 30, von durchschnittlicher Größe, ein längliches Gesicht mit auffällig großer Adlernase, dunklen Augen, braunem Schnurrbart und braunem oder schwarzem Haar. Normal gekleidet, mit einem eigenartigen Akzent.«

Der tödliche Schuss war aus keinem Gewehr der anwesenden Jagdgäste gekommen, der fremde Treiber musste der Schütze gewesen sein. Doch blieb offen, wer der zweite Mann gewesen war, der geschossen hatte. Die Befragung der Gäste brachte kein Resultat, niemand schien etwas wahrgenommen zu haben.

»Wo ist eigentlich unser amerikanischer Gast, Mr. John Loughead?«, fragte Herr von Pannwitz. »Ich habe ihn seit heute Morgen nicht mehr gesehen.«

Auch die anderen Jagdteilnehmer waren Mr. Loughead nicht mehr begegnet, der Amerikaner war verschwunden! Nicolai fragte nach, doch keiner der Anwesenden wollte mit dem Schweden oder mit dem Amerikaner in irgendeiner Weise verabredet gewesen sein. Parallel ließ Wedigo die Treiber nochmals das Waldstück auf Spuren durchsuchen, jedoch erneut ohne greifbares Ergebnis. Der Major beendete die Befragung. Der Tote wurde abtransportiert, und die Jagdgesellschaft begann, sich aufzulösen.

Paul Wallich trat auf sie zu und bot dem Major und Wedigo an, sie in seinem Tourenwagen mit nach Berlin zu nehmen. Nicolai lehnte ab, da er sich wegen des Mordfalls mit der örtlichen Gendarmerie treffen musste. Wedigo könne mitfahren, er benötige ihn nicht mehr.

»Ich glaube, Wallich hat das Angebot nicht ohne Grund gemacht. Der Mann weiß etwas und will vielleicht mit uns reden. Also fahren Sie! Ich erwarte Ihren Bericht.«

Der Hauptmann stieg in den Mercedes des Bankiers und sie starteten. Aus den Augenwinkeln sah er, dass die Gräfin ihnen mit ihrem Puppchen folgte. Paul Wallichs Mercedes 37/95 Tourer, ein guter Renner mit einem leistungsstarken 95-PS-Motor und Vierganggetriebe hätte den Opel locker abhängen können. Aber Melissa sollte ihnen ruhig nachfahren, er hatte nichts zu verbergen. Das Gespräch der Männer drehte sich anfänglich um das Geschehene.

»Auf Sie ist auch geschossen worden? Wissen Sie, warum Sie ins Visier des Schützen geraten sind, Wedigo?«

Wedigo meinte, vielleicht habe es sich um Wilderer gehandelt.

»Wilderer? Denkbar wäre das schon. Aber was ist mit dem Amerikaner passiert?«

»Das weiß ich nicht«, erwiderte Wedigo.

Das Gespräch wandte sich anderen Themen zu. Nicolai hatte sich wohl geirrt, Paul Wallich erzählte nichts, was mit dem Fall zusammenhängen könnte.

»Lassen Sie uns heute Abend zusammen essen gehen«, sagte Wallich, als sie den Stadtrand Berlins erreichten. »Nachdem wir meinen Keiler nicht genießen durften, sollten wir nach Ersatz schauen.«

»Eine gute Idee, welches Lokal schlagen Sie vor, Paul?«

»Treffen wir uns um acht im Dressel. Dort gibt es beste Weine und eine gute Küche.«

»Um acht im Dressel, abgemacht!«

Es war gegen drei, als Wallich Wedigo am Bristol absetzte. Er bedankte sich für die Fahrt und wandte sich zum Hotel.

Hinter ihm hupte es. Hatte Paul Wallich etwas vergessen? Wedigo drehte sich um, es war die Gräfin, die gerade ankam war. Sie stellte den Motor ab, stieg aus und lief auf ihn zu. »Ich muss unbedingt mit dir reden, du warst nach dem Fund des Toten völlig absorbiert.«

»Der Major und ich hatten alle Hände voll zu tun, den Sachverhalt zu prüfen. Für private Gespräche war kein Raum.«

»Es geht nicht um *Privates*, Herr von Wedel«, erwiderte Maria Walewska förmlich. »Ich habe am Freitag in der Villa Pannwitz und gestern in Joachimsthal einige Beobachtungen gemacht, über die ich dich informieren wollte.«

»Treffen wir uns in einer Stunde, also um vier, im Café Kranzler.«

»Sagen wir um halb fünf«, gab die Gräfin zurück. »Ich möchte mich zuvor etwas frisch machen.«

Wedigo willigte ein und ging auf sein Zimmer. Dort nahm er ein Bad und genoss eine halbe Stunde lang die wohlige Wärme. Als er sich angekleidet hatte, zeigte die Uhr bereits vier. Zum Café Kranzler an der Ecke Unter den Linden/Friedrichstraße war es nicht weit, ein kleiner Spaziergang würde guttun. Wedigo ergriff Stock und Hut – und stutzte. Auf einem Tisch hatte der Hotelpage einen an ihn adressierten Brief hinterlegt. Ein Absender fehlte, und der Poststempel war unlesbar. Neugierig öffnete er das blaue Kuvert. Wedigo erkannte die Schrift sofort. Sie gehörte seiner untreuen Exverlobten Ilse von Bredow. Missmutig steckte er das Schreiben ein. Er war im Augenblick nicht in Stimmung, irgendwelche Vorwürfe oder Erklärungen zu lesen. Wieder griff er zu Stock und Hut, ging zur Tür – und zögerte, er zog das Briefchen aus seiner Tasche. Wenn man die Dinge aufschob, wurden sie nicht leichter. Er ließ sich in einen der Sessel fallen und begann zu lesen.

Lieber Wedigo!

Ich weiß nicht, wie und wo ich anfangen soll, doch ich glaube, ich habe einen unverzeihlichen Fehler begangen. Zunächst bitte ich um Entschuldigung, dass ich Dich – oder muss ich jetzt Sie schreiben? –, in eine derartige Situation gebracht habe. Es ist mir nicht erklärlich, wie mir derart die Sinne verwirrt werden konnten …

In diesem Duktus ging es über vier Seiten mit Selbstanklagen und reuigen Selbstvorwürfen weiter. Der Brief endete damit, dass Ilse von Bredow mitteilte, sie bereue ihren unseligen Schritt zutiefst und habe die Verbindung mit Rudolf umgehend beendet. Sie sei wieder in Berlin und müsse ihn unbedingt sehen und *wenn es nur wäre, um mich dir reuig zu Füßen zu werfen!*

Wedigo runzelte die Stirn. Zwar rührte ihn der Brief, aber es klang ihm zu melodramatisch. Anderseits meinte sie es vielleicht ehrlich.

Die Worte waren Balsam für seine Eitelkeit. Ein Gespräch mit Ilse kostete nicht die Welt. Über ihren Vorschlag, sich im Hause seiner Base Lucie von Bonin zu treffen, wie sie schrieb, würde er nachdenken. Jetzt wurde es Zeit für seine Verabredung mit Melissa. Es war angenehm, dachte Wedigo, als er sich auf den Weg machte, wenn die Damenwelt sich derart um ihn bemühte.

Die Gräfin holte ihn rasch wieder in die Realität zurück, denn sie verspätete sich um gut eine halbe Stunde.

»Du entschuldigst, Wedigo, eine Dame braucht für ihr Äußeres einfach etwas mehr Zeit als ihr Männer«, sagte sie zur Begrüßung.

Das Resultat ihrer Bemühungen konnte sich sehen lassen. Melissa trug ein helles, raffiniert geschnittenes weißes Sommerkleid, das, der neuesten Mode entsprechend, Hüfte und Brustpartie betonte und die Trägerin dennoch schlank aussehen ließ. Die Rocklänge war denkbar kurz, denn beim Laufen blitzten mitunter ihre Knöchel hervor, was knapp am Rande der Schicklichkeit lag. Ihre Haare waren unter einem passenden Sommerhut verborgen. Sie saßen draußen. Die Straße war um diese Stunde sehr belebt, Pferde- und Kraftdroschken fuhren vorbei. Fußgänger jeden Alters, Damen und Herren der besseren Klasse wie auch einfache Bürger, flanierten oder eilten vorüber. Wedigo bestellte für Melissa und sich einen Mokka.

»Du wolltest mit mir sprechen und von deinen Beobachtungen der letzten Tage erzählen?«, fragte er.

»Ja«, antwortete sie kurz. »Das heißt, natürlich nur, wenn du Interesse hast.«

»Melissa«, erwiderte Wedigo. »Warum bin ich hier und habe auf dich gewartet?«

»Ich bitte dich, mein Freund, keine Vorhaltungen. Ich sagte doch, eine Dame braucht Zeit. Gefällt dir mein Kleid?«

»Melissa, bitte!«

»Sag schon, ja oder nein?«

»Du gefällst … es gefällt mir über alle Maßen«, sagte Wedigo. »Es ist sehr reizvoll.« Sein Tonfall verriet, dass er es ehrlich meinte, was der Gräfin nicht entging.

»Gut, dann hör zu. Im Gegensatz zu dir war ich am vergangenen Freitag in der Villa in der Brahmsstraße offiziell eingeladen. Rahel, die Tochter des Bankiers Koppel, ich kenne sie vom Tennis; Rahel bat mich, sie zu begleiten. Sie hatte Sorge, dass ihr Vater den Abend nutzen würde, um ihr, wie sie sagte, eine ›passende Partie‹ vorzustellen. Doch Rahel ist ihrem Horst, du weißt, Horst Bernhard Kurt von Petersdorff, treu, auch wenn er zu sehr den Karten ergeben ist.«

»Der Tratsch ist mir bekannt. Könntest du zur Sache kommen!«, mahnte Wedigo.

»Ich denke, es ist schon wichtig, zu wissen, mit wem man es zu tun hat«, erwiderte die Gräfin. »Lea Goldstein war auch da.«

»Ich weiß, ich habe sie gesehen.«

»Du musst einen guten Beobachtungsplatz gehabt haben. Warst du auf einer der Emporen? Nun, das tut wahrhaftig nichts zur Sache. Jedenfalls zogen sich Bankier Koppel, Graf von Essen, dieser Amerikaner und dein Freund Paul Wallich später zurück.«

»Wallich hat sich mit dem Amerikaner getroffen? Weißt du auch, worüber sie sprachen?«

»Rahel war müde und suchte ihren Vater, weil sie nach Hause wollte. Die Herren saßen in einem Nebenraum. Der alte Koppel bat sie, noch zu warten. Doch da sie auch

Kopfschmerzen hatte, habe ich sie mit meinem Wagen heimbringen lassen. Unterwegs erzählte Rahel, dass sie eigentlich gern auf Bälle und Einladungen gehe. Leider würde ihr Vater meist nur das Geschäftliche sehen und ständig über Kapitalanlagen reden. ›Heute Abend‹, sagte sie, ›hat Papa nur dieses Stahlgeschäft im Kopf gehabt. Und die ganze Zeit haben sie über Krieg geredet.‹ Ich fragte vorsichtig nach, wen sie denn mit ›sie‹ meinte, und Rahel antwortete, es seien ihr Vater, Graf von Essen, Paul Wallich und Mr. Loughead gewesen.«

»Das muss das Stahlgeschäft sein, von dem der Schwede erzählte«, sagte Wedigo, »und Stahl hat mit Krieg zu tun. Doch ich fürchte, das hilft uns im Moment nicht weiter.«

»Warte ab. Gestern Abend, ich war in einem Gasthaus in Joachimsthal in der Nähe der Bahn einquartiert und stand am Fenster, hörte ich vom Nebenzimmer Stimmen. Neugierig, wie ich bin, lauschte ich. Es waren Graf von Essen und ein mir Unbekannter. Ich verstand nur einzelne Satzfetzen, da draußen ein Zug vorbeidampfte. Ein Wort habe ich behalten: ›Nussbaumhaus‹.«

»Nussbaumhaus« wiederholte Wedigo nachdenklich, das erinnerte ihn an das letzte Wort des Grafen: ›Nsssbbmus!‹

»Guten Tag, Herr von Wedel«, drang eine Stimme in seine Gedanken. »Ich sehe, Sie haben Ihre alte Liebe wieder reaktiviert. Das ging schnell. Da möchte ich das junge Glück nicht stören.«

Es war Ilse von Bredow, die, hübsch gekleidet, an ihrem Tisch stand. »Ich hoffe, Sie sind ein Gentleman«, fuhr sie fort, »und werden den Brief, den ich Ihnen aus einem unbegreiflichen Einfall heraus schrieb, umgehend vernichten!« Ilse schritt davon.

Die Gräfin, die dem Auftritt erstaunt gelauscht hatte, blickte Wedigo mit einem Lächeln an, verkniff sich jedoch jeden Kommentar. Der Hauptmann saß einen Augenblick da, schüttelte dann den Kopf. Er würde sich von Ilse von Bredow nicht vorschreiben lassen, mit wem er sich traf. Durch ihr Verhalten in Baden-Baden hatte sie ohnehin jedes Recht verwirkt, sich mit seinem Handeln zu beschäftigen.

»Von Essen sprach also vom Nussbaumhaus«, nahm er den Gesprächsfaden wieder auf. »Das klingt nach einem Privathaus.«

»Oder nach einem Lokal«, mutmaßte Melissa.

»Das könnte auch zutreffen. Was kann von Essen damit gemeint haben?«

»Vielleicht handelt es sich dabei um einen Treffpunkt? Oder Essen hat an einem Ort namens Nussbaumhaus wichtige Unterlagen und Papiere verborgen?«

»Ich werde mit Major Nicolai darüber sprechen«, entschied Wedigo. »Wenn es sich um ein Haus handelt, werden wir es finden. Natürlich informiere ich Nicolai, dass der Hinweis von dir stammt.«

»Darauf lege ich keinen besonderen Wert«, entgegnete die Gräfin. »Mir ist es wichtiger, dass wir die Hintergründe aufdecken und den Mördern auf die Spur kommen. Immerhin hat man auf dich geschossen!«

»Es ist noch mehr passiert«, rutschte es Wedigo heraus.

»Was meinst du damit?«

»Bereits vorgestern Abend hat man mich überfallen und zu betäuben versucht.« Er erzählte, vorsichtig seine Worte wählend, von den Erlebnissen im Haus Potsdam.

»Dass du unbekannten Fräulein folgst«, sagte Melissa, »will ich nicht bewerten. Was ich wirklich bedenklich finde, ist die unbesonnene Art, mit der du dich in nächtliche Abenteuer stürzt. Mir liegt viel an dir, lass so etwas künftig bitte bleiben! Versprich mir das, Wedigo!« Ihre Stimme klang drängend. Er spürte, wie ernst es Melissa meinte. Da fiel ihm der gemeinsame Besuch in der Bierkaschemme ein.

»Ich kenne jemanden«, sagte er locker, »der selbst wenig oder kaum auf Gefahren achtet …« Er kam nicht dazu, seinen Satz zu beenden, Oberfeldwebel Schneidmann trat an ihren Tisch.

»Frau Gräfin, Sie entschuldigen, wenn Sie erlauben, ich habe eine Nachricht für Herrn Hauptmann.«

Maria Walewska nickte, sodass Schneidmann Wedigo vom Major ausrichtete, er solle umgehend mitkommen.

»Geh nur, Wedigo, wenn dich die Pflicht ruft, kann und will ich dich nicht aufhalten.«

»Ich danke dir für dein Verständnis. Du bist nicht allein betroffen, ich bin für acht Uhr mit Paul Wallich im Dressel verabredet. Daraus wird wohl nichts. Schade, ich hätte ihn gern nach dem Treffen mit dem Amerikaner befragt. Könntest du ihm eine Nachricht zukommen lassen?«

»Das tue ich«, versprach die Gräfin.

Seufzend erhob sich Wedigo, entschuldigte sich nochmals bei Melissa, die sich ihre Enttäuschung über das Ende ihrer Kaffeestunde nicht anmerken ließ, und folgte dem Unteroffizier. Dieser führte ihn zu einem an der Ecke wartenden Mercedes-Kraftwagen. Zu seiner Überraschung saßen in diesem bereits Nicolai und am Steuer der Gefreite Schulze.

»Steigen Sie ein, Herr von Wedel, wir müssen nach Döberitz. Der Pilot der Nieuport ist gefunden worden!«

Während der knapp einstündigen Fahrt informierte der Major Wedigo über sein abschließendes Tun in Joachimsthal. Von dem fremden Treiber und dem Amerikaner gebe es eine erste Spur. Zwei Männer, auf die die Beschreibung passe, seien in den Zug nach Stettin gestiegen. Die Polizei habe die Fahndung eingeleitet. Wedigo berichtete Nicolai über das, was ihm Melissa erzählt hatte und über seine Beobachtung vom Vortag, als er mit dem Grafen gesprochen hatte.

»Jemand hat sich mit von Essen gestritten«, wiederholte Nicolai. »Meinen Sie, ein dritter könne mit dem Tod des Grafen zu tun haben? Denkbar ist das schon, warum sollte auch der Amerikaner seinen Mitstreiter umbringen. Es sei denn, er hätte den Eindruck gehabt, von Essen habe Ihnen zu viel verraten.«

»Das könnte sein«, erwiderte Wedigo. »So richtig sehen konnte ich den Mann nicht, vielleicht war es gar kein Dritter, sondern Mr. Loughead. Jedenfalls hatten Sie recht, Paul Wallich weiß mehr, als er bisher erzählt hat.«

Eine Weile schwiegen sie.

»Warum fahren wir eigentlich nach Döberitz?«, fragte Wedigo dann. »Ein Toter ist doch ein Fall für die Polizei.«

»Kommissar Lehmann wird vor Ort zu uns stoßen«, erklärte der Major. »Er gehört eigentlich zur politischen Abteilung, wird sich aber um die kriminaltechnische Abwickelung kümmern. Ich gehe fest davon aus, dass wir etwas finden, das für uns interessant ist und uns weiterhelfen wird. Schneidmann, berichten Sie dem Herrn Hauptmann, was die Untersuchung des Wracks der Nieuport bislang für neue Erkenntnissen gegeben hat.«

»Jawohl, Herr Major. Der Bericht belegt, dass die Maschine wegen eines Motorschadens abgestürzt ist. Eine

Bombe, ich lasse die technischen Details aus, explodierte und zerriss neben dem Motor die Radaufhängung. Eine normale Landung, selbst eine Notlandung wurde dadurch unmöglich gemacht. Ob die Explosion auch den Piloten verletzte, werden wir in Döberitz erfahren.«

»Das ist wahrhaft eine Neuigkeit«, sagte Wedigo überrascht. »Das bedeutet, der Pilot war nur ein Werkzeug, um Schroeter zu töten. Nachdem der Mohr seine Schuldigkeit getan hatte, wurde er liquidiert!«

»Davon können wir ausgehen«, bestätigte Nicolai. »Jetzt müssen wir nur herausfinden, wer dieses Werkzeug einsetzte und vor allem aus welchem Grund. Was wusste der Kapitänleutnant, dass eine derart spektakuläre Tötung angesetzt wurde? Bislang sind wir mit unseren Ermittlungen nicht sehr weit gekommen.«

»Sind Sie denn überhaupt sicher, dass Schroeters Tod in unsere Zuständigkeit fällt?«, fragte Wedigo. »Ich sehe, ehrlich gesagt, keine Verbindung zu den von Ihnen angenommenen Sabotageaktionen.«

»Fällt Ihnen nicht auf, dass dieser Abschuss eine spektakuläre Inszenierung und Machtdemonstration war? Nur mit äußerster Anstrengung konnten wir die Presse davon abhalten, sich wie die Geier auf die Geschichte zu stürzen. Stellen Sie sich eine Überschrift vor wie: Fremdes Flugzeug schießt über Berlin deutschen Marineflieger ab! Jemand hat versucht, uns bloßzustellen. Und das im eigenen Land!«

»Das klingt plausibel«, gab Wedigo zu. »Könnte das Ganze mit den beiden Namen zu tun haben, die von Essen dem Amerikaner nannte?«

»Ich weiß nicht, wie Sie auf diese Verbindung kommen. Denn dahinter steckt in der Tat eine gewisse Sprengkraft. Pašić ist der serbische Ministerpräsident. Bei Malobabic handelt es sich nach Auskunft von Major Ronge vom Wiener Evidenzbüro um einen Angehörigen des Geheimdienstes des Balkanstaates.«

»Also hatten von Essen und Mr. Loughead mit dem serbischen Geheimdienst zu tun?«

»So sieht es aus.«

»Wenn beide Verbündete waren, warum hat Loughead den Grafen erschossen?«

»Ob der Amerikaner wirklich der Täter ist, wissen wir nicht hundertprozentig«, entgegnete Nicolai. »Aber Sie merken, Herr von Wedel, unsere Aktivitäten im Zusammenhang mit dem Abschuss sind berechtigt. Und glauben Sie einem alten Hasen, wir sind einer äußerst brisanten Angelegenheit auf der Spur.«

Sie näherten sich Döberitz. Döberitz war die zentrale Ausbildungs- und Erprobungsstelle der neuen Luftstreitkräfte. Die Döberitzer Heide war vor rund 20 Jahren zum offiziellen Truppenübungsplatz geworden. Kurz nach der Jahrhundertwende entstand hier das erste Luftschifferbataillon. Vor vier Jahren kam die Fliegerschule hinzu. Der Major befahl, das Offizier-Kasino Döberitz anzusteuern, wo Hauptmann von Frankenberg und Proschlitz sowie Kommissar Lehmann sie bereits erwarteten. Der Hauptmann, ein schmaler Mann mit buschigem Schnurrbart, begrüßte Nicolai und Wedigo und brachte die Gruppe zu einem Schuppen. Dort übernahm ein Unteroffizier die Führung und geleitete sie zu einer Ecke, wo hinter Werkzeugkisten, bewacht von einem Gefreiten, unter einem Tuch der aufgefundene Leichnam lag. Der Gefreite zog auf ein Kommando das Tuch zur Seite. Vor ihnen befand sich im Fliegeranzug die Leiche eines dunkelhaarigen Mannes von vielleicht 20 bis 25 Jahren. Das Gesicht zeigte ausgeprägte slawische Züge, sonst gab es keine Auffälligkeiten am Mann. Ein widerlich süßlicher Geruch stieg von dem Leichnam auf. Kommissar Lehmann schien dies nichts auszumachen, denn er beugte sich über den Toten und betrachtete ihn genau. Vorsichtig berührte er den Arm, schob den Ärmel nach oben und untersuchte ihn. »Sehen Sie, meine Herren«, sagte Lehmann und deutete auf das Handgelenk. »Die Totenflecken sind teilweise wegdrückbar, da ein Teil des Blutes noch innerhalb der Adern und darin beweglich ist. Die Totenstarre ist voll ausgeprägt und beginnt sich an den Extremitäten schon wieder zu lösen. Das heißt, der Mann muss innerhalb der letzten 18 bis 24 Stunden gestorben sein. Ich habe mir bereits vorhin den Raum angesehen. Nichts spricht dafür, dass er hier umgekommen ist. Ich bin sicher, der Tote ist außerhalb verstorben. Man hat ihn erst danach hierher gebracht, offenbar wurde dazu ein Handkarren benutzt. Außer den Radspuren konnte ich keine weiteren Spuren entdecken. Der Schuppen war unverschlossen und nachts könnte sich jeder Zugang verschafft haben.«

»Wann wurde der Tote entdeckt?«, fragte der Major den Kommissar.

»Heute Nachmittag um drei, Herr Major. Ein Medizinalrat Rohrbach hat ihn bereits untersucht. Sein Bericht liegt Hauptmann von Frankenberg vor und bestätigt den von mir angegebenen Todeszeitpunkt. Im Übrigen gibt es keine Anzeichen für fremde Gewalt oder Fremdverschulden. Der Mann ist an den Folgen innerer Blutungen aufgrund eines schweren Unfalls gestorben. Der Zeitpunkt seiner Verletzungen liegt einige Tage zurück. Man hat ihn laienhaft zu behandeln versucht, aber die inneren Verletzungen nicht bemerkt. Diese haben letztlich zu seinem Tode geführt.«

»Wie kam Hauptmann von Frankenberg darauf, dass der Tote unser Gesuchter ist?«, hakte Wedigo nach.

»Bei der Leiche, Herr Hauptmann, befanden sich Flugkarten und ein Kompass. Auf der einen Karte war eine Route von Tegel nach Johannisthal eingezeichnet. Von den hiesigen Fliegern fehlt niemand und aufgrund unserer Suchmeldung vermutet man, dass der Unbekannte der Gesuchte ist. Hauptmann von Frankenberg und Proschlitz hat alles, was der Tote bei sich hatte, in der Wache einschließen lassen.«

Nicolai dankte Lehman für seinen Bericht und befahl, den Mann wieder zuzudecken und abzutransportieren.

Lehmann verabschiedete sich, da er noch einen weiteren Termin hatte. »Das ist jetzt Ihre Angelegenheit, meine Herren. Sollten Sie Hilfe brauchen, stehe ich Ihnen gerne zur Verfügung.«

Etwas später saßen der Major und Wedigo in einem Nebenraum des Kasinos und untersuchten die Dinge, die der Flieger bei sich getragen hatte. Es handelte sich um zwei Karten, den besagten Kompass, ein eigenartig geformtes Messer mit den Initialen ›J. B.‹ und eine Gebetskette, wie sie die Muselmanen benutzten. Dazu eine schmale Tabaksdose mit der Aufschrift ›Duvanska Industrija Vranje‹.

»Es sieht aus, als wäre der Tote ein bosnischer Serbe gewesen«, sagte Nicolai. »›Duvanska Industrija Vranje‹ ist das größte Tabakunternehmen in Serbien und diese Art von Messer werden speziell in Bosnien gefertigt. J. B. steht bestimmt für einen Namen. Ob er wirklich aus Bosnien kommt?«

»Da ist ein Stempel auf der Karte, leider ziemlich verwischt«, sagte Wedigo. »Niš und etwas auf Kyrillisch.«

»Niš oder Ниш ist der Standort der serbischen Flieger und Luftschiffer«, erklärte Nicolai, »wir gelangen wieder zu Pasic und Malobabic. Die Angelegenheit verdichtet sich.«

»Der Balkan ist seit Jahrhunderten ein Unruhenest. Aber was hatten und haben Graf von Essen und dieser Mr. Loughead mit Serbien zu tun?«

»Mich interessiert viel mehr, was Kapitänleutnant Schroeter wusste, dass er sterben musste«, erwiderte der Major auf Wedigos Frage. Er wandte sich an den Unteroffizier, der in gebührendem Abstand auf weitere Befehle wartete. »Kapitänleutnant Schroeter war in Döberitz auf Lehrgang. Wissen Sie, ob er hier eine Unterkunft hatte?«

»Jawohl, Herr Major, die Sachen des Herrn Kapitänleutnant sind noch immer dort.«

»Führen Sie uns hin!«

Kurz darauf betraten sie Schroeters kleine Wohnung. Diese war äußerst spartanisch eingerichtet. Neben einem Schrank, dem Bett und einem Tisch mit Stuhl gab es einige Bilder von Flugzeugen an der Wand, das war alles. Der Major öffnete den Schrank. Er enthielt Schroeters Wäsche sowie dessen Uniform. Auf dem Innenboden befand sich ein schmaler Karton. Nicolai holte ihn hervor und nahm den Deckel ab. In ihm lag ein Bündel mit Briefen sowie eine Art Rechnungskladde. Der Major schlug sie auf. In der Kladde hatte Schroeter akribisch seine Flüge des letzten Jahres, das heißt seit dem Juli 1913, aufgeführt. Zumeist handelte es sich um Einsätze innerhalb des Reichsgebietes, Flüge nach Kiel-Holtenau, Döberitz oder Johannisthal oder nach Friedrichshafen, Griesheim-Darmstadt, Straßburg, Metz, Dresden und Königsberg. Dazu gab es fliegerische Touren, die Schroeter nach Wien und Aspern geführt hatten. Mehrfach war er die Strecke Wiener Neustadt–Simmering–Wiener Neustadt und Wien–Budapest–Wien geflogen.

»Kamerad Schroeter hat sogar einen Flug von Budapest nach Belgrad und zurück unternommen«, sagte der Major.

»Er war in Serbien?«, fragte Wedigo.

»So sieht es aus. Wir sollten gleich die Briefe nach Informationen überprüfen. Teilen wir uns das Bündel, dann geht es schneller.«

Wedigo nahm seinen Teil und überflog die Schreiben. Es waren private Briefe von Familienangehörigen, die nichts Besonderes enthielten. Nur ein Schreiben fiel auf. Schon die Orthografie war eigen und zeigte, dass die Absenderin eher einer einfachen Volksschicht angehörte. Die Absenderin hatte mit ›Marie‹ unterschrieben. Mit einem Anflug von schlechtem Gewissen fiel Wedigo das junge Mädchen Leni im Hause Pannwitz ein, das heute Mittag auf ihn im Volkspark gewartet hatte. Wahrscheinlich hatte Schroeter eine ähnliche Bekanntschaft gemacht und dem jungen Ding Flausen in den Kopf gesetzt. Schon wollte er das Briefchen zur Seite legen, da weckte ein Satz seine besondere Aufmerksamkeit.

›Wier trefen uns im Nusbaumhaus‹, stand da. Er zeigte die Stelle Nicolai. »Das ist das Haus, das von Essen gestern Abend gegenüber Loughead erwähnt hat«, erklärte er. »›Nussbaumhaus‹ war sein letztes Wort.«

»Das Nussbaumhaus ist ein Gasthof an der Ecke der Fischerstraße. Eine echte Kaschemme. Das heißt, ihm wurde ein amouröses Treffen im tiefsten Milieu vorgeschlagen. Kamerad Schroeter scheint eigenartige Vorlieben gehabt zu haben. Und das, obwohl er sich angeblich um Fräulein von Witzendorff bemühte. Ich denke, wir sollten diesen Kontakt näher überprüfen.«

Sie schlossen ihre Untersuchung ab, packten die Fundstücke, die Kladde und die Briefe sowie den Bericht des Mediziners ein und kehrten nach Berlin zurück.

Es war kurz nach neun, als sie wieder die Stadt erreichten. Wedigo ließ sich am Weinhaus Dressel absetzen. Vielleicht hatte Paul Wallich allein gespeist und er traf ihn dort noch an. Ein Ober führte ihn in den hinteren Teil des Restaurants. Wie er vermutet hatte, war Wallich noch beim Essen. Er speiste jedoch nicht allein, die Gräfin leistete ihm Gesellschaft.

»Wedigo«, begrüßte sie ihn fröhlich. »Wir haben gehofft, dass du noch kommst. Setzt dich und stärke dich. Du wirst es brauchen, heute Abend gehen wir auf den Schwof!«

»Auf den Schwof?«

»Genau, das tun wir«, schaltete sich Paul Wallich ein. »Herman Haller –Sie wissen, Wedigo, Haller ist Direktor des Theaters am Nollendorfplatz – lädt zum Sommerfest ein. Da gehen wir hin, nach den heutigen Aufregungen bringt uns ein Fest auf andere Gedanken. Und Sie kommen natürlich mit!«

»Sind wir denn eingeladen?«

»Ach, Wedigo, du kannst manchmal wirklich spießig sein«, verkündete Melissa. »Natürlich sind wir eingeladen. Jetzt trink erst einmal ein Glas Wein und entspanne dich.«

Der Ober kam und schenkte ihm ein. Wedigo nahm einen Schluck und lehnte sich zurück. Eigentlich hatten die beiden recht. Nach den Anstrengungen des Tages konnte ein wenig Abwechslung nur gut sein. Dennoch hätte er sich gern mit Paul Wallich allein unterhalten, ihn nach seinen Kontakten zu dem Amerikaner und dem Schweden und nach dem Treffen im Hause von Pannwitz befragt. Aber es sollte nicht sein. Er beschloss, mit Wallich später über die beiden zu sprechen. Es war halb elf, als das Trio aufbrach. Eine Kraftdroschke beförderte die kleine Gruppe wieder zum Grunewald in die Douglasstraße. Dort lag die Villa Harteneck, welche der Chemiefabrikant Carl Harteneck bewohnte. Harteneck hatte das Haus, eine Bezeichnung, die für das neoklassizistische Anwesen wahrhaftig eine Untertreibung war, Direktor Haller für sein Sommerfest zur Verfügung gestellt. Das prachtvolle Gebäude strahlte im hellsten Glanz. In den offenen Arkaden der Südfassade brannten zahlreiche Lampen. Dort hatte man ein opulentes Büfett aufgebaut; das eigentliche Fest fand im Garten statt. Ein Rasenparterre führte zu einem illuminierten Fontänebecken. Weiter unten begrenzte eine steinerne Pergola die Rasenfläche. Links und rechts gab es alten Wald- und Baumbestand. Haller hatte zu einer echten Sommernachtsredoute eingeladen. Fröhliche Musik erklang, Paare tanzten. Überall waren fantasievolle Kostüme zu bewundern, bunte Masken streiften umher. Rokokodamen und edle Spanier, Piraten und Korsaren, sogar Märchengestalten zeigten sich, und auch die Figuren der Commedia dell'arte waren zu sehen. Die Gräfin hatte, Wedigo wusste nicht woher, für ihn und Paul Wallich zwei venezianische Masken hervorgezaubert. Sie selbst trug eine Federmaske und dazu ein samtblaues Cape, was ihrem Aussehen eine wahrhaft feenhafte Note gab. Wallich und er dagegen wirkten eher unpassend gekleidet, fand Wedigo. Ein Kellner im Frack erschien und reichte ihnen Sektkelche.

»Ich heiße übrigens Paul«, bot Wallich das Du an. Sie

stießen an und leerten die Gläser. Andere Gäste prosteten ihnen zu.

»Jetzt will ich tanzen«, rief die Gräfin und warf das Cape zur Seite. Walzertöne klangen durch die Sommernacht. Die Paare drehten sich, die Röcke der Damen wehten wie im Wind. Ein bunter Harlekin walzte mit einer reizenden Colombina, daneben wiegte sich eine schlanke Elfe mit einem gefiederten Coviello im Tanz. Paul Wallich tanzte erst mit einer rothaarigen Hexe und dann mit einigen Nixen und Undinen. Wedigo dagegen drehte sich nur mit der Gräfin. Die Welt zerfloss in hellen Farben und im Rausch der Sinne. Schließlich meinte Melissa, ihr sei leicht schwindlig vom vielen Drehen und sie brauche eine Pause. »Lass uns ein wenig durch den Park flanieren und die herrliche Nacht genießen.«

Sie wandten sich ab vom Treiben und vom weiter tanzenden Paul und spazierten davon. Langsam durchschritten sie den mit bunten Lampions illuminierten Park. Bald ließen sie das Villengebäude hinter sich. Auch ihre Masken blieben zurück. Die Musik verklang und es wurde stiller. Oben am Himmel schien jetzt der Mond. Aus den Büschen wehte der Duft von Jasmin und spätem Flieder. Alles schwieg, nur in der Ferne schrie ein einsamer Nachtkauz. Sie kamen an einem Seerosenteich vorüber, um den sich ein Kiesweg schlängelte. Am Teich stand die Marmorbüste einer antiken Gottheit, einer Venus oder Aphrodite, deren kalte Augen in die Nacht starrten. Weitere Skulpturen folgten, erst Hermes, dann die Statue der Artemis. Schließlich endete der Pfad vor einem Rosenspalier, das sich über einer in seinem Schatten verborgenen Bank wölbte. Das Paar trat in das dämmrige Dunkel und ließ sich nieder. Melissa lehnte den Kopf leicht an Wedigos Schulter und schloss die Augen. Eine warme Nacht der Gefühle und der Träume. Wedigo spürte Melissas Nähe, roch den zarten Hauch ihres Parfüms. Seine Hand berührte leicht die ihre, und sie schmiegte sich näher an ihn. Langsam wandte er sich zu ihr, strich sanft über ihre Wangen, beugte sich vor und küsste ihren roten Mund. Melissa legte ihre Arme um ihn und zog ihn fest an sich. Alles um sie versank, es gab für die beiden nur den anderen und sich selbst.

Da ließen Schritte auf dem Kies das Paar aufschrecken. Jemand eilte in ihren Teil des Gartens, es schienen mehrere Personen zu sein, die sich ihrer Rosenlaube näherten. Rasch löste sich Wedigo aus Melissas Armen und beugte sich vor, um zwischen dem Spalier hindurch einen Blick auf die Störer zu erhalten. Es waren zwei Gestalten, die nun nahe der Jagdgöttin stehen blieben und sich an den Sockel der Skulptur lehnten. Trotz des hellen Mondlichtes war wenig von ihnen zu erkennen, denn die Fremden steckten in Kostümen und trugen darüber hinaus Gesichtsmasken. Wedigo erkannte einen weiß geschminkten Pierrot sowie eine zweite Figur, die völlig in schwarzer, spanischer Tracht gekleidet war und wohl einen Scaramuz darstellte; beides Figuren aus dem italienischen Volkstheater. Die Kostümierten waren im Gespräch und es dauerte einige Augenblicke, bis Wedigo verstand, worum es ging.

»... ich kann nicht nachvollziehen, was Sie mit dem Ganzen bezwecken wollen. Solche Aktionen führen nur zur wirtschaftlichen Instabilität. Der Kurssturz an der russische Börse zu Beginn der Woche hat deutlich gemacht, wie empfindlich das Börsenbarometer auf militärische Konflikte reagiert.«

»Die mexikanische Krise ist etwas völlig anderes. Fragen Sie Ladoux, er kennt sich mit den Besonderheiten der

Region bestens aus. Aber kommen wir zur Sache. Sie wissen, in Lothringen befindet sich die größte Erzlagerstätte Europas, ein Vorkommen von rund sechs Milliarden Tonnen Eisenerz. Das in Verbindung mit den amerikanischen und schwedischen Stahlkonzernen …«

»Das ist mir längst bekannt und ich bezweifle nicht, dass Sie recht haben. Doch es geht um das Wie. Wie wollen Sie die notwendige Änderung der Besitzverhältnisse erreichen – darüber, mein Lieber, debattieren wir seit Tagen und ich habe nicht den Eindruck, einer Lösung des Problems in irgendeiner Weise näher gekommen zu sein.«

»Nun, Herr von Essens Hinweise …«

»Ach, lassen Sie mich mit diesem Lügenbaron zufrieden. All seine Geschichten und Versprechungen haben sich in Luft aufgelöst. Kein Wunder, dass ihn jemand umgebracht hat.«

»Haben Sie …?«

»Selbstverständlich nicht. Mit so etwas geben wir uns nicht ab. Und wenn nicht Ihre Seite für seinen Tod verantwortlich ist, dann eben jemand anderes. Der Graf hatte viele Eisen im Feuer. Doch zurück zu meiner Frage.«

Der Sprecher, es war der Scaramuz, hielt auf einmal inne und blickte sich um. Er schien etwas gehört zu haben. Aufmerksam schaute er auch in Richtung der Laube. Langsam wich Wedigo zurück und zog Melissa mit sich. Plötzlich entwickelte sich draußen ein ganz eigenes Theater. Der Pierrot sprang in Richtung der Venusfigur und packte jemanden, der sich dort offenbar verborgen hatte. Er zerrte die Gestalt zum Standort des Scaramuz, welcher aus seinen weiten Taschen eine Blendlaterne hervorzog und deren Strahl auf den Gefangenen, vielmehr die Gefangene, richtete; im Schein des Lichtes zeigte sich das

Gesicht einer jungen Frau. Wedigo konnte gerade noch einen Ausruf unterdrücken, denn es war seine schlanke Circe, die ihn im Potsdam Haus in das gefährliche Zimmer gelockt hatte.

»So, meine Liebe, sind wir neugierig? Was spionierst du uns nach?«

Die Circe antwortete nicht.

»Du willst schweigen? Dann muss ich dich zum Sprechen bringen.«

Der Pierrot riss ihren Arm brutal nach hinten. Sein Griff ließ sie einen Schmerzensschrei ausstoßen. Wedigo wollte schon losspringen und ihr zu Hilfe kommen, aber Melissa hielt ihn zurück.

»Um Gottes willen, warte, da kommen noch mehr!«, flüsterte sie ihm zu.

Zwei weitere Personen rannten herbei, die sich, ohne ein Wort zu sagen, auf den Pierrot und den Scaramuz stürzten. Die junge Frau nutzte deren Überraschung, riss sich los und rannte davon. Während sich eine Schlägerei entwickelte, schlichen sich Wedigo und Melissa im Schutz einiger Staudenbüsche aus der Laube und eilten der jungen Frau nach. Diese bewegte sich durch eine schmale Pforte, verließ den Park, sprang über eine Straße und tauchte in das dichte Buschwerk ein, das an dieser Stelle das Ufer des Dianasees verbarg. Atemlos erreichte Wedigo die Stelle. Doch er hielt vergeblich nach ihr Ausschau. Sie war zwischen den Büschen untergetaucht und im Dunkel der Nacht verschwunden. Nur ein leichter Duft ihres Parfüms blieb in der Luft.

»Parfum d'Antan«, sagte Melissas Stimme hinter ihm. »Das Fräulein hat einen exquisiten Geschmack. Kanntest du sie?«

»Das ist das Fräulein von neulich Abend. Ihr verdanke ich die Betäubung. Ich hoffte, sie einholen zu können, um ...«

»Du brauchst mir nichts zu erklären«, unterbrach ihn Melissa. »Du bist und bleibst einfach unverbesserlich. Komm, wir gehen zum Fest zurück. Vielleicht können wir dort erfahren, wer unsere beiden Kostümierten waren, deren Gespräch wir zwangsläufig belauschen mussten, obwohl – obwohl wir eigentlich Besseres zu tun hatten.«

Sie kehrten zur Festgesellschaft zurück, die dabei war, sich aufzulösen. Als sie zum Brunnen kamen, trat Paul Wallich auf sie zu.

»Da seid ihr endlich, mein Chauffeur wartet schon; ich wäre beinahe ohne euch gefahren. Es gab eben einen Riesenkrach. Einer der Gäste, ein Pierrot, erschien mit blutiger Nase und behauptete, er sei überfallen worden. Da er stark nach Alkohol roch und auch sonst sehr angetrunken schien, glaubten wir ihm nicht. Er regte sich deswegen sehr auf und brüllte herum, bis sich jemand erbarmte und den Pierrot heimfuhr.«

»Lass mich raten, Paul: Der barmherzige Samariter war ein Scaramuz.«

»Woher weißt du das, Wedigo?«

»Reine Intuition«, erklärte Melissa, »und beste Menschenkenntnis.«

»Gab es sonst noch blutige Nasen?«, fragte Wedigo nach.

»Ich glaube, einer der Korsaren hinkte und das Kostüm des Harlekins war recht mitgenommen«, antwortete Wallich mit einem Stirnrunzeln. »Warum fragst du?«

»Man macht sich eben Gedanken«, erwiderte Wedigo.

Ein wenig später saßen sie in Paul Wallichs Mercedes 37/95 und fuhren zurück in die Stadtmitte. Wedigo nutzte die Zeit und fragte Paul nach dem Treffen in der Villa Pannwitz. Der bestätigte die Begegnung mit dem Amerikaner und dem Schweden und erklärte, es sei dabei um die Finanzierung eines Großprojektes gegangen. Aber weder er noch Leopold Koppel hätten der Seriosität des Vorschlags getraut.

»Weißt du, dieser Graf erzählte ständig neue Geschichten. Von Goldfunden im Lappland, Ölquellen in der Nordsee und dergleichen mehr. Und den Amerikaner fand ich in seiner öligen Art einfach unsympathisch, obwohl ich sicher bin, dass der Mann sein Geschäft versteht. Übrigens glaube ich, dass er heute als Scaramuz auf dem Fest war.«

»Der Amerikaner war in der Villa Harteneck?«, rief Wedigo, »als Scaramuz verkleidet, und du hast mich nicht informiert? Der Mann wird von der Polizei gesucht!«

»Das wusste ich nicht, ich dachte nur, er sei früher von der Jagd abgereist.«

»Wir sprachen doch über ihn heute Mittag. Er steht unter dem Verdacht, an der Ermordung des Grafen mitgewirkt zu haben.«

»Das hast du nicht gesagt«, verteidigte sich Paul Wallich. »Bist du jetzt bei der Polizei oder gehörst du der Garde an?«

In dem Moment erreichten sie das Hotel Bristol und der Wagen hielt, sodass Wedigo einer weiteren Antwort enthoben wurde. Er stieg aus und die Gräfin folgte wie selbstverständlich.

Am nächsten Morgen, als Wedigo erwachte, war Melissa fort. Außer ihrem Duft hatte sie ihm ein Briefchen hinterlassen:

Liebster Wedigo!

Danke für den herrlichen Abend und die Nacht. Ich freue mich auf heute Abend um acht im Adlon!

Tausend Küsse,

Deine Melissa

Wedigo blickte auf die Uhr, gleich neun. Himmel, er musste sich sputen. Warum hatte ihn Werner nicht geweckt? Dann fiel ihm ein, dass er dem Mann bis heute Mittag freigegeben hatte. Er sprang aus dem Bett, vollzog eine Katzenwäsche und rasierte sich Kinn und Wangen. Das Frühstück musste heute ausfallen. Wedigo schlüpfte in die Uniform, strich den Schnurrbart und die Haare glatt und begab sich eilig ins Ministerium.

IM MILIEU

Im Ministerium erwarteten ihn Nicolai und der aus dem Krankenhaus entlassene und zum Dienst zurückgekehrte Wilberg.

»Zeit, dass Sie kommen, Herr von Wedel. Sie haben wohl gestern Abend zu viel gesumpft? Ich hörte, Sie waren auf dem Sommerball von Theaterdirektor Herman Haller in der Villa Harteneck. Da soll kolossal viel los gewesen sein, also, bitte Ihr Bericht!«

»Na ja«, sagte Wedigo, der es aufgab, darüber nachzudenken, woher der Major die Informationen über seine Abenteuer bezog. »Ich weiß nicht, ob Sie der Sommerball als solcher interessiert. Wahrscheinlich eher die Ereignisse am Rande.«

»Genau von denen sollen Sie berichten«, bestätigte Nicolai.

Wedigo erzählte von dem belauschten Gespräch und dem Auftreten des Amerikaners als Scaramuz sowie von den übrigen Unbekannten, wobei er die Laubensituation nur en passant erwähnte.

»Wir haben es eindeutig mit mehreren Parteien zu tun«, stellte er abschließend fest. »Die Ziele der beteiligten Gruppen und ihre Zuordnung sind mir allerdings nicht deutlich.«

»Das Letztere scheint mir einfacher zu definieren!«, sagte Nicolai. »Da wäre Mr. John Loughead, der ein amerikanisches Stahlkonsortium vertritt und überall, wo etwas geschieht, anzutreffen ist und möglicherweise an der Ermordung des Grafen von Essen beteiligt ist. Dann haben wir den unbekannten Mosin-Nagant Schützen, der vermutlich Russe oder Slawe ist. Er könnte mit dem toten Flieger in Verbindung gestanden haben. Eine dritte Partei wird durch Ihre unbekannte Schöne und ihre Hilfstruppen repräsentiert. Jetzt stellen sich mehrere Fragen: Was hat das alles mit dem Tod Schroeters zu tun, und welche ausländischen Mächte stecken hinter den Gruppen?«

Wilberg meldete sich zu Wort. »Sie sind sicher, dass unsere Flieger aus Johannisthal mit dem Geschehen nicht in Verbindung stehen, Herr Major?«

»Jedenfalls nicht unmittelbar.«

»Dennoch wurde der Kaleu direkt über dem Platz erschossen. Irgendeine Verbindung muss es geben.«

»Wir haben noch nicht die Nussbaumhausspur überprüft«, gab Wedigo zu bedenken. »Vielleicht zeigt sich dort das fehlende Element, um die verschiedenen Gruppen und Ereignisse unter einen Hut zu bringen.«

»Wir werden uns noch heute dieser Spur annehmen«, erwiderte der Major. »Um auf Ihren Bericht zurückzukommen; Sie sagen, dass der als Scaramuz verkleidete Gast Mr. Loughead war. Kennen Sie die Namen der anderen Figuren?«

»Nein, leider nicht.«

»Wir sollten aber wissen, wer sich hinter der Maske des Pierrots sowie des Harlekins und des Korsaren versteckte. Die Identität Ihrer Circe hätte ich ebenfalls gern geklärt. Apropos Circe, wo steckte die Gräfin Walewska während des Geschehens? Sie sind über ihre Anwesenheit recht schnell hinweggegangen.« Der Major sah Wedigo forschend an, dann grinste er. »Ihr Schweigen ist vielsagend; ich darf also davon ausgehen, dass die Gräfin

Sie bei Ihren Beobachtungen tatkräftig unterstützte. Meinetwegen, aber seien Sie auf der Hut. In Maria Walewskas Adern fließt polnisch-französisches Blut. Heute mag sie für uns arbeiten, was morgen sein wird, steht auf einem anderen Blatt.«

»Sagten Sie nicht, Herr Major«, entgegnete Wedigo mit hochrotem Kopf, »die Gräfin habe viel für die Abteilung III b getan? Und Sie selbst weihten Maria Walewska in den Fall ein und sorgten sogar dafür, dass sie mich nach Baden-Baden begleitete!«

»Was meinen Sie zu unserem jungen Heißsporn, Hauptmann Wilberg?«, wandte sich Nicolai lachend an den Fliegeroffizier. »Gleich wird er mich fordern! Lieber Kamerad von Wedel«, fuhr er beschwichtigend fort, »echauffieren Sie sich nicht! Sie haben recht, vollkommen recht! Ich habe die Gräfin angeworben und in unsere Untersuchungen einbezogen. Sie ist eine einzigartige Schönheit, eine Dame von Geschmack und Verstand – und sie ist gefährlich. Glauben Sie mir das; im Übrigen denken Sie an Ihre letztjährigen Erfahrungen. Genug zu diesem Thema. Sie sind bitte so freundlich und suchen Theaterdirektor Haller auf. Er soll Ihnen eine Gästeliste geben oder erzählen, wer alles auf seinem Fest war. Hauptmann Wilberg kümmert sich inzwischen um die serbischen Flüge Schroeters. Ich muss die morgige Besprechung wegen der Reise Seiner Majestät des Kaisers und Großadmiral von Tirpitz zum Treffen mit Erzherzog Franz Ferdinand in Konopischt vorbereiten«, erklärte er. »Hofmarschall Graf von Platen-Hallermund, Generaladjutant Krumme und Oberleutnant von Jagow sind verantwortlich für den Reiseverlauf. Und wir müssen noch die Sicherheitslage abklären. Der Kaiser reist am kommenden Donnerstag nach Böhmen ab.«

»Wann nehmen wir uns das Nussbaumhaus vor?«, fragte Wedigo, der seine Fassung inzwischen wiedergefunden hatte.

»Heute Abend um sieben. Schneidmann und der Gefreite Schulze begleiten uns. Jetzt an die Arbeit. Sollten Sie Fahrzeuge brauchen, wenden Sie sich an den Oberfeldwebel. Und, Herr von Wedel, ab morgen müssen Sie sich neu quartieren, die Zahlstelle weigert sich, weiterhin das Bristol zu finanzieren. Meine Herren, wir sehen uns um vier zur Besprechung!«

Die beiden Hauptleute verließen Nicolais Büro.

Wedigo war mit der Entwicklung der Dinge unzufrieden. Seine Verabredung im Adlon mit Melissa würde er absagen. Hinzu kam, dass er aus dem Bristol ausziehen musste. Leicht verärgert suchte er Schneidmann auf. Dieser konnte ihm heute lediglich einen ältlichen Eisenacher Dixi von 1911 zur Verfügung stellen, wohingegen der schnellere Wilberg für sich einen flotten Adler 30/70 mit einer Spitzengeschwindigkeit von über 100 Stundenkilometer akquiriert hatte. Missmutig machte er sich auf den Weg zum Theater am Nollendorfplatz, wo er Herman Haller zu finden hoffte. Sein Fahrer, der Obergefreite Naumann, warf den Motor an, und sie fuhren los in Richtung Schöneberg. Nach einer halben Stunde erreichten sie ihr Ziel. Das Theater war ein imposanter Riesenbau. Seine Fassade schmückten im Jugendstil gehaltene überlebensgroße Figuren. Den Mittelpunkt bildete ein gerundeter Vorsprung mit hohen Rundbogenfenstern direkt über dem Eingangsportal des Hauses. Aktuell wurde die Operette ›Der Juxbaron‹ mit Musik von Walter Kollo gespielt. Im Mozartsaal gab es seit drei Jahren sogar Filmvorführungen.

Wedigo gab einem Bediensteten seine Karte und ließ sich in Herman Hallers Büro führen. Mitten im Raum stand ein mit Papieren und Fotografien übersäter Schreibtisch, an dem Haller gerade arbeitete.

»Herr Hauptmann von Wedel«, begrüßte ihn Haller, nachdem er die Visitenkarte studiert hatte, »was kann ich für Sie tun?«

Wedigo erläuterte sein Anliegen, er müsse einige Herren ausfindig machen, die wie er gestern Abend auf dem Sommerball gewesen seien, und bitte deshalb um eine Gästeliste.

»Mein bester Herr von Wedel, es gab keine Gästeliste, und ich kann Ihnen auch nicht sagen, wer alles auf meinem Fest war. Ich wusste noch nicht mal, dass Sie daran teilgenommen haben.«

»Würde es helfen«, erwiderte Wedigo, der es vermied auf die Frage nach seiner Anwesenheit einzugehen, »wenn ich Ihnen die Kostüme der gesuchten Personen beschreibe?«

»Wir könnten es versuchen«, stimmte Haller zu. »Beschreiben Sie!«

Wedigo schilderte das Aussehen des Pierrots und dann das des bunten Harlekins.

Haller hörte aufmerksam zu, schüttelte jedoch den Kopf. »Ich habe einige Commedia dell'arte Figuren gesehen, doch ich kann Ihnen nicht sagen, wer sich hinter den Masken verborgen hat.«

»Schade, vielleicht ist Ihnen das Fräulein bekannt? Es war etwa Mitte 20. Das Haar lag unter einer eng anliegenden Kappe verborgen. Das Kostüm des Fräuleins war ein dunkles, mit weißen Sternen übersätes Kleid. Und es bevorzugt das Parfum d'Antan.«

»Das Fräulein kenne ich«, antwortete Haller gedehnt.

»Ist der jungen Frau etwas passiert oder ist sie in irgendwelche Angelegenheiten verwickelt?«

»Ich will sie nur zum gestrigen Abend befragen«, erwiderte Wedigo. »Wie heißt das Fräulein?«

»Ihrer Beschreibung nach könnte es sich um Annica Ivanovic handeln, eine junge Schauspielerin aus Belgrad. Sie hat einige kleinere Rollen gespielt und ist begabt; vielleicht macht sie beim Film Karriere.«

»Hat Fräulein Ivanovic zurzeit im Hause ein Engagement?«

»Nein. Für morgen Mittag ist aber ein Vorsprechen für das nächste Stück von Walter Kollo angesetzt, an dem Fräulein Ivanovic teilnimmt. Warum wollen Sie das alles wissen? Das Fräulein ist hoffentlich nicht in schlechte Gesellschaft geraten? Einen Skandal kann das Theater nicht gebrauchen!«

Wedigo beruhigte den Theaterdirektor und versicherte ihm, es gehe nur darum, Fräulein Ivanovic einige Fragen zum gestrigen Abend zu stellen. Er bat Haller, nichts über seinen Besuch verlauten zu lassen. Dann verabschiedete er sich.

Auf dem Weg zum Ministerium ließ er seinen Fahrer vor dem Bristol halten, um seinem Werner, der aus dem Urlaub zurück war, Anweisungen für den Umzug ins Kasino des Offizierscorps der Landwehr-Inspektion Berlin zu geben. Dort hatte ihm Schneidmann ein neues Quartier besorgt. Selbstredend, dass die Gräfin auch benachrichtigt werden musste, schließlich würde Wedigo heute Abend nicht ins Adlon kommen können. Melissa unterhielt eine Wohnung auf dem Kurfürstendamm in der Belle Etage unweit des Hauses, in der Oberst Brose gelebt hatte. Eigentlich konnte er sie selbst aufsuchen und sich persönlich für heute Abend entschuldigen.

Eine halbe Stunde später betrat er das Haus und stieg hoch in den ersten Stock. Ein adrett gekleidetes Dienstmädchen mit Schürze und weißer Haube öffnete ihm. Wedigo gab ihr seine Karte und wies sie an, ihn bei der Gräfin zu melden. Das Mädchen bat »den Herrn Hauptmann« einzutreten, nahm Degen und Mütze in Empfang, führte ihn in den Salon und versprach, die Gräfin werde gleich kommen. Wedigo setzte sich und blickte sich neugierig um. Der Salon war ein hübscher, hoher Raum. Seidene Vorhänge in einem blassen Rotton hingen vor den Fenstern. Sie waren zur Seite gezogen und gaben den Blick auf einen parkartigen Garten mit Springbrunnen frei. Den Boden des Zimmers bedeckte ein schwerer Teppich, dessen Farben in kräftigem Blau und Grün leuchteten. Die Wände bekleidete heller Damast.

An der einen Raumseite gab es ein mit kleinen Polstern gestepptes Kanapee. Davor stand ein runder, lackierter Tisch. Auf der anderen Seite hatten mehrere gepolsterte Sessel Platz gefunden. Rechts der Tür befand sich eine alte Standuhr im Empirestil, über der ein Spiegel angebracht war. Das Besondere aber war ein angeketteter, grün gefiederter Kakadu, der Wedigo aufmerksam zu betrachten schien. Mehrere Blumenkübel mit großen, palmartigen Gewächsen und großen Blüten gaben dem Raum eine zusätzlich exotische Note. Die Tür öffnete sich und die Gräfin trat ein. Sie trug ein helles Hauskleid und ihr volles Haar fiel in schweren Locken offen über ihre Schultern. Sie sah auch in dieser einfachen Gewandung hinreißend aus.

»Wedigo, das ist wahrhaftig eine nette Überraschung«, begrüßte sie ihn und umarmte ihn. Sie nahm gegenüber des Kanapees in einem der Sessel Platz. »Ich sehe dich verwundert«, sagte Melissa lächelnd und wies mit einer umfassenden Geste auf die Einrichtung des Salons. »Du weißt, ich bin eigentlich eine Reisende und schätze den Luxus der großen Hotels. Jedoch war es notwendig, mir in Berlin eine Adresse zuzulegen, und daher mietete ich diese Beletage.«

»Der Kurfürstendamm ist eine gute Adresse«, entgegnete Wedigo, »doch das bunte Interieur deines Salons überrascht mich ein wenig.«

»Die Eignerin der Wohnung, die Gattin eines Vizeadmirals, hat einen Hang zu Skurrilem«, gab Melissa lachend zurück. »Im Flur hing sogar ein präparierter Haifisch. Den habe ich natürlich entfernen lassen, doch da ich der Dame versprechen musste, den Kakadu auf seiner Stange zu belassen und nichts in ihrem Salon zu verändern, blieb alles hier drinnen, wie es war und wie es ist. Du hast sicher einen Grund, weswegen du mich aufsuchst. Johanna wird uns Kaffee und Gebäck bringen und du erzählst.«

Wedigo gab einen kurzen Bericht.

»Dann kennst du wenigstens den Namen deiner Circe«, kommentierte die Gräfin. »Es trifft sich gut, dass der Adlonbesuch verschoben wird. Heute Abend findet der literarische Salon der Freifrau von Arnswaldt am Nollendorfplatz statt. Neben zahlreichen Musikern, Literaten und Komponisten verkehren dort vor allem Politiker. Berthas dritter Mann war Hermann von Arnswaldt, ein Reichstagsabgeordneter der Welfenpartei, daher hat sie Verbindungen. Ich werde heute hingehen und mich ein wenig umhören. Rathenau wird erwartet und ein gewisser Eckart von Naso.«

»Das ist der Sohn des Generalleutnants Ludwig von Naso, des verstorbenen Kommandeurs der Hessischen Garde-Dragoner«, rief Wedigo. »Rathenau und von Naso, die Dame hat wirklich gute Beziehungen.«

»Es kommt noch besser, mein Lieber«, entgegnete die Gräfin. »Naso soll sich erst kürzlich mit Ursula von Witzendorff verlobt haben.«

»Wollte Fräulein von Witzendorff nicht Kapitänleutnant Schroeter heiraten?«

»So sagt man; ich werde bestimmt Gelegenheit finden, Herrn von Naso auf diese Tatsache hin anzusprechen. Du siehst, während du Schroeters Spuren im tieferen Milieu verfolgst, recherchiere ich auf einer höheren gesellschaftlichen Ebene.«

Die Standuhr schlug bei diesen Worten vier, höchste Zeit für den Hauptmann, zur Dienststelle zurückzukehren. Er verabschiedete sich von Melissa und verließ die Wohnung.

Der Obergefreite, der geduldig gewartet hatte, fuhr ihn zurück zum Ministerium. Wedigo kam dort um 16.20 Uhr an. Wilberg und der Major verspäteten sich ebenfalls. Schließlich saßen die drei Offiziere im Büro Nicolais.

»Meine Herren, lassen Sie uns zusammentragen, was es an neuen Informationen gibt. Ich darf Sie zunächst in Kenntnis setzen, dass Kommissar Lehman inzwischen das Hotel des Herrn Loughead gefunden und sein Zimmer durchsucht hat. Der Mann selbst ist leider verschwunden. Lehmann hat über interne Quellen erfahren, dass die Identität des John Loughead wohl falsch ist. Möglicherweise handelt es bei ihm um einen gewissen Dr. Kazimirovic, einen Amerikaner mit serbischen Wurzeln. Was die Frau betrifft, die ihn zur Tarnzwecken begleitete, sie hat am letzten Freitag Baden-Baden mit dem Zug nach Paris verlassen. Im Zimmer des Amerikaners fand sich ein Adressbuch, das bis auf drei Einträge vollständig leer war: Dragutin T. Dimitrijević, Vojislav Tankositsch und Ilija Radivojević.«

»Das sind alles Serben!«, rief Wilberg.

»Das ist noch nicht alles«, sagte Nicolai, »Dragutin Dimitrijević, genannt Apis, ist laut Auskunft des Wiener Evidenzbüros Oberst der serbischen Armee. Er soll vor drei Jahren ein Attentat auf Kaiser Franz Joseph geplant haben, das nur durch einen Zufall verhindert wurde. Bei einer Rede des Kaisers anlässlich seines Geburtstags sollte ein als Operateur der Österreichisch-Ungarischen Kinoindustrie getarnter Attentäter einen mit Sprengstoff gefüllten Filmaufnahmeapparat neben dem Kaiser postieren. Doch ein echter Kameramann nahm seinen Platz ein und stellte seinen eigenen Apparat auf. Dieser wurde sogar von einem Offizier des Gefolges aufgefordert, während der Rede des Kaisers nicht zu filmen. Aber Kaiser Franz Joseph gab den Befehl, den Mann seine Arbeit verrichten zu lassen, ihn störe es nicht. Die andern beiden, Vojislav Tankositsch und Ilija Radivojević, sind ebenfalls Offiziere. Tankositsch war am Mai-Umsturz 1903 beteiligt, bei dem König Aleksandar Obrenović ermordet wurde.«

»Das klingt nach einer geplanten neuen Verschwörung«, meinte Wedigo.

»Das sehe ich genauso«, sagte der Major, »und ich fürchte, uns bleibt nicht viel Zeit, das Komplott aufzudecken und vor allem einen anzunehmenden Anschlag zu verhindern. Aber bevor wir spekulieren, darf ich jetzt die Herren um ihre Berichte bitten.«

»Ich habe herausgefunden, dass Schroeter zur gleichen Zeit in Belgrad war wie ein gewisser Anthony Wilding«, berichtete Wilberg. »Wilding ist Engländer, ein bekannter Tennisspieler, Motorradfahrer und begeisterter Flieger. Er ist eng mit Léon Levavasseur befreundet, dem Gründer des französischen Flugzeugunternehmens Société Antoinette.«

»Das ist in der Tat eine heiße Spur. Und Herr von Wedel?«

»Ich kann Ihnen nur den Namen des Fräuleins nennen, das ich mit ›Circe‹ bezeichnet habe. Es ist Annica Ivanovic, eine junge Schauspielerin aus Belgrad. Ich werde morgen mit Fräulein Ivanovic sprechen.«

»Sagen Sie auch Kommissar Lehmann Bescheid, damit Ihnen die Schöne nicht wieder entschlüpft. Ich denke, meine Herren, die Hinweise sind geradezu überdeutlich. Jetzt heißt es, noch die Angelegenheit Nussbaumhaus zu klären, das machen wir heute Abend. Dann müssten wir ein klares Bild der bisherigen Puzzleteile besitzen und anhand der Fakten unsere Pläne ausrichten.«

»Was ist mit der angenommenen Konkurrenz einzelner Gruppen, Herr Major?«, fragte Wedigo. »Man bekämpft und eliminiert sich offenbar gegenseitig.«

»Typisch Balkan, jede Menge Räuberbanden und, wie Seine Majestät sagt, lauter Räuberstaaten. Da hasst der Nachbar den Nachbarn, und ein Dorf hasst das andere. Kein Wunder bei dem Vielvölkergemisch in der dortigen Region: Serben, Bosnier, Kroaten, Albaner, Türken, Mazedonier, Slowenen, Ungarn und Griechen; dazu die Religionen, die Orthodoxen, die katholische Kirche, Juden und Moslems, ein einziges Chaos. Denken Sie an die letzten Balkankriege, jeder gegen jeden. Wir müssen die Frontlinien auf jeden Fall klären. Zur Sicherheit begleiten wir daher die Reise des Kaisers nach Konopischt vom 11. bis 16. des Monats. Sie, Herr von Wedel, sind bereits beim Vorkommando dabei und reisen am Mittwochnachmittag mit der Bahn nach Böhmen ab. Hauptmann Wilberg überwacht die Aktion aus der Luft und folgt dem kaiserlichen Sonderzug von oben.«

Wedigo überraschte die Planänderung. Als Angehöriger der Abteilung III b war eine private Terminplanung nur schwer möglich. Am Mittwoch würde er also nach Konopischt reisen. Er bedauerte es, Melissa zurückzulassen. Andererseits reizte ihn das neue Abenteuer, und er war gespannt, was ihn in Böhmen erwartete.

Als die Besprechung zu Ende war, kehrte Wedigo ins Bristol zurück. Da er ohnehin am Mittwoch abreiste, wollte er so lange zu Hause bleiben. Die eine Übernachtung zahlte er notfalls aus eigener Tasche, obwohl er mit seinem Sold als Hauptmann finanziell nicht gerade auf Rosen gebettet war. Er gab Werner neue Anweisungen und speiste zu Abend. Danach zog er den abgetragenen Knickerbockeranzug an und kehrte zum Ministerium zurück. Dort erwarteten ihn bereits Wilberg und der Oberfeldwebel, ebenfalls in Zivil. Major Nicolai ließ sich entschuldigen, da er kurzfristig zu einer weiteren Besprechung musste.

Die Männer fuhren zu den Schatten, einem verkommenen Stadtviertel. Enge Gassen und schiefe Häuser mit dunklen, steilen Treppen prägten das Bild. Man hatte den Eindruck, in einer anderen Welt zu sein, das Treiben der geschäftigen Großstadt schien weit entfernt. Das Nussbaumhaus selbst befand sich in einem Winkel an der Ecke der Fischerstraße. Vor dem Gebäude stand ein alter, kränklicher Nussbaum, der Namensgeber der Wirtschaft. Die ganze Umgebung war völlig heruntergekommen und versank in Schmutz und Unrat. Im Lokal selbst hockten Gestalten der untersten Volksschicht. Säufer, alte Huren und kleine Gauner, aber auch einfache Handwerksburschen und Menschen, denen die Armut kaum mehr als Hemd und Hose gelassen hatte. Es herrschte ein unglaublicher Tabakdunst im Raum und der Holzboden war schwarz vor Dreck. An der Rückwand befand sich eine grob gezimmerte Theke, hinter der ein dürrer Mann mit kahlem Schädel Bier aus einem Fass zapfte. Vorn füllte ein Dutzend Holztische einfacher Bauart den Raum.

Eine ältere Dirne, die direkt am Eingang saß, erhob sich und trat mit herausfordernden Blicken auf sie zu. »Lass was springen, schönes Herrlein«, wandte sie sich an Wedigo, den sie als Anführer der kleinen Gruppe ansah, »dafür will ich euch die übrigen Gäste vorstellen!«

Wedigo ließ sie gewähren und drückte ihr ein Markstück in die krummen Finger.

»Dank Euch, Herr«, sagte sie mit meckernder Stimme. »Jutt, dass Ihr nicht geizig seid. Setzt euch mal hierhin. Ich bin übrigens die Penunzenjenny.«

Die Männer nahmen an einem wackligen Tisch Platz. Ein verwahrlostes Schankweib im losen, halb offen stehenden Kittel brachte unaufgefordert jedem einen Krug Schwarzbier. Die Dirne nahm einen tiefen Zug aus ihrem Krug und begann dann mit weit ausholenden Gesten ihre Vorstellung. »Also dort drüben der Kerl im Ringelhemd mit den riesigen Muskeln, das ist Matrosenkarle. Neben ihm die Dicke ist Lisa mit'm Doppelarsch. Der Kurze rechts von ihr ist der lange Hans. Hinten sitzt Elsa. Se hat Probleme mit ihren Krampfadern, deswegen trägt se die Beine bandagiert. Doch det Herze is' noch richtich jung!«

Weiter ging es mit diversen anderen Persönlichkeiten und Namen wie Schnapperchen, Schmule und Erna mit's Jlasoge.

»Wir suchen eine gewisse Marie«, unterbrach Wedigo schließlich das Gerede des Weibes.

»Meinste die Marie, wo den feinen Pinkel als Kavalier hat? Wat wollt ihr von Mariechen?«

»Nichts Schlimmes«, beruhigte Wedigo die Alte. »Wir wollen mit Fräulein Marie nur sprechen.« Bei diesen Worten zog er ein weiteres Markstück aus der Tasche.

»Jutt, wenn das so ist«, sagte die Dirne und griff gierig nach dem Geldstück. »Der Maxe kann euch zu Mariechen führen.« Sie zeigte auf einen breitschultrigen, grobschlächtigen Mann, der an der Theke lehnte und wachsam zu ihnen schaute. Offenbar war der Kerl ein Loddel, ein Zuhälter. Nach kurzer Verhandlung mit der Penunzenjenny kam Maxe zu ihnen an den Tisch. Er verbeugte sich spöttisch und erklärte sich bereit, die Herren zu Fräulein Marie zu führen. Wedigo entging nicht, dass der Loddel einigen Kumpanen Zeichen gab, ihnen heimlich zu folgen. Er fühlte in der Tasche nach dem Browning; die Burschen mochten ruhig kommen. Schneidmann schien dieselbe Beobachtung gemacht zu haben. Er klopfte auf seine Jackentasche und nickte ihm beruhigend zu.

Die Gruppe verließ die Spelunke und wandte sich nach rechts. Nach einigen Minuten kamen sie an ein Haus. Der Loddel öffnete die Tür und bat die Herren einzutreten. Er brachte sie in einen halbdunklen, vor Schmutz starrenden Raum.

»Nehmen Sie Platz, die Herren, det Mariechen kommt gleich.« Damit wollte er das Zimmer verlassen und die Tür schließen, doch Oberfeldwebel Schneidmann war schneller. Er fasste rasch den Griff und hielt die Tür fest.

»Was soll das?«, rief der Loddel verärgert. »Willste wohl loslassen, du Rabenaas!« Er holte aus, um dem Oberfeldwebel einen Schlag zu versetzen. Doch Schneidmanns Hand schoss nach vorn und packte den Arm des Angreifers, drehte ihn um, bis der Mann aufschrie, und er zwang ihn zu Boden. Im gleichen Augenblick stürmten drei weitere, mit Eisenstangen bewaffnete Schläger herein und griffen die Soldaten an. Wedigo trat dem ersten Angreifer gegen das rechte Bein. Der Mann stolperte, ein Schlag mit dem Browning auf den Hinterkopf ließ ihn endgültig zu Boden gehen. Hauptmann Wilberg hatte indessen einen Stuhl ergriffen, mit dem er die Attacken eines weiteren Mannes abwehrte. Der Dritte versetzte eben Schneidmann einen bösen Schlag. Dieser drehte sich zum Glück zur Seite, wurde aber empfindlich an der Schulter getroffen, er taumelte und fiel nieder. Auch Wilberg geriet mehr und mehr in die Defensive. In diesem Moment hob Wedigo die Waffe und schoss in die Decke. Der Knall dröhnte in dem kleinen Raum wie Kanonendonner und ließ die Trommelfelle vibrieren. »Schluss jetzt, Hände hoch!«, befahl der Hauptmann. »Der nächste Schuss geht in die Knie!«

Die Schlägertypen hielten abrupt inne. Wedigo richtete den Browning auf sie und zählte: »Eins, zwei …« Bei »drei« ließen sie die Eisenstangen fallen und hoben die Hände. Schneidmann stand mühsam auf, biss die Zähne zusammen und fesselte die Hände der Kerle mit ihren eigenen Gürteln. Wedigo griff sich den Loddel, der vor Wut mit den Zähnen knirschte.

»Los, Kerl, wo ist Fräulein Marie?«

»Das geht euch feinen Pinkeln 'nen feuchten Kehricht an«, stieß er hervor. Schneidmann gab dem Mann einen Tritt in die Seite, dass er erneut vor Schmerz aufschrie.

»Du Ratte, dich werde ich lehren, wie ein Kerl wie du sich gegenüber einem Herren zu benehmen hat.« Er berührte mit dem Schuh leicht den Unterleib des Mannes und holte dann weit aus.

»Halt, Halt!«, rief der Loddel angstvoll. »Ich sage ja alles. Die Marie ist nicht mehr hier. Sie ist zu ihrer Tante gezogen, drüben in die Elsässer Straße 47.«

Die drei Männer verließen das üble Loch und kehrten zu ihrem Kraftwagen zurück. Schneidmann litt in der linken Schulter, wo ihn die Eisenstange getroffen hatte, starke Schmerzen und wurde daher zur Charité gebracht. Danach informierte Wedigo die Polizei und beschrieb genau das Haus, in dem die Ganoven zurückgeblieben waren. Endlich, es war schon fast halb neun, fuhren sie zur Elsässer Straße. Die Gegend, in die sie jetzt kamen, war ein wenig besser beleumundet als die Schatten, galt aber auch als Amüsierviertel. Neben gehobenen Lokalitäten gab es hier vor allem die berüchtigten Kellnerinnenvarietés. Die Bedienung dort war gleichzeitig das Bühnenpersonal. Die tief dekolletierten Fräulein tanzten auf der Bühne, sangen anzügliche Couplets und versuchten den Gast nach Strich und Faden auszunehmen. Andere Tingeltangellokale wie zum Beispiel der Kuhstall ließen blutjunge Musikerinnen in fantastischen Kostümen als Damenkapelle auftreten. Neuerdings waren zahlreiche Varietés in Ladenkinos umgewandelt worden, in denen tags und nachts Filme gezeigt wurden.

In der Elsässer Straße 47, ihrem Ziel, befand sich ein solches ehemaliges Varieté, das vor einigen Jahren zu einem sogenannten Biophon-Theater geworden war. Im Haus daneben sollte Marie zu finden sein.

Die alte Frau, die ihnen dort nach mehrmaligem Läuten öffnete, war schwerhörig, weshalb es einige Zeit in Anspruch nahm, bis sie ihr die Auskunft entlockten, Marie und ihre Freundin seien zum Tanzen gegangen. Sie beschrieb das nahe gelegene Tanzlokal. Die Männer ließen den Wagen stehen und machten sich zu Fuß auf den Weg.

Die Tanzveranstaltung fand im Hinterzimmer einer normalen Schankstube statt. In diesem Raum, großzügig Saal genannt, wurden fast täglich sogenannte Witwenbälle veranstaltet. Für eine Mark erhielt man Zugang und freie Auswahl unter den Damen. Getränke kosteten natürlich extra. Der Saal war schmal und recht kühl. Am Eingang wurden die Herren von einer unförmigen Frau in einem himmelblauen Kleid begrüßt. Sie überprüfte das Aussehen der Gäste mit schnellem Blick, es galt Kragenpflicht. Wedigo und Wilberg durften passieren. Sie betraten den Saal und schauten sich suchend um. Der kahle Raum war mit einigen grellfarbigen Luftschlangen dürftig dekoriert. An der einen Seite befand sich ein Ausschank. Gegenüber waren an der Wand Tische aufgestellt, an denen eng gedrängt die Gäste saßen. Es handelte sich überwiegend um Frauen um die 40, meist Witwen, die mit der Hoffnung kamen, wieder einen Mann zu finden. Daneben nutzten etliche Dienstmädchen die Gelegenheit, ein wenig zu tanzen und zu schwofen. Ein Geiger und ein Mann am Klavier spielten sentimentale Walzermusik. Paare drehten sich im Tanz, über allem lag der Geruch von Armut und Bedürftigkeit.

Neben den älteren Frauen, von denen einige erwartungsvoll in ihre Richtung blickten, gab es nur wenige jüngere im Raum. Ganz rechts saßen zwei, die durch ihre adrette Kleidung und das Aussehen sofort auffielen. Eine von ihnen sah Wedigo und winkte ihm aufgeregt zu; es war Leni, das Dienstmädchen aus dem Hause Pannwitz!

»Das eine Fräulein scheint euch zu kennen, Herr Kamerad«, bemerkte Wilberg trocken. »Sollten Sie etwa ähnlichen Vorlieben frönen wie Kapitänleutnant Schroeter?«

»Nein, aber ich gebe zu, ich kenne das Fräulein«, erwiderte Wedigo. »Ich denke, das könnte uns vielleicht helfen. Das andere Fräulein dürfte die von uns gesuchte Marie sein.« Er schritt auf die beiden zu, während Wilberg ihm folgte. »Guten Tag, die Damen«, begrüßte Wedigo sie. »Gestatten Sie, dass wir uns zu Ihnen setzen?«

Leni, die ihre dunklen Haare heute hochgesteckt trug, blickte ihre Freundin fragend an. »Was meinst du, Marie?«

Marie war eine hübsche Brünette mit einem zarten Gesicht und klugen, wachen Augen. Wedigo wunderte sich, wie ein solch feines Wesen in eine Spelunke wie das Nussbaumhaus geraten war. Marie betrachtete die beiden Offiziere genau und nickte dann. »Die Herren sehen janz manierlich aus. Sie dürfen sich zu uns setzen. Aber, das sage ich gleich, Tanzen is nich. Ich tanze nur mit meinem Verlobten!«

»Du darfst auch nicht gleich wieder türmen«, ergänzte Leni und warf Wedigo einen tadelnden Blick zu.

»Das habe ich heute auch nicht vor«, bestätigte Wedigo. »Und ich muss mich für mein Versäumnis am Sonntag entschuldigen. Ich war auf der Jagd, sodass ich Ihr freundliches Angebot, Sie am Märchenbrunnen im Volkspark zu treffen, nicht wahrnehmen konnte.«

Beide Fräulein reagierten auf Wedigos Entschuldigung mit einem Kichern. »Mann«, sagte Leni, »du redest fast so geschwollen wie Maries Walter. »Siehste«, wandte sie sich an die Freundin. »es jibt doch noch feine Kavaliere, die ein Mädchen suchen und sich bei ihm entschuldigen, wenn se nich kommen konnten.«

»Ach, was weißt denn du?«, erwiderte Marie bloß und seufzte. Gerade setzte Musik ein. Wedigo nutzte die Gelegenheit, um Leni aufzufordern, da er mit ihr allein reden wollte.

»Sprechen Sie mit Marie und klären Sie, ob Schroeter dieser Walter ist«, raunte er Wilberg zu. Dann führte er

Leni auf die schmale Tanzfläche. Die nächsten drei Tänze drehten sie sich flott im Kreise. Das schlanke Mädchen war leicht wie eine Feder und ließ sich ebenso leicht führen. Wenn Wedigo gedacht hatte, er könne sie ausfragen, hatte er sich getäuscht. Auf seine Fragen gab sie kaum Antwort, sondern schien ganz in dem Walzertakt aufzugehen. Als die Musik endete, war ihr Gesicht leicht gerötet und ihr Atem ging rasch.

»Du hast das Tanzen wirklich raus, wo haste das gelernt?«

»Wir hatten in der Kadettenanstalt einen ganz passablen Tanzlehrer«, erwiderte Wedigo, worauf Leni in schallendes Gelächter ausbrach.

»Du bist ne Nummer. Jetzt hab ich Durst, lass uns an die Theke gehen, da kostet es keine Bedienung extra. Und die beeden Turteltäubchen sind ungestört.«

In der Tat schienen Wilberg und Marie in ein intensives Gespräch vertieft, wie Wedigo feststellte. Sie stellten sich an die Theke, und er bestellte für Leni eine Berliner Weiße und für sich ein normales Bier. Die Getränke kamen, Leni nahm einen tiefen Schluck und sah dann Wedigo erwartungsvoll an. »Nun sag schon, was wollt ihr beede wirklich von uns Mädchen? Wollt ihr euch einen Jux mit uns machen oder so Sachen mit uns anstellen? Ihr seid nich aus dem Miljö oder welche von uns kleenen Leuten. Das merk ich sofort. Sag's gleich, was ihr wollt, dann wissen wir Bescheid!«

Leni schien doch nicht so naiv zu sein, wie er gedacht hatte. Wedigo beschloss, mit halbwegs offenen Karten zu spielen. »Hören Sie, Fräulein Leni. Wir sind Kameraden von Walter Schroeter. Wir glauben, dass Schroeter mit Ihrer Freundin Marie gut bekannt war. Es kann sein, dass er ihr etwas gegeben hat, was von großer Wichtigkeit ist. Danach wollten wir sie fragen.«

»Ist Walter tot?«, fragte Leni leise.

»Sie kannten ihn auch?«

»Marie hat ihn mir einmal vorgestellt. Ist er tot?«, wiederholte sie.

»Ja«, antwortete Wedigo. »Er ist mit einem Flugzeug abgestürzt.«

Leni schwieg. Im gleichen Augenblick erhoben sich Wilberg und Marie und kamen ebenfalls an die Theke. Der Hauptmann nickte Wedigo zu.

»Stell dir vor, Leni!«, rief Marie und zeigte ungeniert auf Wilberg. »Er kennt Walter! Er ist ein Kamerad von ihm«, erklärte sie eifrig.

»Hat er dir auch gesagt, dass Walter tot ist, Marie?«, entgegnete Leni leise.

»Walter ist was?«, stieß sie hervor und wurde bleich. »Das kann nicht sein, das ist nicht wahr!«

»Das ist die traurige Wahrheit, Fräulein Marie«, sagte Wedigo. »Ihr Bekannter ist tödlich verunglückt.«

»Walter ist tot«, sagte sie kaum hörbar. »Ich habe es beinahe geahnt, dass etwas nicht stimmt, als er sich nicht mehr meldete. Tot«, wiederholte sie und wurde ohnmächtig.

Wilberg fing das Mädchen auf und führte Marie, als sie wieder zu sich kam, mit Lenis Hilfe nach draußen. Wedigo besorgte eine Droschke. Sie brachten das schluchzende Mädchen zur Wohnung seiner Tante. Apathisch ließ Marie alles mit sich geschehen. Die Tränen flossen unaufhörlich über ihr Gesicht, und sie sagte kein einziges Wort. Wedigo und Wilberg fühlten sich gegenüber ihrem Leid hilflos. Leni übernahm es, sich um die Freundin zu kümmern, brachte sie zu Bett. Marie brauchte jetzt Ruhe.

Vielleicht würde es in den nächsten Tagen möglich sein, sie genauer zu befragen. Die Offiziere verabschiedeten sich. Als sie gerade die Treppe hinunterstiegen, kam ihnen Leni mit einem großen Umschlag in der Hand nachgelaufen.

»Warten Sie, das soll ich Ihnen von Marie geben. Es sind Aufzeichnungen, die Walter Marie anvertraut hat.«

Wedigo nahm den Umschlag an sich.

»Vielen Dank, Fräulein Leni, für Ihre Hilfe!«

»Vielen Dank für den Tanz, unbekannter Herr«, erwiderte sie, beugte sich zu Wedigo herab und gab ihm einen Kuss. Dann drehte sie sich um und hastete zurück nach oben.

»Da haben Sie eine echte Eroberung gemacht, Kamerad. Ein wirklich hübsches Ding«, sagte Wilberg gänzlich ohne Spott. »Das andere Fräulein tut mir wahrhaftig leid. Sie scheint Schroeter wirklich geliebt zu haben.«

Sie kehrten mit dem Automobil ins Ministerium zurück. Es war zehn Uhr, doch im Büro des Majors brannte Licht. Die Offiziere berichteten Nicolai von ihren Abenteuern und Wedigo präsentierte ihre Beute.

Nicolai betrachtete den Umschlag. Auf ihm stand in gestochen klarer Sütterlinschrift: ›Bei meinem Tode von einem Kameraden zu öffnen!‹

Der Major rieb sich die Hände. »Die Dinge kommen in Fahrt, meine Herren. Dann wollen wir einmal schauen, was uns Schroeter vermacht hat.« Er öffnete vorsichtig den Umschlag und zog mehrere Schriftstücke hervor. Er überflog das erste, las dann langsamer und gründlich. Auch für die nächsten drei Schreiben nahm sich Nicolai Zeit. Als er mit ihnen fertig war, schob er sie Wedigo und Wilberg zu. Er selbst stand auf und begann, im Raum auf und ab zu laufen. Währenddessen studierten die beiden Offiziere die Papiere. Auf den ersten Blick sah das, was dort stand, harmlos aus. Zwei der Schreiben waren Namenslisten, ein drittes eine Art von Programm und das letzte ein Bauplan. Dann erkannte Wedigo die Brisanz. Der Plan zeigte den Grundriss von Schloss Konopischt, dem Begegnungsort von Kaiser Wilhelm und Erzherzog Franz Ferdinand. Das Programm gab den geplanten Ablauf wieder, während die Listen die Tagungsteilnehmer und ihre Begleitung zeigten. Die zweite enthielt, den Namen nach, offenbar eine Aufstellung des Personals vor Ort.

»Woher hatte Schroeter seine Informationen?«, rief Nicolai. »Diese Listen geben potenziellen Attentätern jeden nur denkbaren Hinweis über Abläufe, Räumlichkeiten und Sicherheitskräfte.«

»Das lässt sich doch verändern, oder?«, fragte Wedigo.

»Das ist richtig, löst aber unser Problem nicht. Ich gehe davon aus, dass diese Informationen nicht von ungefähr nach draußen gelangt sind. Jemand muss sie weitergegeben haben. Wenn wir den Rahmen ändern – wer sagt uns, ob der Feind nicht sofort davon Kenntnis erlangt?«

»Oder er ändert seine Pläne gänzlich ab«, schlug Wilberg vor, »und wir haben keine Kenntnis mehr, was er vorhat.«

»Hinter einigen Namen sind Markierungen«, bemerkte Wedigo, der von Nicolais Schreibtisch eine Lupe genommen hatte und damit die Listen auf Details hin untersuchte.

»Zeigen Sie her, das ist mir nicht aufgefallen«, sagte Nicolai und ließ sich das Blatt reichen.

Wedigo wies den Major auf die Markierungen hin. Nicolai nahm die Lupe und studierte die Stellen genau. »Ich zähle fünf Kreuze auf der Liste des Personals, folgende Namen sind gekennzeichnet: August Richard, Ernst Kröder, Abraham Harstenstein, Willi Paul, Dimitrije Tucović.«

»Tucović, das ist doch wieder ein Serbe«, meinte Wilberg.

Der Major griff zum Telefon. »Gefreiter, stellen Sie eine Verbindung zu Kommissar Lehmann von der C. St. her!«

»Laut Plan ist am 14. Juni um 11 Uhr eine Besprechung angesetzt«, sagte Wedigo. »Als Ort ist der Kaminsaal angegeben. Sowohl im Zeitplan als auch im Grundriss findet sich jeweils ein Kreuz als Markierung.«

»Damit könnten Ort und Zeitpunkt eines möglichen Anschlages gemeint sein«, meinte Nicolai. Das Telefon läutete und er nahm die Hörmuschel ab. »Nicolai … Ah, Sie sind es, Kommissar. Gut, dass Sie heute Dienst haben. Ich gebe Ihnen einige Namen durch…« Nicolai nahm die Liste und las die markierten Namen vor. »Wenn Sie die so schnell wie möglich überprüfen könnten … Danke!« Er hängte ein. »Wir werden bis morgen 9 Uhr Antwort erhalten. Für heute haben wir genug getan. Gute Arbeit!«

»Da ist ein Zettel auf den Boden gefallen. Er muss an der Liste gehaftet haben«, sagte Wedigo. Er bückte sich, hob das Papier auf und reichte es Nicolai. Der Major las laut vor: »Anthony Wilding war in Belgrad. Treffen mit Josip Brojević. Gefahr!«

»Anthony Wilding, das ist dieser Engländer«, rief Wilberg, »der Schroeter kannte und gleichzeitig mit ihm in Serbien war!«

»Ein deutlicher Hinweis auf den Angreifer«, bestätigte Nicolai, »aber kein Beweis. Was es bedeutet, besprechen wir morgen, wenn uns Lehmann die Informationen gegeben hat. Bis dahin, gute Nacht!«

Wedigo kehrte ins Bristol zurück. Er war hundemüde, die letzten Tage waren anstrengend gewesen. Auf seinem Zimmer legte er die Kleidung ab, wusch sich und betrat im

Nachtgewand seinen Schlafraum. Ein leichter Duft lag in der Luft, ein Duft, den er kannte und den er liebte.

»Du hast aber lang auf dich warten lassen, Wedigo. Die Juninächte sind kurz und bald wird es wieder hell.«

»Melissa!«, rief Wedigo. »Wie bist du hier hereingekommen?«

»Du stellst vielleicht Fragen«, antwortete sie und ein leises Lachen ertönte. »Komm nur näher, dann erkläre ich dir alles, Liebster!«

Am nächsten Morgen begab sich Hauptmann von Wedel in das Ministerium. Melissa hatte ihm beim Frühstück auf dem Zimmer von ihrem Besuch im Salon der Freifrau von Arnswaldt am Nollendorfplatz erzählt. Tatsächlich hatte sich Schroeter ursprünglich um Ursula von Witzendorff bemüht. Das Fräulein hatte einige Zeit bei einer Tante in Berlin gewohnt, was den Kontakt erleichterte. Dann aber stellte er seine Besuche bei dem Fräulein von einem Tag auf den nächsten ein. Melissa hatte sich auch mit Walther Rathenau unterhalten und das Gespräch geschickt auf Schwedenstahl gebracht. Der Wirtschaftsmann ließ sich entlocken, dass ein französisch-amerikanischer Trust versuche, mit Dumpingpreisen das Reich auf dem Weltmarkt zurückzudrängen. Graf von Essen habe ihm in diesem Zusammenhang einige Angebote gemacht, die er, Rathenau, da sie gegen das Reich gerichtet gewesen seien, energisch zurückgewiesen habe. Dies auch, da er als Aufsichtsrat der AEG sich in der Stahlbranche nicht auskenne, hatte Rathenau hinzugefügt, woraufhin die Gräfin das Thema gewechselt hatte.

Wedigo gab die neuen Informationen an Nicolai weiter, der sich die Fakten notierte. Wenig später kam Kommissar Lehmann und präsentierte persönlich eine Liste mit Angaben zu den gestern Abend genannten Personen.

»Ich beziehe mich primär auf das alphabetische Verzeichnis der noch nicht erledigten Steckbriefe und Ausschreiben, welche seit Herausgabe des Deutschen Fahndungsblattes im Jahre 1899 bis Ende Dezember 1912 in diesem veröffentlicht worden sind. Sachstand 31. Dezember 1913«, erklärte er zur Einleitung. »Als Ersten auf der Liste haben wir August Richard, auch Agosto genannt. Der Mann wurde am 29. Juli 1880 in Mosso Santa Maria geboren, ist also Italiener, lebt aber seit Jahren im Reichsgebiet. Richard ist von Beruf Handlanger und gilt in entsprechenden Kreisen als gemäßigter Anarchist. Dann kommt Ernst Kröder, geboren am 6.11.1882 in Großstöbnitz. Kröder ist ein entflohener Strafgefangener und steht seit Jahren auf der Fahndungsliste. Als drittes haben wir einen gewissen Abraham Harstenstein, geboren am 5.2.1887 in Odessa, ein Student und bekannter Anarchist. Es folgt der Tischlerlehrling Willi Paul, geboren am 1. Juli 1897 in Göttingen, er gibt vor, zu einem Anarchosyndikat zu gehören. Der letzte der fünf Männer ist ein gewisser Dimitrije Tucović. Er wurde am 13. Mai 1881 in Serbien, wahrscheinlich in Belgrad, geboren und ist Gründungsmitglied der dortigen Sozialisten. Er und Harstenstein sind mit einem weiteren Herrn gut bekannt, nämlich mit Pjotr Andrejewitsch Archinow, alias Peter Archinow. Archinow ist gleichfalls Anarchist und den Fingerabdrücken nach der mutmaßliche Schütze beim Anschlag auf Hauptmann Wilberg und auf den Grafen von Essen. Die Abdrücke konnte ich im Reichskolonialamt sichern und mithilfe eines befreundeten russischen Kollegen aus Warschau eindeutig identifizieren.«

»Das heißt, wir haben unseren Mörder, und wir haben eine Gruppe von Verdächtigen, die in den Kreis des Personals im Schloss Konopischt eingeschleust werden konnten. Hervorragende Arbeit, Herr Kommissar.«

»Danke, Herr Major, aber die Kerle sind bislang nicht dingfest gemacht und die eigentlichen Drahtzieher haben wir ebenfalls noch nicht«, erwiderte Lehmann.

»Was meinen Sie mit *Drahtzieher*, Herr Kommissar?«, hakte Nicolai nach.

»Es geht doch um den Angriff auf Kapitänleutnant Schroeter, oder?«, antwortete Lehmann. »Da auf Hauptmann Wilberg geschossen und der Schwede während einer Jagd, an der Sie teilgenommen haben, ermordet wurde, gehe ich von einer breiteren Verschwörung aus.«

»Ihre Vermutung ist richtig«, bestätigte Nicolai, »wobei die Größenordnung dieser Angelegenheit noch nicht einzuschätzen ist. Konnten Sie feststellen, wo sich die Herrschaften, die auf der Liste sind, und vor allem dieser Peter Archinow, derzeit aufhalten?«

»Nicht in ihren Wohnungen, dort haben wir zuerst nachgeschaut. Wir kennen in Berlin einige Örtlichkeiten, wo sie zu finden sein sollten. Die übrigen Dienststellen sind informiert und meine Leute wurden auf die Suche geschickt. Archinow hat man zuletzt in Begleitung eines Franzosen gesehen«

»Heißt der Mann Georges Ladoux?«, fragte Wedigo.

»Das ist sein Name«, bestätigte Lehmann. »Kennen Sie Ladoux, Herr von Wedel?«

»Ladoux ist vermutlich für einen Angriff auf Gräfin Walewska und einen Einbruch verantwortlich«, erklärte Wedigo kurz, ohne weiter auf den Hintergrund einzugehen.

»Die verschiedenen Fäden scheinen sich zu verknüpfen«, kommentierte Nicolai. »Wo und wann wurde der Russe gesehen?«

»Das war gestern Mittag am Dresdener Hauptbahnhof. Der Mann stand schon seit einiger Zeit unter Beobachtung. Archinow stieg in den Zug nach Prag.«

»Ihre Leute haben den Mörder einfach fahren lassen?«, empörte sich Wilberg.

»Es handelte sich um eine Routinebeobachtung. Der betreffende Mann hatte die Anweisung, auf keinen Fall einzugreifen oder gar den Verdächtigen festzunehmen. Alles lief ganz nach Vorschrift ab, zumal zu diesem Zeitpunkt nicht bekannt war, dass Archinow der mutmaßliche Mörder ist«, erwiderte der Kommissar ruhig. »Ladoux fuhr übrigens von Dresden direkt in die Schweiz.«

»Ich danke Ihnen, Lehmann«, sagte Nicolai, »und wäre Ihnen ferner sehr verbunden, wenn Sie möglichst noch heute den Verbleib der anderen Männer klären könnten. Genauer gesagt, hat das oberste Priorität, verstanden?« Seine letzten Worte sprach er mit einer gewissen Schärfe, die Lehmann sofort klar war. Er erhob sich und eilte davon.

»Hat die Polizei den Mörder in Griffweite und lässt ihn entkommen; ich fasse es nicht!«, rief Nicolai verärgert, als der Kommissar gegangen war. Seine sonst so verbindliche Art war wie weggewischt.

»Wir müssen schleunigst handeln. Herr von Wedel, Sie nehmen sich Ihre geheimnisvolle Circe, die serbische Schauspielerin, vor und befragen sie intensiv. Obergefreiter Neumann begleitet Sie. Wenn das Fräulein nicht gleich auspackt mit dem, was es weiß, nehmen Sie es fest! Wir haben in dieser Hinsicht Generalvollmacht. Hauptmann Wilberg, Sie begeben sich nochmals nach Döberitz und forschen nach diesem Engländern Anthony Wilding. Der in Schroeters Aufzeichnungen angeführte zweite Name Josip Brojević passt zu den Initialen auf dem in Döberitz gefundenen Messer. Der Notiz Schroeters nach könnte er der angreifende Pilot gewesen sein. Ich kümmere mich um John Loughead alias Dr. Kazimirovic und um die Herren Dragutin Dimitrijević, Vojislav Tankositsch und Ilija Radivojević. Wir müssen diese Serbenbande zu fassen kriegen, bevor Schlimmeres passiert!«

Wedigo ließ sich erneut zum Theater am Nollendorfplatz fahren und dort zum Theatersaal führen, wo das Vorsprechen für das neue Revuestück bereits begonnen hatte. Das Ganze fand im Mozartsaal statt, in dem eigentlich seit drei Jahren Filmvorführungen zu sehen waren. Einige junge Damen standen vor den Zuschauerplätzen. Ein wenig erhöht war der Bühnenteil, auf dem gerade ein Jüngling ein Lied von Walter Kollo aus dem ›Juxbaron‹ zum Besten gab: »Kleine Mädchen müssen schlafen geh'n, wenn nachts die Sternlein am Himmel steh'n. In den Traum wiegt sie ein Englein sacht, schlaf wohl mein Schatz gute Nacht!«

Wedigo hielt nach Annica Ivanovic Ausschau und entdeckte sie schließlich seitlich auf der Bühne. Er ging zu ihr, doch Circe hatte ihn ebenfalls bemerkt und verschwand im Nu hinter den Soffitten. Wedigo hatte wenig Neigung sich auf ein Fangspiel einzulassen, doch er musste mit Fräulein Ivanovic sprechen. Er sprang zur Verblüffung der übrigen Akteure auf die Bühne und eilte dem jungen Mädchen nach. Die Soffitten bestanden aus mehreren parallel zur Rampe aufgehängten dunklen Stoffbahnen aus Samt. Zusammen mit den Schals der senkrecht hängenden Seitenkulissen bildeten sie einen Rahmen für das Bühnengeschehen. Es dauerte einige Augenblicke, bis er sich durchgearbeitet hatte. Dahinter zeigte sich ein langer, dunkler Gang, in dem allerlei Gerätschaften, Kabel und Seile lagen. Er stolperte, etwas fiel mit lautem Krach zu Boden. Verärgert blieb Wedigo stehen und schaute sich um: Von Circe war nichts mehr zu sehen. Ihm war klar, dass sich das Fräulein in den Ecken und Winkeln der Bühne und der Garderoben sowie im Theater viel besser auskannte als er. Dennoch musste es möglich sein, den scheuen Vogel einzufangen, bevor er sonst wohin davonflatterte. Er bedauerte, dass Melissa nicht dabei war. Die Gräfin hätte sich spielend in die Denkmuster der Flüchtenden hineinversetzt. Wedigo ließ sich auf einen vergoldeten Sessel sinken, der abseits in einer Ecke stand, und überlegte. Wie würde Melissa handeln, wenn sie Annica Ivanovic wäre? Die eine oder andere Situation ging ihm durch den Kopf, die er mit der Gräfin erlebt hatte, und Wedigo musste plötzlich lächeln. Ganz sicher, Melissa wäre nicht davongelaufen, sondern hätte sich versteckt, bis der Verfolger verschwunden war. Er bückte sich entschlossen, ergriff einen Holzklotz, der auf einem Stapel aus Stoffen lag, und schleuderte diesen in das dunkle Ende des Ganges. Es knallte laut und das Geräusch von zersplittertem Glas erklang. Irgendwo öffnete sich eine Tür und eine Bassstimme brüllte: »Ruhe!«

Leise glitt Wedigo auf seinen Platz zurück. Er wartete und bemühte sich, kein Geräusch zu machen. Weiter hinten tropfte Wasser, dann hörte er in der Ferne Stimmen, die kurz aufklangen und wieder verstummten. Endlich trat Stille ein und kein Laut war mehr zu hören. Schweigen und warten. Die Zeit schien auf der Stelle zu treten, die Sekunde dehnten sich zu gefühlten Stunden. Schließlich hielt es Wedigo nicht mehr aus, seine Geduld war am

Ende. Er wollte gerade aufstehen, da ließ ihn ein leises Quietschen in der Bewegung erstarren. Irgendwo öffnete jemand sachte eine Tür. Wieder Stille, dann endlich ein leises, klapperndes Geräusch. Ein Lichtstrahl zeigte sich in seiner Nähe. Er kam aus dem Raum, dessen Tür gerade aufgegangen war. Langsam trat eine Gestalt heraus, Wedigo sprang vor und packte zu. Eine Frauenstimme schrie auf. Er stolperte mitsamt der Ergriffenen in das Zimmer hinein und stürzte mit ihr zu Boden. Die Gefangene wand sich und drehte sich. Er spürte den straffen Körper der Frau, die in seinen Armen zappelte und zuckte und wie eine Wildkatze kratzte und biss. Erst als es ihm gelang, ihr die Arme auf den Rücken zu drehen, gab sie den Kampf auf und verlegte sich aufs Flehen und Betteln.

»Was wollen Sie? Ich hab Ihnen nichts getan, lassen Sie mich los! Bitte!«

Wedigo stieß sie in einen Sessel. Annica Ivanovic, die Circe, lag schwer atmend im Sessel. Beim Kampf war ihr Kleid aufgerissen, Schulter und Halspartie waren enthüllt. Sie schien ihren Zustand nicht zu bemerken, bebte vor Wut und blitzte ihn aus ihren dunklen Augen an. Wedigo nahm eine Decke von einem Tisch und reichte ihr diese.

»Bedecken Sie sich, mein Fräulein, und kommen Sie mit. Es sind einige Fragen aufgetreten, die Sie sicher klären können.«

Circe riss ihm das Tuch aus der Hand und warf es auf den Boden. »Warum sollte ich mit Ihnen mitgehen? Sie sind in meine Umkleide eingedrungen und wollten mir etwas antun. Ich habe nur meine Ehre gegen Sie verteidigt und mich zu Recht gewehrt!« Mit diesen Worten riss sie mit einem Ruck ihr Kleid noch weiter auf. Gleichzeitig schrie sie laut: »Hilfe!«

Wedigo reagierte blitzschnell. Er griff ein Schminktuch, stopfte es ihr in den Mund und erstickte so ihr Geschrei. Mit anderen Stoffteilen band er der Überraschten die Hände und die Füße. Er warf ihr schließlich die Decke über und verließ die Garderobe. Wedigo schloss die Tür ab, richtete seine zerzauste, doch unbeschädigte Uniform und eilte zum Wagen, um den Obergefreiten zu holen, der sich mit einem Wachtmeister unterhielt. Wedigo instruierte beide, dass er eine verdächtige Spionin ins Ministerium bringen müsse.

»Das Fräulein leistet Widerstand. Ich benötige Ihre Unterstützung, Wachmeister. Folgen Sie mir!«

Nur mit Mühe gelang es den Männern, die Tobende durch einen Seitenausgang in den Wagen zu schaffen. Glücklicherweise bekam das Theaterpersonal von dem Geschehen nichts mit. Zur Unterstützung begleitete der Wachtmeister die Fahrt bis zum Ministerium. Unterwegs beruhigte sich Circe, saß schließlich nur noch apathisch da und wimmerte. Wedigo empfand Mitleid mit der jungen Frau, anderseits schien sie mit allen Wassern gewaschen und war möglicherweise eine wichtige Schlüsselfigur in dem Fall. Annica Ivanovic wurde in einen Wachraum verbracht, wo sie heulend zusammensank.

Der Major war von seinen Aktivitäten bereits zurück und saß in seinem Arbeitszimmer. Wedigo meldete ihm die Festnahme Annica Ivanovics und gab über die näheren Umstände einen kurzen Bericht.

»Gut reagiert, Herr von Wedel«, lobte Nicolai. »Solche Weiber können einen in Teufels Küche bringen. Ich schlage vor, ich führe die Vernehmung selbst und ziehe die Gräfin zur Unterstützung hinzu.«

Eine Stunde später war Gräfin Walewska zur Stelle und auch Hauptmann Wilberg traf aus Döberitz ein. Der

Major ließ die Festgenommene in sein Büro führen und begann, in Anwesenheit der Gräfin, Wilbergs und Wedigos, das Verhör.

»Fräulein Ivanovic, Sie kennen John Laughton. Was wissen Sie über die Aktivitäten des Amerikaners?«

Die Serbin, der man einen Kittel zum Überziehen gegeben hatte, schwieg. Nicolai reagierte nicht und sprach einfach weiter: »Wir wissen, dass Sie Laughton und einen anderen Herrn im Garten der Villa Harteneck belauscht haben. Wir wissen auch, dass Sie es waren, die Hauptmann von Wedel im Haus Potsdam in eine Falle lockte. Wer waren Ihre Mittäter und was hatte die Aktion für einen Beweggrund?«

Wieder blieb der Major ohne Antwort. Unbeirrt setzte er die Befragung fort. »Sagt Ihnen der Name Josip Brojević etwas?«

Die Reaktion Fräulein Ivanovics war ebenso heftig wie unerwartet. Es sprang auf und stürzte sich wie eine Löwin auf den Major. Wedigo packte seinen Arm und riss es zurück.

»Wo ist Josip?«, schrie Annica Ivanovic. »Was habt ihr Schweine mit ihm gemacht?«

»Setzen Sie sich hin und hören Sie zu«, donnerte der Major das Fräulein an. »Sie haben sich heute schon zur Genüge wie eine Furie aufgeführt. Erklären Sie, woher Sie Josip Brojević kennen, und ich werde Ihnen über den Mann Auskunft geben.«

Annica Ivanovic sank in ihren Stuhl zurück und nickte kaum merklich. »Ja«, sagte sie. »Ja, ich werde sagen, was ich weiß, wenn Sie mir mitteilen, wo Josip ist und was mit ihm passiert ist. Ich habe ihn seit über einer Woche nicht mehr gesehen. Josip Brojević ist mein Verlobter, wir wollen im Sommer heiraten.«

»Ihr Verlobter, Fräulein Ivanovic«, sagte der Major langsam, »Ihr Verlobter Josip Brojević ist am Sonntag tot aufgefunden worden.«

»Josip ist tot?«

»Wir nehmen an, dass er mit einem Flugzeug abstürzte und den Absturz zwar überlebte, aber aufgrund mangelnder ärztlicher Versorgung erst später an den Folgen verstarb.«

»Josip ist tot«, murmelte sie und ihr Blick war wie erloschen.

Nicolai öffnete eine Schublade des Schreibtischs und holte das Messer mit den Initialen J. B., die Gebetskette und die Tabaksdose mit der Aufschrift ›Duvanska Industrija Vranje‹ hervor. »Gehörten diese Gegenstände Ihrem Verlobten, Fräulein Ivanovic?«

Die junge Frau löste sich aus der Erstarrung, die die Todesnachricht in ihr erzeugt hatte. Sie beugte sich langsam vor und strich sanft über die Dose und das Messer. »Das gehört … gehörte«, verbesserte sie sich mit tonloser Stimme und setzte neu an: »Die Gegenstände gehörten Josip. Warum ist er abgestürzt? Was ist passiert und wer ist verantwortlich für seinen Tod?«

»Wir glauben, dass er von Verschwörern angeheuert wurde, um bei einem Flug Kapitänleutnant Walter Schroeter abzuschießen«, begann der Major.

»Das ist unmöglich«, unterbrach ihn das Fräulein. »Josip und Walter waren gute Freunde, nie im Leben hätte Josip ihn getötet!«

»Fräulein Ivanovic«, schaltete sich überraschend die Gräfin ein. »Ich glaube Ihnen, dass Josip Walter Schroeter nicht getötet hat. Aber es sieht ganz so aus, als sei er entweder in etwas hineingeraten oder jemand habe sich bemüht, den Eindruck zu vermitteln, als sei Josip in eine Verschwörung verstrickt gewesen und als sei er ein Mörder.«

»Josip hat niemanden getötet«, wiederholte Annica Ivanovic. »Jemand will ihm das anhängen. Aber wer ist dieser Jemand? Derselbe, der ihn umgebracht hat?«

»Er starb an den Folgen des Absturzes«, erklärte der Major, ohne auf den Bombenfund einzugehen. »Wir halten John Laughton für einen der Hauptverantwortlichen. Es sind auch serbische Namen gefallen, die mit dem Geschehen in Verbindung stehen sollen.«

»John Laughton«, Annica Ivanovic spie den Namen fast aus. »Dieser Amerikaner bedrängte Josip schon länger, weil er für ihn einen Auftrag erledigen sollte. Er hat ihm 2.000 Dollar geboten, wenn er für ihn einen Flug durchführen würde. ›Josip‹, habe ich gesagt, ›2.000 Dollar für einen Flug, da stimmt doch etwas nicht, das kann nicht sauber sein …‹« Fräulein Ivanovic erzählte, wie Josip im Frühjahr zusammen mit Walter Schroeter nach Deutschland geflogen sei. Später sei sie ihm gefolgt und habe sich, da sie Schauspielerin sei und ihre Ausbildung in Wien erhalten habe, in Berlin um Rollen beworben. Josip und Schroeter hätten, zusammen mit anderen Fliegern – die Namen, die sie nannte, waren dem Major und Wedigo längst bekannt –, in Döberitz und Johannisthal weiter ihre Fähigkeiten vertieft und immer neue Flugfiguren ausprobiert. Vor einigen Wochen sei John Laughton wieder aufgetaucht und ab da hätten die Heimlichkeiten begonnen.

»Josip war dauernd unterwegs. Mal flog er nach Straßburg, Metz und Paris, dann nach London und Wien.«

»War er auch in Belgrad?«

»Da war ein Treffen mit einem gewissen Dimitrijević«, bestätigte das Fräulein, »aber Josip mochte den Mann nicht.

Am Freitag vor Pfingsten kam er ganz aufgeregt nach Hause und sagte, bald gehe es los und die 2.000 habe er so gut wie in der Tasche. Das war das letzte Mal, dass ich Josip gesehen habe.« Annica Ivanovic hielt inne und begann zu schluchzen. Tränen rannen ihr die Wangen hinab, sie presste die Hände vors Gesicht, als schäme sie sich. Melissa stand auf, ging zu ihr und legte den Arm um sie. Dann reichte sie der Weinenden ein Taschentuch und strich ihr übers Haar. Die Serbin wischte die Tränen weg und richtete sich auf. »Als ich von Josip nichts hörte, habe ich den Amerikaner gesucht. Ich wusste, er verkehrte gern in gewissen Lokalen und Nachtbars. In einem Lokal, im Café Größenwahn, habe ich ihn schließlich aufgestöbert. Er war nicht allein, ein Herr um die 40, mit an den Schläfen ergrautem, kurzem Haar und einem energischen Gesicht, saß neben ihm. Laughton schien mein Besuch zu stören, er meinte, er habe keine Zeit und wollte mich am nächsten Tag im Kranzler treffen. Das war letzte Woche Donnerstag. Am Freitag im Kranzler erzählte er mir, dass jemand hinter Josip her sei, und bat mich, ihm zu helfen, einen der Verfolger auszuschalten. Ich sagte natürlich zu. Am Tag darauf bekam ich spätabends die Aufforderung, rasch ins Haus Potsdam zu kommen. Es hieß, dort befinde sich einer der Männer, die Josip jagten, und ich solle ihn in eine Falle locken. Das tat ich, es handelte sich um diesen Herren dort«, sie zeigte auf Wedigo. »Ich wartete, dass Josip sich endlich zurückmeldete und als dies nicht geschah, suchte ich das Hotel auf, dessen Adresse mir Laughton gegeben hatte. Aber der Amerikaner war bereits abgereist. Durch einen Zufall hörte ich im Theater, dass Direktor Haller Mr. Laughton auf seinen Sommerball einlud. Mit zwei weitläufigen Vettern von mir, die ebenfalls in Berlin leben, fuhr ich dorthin. Ich verfolgte den Amerikaner und belauschte ihn. Der Rest ist Ihnen bekannt. Dass ich geflohen bin und mich gegen die Befragung derart gewehrt habe«, wandte sie sich an Wedigo, »lag daran, dass ich glaubte, Sie hätten es auf Josip abgesehen. Bitte vergessen Sie die Szene und entschuldigen Sie den ungebührlichen Auftritt«, bat das Fräulein errötend.

Wedigo nickte knapp, so einfach sah er das Geschehen, vor allem die Ereignisse im Haus Potsdam, nicht.

»Ich danke Ihnen, Fräulein Ivanovic«, übernahm der Major für ihn die Antwort. »Sie haben uns sehr geholfen, und wir entschuldigen uns für das Ungemach, das wir Ihnen bereitet haben. Können Sie vielleicht noch etwas zu diesen Personen sagen?« Er schob ihr die Liste mit den Namen zu, die Kommissar Lehmann bereits überprüft hatte.

Annica Ivanovic betrachtete sie aufmerksam. »Nein«, sagte sie und schüttelte den Kopf, »ich kenne die Männer nicht. Nur der letzte Name, Dimitrije Tucović, kommt mir bekannt vor. Der Mann ist sicher Serbe.«

»Denken Sie genau nach, wurden die Namen vielleicht einmal irgendwo erwähnt, zum Beispiel von John Laughton?«

Das Fräulein überlegte. »Doch«, sagte sie schließlich zögerlich, »ich glaube, da war einmal etwas. Ich habe an dem Abend, als Laughton im Café Größenwahn war, auf ihn gewartet, weil ich dachte, er würde sich absetzen. Als Erster verließ sein Bekannter, der Mann um die 40, das Café. Kurz danach kam Laughton. Er folgte dem anderen, und ich schlich beiden nach. Wir landeten endlich in einem üblen Viertel. Die Männer betraten kurz hintereinander einen Gasthof, der eher einer Spelunke glich. Ich blieb draußen und drückte mich in den Schatten einer Toreinfahrt. Zum Glück musste ich dort nicht lange ausharren.

Keine zehn Minuten später kamen beide, heftig streitend, wieder heraus. Sie sprachen Englisch, das ich nur wenig verstehe. Dabei fiel ein Name, der so klang wie einer auf der Liste.«

»Welcher der Name war es?«, fragte Nicolai.

»Hastetein oder so ähnlich.«

»Harstenstein, das ist der Student aus Odessa«, sagte Wilberg.

»Genau, Harstenstein lautete der Name. Der sei unterwegs, sagte Laughton auf Deutsch. Dann trennten sie sich und ich machte, dass ich aus dem Viertel kam.«

»Wissen Sie, wo Laughton sich heute aufhält?«

»Nein, ich habe ihn zuletzt auf dem Sommerfest gesehen. Vielleicht kann Ihnen Direktor Haller weiterhelfen.«

Nachdem sie ihre Adresse hinterlassen hatte, durfte Annica Ivanovic gehen. Nicolai versprach, dass am nächsten Tag ein Polizist mit ihr nach Döberitz fahren würde, damit sie den Leichnam ihres Verlobten sehen könnte und alles Weitere veranlasst würde.

»Nun, sagt das Fräulein die Wahrheit und sein Verlobter Josip ist doch nicht der Mörder?«

»Ich glaube Fräulein Ivanovic, und ich denke, dass dieser Engländer der Flugzeugschütze ist«, äußerte sich die Gräfin als Erste. »Das würde zu den anderen Intrigen des Amerikaners passen. Entsprechende Beweise lassen sich sicher finden. Übrigens habe ich den Eindruck, Annica Ivanovic irgendwoher zu kennen, ich weiß nur nicht mehr woher. Ich darf mich entschuldigen, ich habe einen Termin, den ich nicht versäumen sollte.« Sie erhob sich. »Herr Major, meine Herren, adieu!«

Während sie dicht an Wedigo vorbei zur Tür schritt, steckte Melissa ihm etwas zu. Ein freudiges Gefühl durchfuhr ihn. Er hatte befürchtet, ohne weiteren Kontakt und ohne Abschied morgen abreisen zu müssen. Derart in Gedanken hörte er beinahe nicht, was Wilberg von seinen Recherchen in Döberitz und Johannisthal berichtete.

»… in Döberitz gibt es einige Anzeichen, die möglicherweise darauf hindeuten, dass unser serbisches Fräulein die Wahrheit sagt. Schroeter wurde mehrfach mit einem Mann, auf den die Beschreibung des Toten passt und den er mit Josip ansprach, gesehen. Die beiden haben zusammen Flüge unternommen, sollen aber in den letzten Wochen mehr in Johannisthal gewesen sein. Ich bin gleich dorthin gefahren und habe am Platz nach Josip gefragt. Zunächst ohne Erfolg, bis sich schließlich zwei Mechaniker an einen kleinen, unscheinbaren Mann erinnern konnten, den Schroeter einmal mit Brojević ansprach. Den Engländer will freilich niemand gesehen haben.«

»Letzte Woche konnte sich auch keiner an einen Mann vom Aussehen Josip Brojevićs erinnern«, warf Wedigo ein, »und auch nicht an Anthony Wilding. Obwohl«, er zögerte, denn er erinnerte sich an die Gespräche mit Fokker und mit Rumpler, die er in Johannisthal geführt hatte, »Anthony Fokker sagte, es gebe jede Menge Gäste aus Italien und England, und Edmund Rumpler erzählte, am Platz bestehe eine große Gemeinschaft und die beziehe auch Gastflieger aus Österreich, England, Russland und Frankreich mit ein. Der Flieger Helmuth Hirth berichtete, Schroeter habe mitunter eigenartige Typen um sich gehabt und in seltsamen Kreisen verkehrt.«

»Das könnte ein Hinweis auf Brojević gewesen sein«, sagte Nicolai.

»Ich habe mich telefonisch erkundigt«, fuhr Wilberg fort, »und in Metz und Straßburg angerufen. Zum gleichen Zeitpunkt, an dem Schroeter laut seines Flugbuchs in Metz und Straßburg war, sind auch Anthony Wilding und Josip Brojević dort gewesen. Eine bemerkenswerte Parallelität!«

»Davon gibt es noch mehr«, fügte der Major ruhig hinzu. »Anthony Wilding übernachtete im gleichen Hotel wie John Laughton und wie die Namensträger aus Laughtons Notizbuch: Dragutin T. Dimitrijević und Vojislav Tankositsch. Nur Major Ilija Radivojević war anderen Ortes untergebracht: bei seiner Geliebten, einem adligen Fräulein aus höchsten Kreisen. Deren Bruder, ein Oberst, arbeitet hier im Ministerium und war unter anderem für die Reiseplanung Seiner Majestät zuständig.«

»Woher wissen Sie das alles, Herr Major?«, fragte Wedigo überrascht.

»Was glauben Sie, was Gräfin Walewska die ganze Zeit gemacht hat?«, fragte Nicolai mit süffisantem Lächeln zurück. Während Sie mir ständig neue Fliegernamen präsentierten und Ihre Liste mit Verdächtigen immer länger und verwirrender wurde, hat die Gräfin sich einfach ein wenig umgehört. Ein literarischer Salon wie etwa der der Freifrau von Arnswaldt am Nollendorfplatz ist ein wahres El Dorado für Informations- und Wissbegierige.«

»Wie heißen das hochadlige Fräulein und ihr Bruder?«, fragte Wilberg neugierig.

»Keine Namen«, entgegnete der Major. »Die Angelegenheit ist sehr delikat und bedarf einer besonnenen Lösung. Das bewusste Trio ist jedenfalls abgereist und ich fürchte, dass die Aktion, was immer die Verschwörer auch planen mögen, demnächst startet.«

»Das heißt«, begann Wedigo, »und bitte korrigieren Sie mich, Herr Major, wenn ich falsch liege: Der Amerikaner John Laughton alias Dr. Kazimirovic, oder welchen Namen der Mann auch hat, vertritt einen US-Stahltrust, der zusammen mit seinem schwedischen Pendant eine marktbeherrschende Position anstrebt und dafür bereitwillig über Leichen geht.

Laughton ist in eine Intrige verwickelt oder er hat sie vermutlich sogar selbst initiiert, hinter die, wie auch immer, Walter Schroeter gekommen ist. Um diesen auszuschalten, lässt er ihn auf eine äußerst spektakuläre Art – im Luftkampf – von Anthony Wilding oder Josip Brojević oder sonst einem dritten – umbringen. Die Frage stellt sich, warum der Mord so stattfindet und nicht heimlich, still und leise – wie üblich.

Nach dem Anschlag reist Laughton nach Baden-Baden, wo er den sogenannten Grafen von Essen trifft, und kehrt mit ihm nach Berlin zurück. Dort kommt es zu verschiedenen Begegnungen mit der Finanzwelt. Auf einem Jagdausflug wird Graf von Essen von dem Anarchisten Pjotr Archinow erschossen, der bereits auf Hauptmann Wilberg und uns geschossen hat. Nebenbei ist Archinow mit Ladoux bekannt, der während der Reise nach Baden-Baden Gräfin Walewska überfallen hat. Gibt es Verbindungen des Mörders zu von Essen? Warum musste der Graf sterben?

Darüber hinaus existiert eine serbische Verschwörergruppe, mit der Laughton und Anthony Wilding höchstwahrscheinlich in Kontakt standen und noch stehen. Diese plant offenbar einen Anschlag während Seine Majestät in Böhmen Erzherzog Franz Ferdinand trifft.«

»Und 5.«, schaltete sich der Major ein, »gibt es Hinweise auf Verhandlungen über ein britisch-russisches Flottenabkommen und auf eine Annäherung Rumäniens an die

Staaten der sogenannten Triple Entente. Auch die Spannungen auf dem Balkan nehmen zu. Möglicherweise stehen wir kurz vor einem Krieg der Griechen und der Osmanen. Wenn nun jemand Feuer an die Lunte des Pulverfasses legt, fliegt uns ein gehöriger Brocken um die Ohren.«

»Mit den Franzosen sind wir 1813-1815 und 1870/71 fertig geworden und wir werden sie auch diesmal dreschen«, rief Wilberg.

»Mag sein«, entgegnete Nicolai, »und vor den Russen ist mir auch nicht bang. Ein oder zwei verlorene Schlachten und die Revolution von 1905 reckt erneut ihre Hydrahäupter. Aber die Engländer machen mir Sorgen.«

»Gegen England haben wir eine Flotte aufgebaut, die das stolze Albion in die Knie zwingen wird«, verkündete Wedigo im Brustton der Überzeugung. Der Major erwiderte darauf nichts, sondern kehrte zu ihrer Fallanalyse zurück.

»Wenn auch das eine oder andere Detail noch unklar ist und sich etliche Fragen zeigen, können wir wohl davon ausgehen, dass Laughtons Stahltrust durch ein Attentat einen militärischen Konflikt provozieren will. Im Kriegsfall werden die Preise für Rohstoffe und besonders für Stahl in ungeahnte Höhen schießen. Ein Land wie die USA, neutral und fern des denkbaren europäischen Kriegsschauplatzes, wird mit Lieferungen an alle Seiten Unsummen verdienen. Und sollte einem der Hauptschuldner die Niederlage und damit die Zahlungsunfähigkeit drohen, stoppen die USA alle Lieferungen und beenden so den Krieg.«

»Oder sie greifen auf der Seite des Hauptschuldners in den Krieg ein«, sagte Wedigo.

Die Männer schwiegen nachdenklich.

»Damit erklärt sich auch der Luftkampf«, meinte Wilberg. »Schroeter hat etwas herausgefunden beziehungsweise entdeckt, was er nicht hätte erfahren dürfen. Entweder auf dem Flugplatz oder in einer seiner Kneipen oder auf einem seiner Flüge. Er musste ausgeschaltet werden, und zwar so, dass es nach einer französischen, russischen oder serbischen Provokation aussah. Dadurch sollte eine aufgeheizte Atmosphäre geschaffen werden, in der die kommende Aktion wie eine Bombe einschlagen wird. Und die vielen Namen und Spuren dienen allein zur Ablenkung.«

»So in etwa dürfte sich der Fall erklären«, sagte Nicolai. »Den Mord an Schroeter konnten wir weder vorhersehen noch den Angriff selbst abwenden. Jetzt wissen wir allerdings Bescheid und müssen alles dafür tun, dass der in Schloss Konopischt geplante Anschlag verhindert wird. Als Erstes haben Kommissar Gennat und ich heute Abend eine geheime Großrazzia für alle Lokale und Kneipen, in denen Ausländer, vor allem Slawen, und Sozialisten oder Anarchisten verkehren, angesetzt. Polizeipräsident von Jagow ist informiert und hat uns jegliche Unterstützung zugesagt. Ihr spezielles Fräulein übrigens, Herr von Wedel, lasse ich beschatten. So richtig traue ich der Circe nicht. Meine Herren, wir treffen uns um Mitternacht wieder hier, um die ersten Ergebnisse der Razzia zu analysieren. Bis dahin, einen schönen Abend!«

VERSCHWÖRUNG

Wedigo verließ das Ministerium. Auf der Straße holte er die Nachricht der Gräfin hervor. Sie lautete: *Um halb acht im Adlon!*

Er zog seine Uhr heraus, es war schon sechs; der Nachmittag war rasend schnell vergangen. Wedigo kehrte ins Bristol zurück, wo Werner wartete. Er ließ sich frisch rasieren und befahl, ihm ein Bad einzulassen.

»Ziehen wir morgen wieder um, Herr Hauptmann?«, fragte Werner.

»Morgen Mittag reise ich nach Prag und Sie begleiten mich. Packen Sie eine Uniform ein, ansonsten Ziviles. Sie kennen sich aus. Melden Sie sich morgen früh bei Oberfeldwebel Schneidmann, der wird Ihnen die nötigen Unterlagen geben.«

»Mit Verlaub, Herr Hauptmann, wurde der Oberfeldwebel nicht verwundet?«

»Er ist wieder im Dienst. Ich brauche Sie heute Abend nicht mehr. Kommen Sie morgen rechtzeitig, um zu packen!«

»Jawohl, Herr Hauptmann!« Werner meldete sich ab.

An Schneidmanns Verletzung hatte Wedigo gar nicht mehr gedacht. Er hatte ihn am Mittag kurz gesehen und vergessen, ihn nach seiner Schulter zu fragen. Peinlich, aber er hatte einfach zu viel zu tun.

Eine halbe Stunde später lag er im Bad und studierte die Zeitungen, die ihm Werner ins Zimmer gelegt hatte. Allgemein wurde große Besorgnis über die Vorgänge auf dem Balkan geäußert. Bewaffnete muslimische Milizen waren in die von Griechen bewohnte Stadt Aiwali vorgedrungen, etliche tausend Menschen befanden sich auf der Flucht. Die griechische Regierung erwartete einen militärischen Konflikt mit dem Osmanischen Reich und hatte daher in den USA zwei Kriegsschiffe gekauft. Die Meldung passte zu Mr. Laughtons und seinen Geschäften. Ein Konflikt auf dem Balkan war genau das, was Laughton und seine Geschäftspartner herbeiwünschten.

Aber was geschah, wenn das Pulverfass wirklich explodierte? Die Gefahr bestand, dass sich nicht nur die Konstellation des letzten Balkankrieges wiederholte, sondern auch Österreich-Ungarn durch seine Herrschaft in Bosnien-Herzegowina in das Geschehen einbezogen wurde. Das Reich als Bündnispartner der Donaumonarchie und als im vorderen Orient wirtschaftlich engagierte Macht würde von den Ereignissen direkt betroffen sein. Seit einigen Jahren arbeitete Berlin systematisch an einer Stärkung der Osmanen. Neben einem Bündnis ging es dabei primär um die wirtschaftliche Ausschöpfung des Orients. Das Reich forcierte den Bau der Bagdadbahn und hoffte auf eine zukünftige Beteiligung an den Ölvorkommen im östlichsten Teil des Osmanischen Großreiches. Daher war seit letztem Dezember General Liman von Sanders nach Konstantinopel kommandiert worden, um das Offizierkorps der türkischen Armee zu modernisieren. Er blätterte weiter durch die Zeitung. Ein anderer Artikel beschäftigte sich mit der Wirtschaftslage Russlands, die sich seit dem gegen Japan verlorenen Krieg im Niedergang befand und die Regierung dazu veranlasste, außenpolitisch Anlehnung an Frankreich zu suchen. Die französische Regierung würde mit Théophile Delcassé einen sehr auf Russland orientierten Politiker bekommen, der seit Jahren an einer Einkreisung Deutschlands durch ein neues Bündnissystem arbeitete. Alles in allem keine rosigen Aussichten. Eine letzte Meldung gab den amtlichen Schuldenstand Berlins wieder: Bei einer Stadtbevölkerung von 3.601.971 Menschen betrug diese 1.102.845.000 Mark.

Wedigo kleidete sich für das Treffen mit Melissa um. Er zog den neuen Zweireiher an, den er bei Bachmann & Wolffheim in Kreuzberg hatte schneidern lassen, und begab sich ins Hotel Adlon.

Die Gräfin erwartete Wedigo bereits im Goethegarten des Hotels, wo der Pagodenbrunnen mit seinen Elefanten rauschte. Melissa war von einer Aura aus Eleganz und Schönheit umgeben. Sie trug ein raffiniert geschnittenes, meerblaues Kleid und dazu passenden Perlenschmuck

»Entschuldige bitte meine Verspätung«, begrüßte Wedigo sie.

»Du musst dich nicht entschuldigen, ich bin zu früh da. Ich hatte einen Termin, eine leidige Angelegenheit, in der ich vermitteln soll, eine delikate Affäre. Das Ganze ist kompliziert, und ich musste das Gespräch, das ich führte, schließlich abbrechen. Daher bin ich schon vor dir hier. Lass uns etwas bestellen, ich vergehe vor Hunger.«

Ein Ober reichte der Gräfin und Wedigo die Abendkarte. Melissa liebte Geflügel und bestellte Entenkeule mit Pommes Maxime und glasierten Champignons. Wedigo hielt sich an Rehrücken in Wildpfeffersauce mit Bohnen, Kartoffeln und Rauchspeck für das am Sonntag entgangene Jagdmenü schadlos. Vorab gab es Spargelcremesuppe und zum Nachtisch ließen sich beide ein Sorbet aus Aprikosen und Johannisbeeren servieren. Dazu brachte der Weinkellner einen Château Lafite Rothschild 1899.

»Eigentlich trinke ich lieber einen Rheinwein oder einen Badener«, erklärte Wedigo. »Doch zu Wild und Ente passt am besten ein Château Lafite.«

Nun erzählte er von ihren Überlegungen zum Fall und der geplanten Razzia und kam auch auf die Schwester des ungenannten Obersts zu sprechen.

»Kennst du die Geliebte des Major Radivojević?«

»Darum geht es in der Angelegenheit, in der ich vermittle«, erwiderte die Gräfin. »Ich darf darüber nichts weiter erzählen, nur so viel: Das schon ältere Fräulein ist auf das Werben des Majors hereingefallen und hat ihn offenbar sehr großzügig mit Geld und Informationen versorgt. Jetzt sind Geld und Major weg, und ihr Bruder ist ihretwegen beruflich in große Schwierigkeiten geraten.«

»Du hast über das alles schon länger Bescheid gewusst, während ich einen Flieger nach dem anderen verdächtigte, bis ich vor lauter Namen nicht mehr wusste, wo mir der Kopf stand?«

Melissa schenkte Wedigo einen ihrer besonderen Blicke, bei denen er nie wusste, ob sie sich über ihn lustig mache. »Wir Frauen haben unsere eigenen Methoden. Wenn wir uns auf eure Methoden einlassen, geht es meist schief.«

»Was meinst du damit?«

»Ich denke zum Beispiel an den Überfall in der Eisenbahn. Nur weil dieser Ladoux uns zusammen gesehen hat, mutmaßte er, bei mir seien geheime Informationen zu finden.«

»Mag sein, aber du hast mich zuerst auf ihn hingewiesen. Jetzt ist er verschwunden und bislang nicht mehr in Erscheinung getreten«, erwiderte Wedigo.

»Auch wir Frauen können uns irren«, entgegnete die Gräfin. Sie waren bei der Nachspeise, als Melissa einen

Laut der Überraschung ausstieß. »Wer alles im Adlon verkehrt. Drüben, schräg hinter dir direkt am Fenster, sitzt Direktor Haller mit Annica Ivanovic«, sagte sie und wies unauffällig in Richtung des Tisches. »Das Fräulein hat sich schnell getröstet. Und ich habe ihr geglaubt, sie ist wahrhaftig eine begabte Schauspielerin. Ihre Garderobe ist sehr kostspielig, Direktor Haller scheint einiges für die Kleine übrigzuhaben. Ihr Kleid kostet gut und gern 100 Mark.«

Wedigo warf einen vorsichtigen Blick nach hinten. Tatsächlich saßen vier Tische weiter Haller und neben ihm die Ivanovic. Die beiden hatten sie ebenfalls bemerkt. Während Haller tat, als würde er sie nicht erkennen, schien das Fräulein nicht im Geringsten verlegen, sondern schaute ohne Scheu zu ihnen herüber. Der Major hatte völlig recht, Circe war nicht zu trauen.

Melissa sah auf ihre Uhr. »Bis Mitternacht ist noch reichlich Zeit, Wedigo. Lass uns ins Metropoltheater fahren. Entweder läuft die ›Kinokönigin‹ oder es ist ein Liederabend mit Aufnahmen von Otto Reuter.«

Wedigo ließ sich die Rechnung bringen, die, wie er mit einem Stirnrunzeln bemerkte, beträchtlich war. Bei Gelegenheit würde er seinen Onkel Wilhelm um eine Erhöhung seiner Zulagen bitten müssen. Mit einem kargen Hauptmannssold ließen sich derartige Ausflüge in die mondäne Welt nur schwer finanzieren. Er zahlte und sie brachen auf. Draußen winkte Wedigo eine Kraftdroschke herbei, die sie zum Metropol in der Behrensstraße brachte.

Das Haus war gut besucht. Der riesige Theatersaal strahlte in der Fülle seiner glänzenden Einrichtung, das Publikum, die Herren in Frack und Uniform, die Damen in den neuesten Kreationen, unterhielt sich und trank Schampus – Berlin liebte es, sich zu amüsieren. Vorn auf der Bühne standen einige Herren mit Kreissägen auf dem Kopf und einem Stock in der Hand, den sie wild schwangen und lautstark und fröhlich ›Berliner Luft‹ von Paul Lincke intonierten: »Duft, Duft, Duft!«

Ein flinker Kellner führte sie zu einem freien Tisch. Er brachte Champagner und schenkte ein, sodass sie miteinander anstießen.

»Auf uns!«, sagte Wedigo.

Von der Bühne klang es: »Mit Tango, da fängt man kleine Mädels ein, beim Tango, da tanzt man in ihr Herz hinein. Im Tango, da kann man selig sein zu zwei'n. Auf Tango, auf Tango fällt jeder sicher rein.«

Parallel dazu tanzten einige als Neger verkleidete Fräulein grotesk überzogen einen wilden Cakewalk. Dem Publikum gefiel der Ulk und auch Wedigo musste ob der seltsamen Verrenkungen lächeln. Plötzlich stieß Melissa ihn an. Drei Tische weiter befand sich ein bekanntes Gesicht. Dort saßen Ilse von Bredow und ihr neuer Galan. Er trug seinen rechten Arm noch immer in einer Schlinge. Ilse hatte sich erneut umorientiert. Sie bemerkte ihn und beugte sich zu ihrem Begleiter. Die beiden tuschelten, dann erhob sich Rudolf und kam auf ihren Tisch zu. Was zum Teufel war das schon wieder? Wedigo hatte keine Lust, sich den Abend von diesem einarmigen Freiherrn verderben zu lassen. Da stand der Herr von Buol-Berenberg schon an ihrem Tisch.

»Mein Herr«, begann er. »Sie scheinen uns zu verfolgen, und Sie lieben es, meine Braut und mich zu fixieren. Sie haben Glück, dass ich derzeitig nicht den Säbel halten kann. Aber die Pistole kann ich ganz gut auch mit links …« Er wurde durch ein lautes Lachen der Gräfin unterbrochen.

»Ihr Männer«, rief sie, »wenn Ihr nicht immer etwas zu streiten findet. Genug, Freiherr, Ihr Fräulein Braut interessiert uns nicht. Wir sind nur zufällig hier. Seien Sie so gut und gehen Sie, Sie stören unser Gespräch. Kommen Sie wieder, wenn Sie kein Invalide mehr sind. Bis dahin: adieu!«

Freiherr von Buol-Berenberg verschlug es die Sprache. Dass eine Dame es wagte, sich derart in Männergespräche einzumischen und ihn auch noch schurigelte, war ihm noch nie passiert.

»Komm, Wedigo, wir gehen«, sagte Melissa, als der Freiherr immer noch nach Worten rang. »Die Konversation langweilt mich.« Schon stand sie auf und strebte zum Ausgang. Wedigo konnte kaum folgen. Er steckte dem Kellner im Vorübergehen einen Schein zu und eilte ebenfalls hinaus.

Bevor er die Tür erreichte, hörte er einen lauten Schrei und das Quietschen von Reifen. Besorgt sprang er auf die Straße. Überall gingen Menschen, doch Melissa war nicht zu sehen. Wo war sie? Hatte sie eben geschrien? Suchend blickte er sich um. Auf dem Boden vor ihm lag ein weißer Damenschuh; dieselbe Farbe und dieselbe Marke trug Melissa. Undenkbar, dass sie nur mit einem Schuh umherlief. Was war mit ihr passiert?

»Suchen der Herr das schöne Fräulein?«, fragte ihn eine Alte, die Veilchen aus einem Korb verkaufte. »Da drüben stand eine Kraftdroschke«, erzählte sie aufgeregt. »Die fuhr heran, die Tür ging auf und ein Mann sprang heraus, packte einfach das arme Fräulein und stieß es brutal in den Wagen. Dann fuhren sie mit Tempo davon! Es war schrecklich, aber was hätte ich alte Frau machen können?«

»Wie sah das Automobil aus?«, unterbrach Wedigo das Lamento der Alten. »Welche Richtung nahm das Fahrzeug?«

»Es war ein schwarzer Wagen. Er ist nach links abgebogen.«

Der Hauptmann drückte dem Weib eine Münze in die Hand und rannte um die Ecke. Dort blieb er stehen und sah sich nach allen Seiten um. Nichts! Natürlich war das Fahrzeug längst verschwunden. Wedigo überlegte, was er tun sollte.

Da zupfte ein Straßenjunge an seinem Jackett. »Wenn Se der sind, ders Automobil suchen tut, dann soll ich Ihnen nen Zettel jebn«, sagte er und streckte eine schmutzige Hand aus. »Macht nen Jroschen!«

Wedigo nestelte einen Groschen hervor und bekam dafür einen zerknüllten Zettel. Er las:

Bleiben Sie bis zum Sonntag in Berlin, sonst stirbt die Gräfin. Lassen Sie den Dingen ihren Lauf. Sie können nichts verändern. Wenn Sie sich an die Weisung halten, wird die Gräfin am Sonntagabend frei sein. Sonst …

Eine Drohung, billig, aber wirkungsvoll.

»Wer hat dir den Zettel gegeben?«, wandte er sich an den Jungen, doch der Knirps war längst verschwunden. Verdammt, und nun? Sollte er die Polizei verständigen? Nein, am besten, er fuhr zu Nicolai ins Ministerium. Der Major kannte sich mit derartigen Situationen aus und würde wissen, was zu tun war. Wedigo winkte einer Droschke und ließ sich ins Ministerium bringen. Die Fahrt kostete sein letztes Geld, doch er hatte keine Zeit zu verlieren. Jetzt kam es auf jede Minute an. Es war erst halb zwölf, zum

Glück saß der Major wegen der geplanten Aktion bereits in seinem Büro. Atemlos schilderte ihm Wedigo die Lage.

Nicolai hörte mit immer ernster werdender Miene zu. »Beruhigen Sie sich, Herr von Wedel. Wir werden die Angelegenheit rasch zu klären wissen. Der Feind scheint uns jedenfalls genau zu beobachten. Woher hätte sonst jemand wissen können, dass Sie ins Metropol fahren?«

»Im Adlon, wo wir zu Abend aßen, saßen auch Direktor Haller und Fräulein Ivanovic«, erklärte Wedigo. »Vielleicht hat es – nein«, unterbrach er sich, »das Fräulein konnte nicht wissen, dass wir zum Metropol fahren.«

»Dann kann es nur sein, dass man Sie beschattet hat«, stellte der Major nüchtern fest. »Wir müssen einen Ihrer Schatten fassen und zum Reden bringen!«

»Das klingt plausibel, aber wie gehen wir vor?«

»Worum geht es?«, fragte Hauptmann Wilberg, der gerade eintraf. Die Männer informierten ihn über die Entführung.

»Ich hatte heute auch das Gefühl, als folge mir jemand«, sagte Wilberg. »Ich glaube sogar, der Kerl steht irgendwo da unten herum.«

»Schnappen wir uns den Burschen!«, rief Wedigo.

»Vielleicht sollten wir dem Mann besser selbst folgen«, überlegte der Major.

»Hören Sie, Wilberg. Sie spielen jetzt den Lockvogel und gehen Richtung Tiergarten. Herr von Wedel, Sie heften sich an dessen Fersen. Ich komme hier erst einmal allein zurecht. Bis spätestens 0.30 Uhr erwarte ich Ihre Meldung über den Erfolg Ihrer Operation! Stecken Sie sich Ihren Browning ein, die Kerle sind gefährlich.«

Die Männer bewaffneten sich, und Wilberg marschierte als Erster los. Wedigo wartete in der Deckung der Säulen des Ausgangsportals. Kaum war Wilberg auf die Straße getreten und ein Stück in Richtung Brandenburger Tor und Tiergarten gelaufen, löste sich aus dem Schatten des gegenüberliegenden Gebäudes eine schmale Gestalt, die sich dem Hauptmann an die Fersen heftete. Wedigo ließ dem Verfolger einen Vorsprung und ging dann dem Unbekannten hinterher. Die Straßen hatten sich geleert, ab und zu fuhr eine Kraftdroschke vorbei, sonst lag das Viertel verlassen da. Einige Zeit liefen die Männer durch die Gegend. Rechts ging es zum Brandenburger Tor, jetzt näherten sie sich dem Tiergarteneingang und traten in das gründämmrige Dunkel. Da sah Wedigo, dass von der Seite zwei weitere Männer hinzukamen, die rasch zu Wilberg aufschlossen. Man schien es offenbar auf ihn abgesehen zu haben. Die Sache wurde heiß. Eilig folgte er dem Trio und gerade, als dieses keine fünf Meter von Wilberg entfernt war, zog er seinen Browning und schoss in die Luft. »Halt, stehen bleiben!«, rief Wedigo. »Die Waffen weg und Hände hoch!«

Wilberg, durch den Schuss gewarnt, drehte sich um und hob ebenfalls seinen Revolver. Ungeachtet der Drohung versuchten zwei Männer zu fliehen, während der dritte brav die Arme in die Luft streckte. Beide sprangen in entgegengesetzter Richtung davon. Wedigo zielte kurz und schoss erneut. Der Schuss krachte, und der Flüchtende brach mit einem Schrei zu Boden. Wilbergs Kugel verfehlte ihr Ziel und dem anderen Mann gelang die Flucht ins nächste Buschwerk. Der Getroffene war am Bein verletzt und daher fluchtunfähig. Die Offiziere banden einen mit seinen Gürtel und legten dem zweiten einen Notverband an. Während Wilberg die Kerle bewachte, besorgte Wedigo rasch eine Droschke, mit der sie ins Ministerium fuhren. Die Wache nahm die Männer in Empfang. Wedigo meldete Nicolai ihren Erfolg.

»Gut gemacht, das war fast zu einfach. Zwei Männer haben Sie gefasst? Mit der Razzia geht alles seinen Gang, bislang liegt nichts Besonderes vor. Also haben wir genug Zeit, um uns mit dem ersten der Schatten zu beschäftigen.«

Der unverletzte Mann wurde von der Wache zum Verhör hereingeführt. Er hatte die Hände auf den Rücken gefesselt und wirkte in seinem Auftreten kläglich. Zudem schien er noch jung zu sein und kaum der Schule entwachsen. Er zitterte vor Angst und war kurz vor einem Zusammenbruch. Der Major herrschte ihn an: »Kerl, nimm Haltung an! Dein Name, die Adresse, Beruf und Alter, aber dalli, dalli!«

»Willi Paul, Fischerstraße 7, Tischlerlehrling, ich werde nächsten Monat 17«, stieß der junge Mann stotternd hervor.

»Ah, der Anarchosyndikalist«, sagte Nicolai, »mit Kerlen wie dir machen wir hier kurzen Prozess. Du hast nur eine Chance, wenn du alles gestehst. Zuallererst, wo ist die Gräfin?«

»Die Gräfin?«, erwiderte der Bursche und man sah ihm an, dass er nicht verstand, wen der Major meinte.

»Das schöne blonde Fräulein«, assistierte Wilberg.

»Das Fräulein?«, wiederholte der Lehrling. »Das Fräulein ist weggebracht worden.«

»Wohin ist das Fräulein gebracht worden?«, fragte Wedigo mit aller ihm nur möglichen Ruhe.

»Na, in den Grunewald, wohin sonst?«, antwortete der junge Mann naiv.

»Und wohin genau? Der Grunewald ist groß!«

»In eine Villa, Villa Harteneck!«

Der Major nickte Wedigo zu, der eilte zur Tür. Wilberg folgte.

»Nehmen Sie Schneidmann mit!«, rief ihnen der Major

nach. »Der ist unten beim Fuhrpark. Ich rufe die Polizei zu Hilfe.«

Sie liefen hinunter in den Wirtschaftstrakt zu Schneidmann, der über die Neuigkeiten in Kenntnis gesetzt wurde. Der Oberfeldwebel führte sie in die Garage und wies auf den von Wedigo schon einmal benutzten Opel 25/55, den 6,2 Liter Tourer.

»Unser Wagen steht bereit, Herr Hauptmann, wir können sofort los!«

Das Automobil raste durch die nächtlich leeren Straßen Berlins. Wedigo platzte fast vor Ungeduld, denn die Fahrt zog sich hin. Erst nach einer halben Stunde erreichten sie die Straße, in der sich die Villa befand. Sie parkten den Wagen verdeckt unter Bäumen. Dann stiegen sie aus dem Fahrzeug und näherten sich vorsichtig dem Eingang. Das Haus war vollkommen dunkel, über allem lag absolute Stille. Schneidmann klopfte an die Tür. Nichts passierte, alles blieb ruhig. Kein Laut war aus dem Inneren zu hören; das Gebäude wirkte verlassen und leer.

»Soll ich es hinten am Lieferanteneingang versuchen, Herr Hauptmann?«, fragte Schneidmann leise.

»Nein, wenn die Kerle wirklich im Haus sind, hat sie unser Klopfen genug gewarnt. Wir tun so, als würden wir wieder gehen. Die Bande wird bestimmt versuchen, sich abzusetzen.«

Sie kehrten zurück zum Ausgang und verließen das Grundstück. Wedigo wandte sich nach rechts und lief ein Stück an der das Areal umgebenden Hecke entlang. Die anderen folgten. Schließlich gelangten sie an eine Stelle, wo sich in der Umgrenzung eine Gittertür befand. Wedigo drückte die Klinke nieder, die Pforte war jedoch verschlossen. Ohne lange zu überlegen, sprang er empor, griff zur oberen Kante und zog sich in die Höhe. Das Metall war rostig, sodass der neue Anzug gehörig in Mitleidenschaft gezogen wurde. Die anderen folgten ihm auf demselben Weg in den Garten der Villa.

»So, jetzt leise zum Hintereingang«, befahl Wedigo. »Wir müssen ins Haus kommen, bevor die Kerle Lunte riechen.«

Sie schlichen durch die Büsche zur Rückseite, wo sie einen überdachten Kellerzugang entdeckten. Wedigo setzte den Fuß auf die erste Stufe, da kam von unten ein Geräusch; die Tür wurde geöffnet. Rasch gingen die Männer hinter einer seitlichen Mauer in Deckung. Es polterte und einige Gestalten, die ein zappelndes Bündel trugen, stolperten die Treppe empor.

»Warum schleppen wir die Frau überhaupt mit?«, sagte einer der Träger. »Machen wir sie am besten kalt und verschwinden.«

»Gute Idee«, meinte ein zweiter. »Die Sache wird mir zu heiß. Werfen wir das Weibsbild in das Bassin, dann ersäuft es von allein.«

Bei diesen Worten sprang Wedigo auf die Kerle zu. Es waren fünf, wie er bemerkte, was ihn nicht aufhielt. Er schlug dem ersten die harte Rechte ins Gesicht und der Bursche stürzte rückwärts die Treppe hinunter. Dann wandte er sich dem nächsten zu. Aus den Augenwinkeln sah er, dass auch Wilberg und der Oberfeldwebel sich je einen Entführer vorgenommen hatten. Der fünfte Mann verschwand in der Dunkelheit, was für seine Genossen ein Signal war, sich loszureißen und ebenfalls in der Finsternis abzutauchen. Schneidmann wollte ihnen hinterher, Wilberg hielt ihn zurück.

»Lassen Sie es gut sein, Oberfeldwebel, die Burschen holen wir in der Nacht nicht ein.«

Wedigo kümmerte sich bereits um Melissa. Mit zitternden Händen öffnete er den Sack, in dem sie gefangen war, und half ihr auf die Beine.

Melissa fiel ihm in die Arme. »Wedigo, du hast mich gerettet«, stammelte sie. »Ich fürchtete, sie würde mich töten.« Sie brach in Tränen aus und konnte vor lauter Schluchzen kein Wort mehr hervorbringen. Wedigo umfasste sie, strich ihr beruhigend über das Haar und führte sie zum Wagen, wo Melissa völlig in sich zusammensank. Währenddessen trafen Kommissar Lehmann und einige Polizisten ein, die sofort begannen, die Villa und das Gelände zu durchsuchen.

Wedigo fuhr mit der Gräfin zu ihrer Wohnung und geleitete sie ins Haus. Ihr Mädchen half ihr zu Bett. Erschöpft schloss Melissa die Augen. Er machte sich Sorgen um sie und blieb in ihrem Zimmer sitzen, um über ihren Schlaf zu wachen. In den Morgenstunden wurde er selbst von der Müdigkeit übermannt und nickte auf seinem Stuhl ein.

Das Mädchen weckte ihn gegen 9 Uhr. Sie teilte mit, sein Bursche stehe mit einer Nachricht vor der Tür. Werner trat ein. Er hatte frische Wäsche und eine Uniform und meldete, der Zug fahre um Punkt 12 Uhr ab. Zuvor wünsche ihn Major Nicolai jedoch zu sprechen. Bevor Wedigo ging, warf er einen kurzen Blick ins Gemach der Gräfin, die immer noch die Augen geschlossen hatte. Ihr Gesicht war bleich und der Atem ging unruhig. Er befahl dem Mädchen, einen Arzt zu holen, und küsste Melissa sanft auf die heiße Stirn.

Eine Droschke brachte ihn ins Ministerium, Werner sollte ihn auf dem Bahnhof erwarten.

»Es gibt Neuigkeiten, Herr von Wedel«, begrüßte ihn

der Major. »Wir wissen jetzt genau, dass die Kerle auf der Liste einen Anschlag vorbereiten sollen. Das Fräulein Ivanovic steckt mitten im Geschehen. Sie ist die hiesige Drahtzieherin und hat die Kontakte zur Anarchosyndikalistenszene hergestellt. Als Schauspielerin kommt sie mit den merkwürdigsten Leuten zusammen, da war es ein Leichtes für sie, die entsprechenden Kontakte zu knüpfen.«

»Woher sind Sie so sicher?«

»Kommissar Lehman hat ihre Wohnung durchsucht und dort einige aufschlussreiche Papiere gefunden, die das ganze Ausmaß ihres Tuns verdeutlichen. Das Fräulein ist natürlich verschwunden, davongeflogen, wie es solche leichtsinnigen Vögel gerne tun.«

Das Stichwort ›fliegen‹ weckte in Wedigo eine plötzliche Erinnerung. Er sah das Bild genau vor sich. Der Flugplatz Johannisthal, die Gräfin, ganz in sommerliches Weiß gekleidet, zusammen mit einigen Herren und weiteren Damen: John Loughead, William Edward Boeing, René Fonck, dazu der Graf von Essen und Madame Boutard-Beese, die erste deutsche Fliegerin. Weiter hinten hatte kurz ein Gesicht zu ihnen herübergeschaut. Ihm fiel es wie Schuppen von den Augen: Es war die Serbin, Fräulein Ivanovic, gewesen! Deshalb war ihm das Gesicht so bekannt vorgekommen. Melissa hatte ebenfalls den Eindruck gehabt, sie kenne das Fräulein. Oder hatte sie die Schauspielerin vielleicht doch schon vorher gesehen? Was wusste die Gräfin tatsächlich? Sie hatte ihm Loughead alias Dr. Kazimirovic vorgestellt, sie hatte ihn mit dem Grafen in Kontakt gebracht, und zu ihrem Gefolge hatten Madame Boutard-Beese und ein weiterer französischer Flieger gehört. Wie im letzten Jahr überkam Wedigo erneut großer Zweifel. Konnte er Melissa tatsächlich trauen?

»Hören Sie mir eigentlich zu oder träumen Sie, Herr Hauptmann?«, drang die Stimme des Majors an sein Ohr.

»Jawohl, Herr Major«, fuhr Wedigo aus seinen Gedanken auf.

Nicolai lachte. »Ob Sie nun träumen oder nicht. Sie fahren nach Böhmen und Kommissar Lehmann begleitet Sie. Ein Wiener Kollege von der dortigen Geheimpolizei wird ebenfalls dazu stoßen. Sie lassen die Leute auf der Liste festnehmen, prüfen nochmals die Sicherheit und der Fall ist erledigt.«

»Wir wissen also, wer Schroeter abgeschossen hat?«

»Aber das ist doch eindeutig, das Gerede über den Engländer und die freundschaftliche Verbindung Schroeters mit dem Serben sollte uns nur vom wahren Sachverhalt ablenken. Das angreifende Flugzeug wurde von Josip Brojević, dem angeblichen Verlobten der Ivanovic, geflogen; von niemandem sonst! Der Mann im Hintergrund war und ist dieser Amerikaner. Er hat dafür gesorgt, dass Brojević selbst tödlich verletzt wurde, damit er nicht auspacken konnte. Die Ivanovic hat für ihn die Leute angeworben und die nötigen Verbindungen geknüpft. Die meisten der Beteiligten konnten heute Nacht festgenommen werden. Der Tischlergeselle hat geredet wie ein Wasserfall. Wenn er auch nur wenig Konkretes wusste; im Zusammenhang mit dem, was Lehmanns Leute bei Annica Ivanovic und anderen gefunden haben, ergibt sich ein klares Bild der Verschwörung.«

»Was ist mit dem angeblichen Loughead, wurde er gefasst?«

»Nein, bisher nicht. Der Kerl hat sich, wie dieser Russe Archinow und der Franzose Ladoux, offenbar ins Ausland abgesetzt.«

»Wer sagt uns, dass die drei nicht erfahren haben, dass

die Verschwörer aufgeflogen und gescheitert sind, und einen neuen Versuch starten?«

»Niemand kann das garantieren; meinetwegen sollen sie es noch einmal versuchen, am besten in Schloss Konopischt, dann gehen uns die drei Herren in die Falle. Ich habe folgenden Plan …«

Nicolai erläuterte Wedigo sein Vorhaben und wie dieses umzusetzen sei. Er schärfte ihm ein, mit äußerster Sorgfalt und Vorsicht ans Werk zu gehen. Bekanntlich fange man mit Speck Mäuse und bei dieser Bestückung – ein Kaiser, ein Erzherzog und ein Großadmiral – müsse man einfach erfolgreich sein, und die Falle müsse endgültig zuschnappen.

Wedigo prägte sich das Gehörte ein, denn Notizen waren aus Sicherheitsgründen verboten. Nachdem er alles wiederholt hatte, meldete er sich schließlich ab. Eine Droschke brachte ihn zum Bahnhof Friedrichstraße, wo Werner bereits wartete.

Um Punkt 12 Uhr mittags setzte sich der Zug dampfend in Bewegung. Die Reise ging über Cottbus, Zittau sowie über das böhmische Reichenberg, bis gegen halb neun Uhr abends Prag erreicht wurde. Kommissar Lehmann sah er nicht, wahrscheinlich fuhr der Polizist in der zweiten oder gar in der dritten Klasse. Während der Fahrt durch die sommerliche Landschaft Schlesiens gingen ihm die Ereignisse der letzten Tage durch den Kopf. Plötzlich schien es für nahezu alles Erklärungen zu geben und der ganze Fall sich zu lösen, zumindest sah es für ihn danach aus. Zwar waren die Hauptverschwörer verschwunden, aber es konnte – wenn Nicolai recht hatte – nur ein Frage von Tagen sein, bis das Trio dingfest gemacht werden würde. Dennoch erfüllte ihn ein leises Unbehagen, als sei irgendetwas Wichtiges übersehen oder vergessen worden. Auch ließen sich die erneut erwachten Zweifel an der Aufrichtigkeit der Gräfin nicht verdrängen. Um sich abzulenken, griff er zur Tageszeitung, die sein Bursche für ihn in Berlin am Bahnhof besorgt hatte. Dort wurde lang und breit über die italienischen Arbeiteraufstände berichtet und über den Ausgang der französischen Regierungskrise spekuliert. Eine Meldung wies darauf hin, dass der schwedische König Gustav vermutlich doch nicht nach Konopischt fahre. Etwas müde überflog Wedigo die Meldungen über Ballonexplosionen, Schiffstaufen und Zirkuszwischenfälle. Dann schloss er die Augen und ruhte eine Weile.

Am Prager Hauptbahnhof erwartete ihn bereits ein Offizier in der blauen Uniform des k.u.k. Böhmischen Infanterieregiment Albrecht von Württemberg Nr. 73, das in Prag stationiert war. Hauptmann Kovacs begrüßte den preußischen Kameraden und verfrachtete Wedigo mitsamt Burschen und Koffer in einen Austro-Adler 7/17.

»Wir werden gute zwei Stunden bis zum Schloss unterwegs sein«, erklärte der Österreicher. »Rauchst, Kamerad?«, fragte er dann und bot ihm eine Manoli-Dandy-Zigarette an. Wedigo dankte und griff zu.

Die gut zweistündige Fahrt durch die böhmischen Lande nutzte der Hauptmann, um von seiner Zeit als junger Leutnant in Galizien in einem Standort nahe der russischen Grenze zu erzählen. 18 Stunden Zugfahrt von Wien aus seien es gewesen, bis man endlich die letzte östliche Bahnstation der Monarchie erreicht habe. »Diese Grenzregion im Nordosten unseres Reiches war schon immer eines der merkwürdigsten Gebiete«, sagte Kovacs. Sein Regiment lag in einem Nest von annähernd 10.000 Einwohnern. Der Ort besaß nur einen zentralen Platz, in dem sich die beiden Hauptstraßen kreuzten. Die eine führte vom Bahnhof zur Mühle, die andere von einem Schloss hinaus in die Weite des Ostens. Zweimal pro Woche wurden militärische Übungen abgehalten. Das Regiment ritt durch die Straßen der Stadt. Hufe klapperten, Trompeten schmetterten und die bunten Uniformen der Reiter auf den glänzenden, dunklen Leibern der Pferde erfüllten die Straßen. Am Rande standen die Bürger, Kaufleute und Handwerker, betrachteten das Schauspiel und freuten sich über die militärische Pracht.

»Aber, Kamerad«, meinte der k.u.k. Hauptmann am Ende. »Die Pracht täuschte, es war eine schrecklich fade Garnison und eine schrecklich langweilige Zeit. Jeden Tag Exerzieren. Soldaten, meist Ukrainer und Slowaken, die kaum Deutsch verstanden. Immer im Dreck, im Frühlingsmatsch, im Sommerstaub und im Schnee und stets dem eisigen Wind des östlichen Winters ausgesetzt. Nächte, die man im Hasardspiel und im Trunk verbrachte, kaum Weiber, keine bessere Gesellschaft. Ich war heilfroh, Kamerad, dass mein Onkel, damals Oberst bei der Beschaffung, meine Kommandierung zurück nach Prag durchsetzte.«

Hauptmann Kovacs holte weiter aus und berichtete von Prag und Wien, bis das Gespräch verstummte.

In der Dunkelheit erreichten sie gegen elf Konopischt. Dreimal war der Wagen angehalten worden, die Sicherheitslinien rund um das Schloss begannen bereits im Abstand von sieben Kilometern.

Wedigo wurde nach der Ankunft sofort zum obersten Sicherheitschef Major Ronge vom Wiener Evidenzbüro geführt. Maximilian Ronge war ein schlanker Mann von 40 Jahren, der den ›preußischen Kameraden‹, wie er Wedigo nannte, freudig begrüßte.

»Ich kann mich gut an unsere erfolgreiche Zusammenarbeit im letzten Jahr erinnern, Kamerad von Wedel, als unsere beiden Dienste den Verräter Redl ausfindig machten. Auch diesmal können wir euch Reichsdeutschen nur danken. Mithilfe der gestern übermittelten Listen haben wir ein halbes Dutzend der Verschwörer ausgehoben. Der Schutz der Höchsten Herrschaften ist somit gewährleistet. Ich bin aber erst beruhigt, wenn das Treffen vorbei ist. Wenigstens hat sich Ihr Kaiser entschieden, Erzherzog Franz Ferdinand bei den Truppenmanövern in 14 Tagen und beim Besuch Sarajevos am 28. Juni nicht zu begleiten. Noch einmal ein solcher Aufwand wäre kaum zu leisten gewesen. Seine Majestät Hofmarschall Graf von Platen-Hallermund hat den Kaiser überzeugen können, dass weitere Anlässe drängen und nicht ohne die Anwesenheit Seiner Majestät vonstattengehen dürfen.«

Wedigo murmelte etwas Unverbindliches, ihm waren die kaiserlichen Termine nicht bekannt.

»Hier steht jedenfalls alles zum Besten, Herr von Wedel«, fuhr Ronge fort. »Allerdings sind auch Major Körner und Oberst von Boog mit in die Maßnahmen einbezogen worden, was mir unverständlich ist. Wie Sie vielleicht wissen, habe ich in Redls Prager Wohnung eine Fotografie Körners gefunden, aus meiner Sicht ein eindeutiger Tatsachenbeweis seiner Mitschuld. Der zweite Verdächtige, Oberst von Boog, war in seiner Ausbildung ein Jahrgangskamerad Redls. Ich glaube, beide waren an Redls Tun in irgendeiner Weise beteiligt. Leider werden die Herren von höchster Seite protegiert. Aber lassen wir das unerquickliche Thema und machen lieber einen Rundgang durchs Schloss.«

Die Schlossanlage hatte äußerlich den Charakter einer

Burg. Ein hoher Bergfried, durch einen Flügel mit einem Nebenturm verbunden, erhob sich auf der Ostseite. Verschiedene kleine Rundtürme flankierten die einzelnen Gebäudetrakte. Ein Querflügel teilte das Innere in zwei große Innenhöfe, um die herum sich prächtige Fassaden erhoben. Nach Süden hin erstreckte sich eine symmetrisch angelegte Parkanlage. Im Innern gab es Rittersäle und Kaminzimmer. Im ersten Stockwerk befanden sich der Empfangs- und der Säulensalon sowie der Große Speisesaal mit einem Deckenfresko aus der Mitte des 18. Jahrhunderts. Daneben lagen die Wohnräume und zwei Salons, das sogenannte Rosazimmer und – mit besonderem Luxus ausgestattet – das für Kaiser Wilhelm vorgesehene Schlafzimmer.

Wedigo ließ sich alles genau zeigen und konnte ehrlicherweise dem Major nur bestätigen, dass er alles nur Denkbare beachtet und vollzogen habe. Endlich verabschiedete sich Ronge für die Nacht. Ein Gefreiter führte Wedigo zu seiner Unterkunft im östlichen Seitentrakt des Schlosses, wo er ermüdet von dem langen Tag bald einschlief.

Am nächsten Morgen frühstückte er gemeinsam mit dem Major.

»Sie wissen, Herr von Wedel, dass es bei dem Treffen offiziell um Blumen geht«, erzählte Ronge nebenbei. »Beim letzten Besuch haben die hohen Herrschaften Fasane gejagt. Heute wird die Rosenzucht des Erzherzogs besichtigt. Von Politik offiziell kein Wort.«

»Und der Großadmiral?«

»Ihr Kaiser hat erklärt, Tirpitz sei auch ein passionierter Rosenzüchter und der Schiffsjunge, wie er ihn scherzend nannte, müsse sich die Pracht im Schloss unbedingt anschauen.«

Der Vormittag verging mit einzelnen Vorbereitungen. Gegen Mittag machte Wedigo in Begleitung des inzwischen erschienenen Kommissars Lehmann einen abschließenden Rundgang um das Schloss und durch die Anlagen. Alles wirkte normal. Am späten Nachmittag endlich trafen die Sonderzüge der hohen Herrschaften ein. Major Nicolai befand sich ebenfalls im Zug. Nachdem die Dienerschaft das Gepäck verstaut und sich die kaiserlichen Majestäten von der Reise erfrischt hatten, zeigte der Erzherzog Onkel Willy als Erstes den Rosengarten. Alles stand in Pracht und Blüte und über dem Park lag der betörende Duft von annähernd tausend Rosenstöcken. Des Kaisers persönliche Begleiter, die Dackel Waldl und Haxl, interessierten die Blumen herzlich wenig. Sie nutzten den Freigang, um sich in die Büsche zu werfen und einen der erzherzoglichen Goldfasanen totzubeißen und ihrem kaiserlichen Herrn zu präsentieren. Franz Ferdinand unterdrückte seinen Ärger und schwieg zum Vorfall. Er beendete die Rosenführung und lud den Onkel zu einer Rundfahrt in seinem Doppel-Phaeton ein, um Tagesthemen zu besprechen. Der eigentliche Teil des Besuches begann. Major Ronge und Major Nicolai fuhren im Wagen mit. Wedigo und ein Trupp ungarischer Honvéd Husaren geleiteten das Automobil zu Pferde. Auf seinem eleganten Goldfuchs ritt Wedigo ein Stück voraus. Es war ein warmer Tag. In der Nacht zuvor hatte es leicht geregnet, aber die heiße Mittagsjunisonne trocknete alle Pfützen im Nu und ließ Bäume und Blätter in grüner Frische leuchten. Der Wald öffnete sich. Der Weg, der die ganze Zeit an einem See entlanggeführt hatte, durchschnitt jetzt ein weites Wiesenrund. Er ließ sein Pferd weit ausgreifen und galoppierte zur anderen Seite, wo die Straße einen Bogen zurück nach Nordosten zum Schloss schlug. Dort, auf einer Landzunge zwischen zwei Seen, befand sich ein Gehöft, das zum Schloss gehörte und wo ein Imbiss eingenommen werden sollte. Als Wedigo erschien, war für den Empfang alles vorbereitet. Eine Militärkapelle stand bereit, den hohen Besuch gebührend zu begrüßen. Graf Harrach, der Adjutant des Erzherzogs, hatte ein gutes Dutzend rotbäckige Dorfmädchen herbeischaffen lassen, die in ihren böhmischen Trachten und Hauben das Bild abrunden sollten. Wedigo schaute sich um. Ein pittoreskes Bild des Friedens erschloss sich ihm. Doch seinem Blick entging nicht, dass weiter hinten eine Gestalt in die Seitentür einer Scheune schlüpfte. Das mochte ein Zufall sein, aber es gab Situationen, in denen man besser nichts dem Zufall überließ. Er ritt zur Scheune, sprang vom Pferd und gab einem Knecht die Zügel. Dann öffnete er die Tür und trat in ein dämmriges Halbdunkel. Der Geruch nach Stroh und Kamille begrüßte ihn. Wedigo lauschte in die Stille. Nur von draußen drangen undeutliche Laute herein. Dann setzte schmetternd die Militärmusik ein: »Heil dir im Siegerkranz, Herrscher des Vaterlands! Heil, Kaiser, dir!«

Der Kaiser und der Erzherzog waren angekommen. Gerade wollte er die Scheune verlassen, da ließ Wedigo ein Geräusch in seinem Rücken herumwirbeln und zur Seite springen. Ein Beilhieb verfehlte ihn nur knapp; der Angreifer hob erneut die schwere Waffe. Wieder gelang es Wedigo, dem Schlag auszuweichen. Gleichzeitig konnte er endlich seinen Revolver ziehen. Doch ehe er den Browning entsichern und abdrücken konnte, hatte der andere die Axt fallen lassen und sich auf ihn geworfen. Der Mann, obwohl kaum größer als Wedigo und von eher schlanker Gestalt, schien Kräfte wie ein Bär zu haben. Er umfasste seine Brust und presste diese zusammen, dass Wedigo schier die Lunge zu platzen drohte. Mit letzter Kraft stieß er seine Knie in den ungeschützten Leib des Mannes. Dieser schrie auf und lockerte daraufhin seinen Griff. Wedigo gelang es, den Revolver zu packen und dem Kerl gegen die Schläfe zu schlagen. Augenblicklich sackte der Mann zusammen. Wedigo erhob sich keuchend, wartete einen Augenblick, bis sich sein Atem beruhigt hatte, und fesselte den Kerl mit Stricken. Wedigo durchsuchte ihn und entdeckte in der Innentasche seiner Jacke eine Brieftasche. Er steckte sie ein. Nun zog er den Gefesselten ein Stück zur Seite, damit dieser nicht sogleich gesehen wurde. Vorerst sollte der Angriff geheim bleiben. Er bedeckte den Mann mit Heu, wobei er darauf achtete, dass der Kerl genügend Luft bekam. Er selbst klopfte sich das Stroh von der Uniform und verließ die Scheune. Draußen suchte er Major Nicolai. Es dauerte, bis er ihn gefunden hatte und Bericht erstatten konnte, da der Major vom Kaiser in ein Gespräch über die russische Gefahr verstrickt worden war. Schließlich wandte sich Seine Majestät der böhmischen Küche und den Powidltatschkerln zu, und Nicolai ward entlassen.

Die Männer traten zu Seite, Ronge kam dazu, und Wedigo berichtete. Aufmerksam hörte der Major zu.

»Es sieht so aus, als würden sich die Verschwörer von allein zeigen«, meinte er. »Mal sehen, ob unser neuer Vogel singen kann.«

Ronge und er ließen sich zur Scheune führen. Wedigo öffnete und brachte die Männer zu der Stelle, wo er den

Gefangenen verborgen hatte. Er schob das Heu zur Seite, doch der Mann darunter war tot. Eine Blutlache machte deutlich, er war sicher nicht am Heu erstickt. Ein Stich ins Herz hatte sein Leben beendet!

»Der Täter kann nicht weit gekommen sein, er muss sich im Gelände befinden«, rief Nicolai.

Major Ronge reagierte sofort. Er eilte zur Tür und winkte einen Unteroffizier herbei. »Riegeln Sie den Hof ab, keiner kommt hier raus, dessen Identität nicht eindeutig ist. Und verstärken Sie die Posten! Wir müssen umgehend alle Personen im Gutsbereich überprüfen.«

»Wissen Sie, wer der Tote ist?«, fragte Nicolai leise, während Ronge draußen Befehle erteilte.

»Nein, ich habe den Mann noch nie gesehen«, antwortete Wedigo. »Vielleicht hilft uns seine Brieftasche weiter.«

Er zog diese hervor und reichte sie dem Major. Nicolai steckte die Brieftasche ein. »Damit beschäftigen wir uns später«, sagte er leise und Wedigo hatte den Eindruck, als schließe die Bemerkung die Österreicher vorerst aus.

»Lassen Sie Kommissar Lehman kommen«, schlug er dem zurückkehrenden Ronge vor. »Vielleicht kennt Lehmann den Toten.«

»Vielleicht«, erwiderte der Österreicher zweifelnd. »Ich glaube nicht, dass der Mann ein Reichsdeutscher ist, sondern von hier stammt. Aus Wien trifft heute Mittag Kommissar Zievert ein. Wenn sich einer in dem hiesigen kriminellen Metier auskennt und den Mann zu identifizieren vermag, dann er.«

Die Durchsuchung des Geländes und die Überprüfung aller Personen, mit Ausnahme natürlich der höchsten Herrschaften und ihrer Gefolgschaft sowie der Offiziere, brachte kein Ergebnis. Es befand sich kein Unbefugter auf dem Gelände. Es wirkte so, als habe sich der Mörder in Luft aufgelöst. Major Ronge war außer sich. Die Sicherheitsvorkehrungen hatten versagt oder jemand aus dem inneren Kreis war in das Geschehen verwickelt. Seine Laune sank noch mehr, als er erfuhr, dass Oberst von Boog sich vor Ort befand.

»Boog steckt dahinter, keine Frage«, meinte er gegenüber Nicolai und Wedigo, blieb aber einen Beweis für seine Behauptung schuldig.

Ein Lichtblick war dagegen der Auftritt Kommissar Lehmanns, der während der Ereignisse eine für den nächsten Tag geplante Ausflugsroute abgefahren war. Gleich nach seiner Rückkehr wurde er zum Toten geführt. Er betrachtete den Leichnam kurz und nickte. »Das ist unser Mann«, sagte er zu Nicolai und Ronge. »Das ist Pjotr Andrejewitsch Archinow, alias Peter Archinow, der Mann, der auf Hauptmann Wilberg und auf den Grafen von Essen geschossen hat. Schade, dass er tot ist. Lebend hätte er uns sicher mehr genutzt.«

»Das sehe ich genauso«, sagte im gleichen Augenblick ein Herr in der Uniform eines k.u.k. Obersts, der bei den letzten Worten in die Scheune getreten war. »Herr Major, warum bin ich nicht sofort über den Zwischenfall unterrichtet worden?«

»Mir ist nicht bekannt, dass die Angelegenheit in die Zuständigkeit des Präsidialbüros fällt, Herr Oberst«, erwiderte Ronge ruhig. »Aber natürlich informiere ich Herrn Oberst. Der Tote ist ein Ausländer, wahrscheinlich ein Russe oder Ukrainer.«

»Der Mann hat hier gearbeitet?«

»Das ist anzunehmen«, behauptete der Major. »Wahrscheinlich gab es Streit wegen eines Mädchens«, spann er zu Wedigos Überraschung den Faden fort.

»Hatte der Mann Papiere?«

»Nein, Herr Oberst, wir haben nichts gefunden.«

»Scheint nichts mit dem Besuch zu tun haben, oder?«, wandte der Oberst sich jetzt an Nicolai.

»Ganz recht, Herr Oberst!«, entgegnete der Major, ohne dabei eine Miene zu verziehen.

»Na, dann sorgen Sie weiter für die Sicherheit«, meinte Oberst von Boog jovial und verließ die Scheune. Der Tote wurde abtransportiert.

Der Imbiss der höchsten Herrschaften war beendet und der kleine Konvoi kehrte ins Schloss zurück. Beim eigentlichen Abendbrot, einem neungängigen Dinner, besprachen die Herren die Berichte des Botschafters Lichnowsky aus London über den Stand der russisch-englischen Flottenverhandlungen und über die Artikel in der englischen Presse zum selben Thema. Der Erzherzog kam dann auf sein aktuell wichtigstes Problem, den Ausgleich mit Serbien, zu sprechen.

»Meine diesbezüglichen Ansätze werden immer wieder von Budapest sabotiert«, beklagte er sich. »Die Lage in Bosnien wird dadurch schwieriger. Ich fürchte zusätzlich, dass uns Rumänien als Bündnispartner verloren geht.«

»Ich werde meinen Botschafter Tschirschky anweisen, dem ungarischen Ministerpräsidenten Tiszas mitzuteilen, er solle mit Rumänien bedachtsam umgehen«, versprach der Kaiser. »Ansonsten schlage ich vor, bei unserem nächsten Treffen im Herbst Vetter Georg mit einzuladen. Wir haben uns bei der Hochzeit unserer Viktoria ganz passabel unterhalten. Wenn in seiner Person England mit dabei ist, kann nichts mehr schiefgehen. Und wer weiß, vielleicht bist du dann schon Kaiser.«

Der Erzherzog stimmte zu. Der Großonkel Franz Joseph wurde im November 84 Jahre und er selbst war im Dezember 50 geworden. Die Zeit war reif für einen Wechsel.

Während die Herren zusammen mit dem Großadmiral tafelten und diskutierten, saßen in einem anderen Flügel des Schlosses die beiden Majore sowie Wedigo und besprachen das heutige Geschehen. Gemeinsam hatten die drei Geheimdienstoffiziere die Brieftasche des toten Russen geöffnet und den Inhalt untersucht. Einige auf Serbisch und Russisch verfasste Schreiben machten deutlich, dass der Russe in der Tat einen Anschlag auf den Kaiser und den Erzherzog hatte ausführen sollen. Es wurden zwei weitere Beteiligte erwähnt, leider nicht namentlich, die sich ebenfalls im Schloss beim Personal einschleichen sollten. Ronge stutzte und las den betreffenden Satz erneut. »Die anderen Beteiligten müssen nicht unbedingt Männer gewesen sein«, sagte er dann. »Der benutzten Sprachform nach könnte unter ihnen auch eine Frau sein.«

»Die Mädchen in der böhmischen Tracht«, rief Wedigo, »sind die überhaupt befragt worden?« Ronge und Nicolai starrten ihn verständnislos an.

»Welche Mädchen?«, fragte Ronge.

»Die am Eingang des Gutes Spalier standen«, erklärte Wedigo.

»Wenn wir Glück haben, sind sie noch da«, sagte Ronge. »Los, worauf warten wir noch?«

Die jungen Bauernmädchen waren wirklich noch im Gut, denn der Verwalter hatte zur allgemeinen Belustigung ein Tanzfest angesetzt. Es hieß, es könne sogar sein, dass der Kaiser, der dergleichen Volkstümlichkeit liebte, sich in höchsteigener Person beim Fest zeigen werde. Nicolai blieb daher im Schloss zurück, um Seine Majestät, sollte diese wirklich zum Tanz gehen wollen, zu eskortieren. Ronge und Wedigo dagegen begaben sich eilig zum Gut. Die Offiziere hatten sich, um nicht aufzufallen, in einfaches Zivil gekleidet. Kommissar Lehmann und der endlich eingetroffene Zievert befanden sich bereits vor Ort. Eine Scheune des Gutes war ausgeräumt worden und das Fest in vollem Gang. Die Dirnen und strammen Jungbauern drehten sich zum böhmischen Ländler jauchzend im Kreise. Die beiden Männer beobachteten das fröhliche Treiben aus dem Hintergrund. Die Musik spielte ländliche Weisen, die Mädchen tanzten, und wer nicht auf der Tanzfläche herumsprang, sprach dem Bier zu, denn anlässlich des Besuches hatte der Erzherzog großzügig einige Fässer spendiert. So sehr sich die Offiziere auch bemühten, sie konnten nichts Verdächtiges feststellen. Die jungen Tänzerinnen schienen alle Bauerndirnen zu sein. Plötzlich füllte sich der Raum, die Musik spielte einen Tusch, und Kaiser Wilhelm, gekleidet in grünem Jagdloden und von seinen Ordonanzen und einem sichtlich nervösen Major Nicolai begleitet, erschien auf dem Tanzboden. Die Kapelle intonierte einen Ländler, und Seine Majestät ergriff das ihm am nächsten stehende Mädchen und legte zur Freude des Volkes los. Zwei, drei Tänze drehte er sich im Kreise. Dann winkte Seine Majestät der Ordonanz und raunte dem Mann etwas zu. Dieser begab sich zur Kapelle, worauf die Musiker ›An der schönen blauen Donau‹ zu spielen begannen. Die junge Tänzerin war im Walzertanz sichtlich ungeübt. An ihre Stelle trat eine andere keck auf den Kaiser zu, und schon drehte sich das neue Paar zu den schmelzenden Klängen. Sie tanzte wirklich gut, lachte und scherzte und Seine Majestät wirkte sichtlich zufrieden, geradeso, als ob sie sich am Hofe auf einem Ball amüsiere. Ein Bauernmädchen, das derart gekonnt Walzer tanzte und offen mit dem mächtigsten Mann Europas parlierte – das gab es in Böhmen sicher nicht.

Wedigo drängte sich durch die Tanzenden und durchquerte den offenen Raum, der sich respektvoll um den Kaiser und seine Dame gebildet hatte. »Majestät erlauben«, sagte er mit einer Verbeugung. Kühn entzog er dem verblüfften Monarchen das Mädchen und walzte mit der sichtlich Widerstrebenden davon. Mit harter Hand hinderte er das Fräulein daran, einen Gegenstand aus seinem Mieder zu ziehen, und führte es zur Seite. Mithilfe Major Ronges und eines Unteroffiziers wurde das Fräulein aus dem Saal geleitet. Ein kurzer Griff beförderte ein Messer sowie eine kleine Pistole aus der Kleidung und ein weiterer Griff entfernte eine blonde Perücke. Darunter kam das mit Schminke veränderte Gesicht Annica Ivanovics zum Vorschein. Die Serbin warf sich wie eine Rasende auf Wedigo und konnte nur mit Mühen gebändigt werden. Major Ronge ließ das tobende Weib abführen und in das Schlossverließ bringen. Kurz danach erschien Major Nicolai, der wissen wollte, was passiert war.

»Ich dachte mir fast so etwas, mein lieber Wedel«, sagte Nicolai. »Sie hätten das Gesicht Seiner Majestät sehen sollen, als Sie dem Kaiser die Tänzerin entführten. Zum Glück hat er Sie nicht erkannt. Ich habe ihm erzählt, bei dem Entführer habe es sich um den eifersüchtigen Bräutigam der Tänzerin gehandelt, was Seine Majestät ungemein beruhigte und schmeichelte. Dass der Kaiser knapp einem Attentat entronnen ist, muss vorerst niemand erfahren.«

Die folgenden Tage des Besuchs in Schloss Konopischt verliefen ohne weitere Zwischenfälle. Die Gefangene wurde der Wiener Militärbehörde überstellt. Eine weitere, mit der Verschwörung verbundene Person konnte allerdings nicht gefunden werden. Ronge verabschiedete sich, und Major Nicolai und Wedigo sowie Kommissar Lehmann kehrten im Zug des Kaisers nach Berlin zurück. Hauptmann Wilberg, der die Reise aus der Luft eskortierte, hatte erlitten und nahe München landen müssen. Von dort war er mit dem Zug in die Hauptstadt zurückgefahren. Auch die übrigen Reisenden erreichten wohlbehalten Berlin.

Gleich nach seiner Rückkehr besuchte Wedigo die wieder gesundete Gräfin. Er freute sich, sie wiederzusehen, da er ihr in den letzten Wochen näher gekommen war als zuvor. Die zweifelnden Gedanken, die ihn auf der Fahrt nach Böhmen noch bewegt hatten, tat er als Überreizung ab. Nein, es gab keinen Grund, Melissa zu misstrauen, zumal sie im Laufe der Ereignisse selbst mehrmals Opfer geworden war und bis vor Kurzem aufgrund der Nachwirkungen der Entführung erkrankt gewesen war. Als er bei ihr eintraf, empfing Melissa ihn in Radler-Kleidung und mit einem gepackten Korb.

»Guten Tag, Wedigo«, sagte sie und umarmte ihn fest. »Schön, dich endlich wiederzusehen. Das Wetter ist einfach herrlich, was hältst du von einem Fahrradausflug zum Wannsee?«, fragte Melissa.

»Willst du wirklich mit einem Rad dorthin fahren?«

»Mit dem Rad sind wir schnell am See. Wir baden und anschließend picknicken wir.«

»Ich bin noch nie mit einem Rad gefahren«, wandte

Wedigo ein. »Ich fürchte, ich mache dabei keine besonders gute Figur.«

»Ich denke, ein deutscher Offizier kann alles?«, neckte ihn die Gräfin.

»Das schon«, gab er zurück, »aber woher willst du zwei Fahrräder nehmen?«

»Das lass meine Sorge sein. Und Badeanzüge habe ich ebenfalls besorgt.«

Wenig später saß er auf einem Kavalierrad der Marke Excelsior und Corona und Melissa auf dem weiblichen Pendant. Er musste zugeben, das Ganze war nicht besonders schwer. Wenn man erst einmal im Sattel war und kräftig in die Pedale trat, lief es wie von selbst. Nach einer guten Dreiviertelstunde Fahrt durch den Grunewald erreichten beide das Strandbad Wannsee. Es bestand aus einem Herren- und Damenbad. Dazwischen befand sich das Familienbad. Die Bäder waren durch hohe Holzzäune getrennt. Zum Aus- und Ankleiden gab es Umkleidezelte, die am Fuß des zum Strand steil abfallenden Grunewaldes standen. Das gesamte Gelände war zusätzlich zum Schutz gegen Neugierige umzäunt worden. An diesem heißen Junitag war im Wasser Hochbetrieb; die Menschen drängten sich am Ufer. Melissa und er gingen ins Familienbad. Er zog sich um und trat aus der Kabine. Seinen gestreiften Badeanzug fand Wedigo etwas lächerlich, ganz anders dagegen war Melissas Badekostüm. Es bestand aus vielen Rüschen und Spitzen und viel Stoff, der durch das Wasser interessante Formen annahm.

»Ich konnt beim Baden dich und deine Waden sehen, so rund und schön und fest im Wasser stehen«, trällerte Wedigo, bis Melissa ihn einen Spinner schalt. Als Antwort spritzte er sie nass und stürzte sich mit einem Hechtsprung in tiefere

Gewässer. Er schwamm ein Stück auf den See hinaus, legte sich auf den Rücken und ließ sich treiben. Das Wasser glitzerte, weiter draußen segelten Boote und oben am Himmel schob sich majestätisch ein Zeppelin von Ost nach West. Alles war friedlich und ruhig, und es schien Wedigo kaum glaublich, dass erst vor Kurzem eine Katastrophe vereitelt worden war. Denn was geschehen wäre, hätten die Attentäter in Schloss Konopischt Erfolg gehabt, konnte man sich kaum vorstellen. Wedigo drehte sich zur Seite, tauchte ab und schwamm in schnellen Stößen zum Ufer zurück.

Später beim Picknick an einer etwas ruhigeren Stelle des Sees außerhalb der Badeanstalt erzählte er Melissa von seinen böhmischen Erlebnissen, ohne dabei allzu sehr ins Detail zu gehen.

»Hoffentlich ist die Geschichte damit endlich zu einem Ende gekommen«, sagte Melissa mit einem Seufzer. »Ich habe genug von all den Intrigen, von Mord und Spionage. Also habe ich Major Nicolai mitgeteilt, dass ich nicht mehr für die Abteilung arbeiten werde. Ich möchte in Ruhe leben und nicht länger das gefährliche Leben einer Herumtreiberin und Abenteurerin führen.«

»Du hast keine Lust mehr auf Abenteuer? Was willst du sonst machen, Teegesellschaften besuchen und Strümpfe für die armen Negerlein stricken?«

»Vielleicht finde ich eine gute Partie«, antwortete die Gräfin leichthin und sah ihn mit ihren meerblauen Augen belustigt an.

»Dabei möchte ich dich unterstützen«, erwiderte Wedigo und ergriff ihre Hand, um sie an sich zu ziehen.

»Lass mal«, sagte sie und entzog ihm die Hand, »noch habe ich mich für nichts entschieden.«

Am frühen Abend brachen sie auf, um in die Stadt zurückzuradeln. Während sie durch den Grunewald fuhren, kreuzten in Höhe des Grunewaldsees zwei Radler ihren Weg. Sie waren von den Fremden gute 20 Meter entfernt, dennoch glaubte Wedigo das Profil des einen Radfahrers zu erkennen.

»War das nicht der Amerikaner, der an der Jagd mit Graf von Essen teilgenommen hat?«, fragte Melissa und stoppte unwillkürlich. Melissa hatte recht, der Fremde war John Loughead, der undurchsichtige Amerikaner, dem er in den letzten Wochen immer wieder begegnet war und der mit hoher Wahrscheinlichkeit hinter all den Verschwörungen und Intrigen der letzten Zeit steckte. Plante Loughead eine neue Teufelei? Wedigo musste es herausfinden.

»Warte hier, Melissa!«, rief er. »Ich fahre dem Kerl hinterher!« Wedigo trat in die Pedale, um Loughead und dem zweiten Mann zu folgen. Kurz darauf war er an der Stelle, an dem ein schmaler Pfad ihren Weg kreuzte. Er lenkte nach links und bemühte sich um Tempo, was auf dem holprigen Pfad recht schwierig war. Die Verfolgten waren jetzt gute hundert Meter vor ihm, aber er kam näher. Der Weg machte eine Biegung und das Paar geriet ihm außer Sicht. Er gelangte zur Biegung, kurz nach dieser mündete der Weg auf eine breitete Straße. Die Radfahrer waren nicht zu sehen. Aber ein Kraftwagen fuhr eben mit hohem Tempo davon; Loughead hatte ihn abgehängt!

Kurz darauf kam Melissa heran. »Ich habe nicht warten können. Hast du den Amerikaner aus den Augen verloren?«

»Sie waren schneller, offenbar sind Loughead und sein Begleiter mitsamt ihren Rädern in einen Wagen gestiegen.«

»Was hättest du auch allein und ohne Waffe gegen die Kerle ausrichten können? Sei froh, dass die Begegnung so glimpflich verlaufen ist.«

Es stimmte, was Melissa sagte. Jedenfalls war Loughead in der Gegend, was Major Nicolai sicher interessierte. Beide kehrten zum Hauptweg zurück und fuhren nach Hause. Melissa verabschiedete sich, da sie am Abend eine Freundin besuchen wollte, was Wedigo bedauerte. Er hätte gern mehr Zeit mit ihr verbracht. Anderseits fühlte er sich etwas ermüdet, und er spürte seine Muskeln. Das Radfahren war doch ziemlich anstrengend gewesen, anstrengender als der Ritt auf einem guten Pferde. Aber das Schwimmen und das Picknick mit Melissa waren die Mühen wert gewesen. Für ein gemeinsames Bad im Wannsee würde er jederzeit zu haben sein.

Am nächsten Tag betrat er die Räume der Geheimdienstabteilung des preußischen Kriegsministeriums und setzte Major Nicolai über seine zufällige Beobachtung in Kenntnis. Nicolai tat allerdings das Ganze als unwichtig ab.

»Der Schlange ist der Giftzahn gezogen«, kommentierte er, »die wird so schnell nicht mehr zu beißen versuchen. Schade, dass Sie ihn nicht gestellt haben. Aber früher oder später wird uns Loughead ins Netz gehen. Konzentrieren wir uns jetzt lieber auf das Kommende. Am 23. sind wir noch einmal in Holtenau, um den Fall Schroeter endgültig abzuschließen. Vielleicht treffen wir dabei zufällig Seine Majestät den Kaiser!«

Am 17. Juni eröffnete der Kaiser den Hohenzollernkanal, am 19. besuchte Wilhelm II. eine landwirtschaftliche Ausstellung in Hannover. Am nächsten Tag wurde in Anwesenheit Seiner Majestät die Bismarck zu Wasser gelassen, das mit 56.551 Bruttoregistertonnen größte Schiff der Welt. Am gleichen Tag kam es bei Wien zu einem Flugunglück. In 400 Meter Höhe stieß das Militärluftschiff Körting mit einem Flugzeug zusammen und explodierte.

Die normale Fülle von Ereignissen, dachte Wedigo. Stapelläufe und Katastrophen, Neuanfänge und Sterbefälle, die Welt lief weiter. Am 23. Juni trat Erzherzog Franz Ferdinand seine Reise nach Bosnien an, um als Generalinspektor an dem dortigen Manöver teilzunehmen. Am gleichen Tag wurden in Schleswig-Holstein die Schleusen des neuen Kaiser-Wilhelm-Kanals geöffnet, und Seine Majestät unternahm auf der kaiserlichen Yacht Hohenzollern die erste Durchfahrt.

Major Nicolai und Hauptmann von Wedel besuchten an diesem Tag wie geplant Holtenau, wo Kapitänleutnant Schroeter als Marineflieger stationiert gewesen war. Auf dem Stützpunkt der Marineflieger prüften die Männer letzte Details zum Fall, um die Akte schließen zu können. Anschließend begaben sich die Offizier zum Hafen, um die Ankunft der kaiserlichen Yacht mitzuerleben.

Es war ein herrlicher Sommertag: Militärkapellen spielten, die Honoratioren standen im dunklen Frack und blankem Zylinder oder in Paradeuniform zum Empfang bereit. Die Musik spielte die Kaiserhymne, die Volksmenge jubelte, und die Ehrenjungfrauen, in weißen Kleidern und mit Blumensträußen in den Händen, machten eine Knicks, als die Yacht auf dem Wasser heranglitt und am Kai festmachte. Der Landungssteg wurde ausgelegt, und der Kaiser schritt, inmitten seines Gefolges, an Land. Da und dort blieb er stehen, um sich Blumensträuße reichen zu lassen, und grüßte leutselig nach allen Seiten. Seine Majestät passierte gerade die Stelle, an der Nicolai und Wedigo standen. Sein Blick fiel dabei auf den Garde-Hauptmann. Der Kaiser hielt inne, trat auf ihn zu und betrachtete ihn nachdenklich. »Sie heißen?«

Wedigo nahm Haltung an und meldete: »Hauptmann von Wedel, zu Befehl, Majestät, 1. Garde-Regiment zu Fuß Potsdam, 2. Kompanie!«

»Ah ja, Herr von Wedel, ich kenne Sie doch und ...« Majestät schwieg einen Augenblick, dann blickte er Wedigo forschend an. »Sagen Sie, Herr Hauptmann, haben Sie mir nicht vor Kurzem in Böhmen meine Tänzerin entführt?«

»Jawohl, Majestät! Das Fräulein konnte ich Majestät nicht zumuten, es war entschieden zu kratzbürstig.«

»So, entschieden zu kratzbürstig«, erwiderte der Kaiser und ein kurzes Lächeln überflog sein Gesicht. »Kann es sein, dass die Dame Ähnlichkeiten mit dem Fräulein hatte, mit dem Sie im Mai letzten Jahres in die Spree gefahren sind?«

»Das ist richtig, Majestät, es gab Ähnlichkeiten, nur war das Fräulein in Schloss Konopitsch weniger explosiv.«

»Gut, gut, Herr von Wedel, ich verstehe. Ich erwarte Sie, Herr Hauptmann, demnächst in meinem Stadtschloss. Dort erzählen Sie mir das Ganze genauer. Man wird sich mit Ihnen in Verbindung setzen.« Daraufhin schritt Seine Majestät weiter durch das Ehrenspalier.

»Gratuliere«, sagte Nicolai, als Kaiser und Gefolge vorüber waren. »Eine persönliche Ansprache durch den Kaiser, da könnte mancher neidisch werden. Seine Majestät ist offenbar sehr angetan von Ihnen, das sieht nach Karriere aus.«

Am Donnerstag, den 25. Juni kehrten der Major und Wedigo nach Berlin zurück.

»Unser Fall ist offenbar abgeschlossen«, sagte Nicolai, während sie mit der Bahn durch die flache Küstenlandschaft fuhren. »Pjotr Andrejewitsch Archinow ist tot. Seine mutmaßliche Mörderin Annica Ivanovic hat sich, wie mir Kamerad Ronge mitteilte, im Zuchthaus in Wien erhängt. Georges Ladoux ist, wie ich aus sicheren Quellen weiß, zurück ins Deuxième Bureau gekehrt, und von dem Amerikaner fehlt, bis auf Ihre kurze Begegnung im Grunewald, jede Spur. Ihre Tätigkeit ist somit beendet. Sie haben bis zum Montag frei, dann erwartet Sie wieder Ihre Kompanie. Die Gräfin Walewska quittiert übrigens auch den Dienst, haben Sie das gewusst?«

Wedigo lächelte nur.

»Offenbar haben Sie es gewusst«, beantwortete der Major seine eigene Frage. »Dann bis zum nächsten Fall, ich werde bald mit der Familie Urlaub machen. Im Sommer passiert ohnehin nichts und nach den Gesprächen Botschafter Lichnowskys mit Außenminister Grey sieht es auch so aus, als sei die Kriegsgefahr auf mittlere Sicht gebannt. Zudem habe ich heute direkt aus Konstantinopel erfahren, dass das Osmanische Reich einer deutsch-britischen Gesellschaft die Konzession zur Ausbeutung von Erdölvorkommen in Mesopotamien erteilt. Solange das Reich und das Empire zusammenarbeiten, ist der Friede gesichert. Der Erzherzog besucht übrigens heute Mostar, die herzegowinische Hauptstadt, wie mir Ronge mitteilte. Bisher gab es keine Zwischenfälle und alles läuft nach Plan.«

Gegen zwei Uhr erreichten sie Berlin. Wedigo verabschiedete sich. Der Gefreite Schulze brachte ihn im Automobil nach Potsdam. Der Abend klang im Kasino aus.

VEITSTANZ AM ABGRUND

Am Freitag, den 26. Juni, vermeldeten die Zeitungen, kamen der Erzherzog Franz Ferdinand und der Chef des Generalstabes erstmals ins bosnische Manövergelände. Das Manöver wurde dem hohen Besucher erläutert. Das vom Kampffeld weiter entfernte XV. Sarajevoer Korps hatte laut Annahme seine 10. Gebirgsbrigade auf den Ivan-Sattel vorgeschoben. Die beiderseitigen Gros der Korps konnten erst nach starken Marschleistungen am Abend dieses ersten Manövertages ihre Räume – in etwa zehn Kilometer Entfernung vom Ivan-Sattel – erreichen.

Der Erzherzog hörte allen Erklärungen aufmerksam zu und sah sich die 10. Gebirgsbrigade genau an. Dann verfolgte er die ersten Scharmützel der Aufklärungstruppen, wobei ihn die kroatischen Ulanen auf ihren Gebirgspferden sichtlich beeindruckten. Am späteren Vormittag fuhr der Erzherzog zum XV. Korps ins Praca-Tal und dann über die pittoreske Romanja planina durch Sarajevo direkt nach Ilidže. Hier hatte sein Adjutant Graf Harras alles für ihn vorbereitet. Er sorgte insbesondere für eine störungsfreie Telefonverbindung von Ilidže nach Konopischt, da der Erzherzog zweimal täglich mit seinen dort gebliebenen Kindern sprechen wollte. Die Herzogin besuchte währenddessen mit ihrem von Frau von Appel geführten Gefolge in Sarajevo Geschäfte und Kirchen. Überall wurde sie von spontanen Ovationen begrüßt, und es gab nirgends den geringsten Zwischenfall.

An eben diesem Freitagabend wollte Wedigo wieder Melissa treffen, die er seit ihrer Wannseetour nicht mehr gesehen hatte. Während er sich umzog, klopfte sein Bursche Werner an die Tür.

»Herr Hauptmann«, meldete er, »ich habe in Ihrer Uniformjacke ein Schreiben gefunden. Bitte sehr, Herr Hauptmann.« Werner streckte ihm einen Briefbogen entgegen.

»In welcher Uniform soll das Blatt gewesen sein?«, fragte Wedigo überrascht.

»In der Uniform, die Sie in Schloss Konopischt trugen, Herr Hauptmann. Ich habe sie ausgebürstet, denn da war einiges Stroh dran, und in die Wäsche gegeben. Als ich die Taschen überprüfte, ob sich nichts in ihnen befände, entdeckte ich das Papier.«

Wedigo betrachtete das Blatt, es war in Kyrillisch beschrieben. Wahrscheinlich war es in der Brieftasche des Russen gewesen und irgendwie aus dieser in seine Innentasche geraten. Ein wirklich unbegreiflicher Zufall. Er beschloss, den Bogen Melissa zu zeigen. Die Gräfin konnte Russisch und würde ihm sagen, was der Text bedeutete.

Um Punkt acht Uhr holte er Melissa von ihrer Wohnung ab. Sie wollte zuerst ins Varieté und anschließend zu einer Lesung des Wilmersdorfer Dichters Alfred Lichtenstein, der im Café Kutschera auftreten sollte. Das Varieté, ein Geheimtipp, lag in der Dessauer Straße. Eine Droschke brachte sie dorthin. Er kam nicht dazu, ihr sein Anliegen vorzutragen, denn die Gräfin plauderte in einem fort über Alfred Lichtenstein und dessen expressive Dichtung.

Das Paar trat eben in den Saal, als die Vorstellung begann und die Hauskapelle die Ouvertüre, ein Potpourri aus Jacques Offenbachs ›Orpheus in der Unterwelt‹, schmetterte. Damen in Flitterkostümen und weißen

Höschen hüpften begleitend den bekannten Höllen-Cancan. Anschließend sangen sie mit ihren Vogelstimmen dumme Lieder. Die Bühnenbeleuchtung tauchte alles in gelbes und weißes Licht, wodurch die gepuderten Gesichter puppenhaft und starr wirkten. Schließlich formierten sie sich zu einer Reihe und stürmten nach vorn. Ein Trommelwirbel kommandierte Halt, sodass die Damen in schmachtender Schlusspose verharrten. Dann wurde die Bühne umgestaltet. Stühle, Tische und andere Raumelemente gruppierten sich vor einer romantischen Schlosslandschaft und das Programm begann sich neu zu entwickeln. Clowns traten auf, gefolgt von humoresken Artisten und einem Zauberkünstler, der statt der üblichen Kaninchen kleine Kätzchen aus seinem Zylinder zauberte. Ein Papagei rezitierte komische Gedichte, ein Einradfahrer jonglierte mit Keulen. Endlich kam der Höhepunkt des Abends: Farina, die argentinische Tänzerin. Sie sprang aus den Soffitten hervor und begann einen spanischen Tanz. Sie drehte und bewegte sich in abenteuerlichen Figuren, warf sich exaltiert vor und zurück und stampfte mit süßlichem Lächeln im wilden Rhythmus am Rand der Bühne entlang. Die Kastagnetten lockten und klangen, und die Schulterblätter vibrierten. In gleitenden Bewegungen enthüllte sie schlanke Arme und Beine, zeigte fleischliche Formen und blitzende Fülle, was sie fast nackter als nackt erscheinen ließ. Am Ende spendete das Publikum donnernden Applaus.

»Na, wie findest du den Auftritt?«, fragte Melissa und nahm einen Schluck aus ihrem Sektglas. Sekt gehörte einfach dazu.

»Ich finde das Ganze reichlich abgeschmackt«, meinte Wedigo, »mit derartigen Tanzformen konnte ich mich noch nie anfreunden. Zu viel Offenheit lässt den Reiz des Weiblichen eher schwinden.«

Die Gräfin, heute in einem cremefarbenen, leicht dekolletierten Kleid, lachte hell auf. »Wedigo, du bist und bleibst ein Spießer. Statt auf die blanke Haut des Fräuleins zu schauen, hättest du auf den Tanz achten sollen. Farina ist wahrhaftig eine Könnerin ihres Metiers. Ich habe beinahe den Eindruck, du bist heute Abend nicht recht bei der Sache. Was bewegt dich, doch nicht immer noch der leidige Fall Schroeter?«

Wedigo, der mit seinen Gedanken bei dem entdeckten Schreiben war, nickte. »Dir kann man nichts vormachen. Aber der Fall Schroeter ist eigentlich abgeschlossen. Da gibt es etwas anderes, und ich hoffe, du vermagst mir zu helfen, du sprichst doch Russisch.« Er zog das Schreiben hervor und reichte es der Gräfin. »Das war in meiner Uniformtasche, es hat dem toten Russen gehört.«

»Welchen toten Russen meinst du?«

Wedigo erzählte von den Ereignissen in Konopischt, die er bisher verschwiegen hatte. Währenddessen studierte die Gräfin das Papier.

»Das ist nicht Russisch, das ist Serbisch«, sagte sie langsam.

»Du verstehst Serbisch?«

»Eigentlich nicht, nur ein paar einzelne Brocken«, antwortete Melissa, während sie weiter auf das Papier starrte. »Ich fürchte, ich kann dir nicht helfen.«

Auf der Bühne stimmte die Fräulein-Riege zum Abschluss des Programms ein Lied mit dem Titel ›In Lichterfelde Ost‹ an: »Ich hab einmal ein Mädel gehabt, in Lichterfelde Ost. Das war die Frau Venus selber begabt, sie hat mich mit Lust und Liebe gelabt, in Lichterfelde Ost Sie hatte das schönste schlankeste Bein in Lichterfelde Ost. Und wollt ich besonders zärtlich sein, so schlug ich ihr eins in die Fresse hinein, in Lichterfelde Ost …«

»Ich bin überzeugt, dass das, was hier steht, wichtig ist«, sagte Wedigo und nahm das Blatt wieder an sich. »Vielleicht ist es sogar extrem wichtig. Ich muss sofort mit Major Nicolai Kontakt aufnehmen.«

»Den wirst du um die Zeit schlecht erreichen. Aber gib mir noch mal das Papier, die Schrift kann ich lesen, vielleicht fallen uns Namen oder Ortsangaben auf.«

Wedigo reichte der Gräfin erneut das Blatt und ließ ihr vom Kellner einen Stift und einen Block für Notizen bringen. Melissa beugte sich über den Text und begann, einzelne Buchstaben aufzuschreiben. Auf der Bühne sang es lustig weiter: »Da kam ein feiner Kavalier, in Lichterfelde Ost. Sie wurde sein Glück, sein Stück, sein Tier, sie sank mit ihm und er mit ihr, in Lichterfelde Ost. Man brachte sie in das Krankenhaus, in Lichterfelde Ost. Und als sie nach Monaten kam heraus: Sie sah wie der Tod von Basel aus. In Lichterfelde Ost.«

»Das Wort dort heißt Bosnien«, erklärte Melissa, »und dieses auch, hier steht Sarajevo und das heißt Serbien. Dann kommen einige Wörter, die ich nicht verstehe. Es folgen Namen: einmal Rade Malobabic und Rajko Stepanovic, Vidovdan, Ciganović und Mlada Bosna und Princip. Am Ende steht Kosta Jezdic und Podrinje. Es könnten noch weitere Namen genannt sein, aber da bin ich mir nicht sicher.«

Wedigo betrachtete aufmerksam das von Melissa Notierte. »Vidovdan«, wiederholte er dann. »Vidovdan und Malobabic. Malobabic war der Name, den der Amerikaner im Gespräch mit Graf von Essen nannte. Vidovdan kommt mir ebenfalls bekannt vor.«

»Du weißt, was Vidovdan bedeutet?«

»Nein, aber ich habe das Wort schon gehört.«

»Vidovdan ist auf Deutsch der Sankt-Veits-Tag, er wird in der serbisch-orthodoxen Kirche am 28. Juni, also am nächsten Sonntag, gefeiert.«

Wedigo sprang wie elektrisiert auf. »Ich muss sofort zu Major Nicolai. Am Sonntag, den 28., besucht Erzherzog Franz Ferdinand die Stadt Sarajevo. Sarajevo liegt in Bosnien und der Text erwähnt Sarajevo. Wir müssen genau wissen, was hier geschrieben steht.« Wedigo steckte dem Kellner einen Schein zu und eilte zusammen mit der Gräfin aus dem Varieté. Draußen winkte er einer Droschke und wies den Kutscher an, so schnell wie möglich ins Ministerium zu fahren. Unterwegs erklärte er Melissa, was er befürchtete. »Ich bin überzeugt, dass der Text auf einen weiteren Anschlag hinweist. Auf einen Plan B sozusagen, da der Versuch der Ivanovic und Pjotr Archinows, in Konopitsch ein Attentat zu verüben, fehlgeschlagen ist.«

»Hoffen wir, dass du dich irrst. Ehrlich gesagt, halte ich die Nennung des Veits-Tages für einen Zufall.«

»Wir werden sehen«, antwortete Wedigo kurz. Eine Viertelstunde später erreichten sie das Ministerium. Als die Kutsche hielt, blieb die Gräfin sitzen.

»Entschuldige Wedigo, ich komme nicht mit. Du weißt, ich habe dem Major mitgeteilt, dass ich nicht mehr für ihn arbeiten will, und daran halte ich mich. Ich lasse mich zur Lesung fahren. Viel Glück bei deiner neuen Spur.«

Sie gab ihm einen Kuss auf die Wange. »Mach's gut und melde dich bald wieder! Ich warte auf dich.«

Wedigo stieg aus.

»Fahren Sie zum Café Kutschera, in Charlottenburg, in der Bismarckstraße«, hörte er sie dem Kutscher befehlen, dann rollte die Droschke davon.

Der Hauptmann bedauerte, für Melissa keine Zeit zu haben, aber die Pflicht ging vor. Er eilte ins Ministerium und zur Abteilung III b. Doch der Major war nicht im Hause. Der Wachhabende, ein Unteroffizier, wusste nur, dass Major Nicolai plötzlich aufgebrochen sei. Wohin er sich begeben hatte, konnte der Mann nicht sagen. Fieberhaft überlegte Wedigo, was er tun solle. Das Beste würde sein, er ließe zuerst das Blatt ins Deutsche übertragen. Nicht dass er Himmel und Hölle in Bewegung setzte und die Sache war harmlos, wie die Gräfin gesagt hatte. Wer um alles in der Welt verstand in Berlin Serbisch? Ihm fiel ein, dass ihm vielleicht jemand im Außenministerium helfen könne. Das Reichsamt für die Außenpolitik residierte ebenfalls in der Wilhelmstraße, genauer im Haus Nr. 76, also nahezu nebenan. Wedigo ließ sich telefonisch mit dem Amt verbinden und landete an der Pforte. Der Pförtner, ein Veteran aus dem Krieg gegen die Hereros und Hottentotten, wurde munter, als sich ein Hauptmann meldete. Ungefragt erzählte er, dass er als Unteroffizier in der Schutztruppe vor bald zehn Jahren an der Schlacht am Waterberg in Deutsch-Südwest teilgenommen und dort ein Bein verloren habe.

Wedigo unterbrach ihn ungeduldig. »Hören Sie, Herr Unteroffizier. Ich brauche jemanden mit Serbischkenntnissen, es geht möglicherweise um Leben und Tod!«

Der Mann schlug sozusagen die Hacken zusammen und verband ihn umgehend mit Legationsrat Nadolny, der heute Abend Bereitschaft hatte.

Zehn Minuten später saß Wedigo dem Mann gegenüber, der aufmerksam das ihm übergebene Blatt studierte.

»Sie haben recht, Herr von Wedel«, sage er dann. »Der Text hat es in sich. Ich übersetze ihn am besten: ›Wie verabredet transportieren unsere Zollbeamte an der bosnischen Grenze Waffen, Munition und andere Explosionsgegenstände von Serbien nach Bosnien. Diese werden Rade Malobabic übergeben, Wachtmeister Rajko Stepanovic wird die Übergabe vollziehen. Mlada Bosna wartet auf das Zeichen zum Einsatz, wenn es in K. misslingt. Alles muss bis zum Vidovdan – auf Deutsch Sankt-Veits-Tag –‹«, erklärte Nadolny, »›fertig sein. Ciganovićs Leute stehen in Sarajevo bereit. Čabrinović, Grabež, Ilić, Čubrilović, als Ersatz Princip, Popović und Mehmedbašić. Gezeichnet Kosta Jezdic, Bezirksvorsteher im Bezirk Podrinje.‹«

Der Legationsrat sah vom Blatt auf. »Die genannte Mlada Bosna, auf Deutsch ›Junges Bosnien‹, ist eine Vereinigung von Schülern und Studenten. Der Schriftsteller Petar Kočić ist das Sprachrohr der Gruppe. Die Ungarn vermuten, dass die Organisation unter dem Einfluss der serbischen Geheimorganisation Crna ruka, auf Deutsch ›Schwarze Hand‹, steht. Wenn hier von Waffen und Munition die Rede ist, die mit offizieller serbischer Unterstützung nach Bosnien geschmuggelt werden, ist das ein deutliches Alarmzeichen. Da ist etwas Gefährliches im Gange.«

»Erzherzog Franz Ferdinand besucht am Sonntag, dem Veits-Tag, Sarajevo«, erklärte Wedigo. »Wir müssen Wien warnen! Am besten rufe ich Major Ronge vom Evidenzbüro an.«

Nadolny blickte auf die Uhr. »Dafür wird es fast zu

spät sein, es ist gleich elf. Aber wir können es auf jeden Fall versuchen.«

Der Legationsrat griff zum Telefon und bat die Nachtvermittlung, ihn mit dem Evidenzbüro in Wien zu verbinden. Einige Minuten später läutete das Telefon. Es war tatsächlich Wien; Nadolny reichte Wedigo den Hörer. Doch anstelle des Majors meldete sich Oberst von Boog.

Von Boog verhehlte nicht sein Erstaunen über den späten Anruf aus Berlin. »Es ist ein großer Zufall, Herr von Wedel, dass ich im Gebäude war und das Läuten vernommen habe. Ich hoffe, Sie haben einen guten Grund für Ihre nächtliche Aktivität.«

Hastig erzählte Wedigo vom Inhalt des Schreibens. Als er endete, lachte von Boog kurz auf.

»Verstehe ich Sie richtig, Herr Hauptmann, Sie rufen an, weil auf einem zufällig aufgetauchten Papier die sogenannte Mlada Bosna, das ist eine Schülervereinigung, etwas von Waffen und dem Sankt-Veits-Tag faselt? Ist Ihr Anruf durch Major Nicolai oder irgendeine andere Stelle im Ministerium autorisiert worden?«

Wedigo gab zur Antwort, dass er aufgrund der Wichtigkeit des Textes auf eigene Faust gehandelt habe, zumal es spät am Abend sei.

»Ich schlage vor«, erwiderte der Oberst in einem gewollt väterlichen Tonfall, »Sie besprechen das Ganze erst einmal mit Ihren vorgesetzten Stellen. Ich will nicht ausschließen, dass von Serbien Waffen nach Bosnien geschmuggelt werden, aber sonst … Nun, glauben Sie mir, der Text klingt allzu sehr nach den Wunschfantasien jugendlicher Schwärmer. Ich bin überzeugt, es wird keinen Anschlag oder dergleichen geben. Der Erzherzog und seine Begleiterin sind absolut sicher. Auch wir

Österreicher verstehen unser Handwerk. Also, melden Sie Ihren Fund Major Nicolai, der wird meine Einschätzung bestätigen. Schlafen Sie eine Nacht über die Sache. Morgen früh sieht alles gleich ganz anders aus. Gute Nacht!« Der Oberst legte auf.

»Sie scheinen, Ihrer Miene nach, keinen Erfolg gehabt zu haben«, sagte der Legationsrat. »Was haben die Wiener denn zu Ihrer Vermutung gesagt?«

Wedigo berichtete von Oberst von Boogs Kommentaren.

»Im Prinzip hat der Mann recht«, meinte Nadolny, »derartige Texte bedürfen einer Überprüfung und natürlich müssen Sie Ihre Vorgesetzten informieren. Andererseits scheint mir der Inhalt im Kontext des Sarajevobesuchs von Erzherzog Franz Ferdinand und seiner Gemahlin äußerst brisant.«

»Was schlagen Sie vor?«

Der Legationsrat lächelte. »Wollen Sie ein offizielles Statement oder wissen, wie ich in Albanien oder Persien handeln würde?«

»Sagen wir, wie Sie im Falle Bosnien-Herzegowinas vorgehen würden.«

»Wenn Zeit wäre, würde ich natürlich Rücksprache mit den nächst höheren Stellen nehmen. In diesem Fall aber … Wie lange ist man nach Sarajevo unterwegs?«

»Das weiß ich nicht«, antwortete Wedigo. »Sie würden auf eigene Faust handeln?«

»Ich bin einmal nach Tirana gefahren«, erwiderte Nadolny und umging zunächst eine Antwort. »Da war ich mehr als drei Tage unterwegs, eine wahre Tortur. Ich prüfe, ob unsere Bereitschaftsabteilung Informationen zur Strecke besitzt.« Er griff zum Telefon und ließ sich verbinden. »Wir haben seit dem letzten Balkankrieg rund um die Uhr eine Notfallbereitschaft eingerichtet. Im Falle eines Konfliktes kommt es mitunter auf schnelles Handeln an.«

Die Verbindung war hergestellt und der Legationsrat forderte den dortigen Sekretär auf, ihm schnellstmöglich eine Verbindung Berlin–Sarajevo herauszusuchen.

»Wenn Gefahr in Verzug wäre, würde ich meine Pflicht darin sehen, der Gefahr entgegenzuwirken«, wandte er sich wieder an Wedigo.

»Das hieße, eine eigenständige Lagebeurteilung zu erstellen«, sagte Wedigo, »mit der Gefahr, sich zu irren und entsprechende Konsequenzen tragen zu müssen.«

»Freilich, Sie könnten sich irren«, räumte Nadolny ein. »Jede Entscheidung birgt diese Konsequenz. In meiner Zeit beim Grenadier-Regiment König Friedrich Wilhelm I. in Rastenburg hieß es immer, ein deutscher Offizier handelt – und wenn es falsch war, stellt er sich dem Geschehen. Ich würde nach Sarajevo fahren und die Verantwortlichen vor Ort informieren. Die dortigen Behörden können wahrscheinlich eher die angeführten Namen einordnen.«

Der Fernsprecher läutete und Nadolny nahm ab. Es war der Sekretär, der die gewünschte Verbindung durchgab. Der Legationsrat notierte. Dann las er das Geschriebene Wedigo vor: »›Morgen früh geht kurz nach acht ein Zug nach Budapest. Dort müssen Sie umsteigen und fahren um 22.35 Uhr weiter nach Belgrad. Die serbische Hauptstadt erreichen Sie am Sonntag gegen halb 8 Uhr morgens. Von Belgrad fährt der Zug um 8.15 Uhr über ein Dutzend Orte nach Sarajevo, wo Sie um 17.35 Uhr ankommen.‹«

»Das ist zu spät, soviel ich von Major Ronge weiß,

besucht der Erzherzog am späten Vormittag die Stadt. Die Eisenbahn ist einfach zu langsam.«

»Ein Automobil braucht bei den dortigen Straßenverhältnissen noch länger.«

»Aber ein Flugzeug müsste es schaffen«, rief Wedigo. »Haben Sie eine Karte von Südosteuropa?«

Nadolny wies stumm zur Wand, an der eine große europäische Landkarte im Maßstab 1:1.500.000 hing, die vom Polarkreis bis Sizilien und von Lissabon bis Moskau reichte.

Wedigo nahm ein Lineal vom Schreibtisch und begann zu messen. »Berlin–Prag, das sind rund 18 Zentimeter, also etwa 270 Kilometer. Prag–Wien, 16,5 Zentimeter, demnach 240 Kilometer. Wien–Budapest sind weitere 210 Kilometer. Das letzte Stück nach Sarajevo beträgt gute 400 Kilometer. Insgesamt eine Strecke von 1.120 Kilometer. Mit dem 75-PS-Motor eines Albatros-Doppeldeckers erreiche ich eine Durchschnittsgeschwindigkeit von etwa 100 Kilometer die Stunde je nach Windlage. Mit einer Tankfüllung komme ich zwischen 300 und 400 Kilometer weit. Alles in allem, mit Zwischenhalt und Tanken, könnte ich die Strecke in 13 bis 14 Stunden schaffen. Wir haben morgen den 27. Juni; der Sonnenaufgang dürfte um kurz vor 4 Uhr sein, Sonnenuntergang gegen halb neun. Ich hätte über 16 Stunden Flugzeit, um bis zum Abend in Sarajevo zu landen.«

»Gibt es dort ein Flugfeld?«

»Das weiß ich nicht, notfalls lande ich auf einer Wiese oder auf einer Straße.«

»Ich sehe schon, Sie sind wild entschlossen, nach Sarajevo zu kommen. Kann ich sonst noch etwas für Sie tun?«, fragte der Legationsrat.

»Wenn Sie morgen Major Nicolai erreichten und ihn

über das Schreiben persönlich informieren könnten, wäre ich Ihnen sehr verbunden.«

»Das werde ich«, versprach Nadolny.

»Dann verabschiede ich mich. Ich muss nach Johannisthal und eine Maschine besorgen und sollte vor dem Flug noch ein paar Stunden schlafen.«

Wedigo verließ das Außenamt und begab sich zum Kriegsministerium. Ein Fahrzeug brachte ihn nach Potsdam, wo er den schlaftrunkenen Werner aufschreckte. Wedigo entschied, in seiner Wohnung zu übernachten, denn es war bereits halb eins. In Johannisthal würde er um diese Uhrzeit niemanden auffinden. Leider befand sich Hauptmann Wilberg auf Urlaub, sonst wäre er nach Döberitz gefahren. Der Chauffeur konnte sich in der Kaserne ausruhen; er sollte ihn in drei Stunden abholen. Werner befahl er, einige Wäsche zu packen und ihn um 3 Uhr wieder zu wecken. Dann warf er sich aufs Bett.

Kaum hatte er die Augen geschlossen, hörte er die Stimme des treuen Werners: »3 Uhr, Herr Hauptmann. Ich sollte Sie wecken!«

Er wusch sich, ließ sich schnell rasieren und schlüpfte in seine Flugmontur. Schon fuhr der Wagen draußen vor und in der Dämmerung des 27. Junis rasten sie nach Johannisthal, wo sie um 4.25 Uhr ankamen. Doch es dauerte fast anderthalb Stunden, bis es dem ungeduldigen Wedigo gelang, ein Flugzeug für sein Vorhaben zu bekommen. Es war ausgerechnet die von ihm früher verdächtigte Melli Beese, die ihm half. Allerdings konnte sie ihm aus ihrer Flugschule nur eine Etrich-Rumpler Taube zur Verfügung stellen. Der 6-Zylinder-Mercedes brachte es zwar auf gute 100 PS und 100 Kilometer Geschwindigkeit, hatte aber nur eine Reichweite von 140 bis 150 Kilometer, was Wedigos

Flugzeit durch die erforderlichen Tankstopps ersichtlich verlängerte. Es gab keine Alternative; er musste sich mit der Taube behelfen, die zudem nur mit großer Kraft zu steuern war. Um 6.10 Uhr hob das Flugzeug endlich ab.

Das Tagesprogramm des Erzherzogs vermeldete für diesen Samstag die Inspektion des 15. und 16. Armeekorps. Die Gemahlin Franz Ferdinands, Herzogin Sophie, besuchte währenddessen ein Waisenhaus und später eine Teppichfabrik. Die Manöver verliefen zur vollen Zufriedenheit des Thronfolgers, was er seinem Onkel Kaiser Franz Joseph telegrafisch nach Bad Ischel mitteilte. Am Abend war ein Empfang im Hotel Bosna im Kurort Ilidže geplant, 40 Honoratioren aus Sarajevo waren zu dem üppigen Dinner geladen.

Die erste Flugetappe verlief ohne Probleme. Gegen halb acht landete Wedigo auf dem Dresdner Flugplatz Kaditz, ließ die Taube auftanken und startete um 8.05 Uhr zur nächsten Etappe. Schon um 9.24 Uhr erreichte er Prag, landete auf dem Platz, tankte, stieg wieder auf und kam diesmal bis Budweis, wo er außerhalb der Stadt auf einer Wiese niederging. Mit viel Mühe konnte er von einer Zapfsäule am Stadtrand mithilfe eines Traktors Benzin bekommen und startete um zwölf zur nächsten Etappe, die ihn mit Glück und aufgrund des Rückenwindes bis halb zwei Uhr nach Wien brachte. Um drei Uhr machte er einen Zwischenstopp in Pressburg und landete um drei viertel fünf in Budapest. Allmählich merkte Wedigo die Anstrengung. Er fühlte sich müde und hungrig. Zudem tat ihm vom langen Sitzen der Rücken weh. Das Wetter war ihm bisher hold gewesen, doch lagen noch fast 400 Kilometer Flug vor ihm, also gute fünf bis sechs Stunden. Langsam überkamen ihn Zweifel, ob er es rechtzeitig schaffen würde. Er ging erst einmal einen Kaffee trinken. Während Wedigo in einem Lokal am Rande des Flugfeldes einen Mokka trank, sprach ihn ein anderer Flieger an.

»Gestatten, mein Herr, Petróczy von Petrócz, ich habe Sie landen sehen. Ihre Taube scheint mir Probleme mit der Steuerung zu haben. Sie wollen doch wohl heute nicht weiter, oder?«

Der Fremde hatte richtig beobachtet, seit Wien kämpfte Wedigo mit den Seitenrudern der Taube, und es erforderte immer mehr Kraft, diese zu betätigen.

»Von Wedel«, stellte er sich vor. »Sie haben recht, aber was soll ich machen? Ich muss heute nach Sarajevo, wie auch immer. Es ist absolut dringend.«

»Das dürfte Ihnen mit Ihrer Taube nicht gelingen. Was ist denn so dringend, dass Sie noch heute in dieses grässliche Bosnien wollen?«

Der Mann mit seinem dunklen Schnurrbart, den er auf ungarische Art hoch gezwirbelt trug, wirkte auf Wedigo ehrlich. Seine Diagnose hinsichtlich der Ruder stimmte, vielleicht konnte er ihm irgendwie helfen. Ihm blieb keine andere Chance, als dem Mann zu vertrauen. In groben Zügen schilderte er Herrn Petróczy von Petrócz, warum er nach Sarajevo wollte. Sein Gegenüber hörte nachdenklich zu.

»Das sieht den Wiener Bürokraten ähnlich«, sagte er dann, »dass sie nicht verstehen, wann etwas wichtig ist und wann nicht. Ich mache Ihnen einen Vorschlag. Ich habe hier eine Aviatik B.I am Platz. Eine wunderbare Maschine, ein Zweisitzer mit einem Mercedes D.I, 105-PS-Motor. Die macht 100 Kilometer in der Stunde und kommt mit einer Tankfüllung lässig nach Sarajevo. Ich lasse auftanken, in einer halben Stunde heben wir ab. Für ein Abenteuer bin ich immer zu haben. Da Sie absolut übermüdet sind, fliege ich. Einverstanden?«

Wedigo stimmte freudig zu, und um 17.17 Uhr hob das Flugzeug vom Boden ab.

Während die Maschine durch die Wolken Kurs Südsüdwest nahm, besprachen, so die späteren Meldungen, in Ilidže im Hotel Bosna Erzherzog Franz Ferdinand und Oberhofmeister Freiherr von Rumerskirch das Programm für den kommenden Sonntag. Rumerskirch, der am Mittag einen Anruf aus Wien erhalten hatte, unterrichtete den Erzherzog, dass man in Sarajevo eine bedenkliche, revolutionäre Stimmung bei der bosnischen Bevölkerung befürchte.

»Ich bitte Sie, Durchlaucht, lassen Sie uns den morgigen Besuch absagen«, bat Rumerskirch. »Der Nachrichtendienst aus Serbien bringt dauernd Hassäußerungen gegen unsere Monarchie.«

»Liegen denn konkrete Hinweise vor, mein lieber Rumerskirch?«

»Nein, es gibt keine bestimmten Nachrichten über Attentatspläne oder geplante Demonstrationen gegen Ihren Besuch, Durchlaucht«, erwiderte der Oberhofmeister

»Dann käme eine Absage des Besuches dem Eingeständnis einer politischen Niederlage gleich«, warf Oberstleutnant von Merizzi, der Adjutant des Erzherzogs, ein.

»Also bleibt es bei dem Besuch«, entschied Franz Ferdinand.

Die Aviatik war noch etwa 100 Kilometer vom Ziel entfernt, als die Maschine in eine örtliche Wetterturbulenz geriet. Eine harte Böe fasste das Flugzeug und warf es hin und her. Die Aviatik kippte plötzlich ab, im letzten Augenblick gelang es dem Piloten, die Mühle aus der Trudelbewegung herauszuziehen. Da packte sie ein neuer Windstoß, der die Nase der Maschine nach unten drückte. »Wir müssen landen, gegen das Wetter kommen wir nicht an«, rief Petróczy von Petrócz. »Ich möchte nicht noch einen zweiten Absturz erleben. Keine Chance, wir müssen runter!« Er legte das Flugzeug in die Schräglage und versuchte, die Maschine in immer engeren Kurven langsam nach unten zu schrauben. Die Aviatik bockte und rüttelte, gegen die Gewalt des Windes war kaum anzusteuern. Nur mit großen Mühen gelang es ihm schließlich, das Flugzeug knapp über ein Waldstück hinweg auf eine Wiese zu steuern und eine Notlandung durchzuführen. Die Maschine setzte hart auf, sprang wieder in die Höhe, fiel zurück auf die Räder und schleuderte dann nach links. Ein Zaun bremste die Fahrt, der rechte Flügel brach – und das Flugzeug stoppte. Etwas benommen kletterten die beiden Männer aus der Maschine.

Wedigo blickte auf die Uhr, es war halb neun, sie mussten vielleicht 80 Kilometer von Sarajevo entfernt gelandet sein. »Wissen Sie, wo wir sind?«

»Wir dürften in der Nähe der Garnisonsstadt Vlasenica sein. Ein Vetter von mir war als Leutnant in Vlasenica, im I. Bataillon des Ungarischen Infanterieregiments Nr. 62.«

»Das heißt, dort gibt es Kraftwagen. In welcher Richtung liegt die Stadt?«

Der Ungar kratzte sich am Kopf. »Ich denke, wir müssen uns nach Osten halten.«

»Gut, dann brechen wir auf, das Flugzeug können wir später bergen lassen.«

Gut eine Stunde marschierten die Männer auf Feld- und Waldwegen nach Osten. Die Sonne war längst untergegangen und die Nacht aufgezogen. Das Wetter hatte sich weiter verschlechtert und ein Landregen ging prasselnd auf die Männer nieder. Gegen halb elf erreichten sie ein einsames Bauernhaus. Die Hunde bellten und der Bauer, der nach einigem Rufen an die Tür kam, betrachtete misstrauisch die beiden nassen Fremden mit ihren lehmverkrusteten Schuhen. »Dobro veče«, grüßte Petróczy von Petrócz den Mann und fuhr weiter auf Serbisch fort: »Wir hatten einen Unfall und müssen dringend nach Vlasenica. Haben Sie Pferd und Wagen?«

Dabei zog er einige Geldscheine aus der Tasche, eine Sprache, die der Bauer gut verstand.

Keine Viertelstunde später waren sie auf einem einfacher Karren, vor den ein alter Gaul gespannt war, unterwegs auf der Straße nach Vlasenica. Gegen Mitternacht erreichten sie die Kaserne des I. Bataillons des Ungarischen Infanterieregiments Nr. 62. Der wachhabende Offizier, ein junger Leutnant, den Wedigo mithilfe des Ungarns aus seinem Wachlokal holte, war über die Störung sichtlich erbost. »Für den Kraftfahrzeugbetrieb ist allein Hauptmann Lakatos verantwortlich. Ohne seine Unterschrift ist ein Einsatz unmöglich. Vorschrift ist Vorschrift! Aber morgen früh gegen 8 Uhr kommt Hauptmann Lakatos ins Bataillon. Bis dahin müssen sich die Herren gedulden. Sie können aber so lange im Wachraum warten«, sagte er großmütig und zog sich zurück.

Resigniert setzte sich Wedigo auf eine Pritsche – und sackte vor Müdigkeit zusammen. Die Augen schlossen sich und Wedigo schlief ein. Um halb acht weckte ihn ein Rütteln an der Schulter. Hauptmann Lakatos war eingetroffen. Wedigo fuhr hoch. Vor ihm stand ein Mann in der blauen Uniform der k.u.k. Infanterie. Der Offizier betrachtete ihn voller Skepsis, doch Petróczy von Petrócz trat auf den Hauptmann zu und begann auf Ungarisch eine wortreiche Erklärung. Es zeigte sich, dass Hauptmann Lakatos von Petrócz' Vetter Ivo kannte und sich aufgrund dieser Bekanntschaft schließlich bereit erklärte, ein Automobil zur Fahrt nach Sarajevo zur Verfügung zu stellen. Er versprach zudem, im dortigen Rathaus anzurufen, wenn die Verbindung, die seit einigen Tagen gestört war, sich wieder in Betrieb befinde. Um acht Uhr machte sich Wedigo in Begleitung Petróczy von Petrócz und eines wegkundigen Unteroffiziers in einem Skoda 1912, L & K DN6, den Hauptmann Lakatos kurzerhand beim Bezirksarzt requiriert hatte, auf den 93 Kilometer langen Weg. Sarajevo war noch weiter entfernt, als Wedigo am Abend gedacht hatte.

Das Thronfolgerpaar hatte währenddessen, wie die Zeitungen am nächsten Tag berichteten, im Hotel in Ilidže gut geschlafen und frühstückte nun in aller Ruhe. Anschließend besuchten die hohen Herrschaften die heilige Messe in einem extra hergerichteten Raum des Hotels. Zur Feier des Sonntages trug Franz Ferdinand heute die Galauniform eines Kavalleriegenerals: den hellblauen Rock sowie die schwarze Hose mit roten Streifen und dazu einen grünen Federhut.

Um neun Uhr durchquerte Wedigos Gruppe den Weiler Žljebovi und näherte sich auf staubigen Straßen dem Flecken Košutica. Sie durchfuhren die Glasinac-Hochebene jenseits des Romanija-Gebirges. Der Belag der Straße war rissig und voller Schlaglöcher. Ein Wunder, dass die Pneus durchhielten. Es war halb zehn, als sie die Kleinstadt Sokolac erreichten; bis Sarajevo waren es noch gute 40 Kilometer zu fahren. Zum Glück wurde die Fahrbahn etwas besser und sie konnten ihr Tempo steigern.

Das Folgende erfuhr Wedigo später, nachdem das Schreckliche geschehen war, das die Welt in den Abgrund des Krieges stürzen sollte. Denn zur selben Zeit, als er und seine Begleiter Sokolac passierten, brachen Erzherzog Franz Ferdinand und seine Gemahlin zum Bahnhof der Stadt auf. Sie bestiegen den bereitgestellten Sonderzug, der um 9.42 Uhr mit dem Thronfolgerpaar von Ilidže nach Sarajevo abfuhr. Die Fahrt verging schnell; bereits um 10.07 Uhr langte der Zug in der Hauptstadt der Provinz Bosnien an. Zu diesem Zeitpunkt befand sich der Skoda Wedigos rund 13 Kilometer von Sarajevo entfernt in der Gegend von Ljubogošta.

Nach der Ankunft in Sarajevo inspizierte Erzherzog Franz Ferdinand zunächst eine Kaserne. Anschließend sollte es zum Rathaus gehen. Franz Ferdinand und seine Gemahlin nahmen im Fond des sechssitzigen Doppel-Phaetons Platz; vor ihnen, auf einem Klappsitz, saßen der Gouverneur Potiorek und der Adjutant des Erzherzogs, Harrach. Ganz vorn im Wagen waren der Chauffeur Lojka und Hofkammerbüchsenspanner Schneiberg. Im ersten Wagen des Konvois, der jetzt aufbrach, befanden sich der Bürgermeister Sarajevos, Efendi Fehim Čurčić, und der Polizeichef der Stadt, Dr. Gerde. Die Kolonne aus sechs Fahrzeugen fuhr los. Die Strecke führte vom Defensionslager am Rande der Stadt hinein ins Zentrum zum Rathaus. 24 Kanonen donnerten den Willkommenssalut. Um 10.26 Uhr erreichte der Konvoi den Appel-Kai, die Uferstraße des Miljacka-Flusses. Die Menge jubelte, die Stadt präsentierte sich im schönsten Sonnenschein. Da sah der Chauffeur Lojka plötzlich etwas Schwarzes durch die Luft auf ihn zufliegen und beschleunigte unwillkürlich. Im gleichen Augenblick hob Franz Ferdinand den linken Arm. Ein runder Gegenstand prallte gegen die Außenseite, fiel auf das heruntergezogene Verdeck des Wagens und rollte auf die Straße. Eine Handgranate! Sie explodierte kurz darauf unter dem nachfolgenden Fahrzeug und verletzte dessen Insassen, den Oberleutnant von Merizzi und den Grafen Alexander Boos-Waldeck. Das Thronfolgerpaar blieb unversehrt, der Fahrer gab Gas, um der Unglücksstelle zu entkommen. Doch Franz Ferdinand befahl, anzuhalten und herauszufinden, ob wer verletzt worden war. Es zeigte sich, dass einige Schaulustige aus der Menge schwer verwundet waren. Sie wurden sogleich versorgt. Den von einem Granatsplitter am Kopf getroffenen und heftig blutenden Merizzi brachte man in das Sarajevoer Garnisonsspital. Die Fahrt zum Rathaus der Stadt wurde fortgesetzt. Im Rathaus wurde der Erzherzog vom Bürgermeister und von den Stadträten empfangen, die versicherten, sie seien über den Besuch hochbeglückt. Franz Ferdinand reagierte verärgert und machte vor allem dem Bürgermeister heftige Vorwürfe. »Da kommt man nach Sarajevo, um einen Besuch zu machen, und man wirft auf einen Bomben. Das ist empörend!«

Seine Frau beruhigte ihn, sodass er mit einer gewissen Gelassenheit die offiziellen Reden verfolgte. Franz Ferdinand lauschte ergeben den Lobhudeleien. Doch hinter vorgehaltener Hand bemerkte er: »Heute werden wir noch ein paar Kugeln bekommen!« Dann entschied der Thronfolger, zum Garnisonsspital zu fahren, um den verletzten Merizzi zu besuchen.

Wedigo von Wedel und seine Begleiter hatten mit dem Skoda endlich Sarajevo erreicht. Die Sonne schien, es würde ein herrlicher, wolkenloser Junisonntag werden. Ein richtiger Feiertag, der Sankt-Veits-Tag, der 525. Jahrestag der Schlacht auf dem Amselfeld. Entsprechend voll war die Stadt, es war kaum ein Fortkommen möglich. Die Straßen und Gassen waren gesperrt oder vom Verkehr verstopft. Alles drängte vorwärts, um den hohen Gast zu sehen und den Festtag zu feiern.

»Wir kommen mit dem Wagen nicht weiter!«, sagte Wedigo zu seinen Mitfahrern. »Lassen wir ihn stehen und versuchen, zu Fuß das Rathaus zu erreichen!«

Er sprang aus dem Fahrzeug, schob einige Gaffer zur Seite und bog, ohne sich nach den beiden Ungarn umzublicken, eilig in die nächste Straße ein, die, wie er glaubte, zum Rathaus führte. Petróczy von Petrócz und der Unteroffizier bemühten sich, ihm zu folgen, verloren aber den Offizier im Gedränge bald aus den Augen. Menschen über Menschen waren unterwegs, Bauern und Bürger mit ihren Familien, bunt gekleidete Bosnier, Ungarn, Kroaten und viele Serben. Darunter verschleierte Frauen und bärtige Männer mit Fez und andere Einwohner der Stadt, die Hüte, die besseren Bürger mitunter auch Zylinder, trugen. Dazwischen sah er eine große Anzahl von Polizisten und Soldaten. Wie sehr Wedigo auch drängte und stieß, bald war auf der Hauptstraße überhaupt kein Vorwärtskommen mehr, und er steckte in der Menge fest. Er drückte und schob weiter, und endlich gelang es ihm, über eine Seitengasse aus der Menschenmasse hinauszukommen. Allerdings hatte er so die Orientierung verloren. Wedigo sah sich um und bemerkte einen Polizisten, bei dem er sich nach dem Rathaus erkundigte. Der Mann, ein Bosnier, verstand ihn nicht, erst ein zweiter Polizist konnte Deutsch. Nach einigem Hin und Her wies er ihn zur Flusspromenade der Miljacka, von wo der Weg zum Rathaus leicht zu finden sei.

»Ich habe gehört, dass angesichts der angespannten Lage, die Fahrtroute unseres gnädigsten Erzherzogs geändert werden soll«, fügte der Wachtmeister hinzu. »Am besten, der Herr fragt in Moritz Schillers Delikatessengeschäft nochmals nach, dort weiß man am besten über alles Bescheid.«

Wedigo dankte dem Mann und eilte weiter. Es war inzwischen 10.40 Uhr. Gut fünf Minuten später erreichte er den genannten Laden. An diesem befand sich ein Eisenschild mit der Aufschrift ›Spezerei, Delikatessen, Champagner‹. Offenbar wurde der Thronfolger hier erwartet, denn eine große Menge Schaulustiger hatte sich vor dem Laden versammelt. Jemand erzählte, ein Mann habe an der Cumurja-Brücke eine Handgranate auf den Wagen des Erzherzogs geworfen, doch diese sei abgelenkt und der hohe Besucher nicht verletzt worden. Franz Ferdinand solle weitergefahren sein, hieß es, und müsse bald vorbeikommen.

Das war der Anschlag gewesen, dachte Wedigo, der Erzherzog hatte ihn unversehrt überstanden. Er fühlte Erleichterung, zwar hatte er ihn nicht mehr warnen können, aber zum Glück war ihm nichts passiert. Seine Pflicht hatte er getan, auch wenn sich die Warnung erledigt hatte. Eigentlich verrückt das Ganze. Da war er in kürzester Zeit von Berlin nach Sarajevo geflogen und gefahren, um ein

Attentat zu verhindern, und jetzt zeigte sich, dass sich alles von selbst geregelt hatte.

Wedigo beschloss, vor dem Café stehen zu bleiben und sich die Vorbeifahrt des hohen Besuches anzusehen. Später wollte er dann einen Kaffee trinken und versuchen, seine Begleiter wiederzufinden. Morgen, wenn er sich von dem wilden Flug erholt hatte, oder auch übermorgen, würde er nach Berlin zurückkehren, wo Melissa gewiss schon auf ihn wartete. Wedigo sah sich um. Die Menschen schienen ihm voller Erwartung und Neugier, keiner sah aus wie ein Attentäter. Rechts von ihm befanden sich zwei junge Frauen in der Tracht von Bäuerinnen, die unaufhörlich schwatzten. Links stand ein junger Mann, der nervös zu sein schien. Er mochte vielleicht 18, höchstens 19 Jahre alt sein. Er murmelte ständig etwas auf Serbisch, was Wedigo nicht verstand. Nur das Wort ›Nedeljko‹ fiel mehrmals. Gerade wollte er sich an den Jüngling wenden und ihn fragen, ob ihm etwas fehle, da zeigte sich in der Ferne eine Staubwolke. Das waren Automobile, endlich kam die Kolonne mit dem Thronfolger in Sicht. Näher und näher rollten die Fahrzeuge heran.

Und jetzt, jetzt hielt der Wagen Franz Ferdinands genau vor Wedigo an! Er vermochte sogar das Wiener Kennzeichen, A-III-118, zu lesen, befand er sich nur etwa vier bis fünf Schritte vom Erzherzog entfernt und konnte sein Gesicht sehen. Für einen kurzen Moment kreuzten sich ihre Blicke, Franz Ferdinand lächelte. Dann schob sich jemand dazwischen und nahm Wedigo die Sicht; es war der junge Mann von eben. Auf einmal ging alles sehr schnell. Weitere Menschen drängten sich vor ihn, sodass der sechssitzige Doppel-Phaeton völlig verdeckt wurde. Plötzlich gab es eine Bewegung, die Menschen wichen wie in Panik zurück. Wedigo erblickte in der entstandenen Lücke den Serben. Entsetzt sah er, dass der junge Mann mit einer Waffe in der Hand, einem Browning, vorsprang und zweimal auf die Insassen des Fahrzeugs abdrückte. Laut hallten die Schüsse. Der Attentäter hatte getroffen: Der Erzherzog Franz Ferdinand und seine Gattin sackten im Wagen zusammen.

Wedigo war entsetzt. Für einen Augenblick schien die Zeit anzuhalten und es war sehr still. Dann hörte er laute Wutschreie. Polizisten und Männer in Zivil stürzten auf den Schützen zu. Auch Wedigo löste sich aus seiner Starre, drängte die Nebenstehenden zur Seite und warf sich ebenfalls auf den Attentäter.

»Mörder! Ergreift den Mörder!«, gellten die Rufe der Umstehenden. Man versetzte dem Burschen Säbelhiebe und packte ihn an Arm und Kragen. Wedigo sah aus nächster Nähe, wie der Kerl eine Kapsel in den Mund schob und zu schlucken versuchte. Zyankali, ging ihm durch den Kopf. Doch der Mann erbrach die Kapsel sogleich. Und auch sein Versuch, sich mit seiner Waffe, mit dem Browning, zu erschießen, wurde verhindert. Ehe er die Waffe heben konnte, riss diese ein Polizist aus seiner Hand. Jetzt regnete es von allen Seiten Hiebe, wütende Schläge prasselten auf den Schützen ein. Blut lief ihm aus dem Mund, ein Auge schwoll an. Dutzende von Händen ergriffen ihn. Handschellen klickten, halbtot schleppten ihn Uniformierte davon. Wedigo trat zurück. Der Wagen des Erzherzogs hatte inzwischen gewendet und war davongerast. Er zog seine Taschenuhr hervor, sie zeigte gleich elf.

Später hörte Wedigo, dass die Halsvene Erzherzog Franz Ferdinands von der Kugel durchtrennt worden war. Seiner Frau Sophie hatte der Schuss den Magen durchbohrt. Beide starben auf dem Weg ins Krankenhaus.

Die Nachrichten über die Morde gingen blitzartig um die ganze Welt. Kaiser Wilhelm erfuhr während der Kieler Woche von dem Geschehen in Sarajevo. Um 14.30 Uhr vermeldete ein Telegramm kurz und bündig: ›Erzherzog Thronfolger und Gemahlin soeben einem Revolverattentat zum Opfer gefallen.‹

Am 1. Juli kehrte Hauptmann von Wedel nach Berlin zurück. Während der langen Bahnfahrt fragte er sich ständig, ob er das Attentat hätte verhindern können. Nein, er hatte sich nichts vorzuwerfen, er hatte alles gegeben, um rechtzeitig in Sarajevo einzutreffen. Zuletzt hatte es sich nur um einen Augenblick gehandelt. Wenn er den Attentäter rechtzeitig gepackt hätte? Doch in der entscheidenden Sekunde hatte er den 19-jährigen Gymnasiasten Gavril Princip nicht gesehen und daher dessen Tun nicht wahrgenommen, sodass er nicht hatte eingreifen können. Auch erfuhr der Hauptmann, dass der Serbe kein Einzeltäter gewesen war, es hatte offenbar mehrere Attentäter gegeben. Nedeljko, das Wort, das der Attentäter mehrfach genannt hatte, war ein Name gewesen. Ein Mann dieses Namens hatte an der Cumurja-Brücke die erste Handgranate auf den Wagen des Erzherzogs geworfen. Nein, Wedigo hätte wohl nur etwas ändern können, wenn er früher Sarajevo erreicht und den Erzherzog hätte warnen können. Ob man ihn überhaupt vorgelassen und auf ihn gehört hätte? Der Erzherzog schien bereits am Vorabend des Veits-Tages gewarnt worden sein und war trotzdem nach Sarajevo gereist. Auch nach dem ersten, missglückten Anschlag hatte er die Tour fortgesetzt. War er sehenden Auges in den Tod gegangen? Warum? Was für einen Sinn sollte dieses Selbstopfer haben? Was würden überhaupt die Folgen Sarajevos sein?

Die Zeitungsblätter in Berlin waren voll mit Kommentaren und Spekulationen zum Geschehen. Besonderes Augenmerk wurde dabei auf die Haltung Englands gelegt und gefragt, ob es London gelingen werde, auf Russland im Falle eines Konflikts Österreich-Ungarns mit Serbien mäßigend einzuwirken. Wedigo war gespannt, wie Major Nicolai als Russlandkenner die Lage einschätzte.

Direkt nach seiner Ankunft fuhr er ins Kriegsministerium zur Abteilung III b in die Wilhelmstraße. Das Gebäude war aufgrund der aktuellen Spannungen besonders bewacht. Nicolai, dem er seine Rückkehr telegrafisch angekündigt hatte, erwartete ihn bereits. Seinen geplanten Urlaub hatte der Major verschoben.

»Nehmen Sie Platz, Herr von Wedel, und berichten Sie. Ich habe schon mit Major Ronge gesprochen und wurde von Legationsrat Nadolny über das von Ihnen entdeckte Papier informiert. Sie haben alles miterlebt und waren sogar unmittelbarer Augenzeuge, ich bin gespannt, was Sie berichten. Ihren Kommandeur habe ich unterrichtet, Sie seien in einem unerwarteten Sonderauftrag unterwegs gewesen.«

Wedigo setzte sich, legte das Blatt mit dem serbischen Text auf den Tisch und schilderte seine Erlebnisse der vergangenen Tage, beginnend mit dem Auffinden des Schreibens am Freitag, bis zum Geschehen in Sarajevo selbst. Er schloss mit einer Beschreibung der Reaktion der Bevölkerung auf das Attentat. »Nach dem Geschehen begab ich mich zum Spital, um Genaueres zu erfahren. Dort wurde gerade der Tod des Thronfolgerpaares verkündet; ich bin zu spät gekommen. Auf dem Rückweg vom Spital in die Stadt begegnete ich mehreren Demonstrationszügen, vor allem der muslimischen Bevölkerung, gegen das Attentat und für das Hause Habsburg. Zum Teil kam es vor den Häusern der einheimischen Serben zu lautstarken Protesten und Drohungen. Da und dort begannen auch Menschen in Häuser einzudringen und diese zu plündern. Eine Gruppe brach in den Besitz des radikalen Serbenführers Jeftanovic ein und zerschlug unter Absingen der Kaiserhymne seine Rennwagen und alle seine Luxusautomobile. Die Polizei tolerierte zunächst die Exzesse, forderte dann, als die Lage sich zuspitzte und sie ihrer nicht mehr Herr wurde, das Militär zur Verstärkung an. Als die Soldaten in geschlossenen Zügen anrückten, sammelte sich die Menge und begrüßte die Truppe mit lauten Hurrarufen und der Kaiserhymne. Bis zum Abend, als ich die Stadt verließ, war die Ruhe wieder vollkommen hergestellt.«

Wedigo endete. Eine Zeitlang schienen beide in Gedanke versunken.

»Es ist genau das geschehen, was wir vermutet und befürchtet haben«, sagte Nicolai schließlich. »Eine Verschwörergruppe initiierte ein Attentat auf hohe und höchste Persönlichkeiten. In Konopischt konnten wir das gerade noch verhindern, und ich dachte, damit sei der Spuk vorbei. Doch die Hydra erhob erneut ihr Haupt, und der Feind schlug in Sarajevo zu.«

»Bei den gefassten Attentätern handelt es sich um Jugendliche, irregeleitete Schüler und Studenten, die relativ willkürlich agierten. Sind Sie sicher, dass dahinter eine Organisation steckt?«, erwiderte Wedigo. »Vielleicht gibt es gar keinen Zusammenhang zu Konopischt. Die Serben leugnen jede direkte Beteiligung.«

»Das könnte stimmen. Lesen Sie, was mir Major Ronge telegrafisch und kodiert hat zukommen lassen. Es sind Auszüge aus den ersten Vernehmungsprotokollen der gefassten Attentäter.«

Wedigo nahm die ihm gereichten Blätter und las:

Dr. Premuzic: Bist du Freimaurer?
Cabrinovic (schweigt verlegen eine Weile und sagt dann): Wieso fragen Sie mich das? Darauf kann ich nicht antworten.
Dr. Premuzic: Ist vielleicht Vojislav Tankositsch Freimaurer?
Cabrinovic (schweigt verlegen. Nach einer Pause): »Ja, auch Ciganović.«
Präsident: Woher wissen Sie das?
Cabrinovic: Daher, dass Tankositsch im ›Piemont‹ einen Artikel gegen die Regierung schrieb, weil sie in Skoplje einen russischen Anarchisten auswies, der den russischen Zaren umbringen wollte.
Präsident: Daraus folgt, dass auch Sie Freimaurer sind. Ein Freimaurer wird nie einem anderen als einem Freimaurer sagen, dass er Freimaurer ist.
Cabrinovic: Ich bitte, mich nicht darüber zu fragen. Ich will darauf nicht antworten.

»Das ist ein eigenartiges Verhör«, sagte Wedigo, »glauben Sie an den Unsinn einer Freimaurerverschwörung?«

»Lesen Sie weiter unten«, entgegnete Nicolai und wies auf ein anderes Blatt.

Princip: Ciganović sagte mir, dass er Freimaurer sei.
Präsident: Wann hat er Ihnen gesagt, dass er Freimaurer sei?
Princip: Als ich mich an ihn wandte wegen der Mittel zum

Attentat, sagte er es mir und betonte, dass er mit einem Manne sprechen werde. Bei einer Gelegenheit erzählte er mir auch, dass der österreichische Thronfolger in einer Loge von den Freimaurern zum Tode verurteilt worden sei.
Präsident: Ist Cabrinovic Freimaurer?
Princip: Ich weiß es nicht. Vielleicht ist er es. Bei einer Gelegenheit sagte er zu mir, dass er wie sein Freund in eine Loge eintreten werde.
Präsident: Wie hieß dieser Freund?
Princip: Er hieß Kazimirovic.
Dr. Feldbauer: Was ist das für ein Mensch, dieser Kazimirovic?
Princip: Er reiste viel ins Ausland. Es war so: Ciganović sprach in einem fort, es würde schon werden, aber wir müssten uns gedulden, und so war es von einem Tag zum anderen. Ich gab meinen Plan schon auf und dachte, es werde aus all dem nichts werden, als eines Tages Kazimirovic aus dem Ausland zurückkehrte. Jetzt kam Ciganović sofort zu uns und sagte, dass wir Bomben und Revolver bekommen werden.
Dr. Premuzic: Wie alt ist Kazimirovic?
Princip: Er mag 30 bis 40 Jahre alt sein.
Präsident: Erzählen Sie, was war mit ihm?
Princip: Ciganović sagte mir, dass er mit diesem Kazimirovic, der ein Freimaurer und etwas wie ihr Vorsteher sei, reden werde. Kazimirovic war häufig im Ausland, er bereiste den ganzen Kontinent. Er war in Russland, in Paris und in London. Er spricht als Muttersprache Englisch. In England hatte er einen englischen Namen, vielleicht ist er auch Amerikaner. Er war auch häufig in Deutschland. Ich wusste, dass seine Reise ins Ausland mit unseren Plänen in Verbindung stand und dass er Konferenzen mit anderen abhielt.

»Kazimirovic, ist das Dr. Kazimirovic alias John Loughead?«, fragte Wedigo überrascht. »30 bis 40 Jahre, Auslandsreisen, ein englischer Name, all das ist zutreffend. Das muss Loughead gewesen sein, den ich vor zwei Wochen im Grunewald sah. Ist der Mann wirklich ein Freimaurer?«

Nein«, erwiderte Nicolai. »Das ist lediglich eine Tarngeschichte, die er den gutgläubigen jungen Leuten erzählt hat. Er musste seine Werkzeuge entsprechend präparieren, damit sie gut funktionierten. Dazu gehörte eben auch ein gewisses Quantum an Mysteriösem.«

»Die Österreicher scheinen die Geschichte zu schlucken.«

»In Wien wie in der gesamten Donaumonarchie glaubt man gern an Weltverschwörungen. Wenn es nicht die Freimaurer sind, dann sind es die Juden oder die Anarchisten beziehungsweise die Sozialisten. Alles Wasser auf die Mühlen von Leuten wie Loughead oder Kazimirovic und hilfreich für ihre Kriegspläne. Ich frage mich, ob wir das Geschehen hätten verhindern können, wenn wir den Kerl neulich gefasst hätten.«

Beide Männer schwiegen

»Glauben Sie, Herr Major«, ergriff schließlich Wedigo wieder das Wort. »Glauben Sie, dass es aufgrund des Attentats zum Krieg kommt?«

»Wenn nicht jetzt, dann bald. Russland und Österreich-Ungarn sowie das Osmanische Reich sind morsche Gebilde. Ein Krieg wird da wie dort als Rettung betrachtet. Die Serben träumen zudem von einem Großserbien, Frankreich hofft auf Revanche für die Niederlage von 1871.«

»Und England?«

»Die englische Krämerseele möchte den unliebsamen deutschen Konkurrenten loswerden. Seine Majestät hingegen hofft darauf, vor Helgoland oder im Skagerrak die Grand Fleet in der Nordsee untergehen zu sehen. Ein sehr kühner Gedanke und ob er gelingt … Doch wir sind deutsche Offiziere, wir kritisieren nicht. Wenn das Vaterland es befiehlt, dann kämpfen wir. Deutsch sein heißt, eine Sache um ihrer selbst zu tun!«

»Sie meinen also, es kommt zum Krieg? Dann hätte John Lougheads US Steeltrust Erfolg gehabt!«

»Nicht nur John Lougheads Trust, auch die Herren Stinnes, Krupp, Mannesmann und BASF und ihre Pendants in England und Frankreich. Die Industrie profitiert von jedem Krieg«, antwortete Nicolai düster. »Aber warten wir die nächsten Wochen ab, vielleicht zieht das Stahlgewitter noch einmal an uns vorüber.«

Wedigo verabschiedete sich und ließ sich nach Potsdam bringen. In den nächsten Tagen nahm er seinen Dienst wieder auf. Man übte, schoss und marschierte wie schon lange nicht mehr. Es lag eine ungeheure Spannung in der Luft, atemlos verfolgten die Kameraden die Meldungen in den Zeitungen.

Am Samstag fuhr Wedigo nach Berlin, um Melissa zu besuchen. Er meldete sich morgens telefonisch bei ihr für den Nachmittag an. Sie sagte, dass sie ihn vermisst habe und sich sehr auf seinen Besuch freue. Punkt drei läutete er an der Etagentür der Wohnung auf dem Kurfürstendamm. Er wartete eine Weile, niemand öffnete. Wieder betätigte er die Klingel, erneut erfolgte keine Reaktion. War Melissa nicht zu Hause? Er hatte sich doch angemeldet. Da bemerkte er, dass die Tür nur angelehnt war. Wedigo stieß sie auf und trat ein. »Melissa?«, rief er, doch er erhielt keine Antwort. Langsam ging er tiefer in die Wohnung hinein. Stille. Er gelangte zum Salon. Hier schien alles wie bei seinem ersten Besuch. Der Raum war noch immer ein buntes Allerlei verschiedener Farben, Formen und Epochen. Dort stand das gesteppte Kanapee, davor der runde, lackierte Tisch. Drüben sah er die Polstersessel, die Biedermeier Vitrine und die Blumenkübel mit den Palmengewächsen. Wo war Melissa?

»Suchen Sie die Gräfin? Da muss ich Sie enttäuschen. Maria Walewska ist abgereist und wird ihre Wohnung baldmöglichst auflösen.«

Wedigo fuhr herum. In der Tür stand der Mensch, den er am wenigsten hier erwartet und den er hier zu sehen ganz und gar nicht gewünscht hatte: John Loughead alias Dr. Kazimirovic, der Vertreter des Stahltrusts und mutmaßlicher Arrangeur der serbischen Verschwörung! In seiner Hand hielt Loughead eine unangenehm aussehende Pistole, deren Lauf direkt auf Wedigos Unterleib zielte.

»Setzen Sie sich, damit wir uns ein wenig unterhalten können«, forderte der Mann ihn auf und zeigte auf einen der Sessel.

»Was haben Sie mit der Gräfin gemacht?«

»Nicht so ungeduldig, lassen Sie uns erst ein wenig miteinander sprechen.«

»Was soll das bringen?«

»Ach, ich unterhalte mich ab und zu ganz gerne. Zumal Sie ein Mann sind, der mir einige Mühe macht. Da ist eine Unterhaltung sicher sehr amüsant.«

»Ich will wissen, was mit Maria Walewska passiert ist.«

»Ich glaube, Herr von Wedel, Sie verkennen Ihre Position. Sie können überhaupt nichts wollen oder fordern. Im

Übrigen brauchen Sie sich hinsichtlich der Gräfin keine Sorgen mehr zu machen. Ihre Arbeit in Berlin ist erledigt und sie hat Deutschland längst verlassen.«

»Sie lügen, Sie Schuft«, fuhr Wedigo hoch.

»Halt!«, kam das Kommando Lougheads. »Nicht weiter oder unser Gespräch ist sofort zu Ende. Setzen Sie sich!«

Wedigo ließ sich langsam zurücksinken. Der Mann war zu weit entfernt, als dass er ihn im Sprung hätte erreichen können. Ihm waren in der Tat die Hände gebunden, aber was wollte der Kerl?

»Sie werden sich fragen, warum ich Sie nicht gleich beseitige? Nun, ich möchte noch etwas von Ihnen. Genauer gesagt, Sie müssen mir ein wenig helfen. Ich muss in Ihr Ministerium und mir etwas holen, das ich brauche. Dazu bedarf es einen ungehinderten Zugang und zurzeit ist das Gebäude zu gut gesichert. Wir werden zusammen hineingehen.«

»Und sobald wir im Ministerium sind, töten Sie mich? Warum sollte ich das tun?«

»Nicht unbedingt. Vielleicht schlage ich Sie nur nieder und lasse Sie bewusstlos zurück. Vielleicht auch nicht. Ansonsten aber töte ich Sie gleich hier. Sie haben die Wahl. Und als Dreingabe, sozusagen als Bonus, wenn Sie sich richtig entscheiden, erzähle ich Ihnen, wie das mit dem Flugzeugabschuss war. Alles andere dürfte Ihnen ja mittlerweile klar sein. Sie haben eine Minute, zu einer Entscheidung zu kommen.« Loughead holte eine Taschenuhr hervor und legte sie auf den Tisch.

Wedigo überlegte fieberhaft. Ihm blieb nichts anderes übrig, als nachzugeben und mit dem Verbrecher zum Ministerium zu gehen. Wenigsten hatte er so die Chance, dass er unterwegs fliehen oder sonst wie die Situation ändern konnte.

»Die Minute ist um, Ihre Entscheidung, Herr Hauptmann!«

»Mir bleibt keine Wahl, als zuzustimmen.«

»Ich wusste, Sie sind vernünftig. Dann gestatten Sie, dass ich meine Jacke anziehe.«

Erst jetzt fiel Wedigo auf, dass Loughead eine Uniformhose und Stiefel trug. In vorsichtigem Abstand schlüpfte der Mann in eine dazu passende Uniformjacke und stand kurz darauf als Trainoberst vor ihm.

»Sie zeigen am Tor Ihren Ausweis, mich wird die Wache als Oberst und in Ihrer Begleitung nicht kontrollieren. Innen werde ich Ihnen sagen, wie es weitergeht. Aber denken Sie daran, meine Waffe ist, verdeckt durch die Handschuhe, immer auf Sie gerichtet. Ein Nierensteckschuss wäre ein qualvoller Tod. Jetzt verlassen wir die Wohnung. An der Ecke wartet bereits mein Chauffeur.«

»Sie und Ihr Major sind auf diesen Serben gestoßen«, sagte der Amerikaner, während sie langsam die Treppe hinabstiegen. »Respekt, aber was Sie nicht wussten, Anthony Wilding war ebenfalls am Bord der Nieuport. Josip Brojević bekam kalte Füße und wollte abdrehen. Wilding musste ihn niederschlagen und die Maschine selbst fliegen.«

»Und die Bombe?«

»Leider wurde nur Brojević verletzt«, erwiderte Loughead.

»Sind Sie auch für das Attentat in Sarajevo verantwortlich?«

Loughead antwortete nicht, sondern stieß ihm die Waffe in den Rücken. »Vorwärts!«, kommandierte er.

Sie traten aus der Haustür. Loughead sah sich forschend um. »Los, weiter!«, befahl er. Wedigo setzte sich in Bewegung. Da bog rechts um die der Ecke ein Paar. Wedigo erkannte die Frau und den Mann sofort. Es waren Ilse von Bredow und Herr von Buol-Berenberg, wieder vereint. Sie stutzten eine Augenblick, als sie ihn entdeckten, und eilten dann, ohne ihn eines weiteren Blickes zu würdigen, an Wedigo und seinem Bewacher vorbei.

»Hallo, Rudi!«, rief Wedigo laut. Der Freiherr drehte sich ärgerlich um und trat, ehe Loughead reagieren konnte, zornig zu ihm, wobei er den Verschwörer zur Seite drängte.

»Vorsicht«, brüllte Wedigo, »er schießt!«, während er gleichzeitig Lougheads Arm ergriff und nach hinten bog. Ein Schuss krachte, Ilse von Bredow schrie auf. Wedigo ließ sich zu Boden fallen, wobei er den Amerikaner mitriss. Dieser versuchte, sich wieder aufzurichten und nach der Waffe zu greifen, die ihm entfallen war. Wedigo war schneller und schlug mit voller Härte zu. Seine Faust traf das Kinn des Amerikaners. Der Mann kippte nach hinten aufs Pflaster, schlug hart auf und blieb regungslos liegen.

Zwei Stunden später saß Wedigo im Arbeitszimmer Major Nicolais.

»Bedauerlich, dass Sie so kräftig zugeschlagen haben und Loughead mit dem Hinterkopf auf einen im Pflaster eingelassenen metallenen Messbolzen knallte. Ein Schädelbasisbruch, innere Blutung und schneller Exitus. Ich hätte ihn gern in die Mangel genommen. Trotzdem, gut gemacht, Herr Hauptmann!«

»Was wollte der Kerl im Ministerium?«

»Wahrscheinlich war der angebliche Amerikaner an

Aufmarsch- und Mobilmachungsplänen interessiert. Es sind in dieser Hinsicht schon einige Versuche gestartet worden, an entsprechende Unterlagen heranzukommen, und es wird von anderer Seite weitere geben. Interessant, was er über Wilding erzählte. Also hatten die Engländer von Anfang an ihre Finger im Spiel.«

»Was ist mit der Gräfin? Wissen Sie, wo sie sich befindet?«, fragte Wedigo. Loughead war erledigt und interessierte ihn nicht mehr.

»Ich muss Sie enttäuschen. Ich habe seit Wochen keine Nachricht von ihr erhalten. Ich fürchte fast, Ihre Gräfin hat erneut die Seiten gewechselt.«

»Vielleicht ist sie vor Loughead geflohen – wenn sie nicht entführt oder ermordet worden ist«, entgegnete Wedigo. »An Verrat glaube ich nicht. Ich habe noch heute mit ihr telefoniert. Wir wollten uns treffen.«

»Sie werden sicher bald von ihr hören«, versuchte ihn der Major zu trösten.

Wedigo beruhigte die Aussage nicht. Er fuhr zurück zu ihrer Wohnung und suchte nach Spuren oder Hinweisen. Er fand jedoch nichts. Darauf ließ er sich zum Alex ins Präsidium fahren und suchte dort seinen alten Bekannten Kommissar Ernst Gennat auf. Gennat, der seit ihrer letzten Begegnung noch runder geworden war und seinem Spitznamen Buddha alle Ehre machte, hörte Wedigo geduldig zu. Er ließ sich nicht aus der Ruhe bringen und versprach, Nachforschungen anzustellen.

»Glauben Sie mir«, sagte er abschließend. »Gräfin Walewska wird sich bald melden oder wir werden eine Spur von ihr entdecken.«

Aber der Juli verging und von Melissa kam kein Lebenszeichen. Gennats Recherchen brachten kein Ergebnis.

Wedigo suchte überall nach ihr, doch er wurde nicht fündig.

Am 25. Juli sollte beim Kaiser die Audienz stattfinden. Kurzfristig wurde Wedigo abgesagt. Die Weltlage hatte sich in den letzten Wochen aufgrund des Attentats von Sarajevo rasant verändert. Am 23. Juli stellte die Wiener Regierung der serbischen Regierung ein 48-Stunden-Ultimatum. Es wurde gefordert, österreichische Polizei- und Militärorgane bei der Terrorbekämpfung in Serbien zuzulassen und österreichische Beamte in die gerichtlichen Untersuchungen des Sarajevo-Mordes einzubeziehen. Am 28. Juli erklärte Wien, trotz deutscher und englischer Friedensbemühungen, Serbien den Krieg. Am 29. Juli mobilisierte Russland 13 Armeekorps an den Grenzen zu Österreich-Ungarn. Am selben Tag teilte das britische Außenministerium Berlin mit, dass England nur so lange neutral bleiben werde, wie Frankreich nicht am Krieg beteiligt sei. Am nächsten Tag erfolgte die russische Generalmobilmachung. Verzweifelt forderte der deutsche Kaiser, dem das Geschehen mehr und mehr aus den Händen glitt, am 31. Juli die russische Regierung auf, die Mobilmachungsbefehle binnen zwölf Stunden zurückzuziehen, anderenfalls sei der Kriegszustand zwischen dem Deutschen Reich und Russland unvermeidlich. Die russische Regierung reagierte nicht, der Angriff ihrer Truppen gegen Deutschland war bereits angelaufen.

Am 1. August um 19 Uhr, nach Ablauf des deutschen Ultimatums an Russland, überreichte der deutsche Botschafter in Sankt Petersburg die deutsche Kriegserklärung. Gleichzeitig überschritten die ersten russischen Kavallerieverbände die deutsche Grenze in Ostpreußen. Parallel ordnete Paris die Mobilmachung der französischen Streitkräfte an. Die Truppen marschierten in Richtung Oberrhein. Zwei Tage später erklärte das Reich Frankreich den Krieg, und die blutige Selbstzerfleischung Europas begann.

EPILOG

Vor dem Brandenburger Tor stand ein Trommlerkorps mit blitzenden Pickelhauben. Nach einem Wirbel trat ein Offizier vor und verlas die kaiserliche Erklärung:

›An das deutsche Volk! Seit der Reichsgründung ist es durch 43 Jahre Mein und Meiner Vorfahren heißes Bemühen gewesen, der Welt den Frieden zu erhalten und im Frieden unsere kraftvolle Entwickelung zu fördern. Aber die Gegner neiden uns den Erfolg unserer Arbeit … Es muss denn das Schwert nun entscheiden. Mitten im Frieden überfällt uns der Feind. Darum auf! Zu den Waffen! Jedes Schwanken, jedes Zögern wäre Verrat am Vaterlande. Um Sein oder Nichtsein unseres Reiches handelt es sich, das unsere Väter sich neu gründeten. Um Sein oder Nichtsein deutscher Macht und deutschen Wesens. Wir werden uns wehren bis zum letzten Hauch von Mann und Ross. Und wir werden diesen Kampf bestehen auch gegen eine Welt von Feinden. Noch nie ward Deutschland überwunden, wenn es einig war. Vorwärts mit Gott, der mit uns sein wird, wie er mit den Vätern war!‹

Zu den Waffen! Die Menschen jubelten; Strohhüte flogen in die Luft. Glocken läuteten, Choräle wurden angestimmt. Wildfremde fielen sich in die Arme.

Ein Uhr mittags, Wedigo von Wedel war auf dem Weg in die Kaserne. Ein klarer Tag, voller Sonne. Doch jetzt war Krieg. Bald würde es zur Front gehen, die Welt hatte sich verwandelt. Seit gestern raste Mars und mit ihm rasten alle anderen Götter, allen voran der Gott der Unterwelt, Hades. Wie schrecklich nah war allem der Tod! Wieder und wieder beschäftigte Wedigo der Gedanke an den Krieg. Seit Jahren hatte er sich auf den Kampf vorbereitet und jetzt war es so weit. Er versuchte, sich die Zukunft auszumalen, sich vorzustellen, was auf den Schlachtfeldern passieren würde. Es gelang ihm nicht.

Um ihn zogen die Menschen jubelnd durch die Straßen. Er drückte Dutzenden zum Abschied die Hand, alle drängten hinaus ins Feld oder waren bereit, aufzubrechen. Ihn selbst ergriff der allgemeine Taumel. In ihm wuchs eine zornige Leidenschaft gegen den Feind und erfüllte ihn mit dem heißen Wunsch, das Reich vor dem Ansturm von außen zu retten. Auch er würde aufbrechen, nobel und mutig kühn. Im höchsten Grade moralisch schienen ihm die Gründe zu sein, die das Volk in diese unerhörte Begeisterung trieben.

Blau lag an diesem 9. August der Himmel über den Seen und Wäldern der Mark Brandenburg. Strahlend zeigte sich Potsdam den aufbrechenden Soldaten. Männer und Frauen, Kinder und Greise, Jung und Alt waren auf den Beinen und eilten zum Potsdamer Lustgarten. Man umlagerte den im Schein flimmernder Sonnenstrahlen liegenden Platz und wollte Anteil haben am Abschied der Armee und ihrem Aufbruch in eine heldenhafte Zukunft.

Gegen 10 Uhr begann der Aufmarsch. Es war ein anderes Bild als in den längst zurückliegenden Tagen des Friedens. Das bunte Farbenspiel der Uniformen war dem Feldgrau des Krieges gewichen und auf den Waffen lag heute ein dunkler Glanz. An der Spitze der Truppen marschierte das Erste Garde-Regiment heran, hinter ihm das Erste Garde-Reserve-Regiment. Es folgten die I. und II. mobile Ersatzkompanie, die Ersatz-Bataillone, das Rekruten-Depot und zuletzt mit stolzen Fahnen auch der Verein der ehemaligen Kameraden des Garde-Korps. 7.000 Helmadler blitzten hell im Sonnenlicht, und im Wind flatterten die silberweißen Fahnen des Regiments, mit dem schwarzen Adler im inneren Felde. Nun erschien Seine Majestät der Kaiser. Mit ihm kamen die Kaiserin, die Prinzen und Prinzessinnen, die Kronprinzessin mit ihren Kindern, um inmitten des Leibregiments den Segen Gottes für die deutschen Waffen zu erflehen.

Wedigo stand an der Spitze seiner Kompanie; er spürte die einmütige Begeisterung, die die Menschen durchzog. Doch gleichzeitig ahnte er, der Krieg konnte schwer werden und alle würden harte Zeiten erleben. Er riss sich zusammen. Holte der Teufel diese Gedanken. Stolz hob er das Kinn. Er war Offizier, er würde kämpfen und siegen. Er bedauerte nur, dass Melissa nicht da war und zum Abschied winkte. Melissa, dachte er. Melissa. Er sah sie vor sich, wie er sie zuletzt gesehen hatte, im weißen Kleid, das lange blonde Haar fiel offen über ihre Schultern.

Er hatte die Gräfin trotz aller Suche nicht finden können. Wohin sie gegangen oder gar entflohen war? Ob er sie je wiedersehen würde? Kommandos erklangen und rissen ihn aus seiner Nachdenklichkeit. Es ging endlich los! Das Regiment marschierte zum Bahnhof.

Am Abend des 12. August erreichte die Truppe das belgische Malmedy. Dort bezogen die Soldaten das erste

Quartier im Feindesland. Von hier aus begann am nächsten Tag der Vormarsch durch Belgien in westlicher Richtung auf Namur – und, wie alle hofften, siegreich direkt weiter nach Paris!

ENDE

DANKSAGUNG

Ich bedanke mich bei allen Unterstützern des Projektes, insbesondere bei meiner Frau Angelika, die mich bei den Recherchen in Potsdam und Berlin begleitete und hilfreich unterstützte. Ferner danke ich Johannes Theisen für sein kritisches Gegenlesen und Herrn Sven Lang für sein ansprechendes Lektorat.